MEDIANOCHE EN MARBLE ARCH

MEDIANOCHE EN MARBLE ARCH

Anne Perry

Traducción de Borja Folch

GRUPO ZETA

Barcelona • Madrid • Bogotá • Buenos Aires • Caracas • México D.F. • Miami • Montevideo • Santiago de Chile

Título original: *Midnight at Marble Arch*
Traducción: Borja Folch
1.ª edición: enero de 2015

© 2012 by Anne Perry
© Ediciones B, S. A., 2015
    Consell de Cent, 425-427 - 08009 Barcelona (España)
    www.edicionesb.com

Printed in Spain
ISBN: 978-84-666-5498-2
DL B 23653-2014

Impreso por LIBERDÚPLEX, S.L.
Ctra. BV 2249, km 7,4
Polígono Torrentfondo
08791 Sant Llorenç d'Hortons

A Susanna Porter

1

Pitt se detuvo en lo alto de la escalinata y contempló el fastuoso salón de baile de la Embajada española, ubicada en el corazón de Londres. La luz de los candelabros centelleaba en collares, pulseras y pendientes. Entre el formal blanco y negro de los hombres, los trajes de las mujeres florecían en todos los colores del incipiente verano: delicados tonos pastel para las jóvenes, dorados y rosas encendidos para las que estaban en el apogeo de su belleza, y granates, morados y lavandas para las de edad más avanzada.

A su lado, apoyando ligeramente la mano en su brazo, Charlotte no tenía diamantes que lucir, pero a Pitt le constaba que hacía mucho tiempo que había dejado de importarle. Corría 1896 y ella tenía cuarenta años. La lozanía de la juventud quedaba atrás, pero la plenitud de la madurez la favorecía aún más. La dicha que resplandecía en su rostro resultaba más encantadora que un cutis perfecto o unos rasgos que pareciesen esculpidos, cosas que eran meros regalos del azar.

Charlotte le apretó un momento el brazo cuando comenzaron a bajar los peldaños. Luego se mezclaron con el gentío, sonriendo, saludando a este y a aquel, procurando recordar nombres. Hacía poco que habían ascendido a Pitt a director de la Britain's Special Branch,* una responsabilidad que pesaba mucho más que

---

* *Special Branch* es el término que suele utilizarse para definir unidades de la policía británica, responsables de asuntos de seguridad nacional; realizan actividades de inteligencia, normalmente política, y llevan a cabo investigaciones

cualquiera que hubiese asumido hasta entonces. No tenía un superior a quien confiarse o a quien endosarle una decisión difícil.

Ahora hablaba con ministros, embajadores, personajes mucho más influyentes de lo que sugerían sus risas despreocupadas en aquel salón. Pitt había nacido en el seno de una familia muy modesta y seguía sin sentirse a gusto en aquel tipo de reuniones. Como policía que era, había entrado por la puerta de la cocina como cualquier otro sirviente, pero ahora era bien recibido en sociedad debido al poder que le otorgaba su puesto y porque tenía conocimiento de un sinfín de secretos sobre casi todos los presentes en la estancia.

A su lado, Charlotte se desenvolvía con soltura, y Pitt observó complacido su elegancia. Ella era hija de la buena sociedad y conocía sus debilidades y flaquezas, pero era dada a una franqueza que desentonaba con las convenciones, a la que no ponía freno salvo si era absolutamente necesario, como en aquella ocasión.

Charlotte murmuró un comentario cortés a la mujer que tenía a su lado, tratando de parecer interesada en su respuesta. Luego permitió que le presentaran a Isaura Castelbranco, la esposa del embajador portugués en Gran Bretaña.

—Es un placer conocerla, señora Pitt —respondió Isaura con cordialidad. Era una mujer más baja que Charlotte, apenas de estatura mediana, pero la dignidad de su porte la distinguía de lo común. Sus rasgos eran delicados, casi vulnerables, y sus ojos, tan oscuros que parecían negros contra su pálida piel.

—Confío en que nuestro clima veraniego le resulte agradable —comentó Charlotte, por decir algo. A nadie le interesaba el tema de las conversaciones; lo que importaba era el tono de voz, la sonrisa en la mirada, el hecho de hablar.

---

para proteger al Estado de amenazas de subversión o terrorismo. La primera *Special Branch* fue una unidad de la Policía Metropolitana de Londres formada en 1883 para combatir a la Hermandad Republicana Irlandesa, que en el siglo XIX tuvo un papel decisivo en la lucha por la independencia de Irlanda. *(N. del T.)*

—Es muy placentero no pasar demasiado calor —contestó Isaura de inmediato—. Aguardo con ganas la regata. Se celebrará en Henley, ¿verdad?

—En efecto —corroboró Charlotte—. Debo admitir que hace años que no asisto, pero me encantaría volver a hacerlo.

Pitt sabía que aquello no era del todo verdad. Encontraba un poco tediosas la cháchara y la pretenciosidad de los fastuosos actos de la alta sociedad, pero reparó en que a Charlotte le caía bien aquella mujer de actitud sosegada. Conversaron unos minutos más hasta que las convenciones exigieron que dedicaran su atención a los demás invitados, que daban vueltas bajo las lámparas o se dejaban llevar hacia las diversas salas anejas que se abrían a izquierda y derecha, o que bajaban al gran salón principal.

Se despidieron con una sonrisa cuando Pitt entabló conversación con un subsecretario del Foreign Office. Charlotte se las ingenió para captar la atención de su tía abuela, lady Vespasia Cumming-Gould. En realidad era tía abuela de su hermana Emily por razón de matrimonio, pero con los años esa distinción había dejado de ser recordada, y mucho menos tenida en cuenta.

—Parece que te estás divirtiendo —dijo Vespasia en voz baja, con una chispa de humor en sus hermosos ojos grises. En la flor de la vida había tenido fama de ser la mujer más bella de Europa y, sin lugar a dudas, la más ingeniosa. Lo que quizá no todo el mundo sabía era que además había luchado en las barricadas de Roma, durante la turbulenta revolución que barrió Europa en el 48.

—No he olvidado del todo mis modales —contestó Charlotte con su franqueza habitual—. Mucho me temo que ya estoy alcanzando una edad en la que no puedo permitirme el lujo de poner cara de aburrimiento. Es muy poco favorecedor.

Saltaba a la vista que Vespasia lo pasaba bien, y su sonrisa fue afectuosa.

—Tampoco lo es dar la impresión de estar aguardando algo —agregó—. Hace que la gente te compadezca. Las mujeres que están a la expectativa son muy pesadas. ¿A quién has conocido?

—A la esposa del embajador portugués —contestó Charlotte—. Me ha caído bien de inmediato. Tiene un rostro poco común. Lo más probable es que no vuelva a verla.

—Isaura Castelbranco —dijo Vespasia en tono pensativo—. Apenas sé nada acerca de ella, gracias a Dios. Sé demasiado sobre muchas otras personas. Un poco de misterio da cierto encanto, como un tenue anochecer o el silencio entre las notas de la música.

Charlotte le estaba dando vueltas a ese pensamiento antes de contestar cuando se produjo un repentino alboroto a unos diez metros de donde estaban. Igual que quienes la rodeaban, se volvió para ver qué ocurría. Un joven muy elegante con una mata de pelo rubio dio un paso hacia atrás, levantando las manos a la defensiva, con expresión de incredulidad.

Delante de él había una muchacha con un vestido blanco de encaje y la piel del escote, el cuello y las mejillas colorada. Era muy joven, de poco más de quince años, de rasgos mediterráneos y un físico cuyas curvas ya dejaban entrever a la mujer en que se convertiría.

Cuantos estaban alrededor se callaron, bien por vergüenza, bien por confusión, como si no supieran qué había sucedido.

—La verdad, es usted muy poco razonable —dijo el joven, tratando de quitar hierro al incidente—. Me ha interpretado usted mal.

La muchacha distaba mucho de estar calmada. Se la veía enfadada, un poco asustada incluso.

—No, señor —dijo en inglés con un ligero acento—. Lo he interpretado muy bien. Hay cosas que son idénticas en todos los idiomas.

El joven seguía sin mostrar perturbación alguna, solo una enorme paciencia, como si se encontrase ante alguien que estuviera siendo intencionadamente obtuso.

—Le aseguro que mi única intención era hacerle un cumplido. Seguro que está acostumbrada a recibirlos.

La muchacha tomó aire para responder, pero no encontró las palabras adecuadas.

El joven sonrió, ahora abiertamente divertido, tal vez un poco burlón. Era bien parecido, de una manera inusual. Tenía la nariz prominente y los labios finos, pero unos bonitos ojos oscuros.

—Deberá acostumbrarse a suscitar admiración. —La miró de arriba abajo con una franqueza una pizca excesiva—. Será objeto de mucha, se lo puedo prometer.

La muchacha se puso a temblar. Pese a estar a cierta distancia, Charlotte se dio cuenta de que la muchacha no sabía cómo reaccionar ante tan inapropiada apreciación de su belleza. Era demasiado joven para haber aprendido a mantener la compostura necesaria. Al parecer su madre no estaba lo bastante cerca para haber oído la conversación, y el joven Neville Forsbrook se sentía muy seguro de sí mismo. Su padre era uno de los banqueros más importantes de Londres y la familia poseía riqueza y estatus, con todo el privilegio que eso traía aparejado. No estaba acostumbrado a que le negaran las cosas, y menos una muchacha que ni siquiera era británica.

Charlotte dio un paso al frente y notó la mano de Pitt en el brazo, reteniéndola.

Angeles Castelbranco parecía estar aterrorizada. El color le había abandonado el rostro, dejándoselo ceniciento.

—¡Déjeme en paz! —exclamó con voz chillona—. ¡No me toque!

Neville Forsbrook se rio abiertamente.

—Mi querida damisela, está haciendo el ridículo, dando semejante espectáculo. Estoy convencido de que no es lo que desea —agregó sonriendo, y dio un paso hacia ella, acercándole la mano como si quisiera tranquilizarla.

Angeles le dio un manotazo, apartándole el brazo con brusquedad. Se volvió para escapar, perdió el equilibrio y faltó poco para que cayera contra otra muchacha, que de inmediato chilló y se lanzó a los brazos de un sobresaltado joven que tenía al lado.

Angeles huyó entre sollozos. Neville Forsbrook sonrió, pero enseguida adoptó un aire de perplejidad. Se encogió de hombros y abrió las manos, elegantes y fuertes, sin dejar de sonreír del todo. ¿Era por vergüenza o por un asomo de mofa?

Alguien dio un paso al frente e inició una educada conversación sobre nada en concreto. Los demás se sumaron agradecidos. Instantes después se reanudó el murmullo de voces, el frufrú de faldas, la música distante, el ligero ruido de los pies deslizándose por el reluciente parquet. Fue como si nada hubiese ocurrido.

—Eso ha sido muy feo —dijo Charlotte a Vespasia en cuanto estuvo segura de que no la oirían—. Qué joven tan insensible.

—Ha quedado como un tonto —contestó Vespasia con un toque de compasión.

—¿Qué demonios ha sido todo eso? —preguntó confundida una mujer de cabellos castaños que estaba cerca de ellas.

El anciano que la acompañaba negó con la cabeza.

—Estos latinos tienden a ser muy excitables, querida. Yo no me preocuparía. Seguro que no ha sido más que un malentendido.

—¿Quién es ella, a todas estas? —le preguntó la mujer, mirando también a Charlotte por si podía aclarárselo.

—Una linda jovencita —señaló el anciano, sin dirigirse a alguien en concreto—. Será una mujer muy guapa.

—¡Eso apenas importa, James! —le espetó su esposa—. ¡No sabe comportarse! ¡Imagina que hiciera algo parecido en una cena!

—Bastante fuera de lugar ha estado aquí ya —apostilló otra mujer. El fulgor de los diamantes y el brillo de la suntuosa seda verde de su vestido no lograban disimular la amargura de su expresión.

Charlotte salió en defensa de la chica.

—Sin duda lleva usted razón —dijo, mirando a la señora a los ojos con atrevimiento—. Seguro que usted sabe mucho más acerca del incidente que nosotros. Lo único que hemos visto ha sido a un joven muy seguro de sí mismo avergonzando claramente a la hija de un embajador extranjero. No sé qué debe haber sucedido antes ni cómo habría podido manejarse el caso con más amabilidad y discreción.

Charlotte notó que la mano de Vespasia le apretaba ligeramente el brazo, pero no le hizo caso. Mantuvo la inquisitiva sonrisa petrificada y no bajó la vista.

La mujer del vestido verde se sonrojó, enojada.

—Me atribuye más crédito de la cuenta, señora... Me temo que no sé su nombre... —Dejó la negativa flotando en el aire, no tanto como una pregunta sino a modo de rechazo—. Aunque, por supuesto, conozco bastante bien a sir Pelham Forsbrook y, por consiguiente, a su hijo Neville, que ha tenido la amabilidad de mostrar un halagüeño interés por mi hija pequeña.

Pitt se unió a ellos lanzando una mirada a Vespasia, pero Charlotte no lo presentó a la mujer, como tampoco se presentó ella.

—Confiemos en que lo manifieste más gentilmente que con la señorita Castelbranco —prosiguió en un tono tan dulce que resultaba empalagoso—. Aunque por descontado usted se encargará de que así sea. No está en un país extranjero, con dudas sobre cómo reaccionar ante los comentarios ambiguos de los jóvenes.

—¡No conozco jóvenes que hagan comentarios ambiguos! —le espetó la mujer, arqueando mucho las cejas.

—Qué benévola —murmuró Charlotte.

El anciano tosió y sacó su pañuelo para taparse la boca, con los ojos haciéndole chiribitas.

Pitt volvió la cabeza hacia otra parte como si hubiese oído un ruido inesperado que atrajera su atención, y arrastró a Charlotte consigo como si lo hiciera sin querer, aunque en realidad ella estaba más que dispuesta a marcharse. Aquel había sido su pistoletazo de salida. A partir de ese momento, las cosas solo podían empeorar. Charlotte dedicó una radiante sonrisa a Vespasia y vio que esta le contestaba con una mirada chispeante.

—¿Qué diablos estás haciendo? —preguntó Pitt en cuanto estuvieron fuera del alcance de sus oídos.

—Decirle que es una idiota —contestó Charlotte. Había creído que su intención era obvia.

—¡Eso ya lo sé! —replicó Pitt—. Y ella también. Acabas de ganarte una enemiga.

—Lo siento —se disculpó Charlotte—. Quizá sea una desgracia, pero ser su amiga aún lo habría sido más. Es una trepa de la peor calaña.

—¿Cómo lo sabes? ¿Quién es? —preguntó Pitt.

—Lo sé porque acabo de verla. Y no tengo ni idea de quién es ni me importa. —Le constaba que quizá lamentaría decir aquello, pero en aquel preciso instante estaba demasiado enojada para dominar su temperamento—. Voy a hablar con la *senhora* Castelbranco para asegurarme de que su hija está bien.

—Charlotte...

Charlotte se zafó, se volvió un momento y dedicó a Pitt la misma sonrisa deslumbrante que había dedicado a Vespasia, antes de dirigirse a través del gentío hacia el lugar donde había visto por última vez a la esposa del embajador portugués.

Tardó diez minutos en localizarla. La *senhora* Castelbranco estaba junto a una de las puertas, acompañada de su hija. La chica tenía la misma estatura que su madre y, de cerca, era todavía más atractiva de lo que le había parecido a distancia. Sus ojos eran deslumbrantes y su cutis presentaba un ligero tono miel con un leve rubor en las mejillas. Al ver que Charlotte se aproximaba a ellas fue incapaz de disimular su alarma, aunque saltaba a la vista que estaba intentando hacerlo.

Charlotte le sonrió brevemente y acto seguido se volvió hacia su madre.

—Lamento mucho que ese joven haya sido tan grosero. Tuvo que ser dificilísimo para usted intervenir, habida cuenta de su posición diplomática. Realmente, ha sido inexcusable. —Se volvió hacia la chica y entonces se dio cuenta de que no estaba segura de si hablaba inglés con fluidez—. Espero que esté bien —dijo con cierta torpeza—. Ruego que acepte mis disculpas. Tendríamos que habernos asegurado de que no se viera en una situación tan incómoda.

Angeles sonrió, pero los ojos se le arrasaron en lágrimas.

—Oh, estoy muy bien, *madame*, se lo aseguro. No estoy dolida. Es solo... —tragó saliva—. Es solo que no he sabido cómo contestarle.

Isaura rodeó los hombros de su hija con un ademán protector.

—Está bien, naturalmente. Solo un poco avergonzada. En nuestro propio idioma habría podido... —Se encogió ligeramente de hombros—. En inglés una no siempre está segura de si está siendo divertida o quizás ofensiva. Mejor no hablar que correr el riesgo de decir algo que luego no puedas retirar.

—Por supuesto —respondió Charlotte, aunque se sentía desasosegada por si la chica en realidad estaba más afligida de lo que reconocía—. Cuanto más incómoda es la situación, más difícil resulta encontrar las palabras adecuadas en otro idioma —corroboró—. Por eso ese joven no debería haberse comportado como lo ha hecho. Lo siento mucho.

Isaura correspondió a su sonrisa con una mirada indescifrable.

—Es muy amable de su parte, pero le aseguro que solo ha sido un momento desagradable. Es algo inevitable. A todos nos ocurre alguna que otra vez. La temporada está llena de acontecimientos. Espero que volvamos a vernos.

Fue cortés, pero también fue una despedida, como si desearan estar a solas un rato, quizás incluso marcharse.

—Lo mismo digo —respondió Charlotte, que se excusó antes de alejarse. Su sensación de desasosiego fue, en cualquier caso, mayor.

Mientras regresaba hacia donde había dejado a Pitt, se cruzó con varios grupos de personas que conversaban. En uno de ellos estaba la mujer de verde que, sin lugar a dudas, se había convertido en su enemiga.

—Un temperamento muy excitable —iba diciendo—. Poco fiable, me temo. Pero me figuro que no tenemos más remedio que tratar con ellos.

—No hay elección, según dice mi esposo —le aseguró otra—. Al parecer tenemos un tratado con Portugal desde hace más de quinientos años y, por un motivo u otro, lo consideramos importante.

—Tengo entendido que se trata de una de las grandes potencias coloniales —agregó una tercera mujer, enarcando sus cejas rubias como si tal cosa no fuese digna de crédito—. Creía que solo era un pequeño país bastante agradable situado al oeste de España —concluyó, con una risa cristalina.

Charlotte se irritó excesivamente al darse cuenta de que sabía tan poco sobre la historia colonial portuguesa como la mujer que había hablado.

—Francamente, querida, me parece que ha tomado más vino de la cuenta y que por eso se ha puesto así —dijo la mujer de verde confidencialmente—. Cuando yo tenía su edad, solo bebía limonada.

La segunda mujer se inclinó hacia delante con ademán de conspiradora.

—Y es demasiado joven para estar prometida, ¿no te parece?

—¿Lo está? Santo cielo, claro que sí —respondió con voz categórica—. Debería aguardar un año más, como mínimo. Es demasiado inmadura, como bien acaba de demostrar de manera tan lamentable. ¿Con quién está comprometida?

—Esa es la cuestión —dijo la tercera mujer—. Creo que es un muy buen partido. Tiago de Freitas; una familia excelente. Una fortuna inmensa, me parece que de Brasil. ¿Puede ser de Brasil?

—Bueno, en Brasil hay oro y es territorio portugués —les dijo una cuarta mujer, alisándose la falda de seda—. De modo que podría ser. Y Angola, en el sudoeste de África, también es portuguesa, lo mismo que Mozambique en el sudeste de África, y dicen que allí también hay oro.

—Siendo así, ¿cómo se explica que hayamos permitido que se lo quedaran los portugueses? —preguntó irritada la mujer de verde—. ¡Alguien no estaba prestando la debida atención!

—¿Tal vez se pelearon? —sugirió una de ellas.

—¿Quién? ¿Los portugueses? —inquirió la mujer de verde—. ¿O se refiere a los africanos?

—Me refería a Angeles Castelbranco y Tiago de Freitas —fue la impaciente respuesta—. Eso explicaría que estuviera un poco histérica.

—Eso no disculpa los malos modales —replicó bruscamente la mujer de verde, levantando su pronunciada barbilla, haciendo que los diamantes que llevaba en el cuello destacaran mejor—. Si una está indispuesta, debe decirlo y quedarse en casa.

«De ser así, nunca deberías poner un pie fuera de tu casa —pensó Charlotte con amargura—. Y todos estaríamos mucho más contentos.» Pero no podía decirlo en voz alta. Estaba escuchando una conversación ajena, no participando en ella. Siguió adelante deprisa antes de que repararan en que ya llevaba un rato detenida en el mismo lugar, sin otra razón aparente que la de fisgar.

Encontró a Pitt hablando con un grupo de personas a las que no conocía. Por si eran importantes, decidió no interrumpir. En cuanto tuvo ocasión, Pitt se disculpó un momento y fue al encuentro de Charlotte.

—¿Has encontrado a la esposa del embajador? —preguntó, con la frente ligeramente arrugada de preocupación.

—Sí —contestó Charlotte en voz baja—. Thomas, me temo que sigue estando muy disgustada. Es lamentable hacerle algo así a una chica en un país extranjero. En el mejor de los casos, se ha reído públicamente de ella. No tiene más de dieciséis años, solo dos más que Jemima.

Al pronunciar el nombre de su hija sintió una punzada de miedo, sabedora de lo extremadamente vulnerable que era Jemima. Estaba a mitad del camino de niña a mujer, su cuerpo parecía cambiar semana tras semana, dejando atrás el consuelo de la infancia pero sin alcanzar todavía el garbo y la confianza de un adulto.

Pitt se quedó perplejo. Saltaba a la vista que ni siquiera había imaginado a Jemima con un traje de noche y el pelo recogido en lo alto de la cabeza, rodeada de jóvenes que vieran algo más que a la niña que todavía era.

Charlotte le sonrió.

—Tendrías que fijarte más, Thomas. Sigue siendo un poco tímida pero tiene curvas, y más de un joven la ha mirado una segunda y una tercera vez, incluso su profesor de baile y el hijo del rector.

Pitt se puso tenso.

Charlotte apoyó una mano en su brazo con ternura.

—No hay motivo para alarmarse. Estoy atenta. Sigue siendo dos años menor que Angeles Castelbranco, y a esa edad dos años es mucho. Aunque cambia de humor cada dos por tres. De pronto está tan contenta que no puede dejar de cantar, y una hora después está deshecha en llanto o pierde los estribos. Se pelea con el pobre Daniel, que no sabe qué le pasa, y luego le entra tal timidez que no quiere salir de su habitación.

—Ya me he dado cuenta —dijo Pitt con sequedad—. ¿Estás segura de que eso es normal?

—Considérate afortunado —contestó Charlotte, esbozando

una mueca—. Mi padre tuvo tres hijas. En cuanto Sarah estuvo bien, comencé yo, y luego, cuando ya volví a estar más o menos cuerda, le tocó el turno a Emily.

—Supongo que debo estar agradecido de que Daniel sea un chico —dijo Pitt atribulado. Charlotte se rio.

—Tendrá sus propios problemas —contestó—. Solo que tú los entenderás mejor que yo.

Pitt la miró con una súbita e intensa ternura.

—¿Estará bien, verdad?

—¿Jemima? Por supuesto —contestó Charlotte, negándose a pensar lo contrario.

Pitt puso una mano sobre la suya y la estrechó.

—¿Y Angeles Castelbranco?

—Eso espero, aunque hace un momento me ha parecido terriblemente frágil. Pero seguro que es más de lo mismo. A los dieciséis años se es muy joven. Me estremezco cuando me recuerdo con esa edad. Creía que sabía mucho, cosa que demuestra lo poquísimo que en realidad sabía.

—No se lo diría a Jemima, si estuviera en tu lugar —aconsejó Pitt.

Charlotte le dirigió una mirada sardónica.

—Ya he pensado en eso, Thomas.

Dos horas más tarde a Pitt le había pasado varias veces por la cabeza que quizás él y Charlotte podrían disculparse y marcharse a casa, satisfechos de haber cumplido con su deber. La vio en la otra punta del salón, conversando con Vespasia. Observándolas, no pudo evitar sonreír. El pelo castaño oscuro de Charlotte no tenía casi ni una cana; el de Vespasia era totalmente plateado. Para él, Charlotte cada vez era más encantadora, y nunca se cansaba de mirarla. Le constaba que no poseía la asombrosa belleza que aún conservaba el rostro de Vespasia —la elegancia de sus huesos, la delicadeza—, pero podía ver buena parte de ella en el porte y la vitalidad de su esposa, y, ahora que estaban juntas, hablaban como si fueran totalmente ajenas al resto de la estancia.

Fue consciente de que había alguien cerca de él y, al volverse, vio a Victor Narraway a escasos metros, mirando en la misma dirección. Su rostro era indescifrable, sus ojos, tan oscuros que parecían negros, su abundante mata de pelo, muy canosa. Menos de un año antes había sido el jefe de Pitt en la Special Branch, un hombre con el poder que confiere conocer gran cantidad de secretos y con la férrea voluntad de utilizarlos según dictaran la necesidad y su conciencia. También poseía una firmeza que Pitt dudaba ser capaz de alcanzar alguna vez.

Una traición dentro del departamento le había costado el cargo a Narraway, y Pitt había ocupado su puesto. Sus enemigos estuvieron seguros de que no tendría la energía y el aplomo necesarios para tener éxito en su cometido. Se habían equivocado, al menos hasta la fecha. Pero a Victor Narraway lo habían apartado del cargo, trasladándolo a la Cámara de los Lores, donde desperdiciaba su capacidad. Siempre había comités e intrigas políticas de una u otra clase, pero nada que ofreciera el inmenso poder que antaño ostentara. Eso en sí mismo quizá no le importara, pero que no se usara su extraordinario talento suponía una pérdida que le costaba soportar.

—¿Aguardando el momento apropiado para irse a casa? —preguntó Narraway apuntando una sonrisa, leyendo los pensamientos de Pitt con tanta facilidad como siempre.

—Falta poco para medianoche. Dudo que realmente tengamos que demorarnos mucho más —confirmó Pitt, correspondiendo a la media sonrisa atribulada—. Seguramente tardaremos media hora en despedirnos de quien corresponda.

—Y Charlotte... Otra media hora después de esa —agregó Narraway, mirando a través del salón hacia Charlotte y Vespasia.

Pitt se encogió de hombros; no era preciso contestar. El comentario había sido afectuoso; o quizás algo más que eso, como bien sabía él.

Antes de que ese hilo de pensamiento le llevara más lejos, se les unió un hombre esbelto, ya entrado en la cuarentena. Su pelo negro tenía canas en las sienes, aunque su rostro poco corriente emanaba la energía propia de la juventud. No era exactamente apuesto, tenía la nariz torcida y los labios demasiado carnosos, pero su vitalidad inspiraba no solo atención sino también un agrado instintivo.

—Buenas noches, señor —dijo a Narraway. Acto seguido, sin el menor titubeo, se volvió hacia Pitt, tendiéndole la mano—. Rawdon Quixwood —se presentó.

—Thomas Pitt —respondió Pitt.

—Sí, lo sé. —Quixwood sonrió más abiertamente—. Quizá no debería, pero viéndole aquí de pie, conversando tan a gusto con lord Narraway, la conclusión era obvia.

—O bien eso, o bien no tiene ni idea de quién soy —dijo Narraway con sequedad—. O de quién era.

No había amargura en su voz, ni siquiera en su mirada, pero a Pitt le constaba que le había dolido el despido y adivinaba cuánto le pesaba su relativamente reciente inactividad. Una broma hecha a la ligera, un toque de burla de sí mismo, no disimuló la herida. Aunque, tal vez, si Pitt hubiese sido tan fácil de engañar, ahora no pertenecería a la directiva de la Special Branch. Haber pasado toda su vida adulta en la policía había hecho que conocer a las personas formase parte de su carácter, como vestirse de una manera determinada o mostrarse discreto y cortés. Ver a través de las máscaras de privacidad que se ponían los amigos era harina de otro costal. Hubiera preferido no hacerlo.

—Si no supiese quién es usted, señor, sería un perfecto desconocido —respondió Quixwood con simpatía—. Y hace media hora lo he visto conversar con lady Vespasia, lo cual excluye tal posibilidad.

—Ella habla con desconocidos —señaló Narraway—. De hecho, he llegado a la conclusión de que a veces los prefiere.

—Demostrando un excelente juicio —prosiguió Quixwood—. Pero ellos no se dirigen a ella. Es un poco intimidadora.

Narraway se rio, y lo hizo con ganas.

Pitt iba a agregar su opinión al respecto cuando un movimiento detrás de Narraway le llamó la atención. Vio que un joven se acercaba a ellos, con el rostro pálido y tenso de preocupación.

—Disculpen —dijo Pitt brevemente, y se alejó de Narraway para ir en pos de aquel hombre.

—Señor... —comenzó el joven con torpeza—. ¿Es... es el señor Quixwood quien estaba hablando con usted? ¿El señor Rawdon Quixwood?

—Sí, en efecto. —Pitt se preguntó qué demonios le pasaba—. ¿Ha ocurrido algo malo? —preguntó para incitar al joven a hablar. Su angustia era palpable.

—Sí, señor. Me llamo Jenner, señor. Policía. ¿Es usted amigo del señor Quixwood?

—No, me temo que no. Acabo de conocerlo. Soy el jefe Pitt de la Special Branch. ¿Qué desea?

Era consciente de que, para entonces, al menos uno de los otros dos habría reparado en la incómoda conversación y en la evidente desdicha de Jenner. Quizá se estuvieran absteniendo de interrumpir por suponer que se trataba de un asunto de la Special Branch. Pero, de ser así, ¿por qué Jenner no conocía a Narraway, aunque solo fuese por su reputación?

Jenner respiró profundamente.

—Lo siento, señor, pero hemos hallado a la esposa del señor Quixwood muerta en su casa. Y todavía peor, señor... —Tragó saliva con dificultad—. Parece bastante claro que ha sido asesinada. Tengo que decírselo al señor Quixwood y llevarlo a su domicilio. Si tiene algún amigo que quiera... acompañarlo para darle su apoyo...

Se calló, sin saber qué más añadir.

Con su larga experiencia en muertes violentas e inesperadas, Pitt debería estar acostumbrado a recibir tales noticias y familiarizado con la aflicción que causaban. Sin embargo, cada vez le resultaba más difícil.

—Aguarde aquí, Jenner. Se lo diré. Es posible que, si lo desea, lord Narraway vaya con él.

—Sí, señor. Gracias, señor.

Jenner estaba claramente aliviado.

Pitt se volvió de nuevo hacia Quixwood y Narraway, que habían seguido conversando, evitando deliberadamente prestarle atención.

—Siempre de servicio, ¿eh? —dijo Quixwood con cierta picardía.

Pitt notó el nudo de compasión que se cerraba en su fuero interno.

—En realidad no me buscaba a mí —dijo enseguida. Tocó el brazo de Narraway como si quisiera transmitirle una advertencia—. Me temo que ha sucedido una tragedia.

Miró de hito en hito a Quixwood, que le sostuvo la mirada con un educado desconcierto en los ojos.

Narraway se puso tenso al percibir cierto temblor en la voz de Pitt. Miró a Pitt, y luego otra vez a Quixwood.

—Lo siento —dijo Pitt con amabilidad—. Es de la policía. Han encontrado el cadáver de su esposa en su casa. Ha venido para llevarle allí, con quien usted quiera que lo acompañe en un momento como este.

Quixwood lo miró fijamente, como si aquellas palabras no tuvieran sentido. Dio la impresión de balancearse un poco antes de hacer un esfuerzo por mantener la compostura.

—¿Catherine? —Se volvió lentamente hacia Narraway, luego de nuevo hacia Pitt—. ¿Y qué pinta la policía, por Dios? Si ni siquiera estaba enferma... ¿Qué ha ocurrido?

Pitt tuvo ganas de agarrarle el brazo para sujetarlo. No obstante, habida cuenta de que apenas lo conocía, semejante gesto resultaría impertinente salvo que realmente estuviera a punto de caer al suelo.

—Lo lamento de veras, pero parece que ha habido cierta violencia.

Quixwood miró a Narraway.

—¿Violencia? ¿Me... me acompañará? —Se pasó la mano por la frente—. ¡Esto es absurdo! ¿Quién haría daño a Catherine?

—Claro que voy con usted —dijo Narraway de inmediato—. Pitt, tenga la bondad de excusarnos. No explique el motivo. Diga tan solo que ha surgido una emergencia.

Tomó el brazo de Quixwood, lo condujo hacia donde los aguardaba Jenner y los tres se marcharon juntos.

El viaje en coche de punto fue uno de los más penosos que Narraway recordaba. Se sentó junto a Quixwood, con el joven policía, Jenner, al otro lado. En varias ocasiones Quixwood tomó aire como para hablar, pero a fin de cuentas no había nada que decir.

Narraway solo era consciente a medias de lo luminosas que se veían las calles con el nuevo alumbrado y de la cálida noche de verano. Se cruzaron con otros carruajes, y uno pasó tan cerca que entrevió los rostros del hombre y la mujer que iban dentro, el breve fulgor de los diamantes en el cuello de ella.

Doblaron una esquina y se vieron obligados a aminorar la marcha. La luz se derramaba por las puertas abiertas y se oían risas y música en los interiores de las casas. La gente comenzaba a retirarse, hablando atropelladamente y gritándose adiós, demasiado distraída para prestar atención al tráfico. El mundo seguía funcionando como si la muerte no existiera y el asesinato fuese algo imposible.

¿Se trataría realmente de un asesinato o Jenner estaba mal informado? Parecía joven y muy alterado.

Narraway no conocía a Quixwood demasiado bien. La suya era una relación social, reduciéndose a mostrarse cordiales en los actos a los que ambos debían asistir, y de vez en cuando tomando una copa en un club de caballeros o en una cena oficial. Narraway había sido jefe de la Special Branch; Quixwood se dedicaba a la banca comercial y manejaba grandes sumas de dinero. Sus caminos nunca se habían cruzado en el ámbito profesional. Narraway ni siquiera recordaba haber conocido a la esposa de Quixwood. Tal vez se equivocaba y simplemente lo había olvidado.

Se alejaban de la Embajada de España sita en Queen's Gate, Kensington, dirigiéndose al este, camino de Belgravia. Quixwood vivía en Lyall Street, a un tiro de piedra de Eaton Square. Les quedaban menos de doscientos metros que recorrer. Quixwood se inclinó hacia delante, mirando fijamente las fachadas que tan bien conocía mientras aminoraban la marcha hasta detenerse a poca distancia de la casa donde la policía cortaba el paso.

Narraway se apeó de inmediato y pagó al cochero, pidiéndole que no aguardara. Jenner salió por el mismo lado con Quixwood. Narraway los siguió por la acera, subió tras ellos la escalinata hasta la puerta principal con pilares clásicos y entró en el recibidor. La luz estaba encendida en todas las habitaciones y había criados a la espera, con el semblante pálido. Vio a un mayordomo y a un lacayo, y a otro hombre que seguramente sería un ayuda de cámara. No había una sola mujer a la vista.

Un hombre entró en el recibidor y se detuvo. Tendría cuarenta y tantos, el pelo prácticamente gris, cara de cansancio y una expresión afligida. Echó un vistazo a Jenner y luego miró a Narraway y Quixwood.

—¿Quién de ustedes es el señor Quixwood? —preguntó en voz baja y un tanto quebrada, como si tuviera la garganta oprimida.

—Soy yo —contestó Quixwood—. Rawdon Quixwood...

—Inspector Knox, señor —respondió aquel hombre—. Lo lamento mucho.

Quixwood comenzó a decir algo, pero se encontró sin palabras.

Knox miró a Narraway, tratando de deducir quién era y por qué había venido.

—Victor Narraway. Resulta que estaba con el señor Quixwood cuando el agente Jenner lo ha encontrado. Le ayudaré en lo que pueda.

—Gracias, señor Narraway. Muy considerado de su parte, señor. —Knox se volvió de nuevo hacia Quixwood—. Siento tener que importunarlo, señor, pero necesito que eche un vistazo a la señora y confirme que se trata de su esposa. El mayordomo ha dicho que lo es, pero preferiríamos que usted...

—Por supuesto —respondió Quixwood—. ¿Dónde está?

—En el vestíbulo, señor. La hemos cubierto con una sábana. Solo el rostro, si no le importa.

Quixwood asintió y cruzó con paso un tanto vacilante la puerta de dos hojas. Miró a su izquierda y se detuvo, balanceándose un poco, alargando la mano como si quisiera agarrar algo y no lo encontrara.

Narraway dio media docena de pasos hasta él, listo para sujetarlo si fuera a tambalearse.

El cadáver de Catherine Quixwood yacía despatarrado bocarriba sobre el suelo de parquet, toda ella tapada con una sábana excepto el rostro. Su pelo largo y moreno estaba suelto, en parte sobre la frente, pero no ocultaba los cardenales de la mejilla y la mandíbula, como tampoco el labio partido manchado de escarlata por la sangre que le salía de la boca. Pese a todo, resultaba evidente que había sido una mujer guapa, dotada de una belleza muy sutil y personal.

Narraway sintió un nudo de impresión y pesar que no se había esperado. No la había conocido en vida y distaba mucho de ser la primera persona que hubiese visto muerta, brutalmente asesinada. Sin pensarlo, alargó la mano y agarró el brazo de Quixwood, sujetándolo con fuerza. Quixwood no opuso la menor resistencia, como si estuviera paralizado.

Narraway lo empujó con mucho cuidado.

—No tiene por qué quedarse aquí. Dígale a Knox si es ella y luego vaya a la sala de estar o a su estudio.

Quixwood se volvió hacia él. Tenía el rostro ceniciento.

—Sí, sí, claro, tiene razón. Gracias. —Dirigió la mirada hacia Knox—. Es mi esposa. ¿Puedo...? ¿O sea...? ¿Tienen que dejarla así? ¿En el suelo? Por Dios... —Respiró profundamente—. Perdone. Supongo...

Knox tenía la cara transida de pena por él.

—Señor Narraway, quizá tendría la bondad de llevar al señor Quixwood a su estudio... —Indicó la dirección con una mano—. Pediré al mayordomo que les sirva coñac.

—Por supuesto.

Narraway no se molestó en corregirlo en cuanto a su título. Nada podía ser menos importante en aquel momento. Guio a Quixwood hacia la puerta que Knox le había indicado.

En cualquier otro momento la habitación habría sido agradable y cómoda. Puesto que estaban a principios de verano, el fuego no estaba encendido en la gran chimenea y las cortinas estaban descorridas, abiertas al jardín. Las lámparas ya estaban encendidas. Seguramente Knox y sus hombres habían registrado la casa. Quixwood se dejó caer en uno de los grandes sillones tapizados de cuero y hundió la cara entre las manos.

Casi de inmediato apareció un criado con una licorera de coñac y dos copas balón en una bandeja de plata. Narraway le dio las gracias. Sirvió una y se la dio a Quixwood, que la tomó y bebió un trago haciendo una mueca, como si le quemara la garganta.

Narraway no bebió. Contemplaba a Quixwood, que estaba prácticamente desplomado en el sillón.

—¿Quiere que pregunte a este tal Knox qué ha ocurrido, suponiendo que lo sepa? —propuso.

—¿Lo haría? —preguntó Quixwood con una chispa de gratitud—. Yo... No creo que pueda soportarlo. Quiero decir... Verla... de esa manera.

—Por supuesto. —Narraway se dirigió a la puerta—. Regresaré en cuanto pueda. ¿Le gustaría que avisara a alguien? ¿Un pariente? ¿Un amigo?

—No —contestó Quixwood con un aire ausente—. Todavía no. No tengo familia inmediata y Catherine... —Suspiró entrecortadamente—. La hermana de Catherine vive en la India. Tendré que escribirle.

Narraway asintió con la cabeza y salió al vestíbulo, cerrando la puerta a sus espaldas sin hacer ruido.

Knox estaba al otro lado del cadáver que yacía en el suelo, más cerca de las puertas exteriores. Se volvió al percatarse de la presencia de Narraway. Rodeó el cadáver hacia él.

—¿Señor? —dijo educadamente—. Si no le importa, creo que sería conveniente que mantuviera al señor Quixwood ahí dentro, con la puerta cerrada, durante la próxima media hora, más o menos. El médico forense está de camino. —Echó un vistazo al cadáver, ahora completamente tapado con la sábana—. El señor Quixwood no tendría que ver esto, ¿entiende?

—¿Tiene alguna idea de lo que ha ocurrido? —preguntó Narraway.

—La verdad es que no —contestó Knox, cuya cortesía lo distanciaba de Narraway como amigo del marido de la víctima, alguien que no podía ser de utilidad alguna, aparte de consolar al viudo.

—Quizá pueda ayudar —dijo Narraway simplemente—.

Y soy lord Narraway, por cierto. Hasta hace muy poco fui jefe de la Special Branch. Estoy familiarizado con la violencia y, lamentablemente, con el asesinato.

Knox pestañeó.

—Lo siento, señor. No era mi intención...

Narraway le quitó hierro con un ademán. Él mismo todavía no se había acostumbrado al título.

—Quizá pueda serle de ayuda. ¿Sorprendió a un ladrón? ¿Quién la ha encontrado? ¿Dónde estaban los demás criados para no oír nada? ¿No es un poco temprano para que alguien entre a robar? Correría un gran riesgo.

—Me temo que no es tan simple, señor —dijo Knox apesadumbrado—. Estoy aguardando al doctor Brinsley. Tardará un poco porque he tenido que enviar a un agente a buscarlo. No quería que viniera cualquiera.

Narraway sintió una punzada de inquietud, como si lo tocara una mano fría.

—¿Debido a la posición de Quixwood? —preguntó, sabiendo que no se trataba de eso.

—No, señor —contestó Knox, dando un paso hacia el cadáver. Tras situarse de modo que no resultara visible a través de la puerta del estudio, levantó la sábana.

Catherine Quixwood yacía bocarriba pero medio acurrucada, con un brazo extendido y el otro debajo de ella. Llevaba una falda ligera de verano de seda floreada y una blusa de muselina, o lo que quedaba de la prenda; la habían desgarrado por delante, destapándole el busto. Tenía profundas laceraciones en la piel, como si alguien la hubiese arañado, rasgándola. Manaba sangre de los arañazos. La falda estaba tan rota y levantada por encima de sus caderas que resultaba imposible determinar su forma original. Los muslos desnudos estaban magullados y, a juzgar por la sangre y otros fluidos, era dolorosamente obvio que la habían violado y golpeado.

—¡Dios Todopoderoso! —dijo Narraway entre dientes. Levantó la vista hacia Knox y vio la piedad de su semblante, tal vez menos disimulada de lo que hubiese sido correcto.

—Necesito que el doctor me diga qué fue lo que la mató, señor. Tengo que manejar este caso con toda exactitud, pero también con toda la discreción posible, por el bien de la pobre señora. —Volvió a mirar hacia la puerta del estudio—. Y por el suyo también, naturalmente.

—Vuelva a cubrirla —solicitó Narraway en voz baja, sintiéndose un poco mareado—. Sí... con la máxima discreción posible... por favor.

2

—¿Special Branch, señor? —preguntó Knox para tranquilizarse.

—Ahora ya no —contestó Narraway—. Ya no ocupo un cargo, pero eso significa que tampoco tengo obligaciones. Si puedo ayudar, y al mismo tiempo mantener este caso en la máxima discreción, estaré encantado. ¿Tiene alguna idea sobre cómo ha ocurrido?

—Todavía no, señor —dijo Knox con tristeza—. No hemos encontrado indicios de por dónde entraron, pero seguimos buscando. Lo extraño es que los criados dicen que no le han abierto la puerta a nadie. Al menos, ni el mayordomo ni el lacayo. Todavía no hemos hablado con todas las sirvientas, pero no me imagino a una sirvienta abriendo la puerta a estas horas de la noche.

—Si una sirvienta hubiese dejado entrar a ese hombre, seguramente también la habría atacado —observó Narraway—. O al menos se habría dado cuenta de que ocurría algo raro. ¿Es posible...?

Se calló, reparando en que era una idea desagradable e injustificada. Knox lo estaba mirando con curiosidad.

—¿Se refiere a que lo esperaban? —dijo, expresando en voz alta lo que había pensado Narraway—. ¿Algún conocido de la señora Quixwood?

Narraway lo miró de hito en hito.

—¿Quién haría algo semejante a una mujer que conociera? ¡Es una salvajada!

El rostro de Knox se puso tenso, las arrugas en torno a su boca se hicieron más profundas.

—Los violadores no siempre son desconocidos, señor. Sabe Dios lo que ocurrió aquí. Pero juro en Su nombre que voy a descubrirlo. Si usted me brinda su ayuda, la aceptaré de buen grado, siempre y cuando mantenga la máxima discreción. No puedo aceptar a cualquier aficionado que se crea capaz de hacer de policía. Pero este no es su caso. —Suspiró—. Tendremos que explicar lo sucedido al señor Quixwood, pero no tiene por qué volver a verla. Mejor que no lo haga, si se me permite el consejo. No querría que la recordara así. —Se pasó la mano por la frente, apartándose el pelo—. Si fuese mi esposa o una de mis hijas, no sé si lograría mantener la cordura.

Narraway asintió. Aunque era la primera vez que veía a Catherine Quixwood, no iba a borrar de su mente aquella imagen con facilidad.

Los interrumpió la llegada de Brinsley, el médico forense. A primera vista era un hombre de aspecto corriente, con los hombros caídos y cara de cansancio, cosa nada sorprendente después de medianoche tras lo que probablemente había sido una larga jornada de trabajo antes de acudir allí.

—Lo siento —se disculpó con Knox—. He recibido otro aviso. Un hombre muerto en un callejón. Según parece, por causas naturales, pero no puedes certificarlo sin verlo. —Se volvió hacia la sábana del suelo—. ¿Qué tenemos aquí?

Sin aguardar una respuesta se agachó y, con una delicadeza sorprendente, la apartó. Hizo una mueca y la tristeza alteró sus facciones. Murmuró algo, pero entre dientes, y Narraway no lo captó.

Por si Quixwood entraba en el vestíbulo, quizá preguntándose qué estaba ocurriendo o buscándolo a él, Narraway se disculpó y regresó al estudio, cerrando la puerta a sus espaldas.

Quixwood estaba sentado en el gran sillón, en la misma postura de antes. Al notar movimiento o quizás al oír que la puerta se cerraba, levantó la vista. Hizo ademán de ir a hablar pero permaneció callado.

Narraway se sentó delante de él.

—Knox parece un hombre honrado y competente —dijo.

—¿No le ayudará, entonces...?

Quixwood dejó la petición a medio decir flotando en el aire, como si no supiera cómo terminarla.

—Sí, claro que lo haré —contestó Narraway, sorprendiéndose de su propia vehemencia. El rostro de la mujer tendida en el suelo a pocos metros de ellos lo había conmovido más de lo que hubiese imaginado. Había algo desesperadamente vulnerable en ella, como si le hubiesen arrebatado algo más que la vida.

—Gracias —dijo Quixwood en voz baja.

Narraway tenía ganas de hablarle, de distraer su atención de lo que estaba sucediendo en el recibidor y, sobre todo, de asegurarse de que Quixwood no saliera del estudio mientras el forense estuviera trabajando. El examen de la víctima sería íntimo e irreverente; era preciso que así fuera. La violación sería tan horriblemente evidente que verla sería casi tan malo como presenciar el abuso sexual. Pero habida cuenta de las circunstancias, ¿qué cabía decir que no fuese simplista y absurdo? Ninguna conversación parecería natural.

Fue Quixwood quien rompió el silencio.

—¿Han averiguado por dónde entró? No entiendo cómo ha podido ocurrir. Las puertas y ventanas están todas cerradas. Nunca nos han robado. —Hablaba demasiado deprisa, como si el decirlo en voz alta lo convirtiera en la verdad—. La casa tenía que estar llena de criados, tan temprano. ¿Quién la ha encontrado? ¿Gritó pidiendo auxilio? —Tragó saliva con dificultad—. ¿Tuvo tiempo de...? Es decir, ¿se dio cuenta?

Esa era la pregunta que Narraway había estado temiendo. Tarde o temprano, Quixwood tendría que saber la respuesta. Si Narraway le mentía ahora, no le creería en el futuro. No obstante, si le contaba algo que se aproximara a la verdad, Quixwood querría salir a ver qué estaba ocurriendo. Tal necesidad sería instintiva, movida por la esperanza de que las cosas no fuesen tan malas como las pintaba la imaginación.

—No —dijo en voz alta—. Por ahora no han encontrado cerraduras rotas ni ventanas forzadas, pero todavía no han terminado de buscar. Es posible que haya una hoja de vidrio cortada en alguna parte. No será fácil verla a oscuras y apenas corre brisa para que se note una corriente de aire. —Pasó a describir la habilidad que tenían los ladrones para pegar un papel encima del cristal, cortarlo sin hacer ruido y retirar un trozo redondo lo bastante grande para que pasara una mano y abrir un cerrojo—. Lo llaman «abrir lunas» —concluyó. Todo aquello era irrelevante; lo contó meramente para ganar tiempo y distraer la atención de Quixwood.

—¿Saben esas cosas en la Special Branch? —preguntó Quixwood con curiosidad, como si lo desconcertara.

—No, me lo contó un amigo que antes trabajaba en la policía.

Narraway siguió contando otros trucos que Pitt había mencionado en distintas ocasiones: pequeños detalles sobre falsificadores de distintas clases, carteristas, tahúres, peristas de objetos robados de distintas calidades. A ninguno de los dos les interesaba lo más mínimo, pero Quixwood escuchaba cortésmente. Era mejor que pensar en lo que estaba sucediendo en el vestíbulo, a escasos metros de allí.

Narraway estaba a punto de quedarse sin más explicaciones de las que le había dado Pitt acerca de los bajos fondos cuando por fin llamaron a la puerta. Al oír la respuesta de Quixwood, entró Knox, que cerró la puerta a sus espaldas.

—Perdone, milord —dijo a Narraway. Luego se volvió hacia Quixwood—. El forense se ha marchado, señor, y se ha llevado el cuerpo de la señora Quixwood con él. ¿Le importa que le haga un par de preguntas para aclarar ciertas cosas? Tampoco sé si deseará quedarse aquí o si preferirá ir a otro sitio a pasar la noche. ¿Tiene amigos con los que quisiera estar?

—¿Cómo? Ah... No... Me quedaré aquí, creo.

Quixwood parecía estar desconcertado, como si todavía no se hubiese planteado qué iba a hacer.

—¿No preferiría ir a su club? —sugirió Narraway—. Resultaría más cómodo para usted. Su servidumbre es probable que esté alterada.

Quixwood lo miró a los ojos.

—Sí, supongo que sí. Dentro de un rato. —Se volvió hacia Knox—. ¿Qué le ha pasado a mi esposa? Seguro que a estas alturas ya lo sabe.

Estaba muy pálido, con los ojos hundidos.

Knox se sentó en la butaca que había entre Quixwood y Narraway. Se inclinó un poco hacia delante.

Narraway no pudo evitar preguntarse cuántas veces habría tenido que hacer aquello, y si algo lo había preparado para ello o se lo había hecho más fácil. Pensó que probablemente no.

—Preferiría no tener que decirle esto, señor —comenzó Knox—, pero de un modo u otro terminará por saberlo. Lo siento. La señora Quixwood ha sido violada, y luego la han matado. No estamos seguros de cómo murió, pero el médico forense nos lo dirá en cuanto haya tenido tiempo de examinarla en su consulta.

Quixwood lo miró fijamente con los ojos muy abiertos, las manos temblorosas.

—¿Ha dicho... ha dicho violada?

—Sí, señor. Lo lamento —dijo Knox abatido—. Si hubiese podido le habría ahorrado la noticia, pero tiene derecho a saberlo.

—¿Ha sufrido? —preguntó Quixwood con un hilo de voz apenas audible.

—Probablemente, por poco rato.

Knox no iba a mentir. Si lo hiciera, tarde o temprano Quixwood se daría cuenta.

Quixwood se pasó una mano por la cara, echándose el pelo hacia atrás con fuerza, como si ese ligero dolor en cierta manera lo distrajera de lo que Knox acababa de decirle. Tenía la piel cenicienta. No había una pizca de sangre en ella, y la oscuridad de su pelo y sus cejas parecía casi azul.

—¿Cómo ha ocurrido, inspector? ¿Cómo es posible que alguien entrara aquí para hacer eso? ¿Dónde estaban los criados, por Dios?

—Lo estamos investigando, señor —contestó Knox.

—¿Quién la ha encontrado? —insistió Quixwood.

Knox tenía paciencia, le constaba que las respuestas eran necesarias, fueran las que fuesen.

—El mayordomo, el señor Luckett. Según parece tiene la costumbre de dar un breve paseo hasta la plaza antes de retirarse. La ha encontrado cuando ha ido a comprobar que la puerta principal estuviera cerrada, antes de ir a acostarse, señor.

—Oh... —Quixwood bajó la mirada al suelo—. Pobre Catherine —murmuró.

—Me figuro que ha salido a dar su paseo por la puerta trasera que da al patio de servicio —dijo Narraway a Knox.

—Sí, señor. Y ha regresado por el mismo camino, echando el cerrojo una vez dentro.

—¿Y no ha visto a nadie? —preguntó Narraway.

—Según dice, no, señor.

—Será la verdad —terció Quixwood—. Lleva años con nosotros. Es un buen hombre. —Abrió mucho los ojos—. Por Dios, ¿no pensará que tenga algo que ver con todo esto?

—No, señor —contestó Knox con serenidad—. El procedimiento habitual nos obliga a comprobarlo todo, desde todos los ángulos.

—¿Luckett sabe a qué hora ha regresado a la casa? —preguntó Narraway a Knox.

—Sí, señor, acababan de dar las diez y media. Envió al lacayo a avisar a la policía de inmediato.

—¿No ha usado el teléfono? —dijo Narraway, sorprendido.

—No es de extrañar —interrumpió Quixwood—. Estaría demasiado nervioso para que se le ocurriera. De todos modos tampoco sabría el número de la comisaría ni se le ocurriría preguntarlo a la operadora.

—Es normal —dijo Knox—. Actuamos por hábito cuando estamos muy impresionados. Uno busca al primer policía que esté de ronda. Da la casualidad que ha resultado ser una buena idea. El lacayo ha encontrado al agente Tibenham a unos doscientos metros de aquí, al otro lado de Eaton Square. Ha venido enseguida y ha utilizado el teléfono para avisarme. Yo he llegado poco después de las once y cuarto. He mandado a buscarlo a la Embajada de España. Usted habrá llegado hacia las doce y media. Ahora es la una y veinte. —Negó con la cabeza—. Lo siento, señor Quixwood, pero tengo que hablar con todos los de la casa antes de permitir que se vayan a la cama. Es preciso que tengan frescos sus recuerdos. Podrían olvidar algo si aguardo hasta mañana.

Quixwood volvió a bajar la mirada a la alfombra.

—Lo entiendo. ¿Me... me necesita?

—No, señor. No es necesario que se entere de cosas que no vienen al caso. No lo entretendré demasiado con mis preguntas.

—¿Cómo dice?

—¿Había asistido a una fiesta en la Embajada española, señor? —preguntó Knox.

—Sí. ¿Y qué mas da?

—¿Era un acto social? ¿Había damas además de caballeros?

Quixwood pestañeó.

—¡Ah! Ya veo a qué se refiere. Sí. Catherine no asistió porque no se encontraba muy bien. Tenía migraña. Las tiene... las tenía con cierta frecuencia.

—Pero ¿estaba invitada?

—Por supuesto. Dijo que prefería acostarse temprano. Esas fiestas a veces se prolongan mucho.

—Entiendo.

Quixwood frunció el ceño.

—¿Qué está diciendo, inspector? No hay nada de extraordinario en eso. Mi esposa no asistía a muchas de las fiestas a las que tengo que asistir. Mucho ruido y mucha cháchara, por lo general con muy poco sentido. Yo mismo no iría si no fuese parte de mi profesión conocer gente, hacer nuevos contactos y demás.

—¿A qué hora ha salido de casa para acudir a la Embajada de España, señor?

—Hacia las ocho y media. He llegado poco antes de las nueve. No era preciso que llegara temprano.

—¿Ha tomado un coche de punto, señor?

—No, tengo mi propio carruaje. —Quixwood se quedó perplejo un instante—. ¡Santo cielo, me he olvidado por completo! El cochero todavía estará en la embajada, aguardándome.

Hizo ademán de ponerse de pie.

—No —le dijo Narraway—. He presentado sus disculpas y he pedido que avisaran a su cochero.

Quixwood le dedicó una rápida mirada de agradecimiento y luego se volvió de nuevo hacia Knox.

—Así pues, ¿cuándo ha ocurrido?

—Seguramente hacia las diez, señor, más o menos. Después de las diez menos cuarto, cuando la sirvienta estaba en el vestíbulo y habló con la señora Quixwood, y antes de las diez y media, cuando el señor Luckett ha regresado y la ha encontrado.

Quixwood frunció el ceño.

—¿Y eso no es de ayuda?

—Sí, señor, seguramente así sea —contestó Knox, con un comedido gesto de asentimiento—. Todavía es muy pronto. Sabremos más cuando hayamos hablado con los criados e inspeccionado la casa a la luz del día. También es posible que algún transeúnte viera algo. Ahora, si me disculpa, señor, tengo que ir a hablar con los criados para que al menos algunos puedan irse a la cama. Además, no queremos que alguien se ponga a limpiar y ordenarlo todo sin darse cuenta de que tal vez esté destruyendo pruebas.

—No, no, claro que no —dijo Quixwood precipitadamente—. Por favor, haga lo que deba. Perdóneme. Tan solo me quedaré aquí un rato más. —Miró a Narraway—. Entiendo que quiera marcharse. Sin duda ha sido una noche espantosa para usted, pero le quedaría sumamente agradecido si pudiera... estar pendiente de lo que ocurre... hacer lo que pueda...

La voz se le fue apagando como si fuera consciente de que estaba pidiendo un gran favor y se avergonzara.

—En la medida en que el inspector Knox me autorice —respondió Narraway. No vaciló al decirlo, no solo por el bien de Quixwood, sino por el de aquella mujer muerta cuyo rostro le había causado tan profunda impresión.

—Gracias —dijo Quixwood en voz baja.

—Le ruego que me acompañe, milord —dijo Knox—. Si así lo desea, por supuesto. Voy a hablar con el resto de los criados en sus dependencias. Están un poco alterados. Lo mejor será reunirlos en el cuarto del ama de llaves, con ella presente. Con una taza de té. Y en un entorno que les resulte familiar.

Narraway consideró que era una idea acertada.

—Bien pensado. Sí, me gustaría acompañarle —aceptó—. Gracias.

Narraway siguió a Knox a través del vestíbulo, donde ahora solo había una mujer a gatas con un cubo y un cepillo en la mano, fregando para limpiar la sangre del parquet en el lugar en que había yacido Catherine Quixwood.

No había más señales visibles del altercado. Seguramente ya habían recogido cualquier objeto que hubiese acabado derribado o roto. Narraway lo agradeció. Así, cuando Quixwood saliera del estudio no habría recordatorios de la violencia acaecida allí.

En el cuarto del ama de llaves, muy cómodo y sorprendentemente espacioso, encontró a la propia ama de llaves. Era una mujer rellenita de mediana edad que llevaba un vestido de tela negra, con el pelo recogido en un moño apresurado. Con ella estaba una joven sirvienta con los ojos enrojecidos, secándose la nariz con un pañuelo húmedo. Había una bandeja de té con varias tazas limpias, una jarra de leche y un azucarero. Knox la miró con ansia, pero al parecer no consideró apropiado servirse.

Narraway sentía la misma necesidad y se sometió a la misma disciplina. No hacerlo habría resultado un tanto pueril; también habría establecido una distancia entre ellos y lo habría señalado como aficionado.

La sirvienta era la última persona que había visto a Catherine Quixwood con vida. Knox le habló con serenidad, pero la muchacha nada pudo aportar, aparte de confirmar la hora. El reloj de pared del recibidor acababa de tocar y siempre daba la hora exacta, según aseguraba el señor Luckett.

Knox le dio las gracias y permiso para retirarse. Luego envió al lacayo a buscar a Luckett allí donde estuviera.

—Intenta que el personal mantenga la calma, señor —le dijo el lacayo—. Y se encarga de que todo esté recogido y todas las puertas y ventanas cerradas. Seguramente lo están, pero las mujeres descansarán mejor si saben que él lo ha comprobado personalmente.

Knox asintió con la cabeza.

—Pues pídale que venga en cuanto termine. Entretanto hablaré con la señora Millbridge —agregó, indicando al ama de llaves.

—Sí, señor. Gracias, señor —dijo el lacayo agradecido, y se marchó, cerrando la puerta a sus espaldas.

Knox se volvió hacia el ama de llaves.

—La señora Quixwood se ha quedado sola en casa esta noche. ¿Sabe por qué motivo? Y, por favor, dígame la verdad, señora. Ser cortés y discreta quizá no sea realmente la mejor muestra de lealtad que pueda dar ahora mismo. No voy a contar a otras personas lo que no tenga que contar. Yo mismo tengo esposa y tres hijas. Las quiero mucho, pero tienen sus rarezas, como todos nosotros. —Negó con la cabeza—. Las hijas, sobre todo. Creo que las conozco, y entonces van y hacen algo que me deja complemente fuera de juego.

La señora Millbridge esbozó una sonrisa, quizá no se atreviera a más habida cuenta de las circunstancias.

—La señora Quixwood no era demasiado aficionada a las fiestas —dijo a media voz—. Le gustaban bastante los conciertos y el teatro. Le encantaban las obras más serias o las más ingeniosas, como las que solía escribir Oscar Wilde.

Pestañeó, quizá consciente de que, desde la caída en desgracia de Oscar Wilde, tal vez no debería admitir que le gustaba su obra.

Knox se quedó un momento sin saber qué decir.

—A mí también —terció Narraway enseguida—. Su ingenio permanece en la mente para disfrutarlo una y otra vez.

La señora Millbridge le dirigió una mirada de gratitud y volvió a centrar su atención en Knox.

—Siendo así, ¿el señor Quixwood iba a menudo a ciertas fiestas sin compañía? —le preguntó Knox.

—Eso creo, sí.

Volvió a mostrarse inquieta, temerosa de haber dicho algo inapropiado sin querer.

Knox le sonrió alentadoramente, y las arrugas de cansancio de su rostro desaparecieron un instante.

—¿De modo que alguien que vigilara la casa, quizá con la intención de entrar a robar, podía reparar en que la señora Quixwood estaría sola una vez que el servicio se retirase a descansar?

La señora Millbridge asintió con la tez muy pálida, quizás imaginando a alguien vigilando desde la oscuridad de la calle, aguardando el momento. Tuvo un ligero escalofrío y se puso tensa.

—¿Recibió alguna visita? —prosiguió Knox—. ¿Una amiga que viniera a verla, por ejemplo?

—No —contestó la señora Millbridge—. Nadie, que yo sepa.

—¿Y cómo lo sabría, señora?

—Bueno... si viniera una visita, querría que les sirviera un té, como mínimo, o tal vez una cena ligera —señaló—. Tendría que haber alguien que lo recogiera y luego aguardase a que la visita se marchara antes de cerrar la puerta. De modo que, como mínimo, estamos hablando de una sirvienta y un lacayo.

—En efecto —dijo Knox con toda calma—. Y si ella fuese a salir de casa, supongo que quedaría un lacayo despierto para abrirle la puerta al regresar. Por no mencionar, tal vez, a un cochero que la llevara adondequiera que fuese.

—Por supuesto —contestó la señora Millbridge, asintiendo con la cabeza.

Narraway pensó en la otra alternativa, que un hombre la hubiese visitado y que ella misma lo hubiese dejado entrar y salir. La única bebida que el visitante habría tomado sería un vaso de whisky o de coñac de la licorera del estudio. No obstante, se guardó de decirlo en voz alta. Seguro que el inspector también había pensado en esa posibilidad.

Knox dio por zanjada la cuestión de las visitas.

—¿Qué le gustaba hacer a la señora Quixwood en su tiempo libre?

La señora Millbridge se mostró desconcertada, y una vez más la inquietud asomó a su semblante. No contestó. Narraway se preguntó de inmediato qué era lo que aquella mujer temía. Observó el rostro de Knox, pero no supo descifrar qué había detrás de la frente arrugada y el mohín de tristeza de su boca.

—¿Le gustaba el jardín, tal vez? —sugirió Knox—. ¿Quizás indicar al jardinero qué plantar y dónde?

—Ah, ya entiendo —dijo la señora Millbridge aliviada—. Sí, le interesaban las flores y demás. A menudo las arreglaba ella misma. En la casa, me refiero. —Por un momento su rostro volvió a estar vivo, como si se hubiese permitido olvidar dónde estaban—. De vez en cuando iba a las conferencias que dan en la Royal Horticultural Society —agregó—. Y también iba a la Geographical Society. Le gustaba leer sobre otros lugares, incluso de sitios tan lejanos como África y Egipto. Leía sobre las personas que vivieron allí hace miles de años. —Sacudió la cabeza, admirada ante tales caprichos—. Y también sobre los griegos y los romanos.

—Parecía una dama muy interesante —observó Knox.

La señora Millbridge tragó saliva y las lágrimas se le derramaron por las mejillas. De repente su aflicción fue dolorosamente obvia. Se la veía mayor, abatida y muy vulnerable.

—Lo siento —se disculpó Knox amablemente—. Quizá podríamos dejar lo demás para otra ocasión, sin duda estará cansada. —Echó un vistazo al reloj que había en la repisa de la chimenea—. Son más de las dos.

—Estoy bien —insistió ella, levantando la barbilla y mirando a Knox con un aire desafiante, habiendo recobrado su dignidad. Tal vez era lo que él había pretendido.

—No lo dudo —le aseguró Knox—, pero mañana estará muy ocupada. Las sirvientas estarán pendientes de usted. Tendrá que ser como una madre para ellas. —Le estaba diciendo algo que ella ya sabía, pero el recordarle su importancia resultaba reconfortante—. No habrán visto nada semejante en su vida —prosiguió Knox—. De todos modos, tendremos que ver a la doncella de la señora Quixwood mañana. Me consta que está demasiado alterada para hablar con nosotros esta noche, pero cuando lo hagamos, seguirá estando muy afligida. Es lo natural.

—Sí —dijo la señora Millbridge, y se puso de pie—. Sí, por supuesto. Flaxley sentía devoción por ella. —Se alisó la falda—.

Tiene razón, señor. Miró un momento a Narraway, pero no tenía ni idea de quién era. Para ella, Knox estaba al mando—. Gracias, señor. Buenas noches.

—Buenas noches, señora Millbridge —contestó Knox.

Cuando el ama de llaves se hubo marchado, Knox por fin se tomó su taza de té, que ya se había enfriado. Guardó silencio, pero su rostro dejaba clara la tensión que le provocaba aquel interrogatorio. Narraway estaba sumamente agradecido de que su carrera profesional no le hubiese puesto una y otra vez en aquella posición. El hecho de no ver la confusión y el pesar tan de cerca, sino tratar asuntos más trascendentes para la seguridad del país, teniendo que distanciarse de la pérdida de vidas humanas concretas, lo había aislado de la íntima y dura realidad de su trabajo. La responsabilidad con la que había cargado era pesada, a veces casi insoportable, pero aun así carecía de aquella inmediatez. Requería coraje, nervios de acero y un juicio certero; no exigía aguantar el sufrimiento de otras personas. Miró a Knox con renovado respeto, incluso con admiración.

Luckett, el mayordomo, llamó a la puerta y entró. Se le veía agotado, con el rostro surcado de profundas arrugas y los ojos enrojecidos. Se puso firmes delante de Knox.

—Por favor, siéntese, señor Luckett —dijo Knox, indicando la silla que antes habían ocupado la sirvienta y la señora Millbridge—. Lo siento, pero el té está frío.

—¿Le apetece té recién hecho, señor? —preguntó Luckett, sin hacer movimiento alguno hacia la silla.

—¿Cómo? Oh, no, gracias —respondió Knox—. Lo decía por usted.

—Estoy bien, gracias, señor —dijo Luckett. Obedeció al gesto de Knox y se sentó—. La casa está en orden, señor, y todas las puertas y ventanas, cerradas. Estamos a salvo para pasar la noche.

—¿Ha visto por dónde han entrado? ¿O ventanas a las que alguien pueda haber trepado? —preguntó Knox.

—No, señor. No sé cómo entró.

—Pues entonces parece que alguien tiene que haberlo dejado entrar.

Knox dijo lo único que podía decir, y sin duda sabía que eso era lo que los demás estaban pensando.

—Sí, señor —respondió Luckett obedientemente, aunque con el rostro transido de tristeza.

—¿Le consta que la señora Quixwood haya recibido visitas por la noche, y que ella misma las haya recibido y despedido en alguna otra ocasión? —preguntó Knox.

La pregunta y las implicaciones que traía aparejadas incomodaron en grado sumo a Luckett.

—No, señor, no me consta —dijo con cierta frialdad.

—Pero ¿es posible? —insistió Knox.

—Supongo que sí.

Luckett no podía discutir. No cabía sacar otra conclusión que explicara lo que había ocurrido aquella noche sin que alguien se hubiese percatado.

—¿La puerta principal estaba cerrada cuando ha encontrado a la señora Quixwood esta noche? —preguntó Knox.

Luckett se puso tenso y se demoró un momento en contestar.

Narraway aguardaba.

Knox no volvió a preguntar sino que permaneció sentado, mirando fijamente a Luckett con ojos tristes y cansados.

Luckett carraspeó.

—Estaba cerrada, señor. Los cerrojos estaban echados —contestó Luckett, sosteniendo la mirada de Knox.

—Entiendo. ¿Y las demás puertas, la lateral o la de la antecocina?

—Cerradas y con el cerrojo echado, señor —contestó Luckett sin vacilar.

—Así pues, quienquiera que fuese, ha entrado por delante y ha salido por el mismo sitio —dedujo Knox—. Interesante. Al menos hemos averiguado algo. Cuando ha ido a dar su paseo hasta Eaton Square, ¿por dónde ha salido, señor Luckett?

Luckett se quedó de una pieza, y, al comprender la conclusión obvia, se le demudó el semblante.

—He salido por la puerta lateral que da al patio de servicio —dijo Luckett muy deprisa—. Tenía una llave. La he cerrado pero, como es lógico, no he podido echar los cerrojos. He regresado por el mismo sitio. Entonces he ido a comprobar la puerta principal por última vez y ha sido cuando he visto a la señora Quixwood.

—¿Suele hacerlo así? —preguntó Knox—. ¿Dar el paseo y luego ir a comprobar la puerta principal?

—Sí, señor.

—¿De modo que los cerrojos de la puerta lateral no estaban echados mientras usted estuvo fuera?

—No, señor, pero la puerta estaba cerrada con llave —dijo Luckett con certeza—. He tenido que usar mi llave para abrirla. No cabe duda, señor. Ninguna duda. He oído cómo se deslizaba el pestillo, ¡lo he percibido!

Knox inclinó la cabeza con un ademán de asentimiento.

—Gracias, señor Luckett. Tal vez hablemos de nuevo mañana. Creo que sería buena idea que ahora fuera a acostarse. Esto no va a ser fácil para usted durante un tiempo. Lo van a necesitar.

Luckett se puso de pie no sin cierto esfuerzo. De pronto parecía entumecido, como si le dolieran las coyunturas. Era un hombre mayor cuyo mundo se había derrumbado en una breve velada y la única protección que tenía contra ello era su dignidad.

—Sí, señor —dijo agradecido—. Buenas noches, señor.

Cuando se hubo marchado, Narraway se preguntó quién cerraría la casa cuando él y Knox se marcharan. Se volvió hacia Knox para preguntárselo, justo cuando se oyó una insistente llamada en el tablero de campanillas que había junto a la puerta del cuarto del ama de llaves.

Knox levantó la vista.

—¿La puerta principal? —preguntó, sin dirigirse a nadie en concreto—. ¿Quién demonios puede ser a... las tres de la mañana?

Se puso de pie y pasó delante para dirigirse desde las dependencias del servicio hasta el recibidor y la puerta principal. En cuanto llegó, con Narraway casi pisándole los talones, la campanilla sonó otra vez en el recibidor; solo era un leve campanilleo procedente del tablero del otro lado de la puerta escusada y del que había junto a la puerta del cuarto de la señora Millbridge.

En el rellano exterior había un agente en posición de firmes. Narraway vio su sombra a través de la ventana del recibidor, y la de otra persona un poco más retirada.

Knox abrió la puerta y el agente se volvió hacia él.

—Un caballero de la prensa, señor —dijo el agente con una voz tan desprovista de expresión que era toda una expresión en sí misma.

Knox salió y se enfrentó al otro hombre.

—Cuando haya algo que decir, se lo diré. —Su voz fue fría y reflejó su ira contenida—. Son las tres de la madrugada. ¿Qué demonios está haciendo, llamando a la puerta de una casa a estas horas de la noche? ¿Es que no tiene una pizca de decencia? Me están viniendo ganas de averiguar dónde vive y aguardar a que ocurra una tragedia en su familia, ¡y entonces enviar a un agente a aporrear la puerta de su casa en plena noche!

El periodista se quedó atónito un momento.

—Me han comentado... —comenzó.

—Ya se lo he dicho —masculló Knox entre dientes—, ¡hablaré con ustedes cuando tenga algo que decir! Son un hatajo de carroñeros que huelen la muerte en el aire y vienen a volar en círculos para ver qué provecho pueden sacar.

Narraway se quedó perplejo ante semejante despliegue de furia, pero acto seguido se dio cuenta de lo profundamente ofendido que estaba Knox por quienes estaban dentro de la casa, víctimas de la impresión y asustados por acontecimientos que ni siquiera hubieran podido imaginar unas pocas horas antes. Hacía gala de una lástima tan descarnada que se diría que él mismo sentía la herida. Narraway estuvo a punto de salir y sumar su propia irritación cuando oyó pasos sobre el parquet a sus espaldas. Se volvió y se encontró con Quixwood. Su aspecto era horrible. Tenía el rostro arrugado y pálido, con los ojos enrojecidos, el pelo despeinado y los hombros caídos como si estuviera agotado de cargar con un inmenso peso invisible.

—Está bien —dijo Quixwood con voz ronca—. Tarde o temprano tendremos que hablar con la prensa. Casi prefiero hacerlo ahora y no tener que enfrentarme más a ellos. Aunque le agradezco su protección, inspector... Perdone, he olvidado su nombre.

Se pasó los dedos por el pelo como si así fuera a despejarse la mente.

—¿Está seguro, señor? —preguntó Knox con amabilidad—. No tiene por qué hacerlo, ¿sabe?

Quixwood asintió imperceptiblemente y se aproximó a la puerta abierta. Salió al rellano exterior, saludó al agente y luego miró al hombre de la prensa.

—Quizá debería decir «buenos días» a estas horas —comenzó sombríamente—. Sin duda ha venido porque se ha enterado de que estamos en medio de una tragedia tan abrumadora que apenas sabemos cómo actuar. Me han hecho venir aquí antes de medianoche porque han encontrado a mi esposa muerta de una paliza en el vestíbulo de su propia casa. Por ahora no sabemos quién ha cometido este acto tan espantoso ni por qué.

Respiró profundamente, estremeciéndose.

—Según parece no nos han robado, pero tras un nuevo registro quizá descubramos lo contrario. Los criados estaban en la parte trasera de la casa y no han oído nada, excepto el mayordomo, que había salido a dar un corto paseo antes de irse a la cama. Ha descubierto el cadáver de mi esposa al regresar. La verdad es que de momento no tengo nada más que decir. Estoy convencido de que el inspector los informará cuando haya algo más que sea de interés del público, respetando la privacidad de nuestra aflicción. Buenas noches.

—¡Señor! —gritó el periodista.

Quixwood se volvió muy despacio, su rostro era como una máscara a la luz de la lámpara que colgaba encima de la puerta. No dijo nada.

El periodista perdió el descaro.

—Gracias —dijo.

Quixwood no contestó, sino que regresó al interior, contando con que Knox cerraría la puerta, dejando al agente en la calle.

Quixwood se volvió hacia Narraway.

—Gracias, Narraway. Le estoy sumamente agradecido por su apoyo. —Sus ojos escrutaron el semblante de Narraway—. Apreciaría que hiciera lo posible para ayudar al inspector a que las especulaciones sean... mínimas. Las circunstancias son... —Tragó saliva—. Dan pie a sacar más de una conclusión. Pero yo amaba a Catherine y no permitiré que mancillen su memoria los vulgares y lascivos que nada valoran y desconocen el sentido del honor. Por favor... —Se le quebró la voz.

—Delo por hecho —dijo Narraway enseguida—. Haré todo lo que Knox me permita hacer. Quizás haya vías de investigación que yo pueda explorar y él no. Todavía tengo influencias en algunos sitios.

Quixwood esbozó apenas una sonrisa.

—Gracias.

Narraway tomó uno de los coches de punto que la policía había parado y fue a su casa para dormir unas pocas horas antes de enfrentarse al día siguiente, cuando intentaría contemplar el caso con más claridad. Se dio un baño caliente para quitarse parte de la fatiga y de la tensión que lo agarrotaba, y luego se metió en la cama.

Durmió profundamente, de puro agotamiento, pero se despertó antes de las ocho, perseguido por sueños de la mujer muerta, del terror y el agudo dolor que debió sentir cuando le desgarraban las partes más íntimas del cuerpo. Le dolía la cabeza y tenía la boca seca. El vacío de su propia vida desde que había perdido su puesto como jefe de la Special Branch ahora parecía ridículamente trivial, algo de lo que avergonzarse al compararlo con lo que le había sucedido a Catherine Quixwood.

Se aseó, afeitó y vistió, y luego bajó a tomar un desayuno compuesto de huevos revueltos, una tostada y té, antes de salir a la cálida mañana de verano en busca de un coche de punto para ir a ver al doctor Brinsley.

La morgue era un lugar que Narraway detestaba. Era un recordatorio excesivamente amargo de la propia mortalidad. El olor le revolvía las tripas. Luego siempre le quedaba el sabor en la boca durante horas.

El calor y el polvo de aquel día, el olor a estiércol en la calle, de pronto fueron deliciosos comparados con lo que sabía que tendría que afrontar en cuanto las puertas se cerraran a su espalda.

Encontró a Brinsley de inmediato. Su rostro de nariz larga y expresión sardónica le dijo que las noticias eran malas y, probablemente, complicadas.

—Buenos días, milord —saludó Brinsley haciendo una mueca—. Deduzco que no ha visto al inspector Knox.

—No, todavía no —contestó Narraway lacónicamente—. ¿Está en condiciones de contarme algo?

—Venga a mi despacho —le invitó Brinsley—. Al menos huele un poco mejor.

Sin aguardar respuesta, enfiló el pasillo, torció a la derecha y entró delante en una pequeña habitación con libros y papeles apilados sobre todas las superficies disponibles. Cerró la puerta.

Narraway aguardó. No quería sentarse. Hacerlo conllevaría permanecer allí más tiempo del que deseaba quedarse.

Brinsley se dio cuenta y lo comprendió. Una chispa de complicidad asomó a sus ojos.

—La violaron y le dieron una paliza tremenda. Ese maldito animal incluso le mordió un pecho —dijo con aspereza—. Pero no creo que eso fuese lo que la mató, al menos no directamente.

Narraway se quedó perplejo, momentáneamente incrédulo.

Brinsley suspiró.

—Murió de una intoxicación de opio.

Narraway sintió un escalofrío. Tuvo la sensación de que el olor de aquel lugar le había impregnado la nariz y la boca.

—¿Antes de que la violaran o después? —preguntó con voz ronca—. ¿Lo sabe?

—Después —dijo Brinsley—. Knox ha encontrado el vaso con el que tomó láudano, y estaba manchado de sangre.

—¿La obligó a beberlo?

Narraway supo que la pregunta era estúpida antes de terminarla.

El rostro de Brinsley reflejaba compasión, no solo por Catherine, sino posiblemente por Narraway también.

—Es mucho más probable que estuviera aturdida, rayando en la desesperación —contestó el forense—. O bien no se dio cuenta de cuánto había tomado o, más probablemente, esa fue su intención. Fue algo brutal. Sabe Dios qué debía sentir. Muchas mujeres nunca superan una violación. No soportan la vergüenza y el horror que conlleva.

—¿Vergüenza? —le espetó Narraway.

Brinsley suspiró.

—Es un crimen de violencia, de humillación. Se sienten como si hubiesen sido mancilladas hasta el extremo de no poder vivir con ello. Demasiado a menudo, los hombres que ellas creen que las aman no las quieren después de algo así. —Tragó saliva con dificultad—. Hay maridos que no lo pueden aceptar... no pueden vivir con ello. No consiguen librarse de la idea de que de un modo u otro la mujer tiene que haberlo consentido.

—Pero si la golpearon... —comenzó Narraway, levantando la voz más de la cuenta.

—¡Ya lo sé! —interrumpió Brinsley bruscamente—. Lo sé. Le estoy diciendo lo que ocurre. No lo estoy justificando ni buscando una explicación. Hay hombres que reaccionan de maneras extrañas: se sienten impotentes por no haber podido defender a sus propias mujeres. Lo siento. El láudano fue lo que la mató, y todo indica que lo tomó ella misma. Dios la asista. —Tragó saliva, con el rostro transido de dolor—. Encontrará a ese tipo, ¿verdad? No podrá ahorcarlo por asesinato, pero tiene que haber alguna manera de librarse de él.

—Lo haré. —Narraway notó que se le hacía un nudo en la garganta y que la ira se adueñaba de él—. Lo haré.

3

Pitt estaba distraído mientras desayunaba. Comía absorto, con toda su atención puesta en lo que estaba leyendo en el periódico. Levantó la vista un momento para despedirse de Jemima y Daniel, y reanudó la lectura del artículo. Incluso dejó que el té se le enfriara en la taza.

Charlotte se levantó y se llevó la tetera a los fogones, puso la pava a calentar y aguardó hasta que el agua volvió a hervir. Con el té recién hecho y una taza limpia en la mano, regresó y se sentó a la mesa.

—¿Más té? —preguntó.

Pitt levantó la vista y miró desconcertado su taza.

—Está frío —dijo Charlotte amablemente.

—Oh. —Esbozó una sonrisa de disculpa—. Perdona...

—A juzgar por tu expresión, no hay buenas noticias —observó ella.

—Especulaciones sobre el juicio de Jameson —contestó él, doblando el periódico para dejarlo encima de la mesa—. La mayor parte de la gente no ha entendido nada.

Charlotte había leído lo suficiente al respecto para saber a qué se refería. Leander Starr Jameson había regresado a Gran Bretaña desde África, acusado de haber dirigido una mal concebida invasión desde el territorio británico de Bechuanaland, cruzando la frontera para penetrar en el independiente Transvaal en un intento por incitar la rebelión y derrocar al gobierno bóer, esencialmente de origen holandés.

—Es culpable, ¿no? —preguntó Charlotte, insegura por si acaso había interpretado mal lo que había leído.

—Sí —contestó Pitt, entre dos sorbos de su nueva taza de té caliente—. La cuestión reside en la clase de sentencia que se dicte y en qué medida lo adora la opinión pública. Según parece es un hombre bastante atractivo, no en el sentido corriente de ser apuesto o encantador, sino porque posee cierto magnetismo que cautiva a la gente. Lo ven como el héroe ideal.

Charlotte escrutó el semblante de Pitt, la sombría expresión de sus ojos que desmentía la desenvoltura de su voz.

—Hay algo más —dijo con voz cavernosa—. Es importante, ¿verdad?

—Sí —contestó Pitt en voz baja—. El señor Kipling lo considera un héroe de nuestro tiempo: valiente, leal, un hombre de recursos que agarra las oportunidades al vuelo, un líder nato, de hecho.

Charlotte tragó saliva.

—¿Y no lo es?

—El señor Churchill dice que es un loco peligroso que, en un futuro inmediato, provocará la guerra entre Gran Bretaña y los bóeres en Sudáfrica —contestó Pitt.

Charlotte se quedó horrorizada.

—¡Guerra! ¿Es posible? —Dejó su taza en la mesa con mano temblorosa—. ¿En serio? ¿El señor Churchill no está siendo...? Quiero decir, ¿no está llamando la atención sobre su persona? Emily dice que lo hace un poco.

Pitt no contestó de inmediato.

—¿Thomas? —inquirió Charlotte.

—No lo sé. Me da miedo que Churchill pueda llevar razón. —Su mirada no se apartó de la de ella—. No solo por la incursión de Jameson; también hay otros asuntos en juego. El oro y los diamantes van a atraer a un montón de aventureros y especuladores.

—¿Eso nos afectará? —preguntó Charlotte—. ¿A la Special Branch? ¿A ti?

Pitt sonrió.

—No puedo ignorarlo por completo.

Charlotte asintió, fue a decir algo más pero resolvió que sería más prudente no seguir haciéndole preguntas que nadie podía contestar todavía. Se levantó.

—Charlotte —dijo Pitt con ternura.

Ella se volvió, expectante.

—Una cosa después de otra —agregó Pitt, y sonrió.

Charlotte alargó el brazo y le tocó la mano. No fue preciso decir más.

Había aguardado con ilusión la fiesta al aire libre de aquella tarde, en buena medida porque iba a ir con Vespasia, que pasaría a recogerla. Solo de un tiempo a esta parte, desde el ascenso de Pitt, Charlotte había podido permitirse comprar vestidos nuevos para tales ocasiones, en lugar de tomarlos prestados de Vespasia, porque, aunque le sentaban muy bien, no encajaban del todo con sus gustos; o de su hermana Emily, que era más delgada y unos cuantos centímetros más baja. Por no mencionar el hecho de que la apariencia de Charlotte era más vívida que el exquisito plateado de Vespasia o el delicado rubio y la piel de alabastro de Emily.

Charlotte siempre disfrutaba en compañía de Vespasia. Nunca decía banalidades y, en cambio, estaba informada sobre toda suerte de cosas, desde las más importantes hasta las meramente divertidas. Charlotte estaba lista y mataba el rato leyendo un libro en la sala de estar cuando Vespasia llegó y la criada, Minnie Maude, la hizo pasar. Aunque Minnie Maude ya llevaba más de un año con Charlotte, todavía la intimidaba más de la cuenta anunciar a las visitas.

—Lady Vespasia Cumming-Gould, señora.

Charlotte se puso de pie de inmediato, sin siquiera poner un punto en el libro.

—Llegas pronto. Qué bien —dijo afectuosamente—. ¿Te apetece una taza de té antes de que nos vayamos?

—Gracias —aceptó Vespasia. Se sentó con elegancia en el otro sillón y se arregló las amplias faldas como si, nada más llegar, se sintiera como en casa en aquella habitación con sus cómodos y usados muebles, sus librerías y sus fotografías familiares.

Charlotte asintió a Minnie Maude.

—El Earl Grey, por favor, y emparedados de pepino —solicitó. Sabía, sin necesidad de preguntarlo, que era lo que a Vespasia más le gustaba.

En cuanto se cerró la puerta, Charlotte miró a Vespasia más detenidamente y reparó en que estaba un poco tensa.

—¿Qué sucede? —preguntó en voz baja—. ¿Ha ocurrido algo?

—Eso creo —contestó Vespasia—. Al menos, fuera de toda duda, algo ha ocurrido, pero creo que es más grave de lo que pretenden hacernos creer. —Sonrió brevemente, como disculpándose por lo espinoso del asunto que iba a exponer—. Una amiga mía me ha dicho que Angeles Castelbranco ha roto su compromiso con Tiago de Freitas.

Charlotte se quedó pasmada.

—¿Y eso es tan grave? Es muy joven. Quizá por eso estaba tan nerviosa la otra noche. Aún no está preparada para pensar en casarse. Solo tiene dos años más que Jemima. ¡Todavía es una niña!

—Querida, existe una gran diferencia entre los catorce y los dieciséis años —respondió Vespasia.

—¡Dos años!

Para Charlotte resultaba del todo imposible imaginar a Jemima pensando en casarse al cabo de dos años. La idea de que se marchara de casa se le antojaba remota.

Ahora la sonrisa de Vespasia era amable aunque también divertida.

—Te sorprenderá ver el cambio que suponen dos años. La primera vez que se enamore de un hombre de verdad, no de un sueño, no queda tan lejos como te figuras.

—Bien, tal vez Angeles está enamorada pero todavía no está lista para pensar en casarse —sugirió Charlotte—. Es divertido estar enamorada sin pensar en establecerte en un nuevo hogar, con nuevas responsabilidades y, antes de que te des cuenta, con hijos propios. Apenas ha comenzado a saborear la vida. Me parece de lo más natural que quiera disfrutar uno o dos años más antes de fundar una familia.

—Desde luego. Pero una puede estar prometida durante varios años —señaló Vespasia.

Charlotte frunció el ceño.

—¿Pues entonces qué piensas que puede haber pasado? ¿Una riña? ¿O acaso él se imagina que está enamorada de otro? —Se le ocurrió una idea más dolorosa—. ¿O es ella quien se ha enterado de algo penoso sobre su prometido?

—Lo dudo mucho —contestó Vespasia.

Minnie Maude llamó a la puerta y entró con una bandeja de té y emparedados de pepino muy finos, tal como hacía poco Charlotte le había enseñado a cortarlos.

Minnie Maude miró un momento a Charlotte para ver si le daba su aprobación.

—Gracias —aceptó Charlotte, asintiendo discretamente con la cabeza. Minnie Maude había reemplazado a Gracie, la sirvienta que los Pitt habían tenido desde su boda. Gracie por fin se había casado con el sargento Tellman y había montado su propia casa, de la que estaba inmensamente orgullosa. Nadie conseguiría ocupar su lugar, pero poco a poco Minnie Maude estaba haciéndose con el papel. Sonrió de oreja a oreja un instante, pero enseguida recordó el decoro, hizo una reverencia y se retiró, cerrando la puerta a sus espaldas.

Charlotte miró a Vespasia.

Vespasia observó los emparedados.

—Excelentes —murmuró—. Minnie Maude está haciendo grandes progresos.

Tomó uno y lo puso en su plato mientras Charlotte servía el té.

—¿Qué temes que le haya ocurrido a Angeles Castelbranco? —preguntó Charlotte momentos después.

—El matrimonio estaba concertado, naturalmente —respondió Vespasia—. La familia De Freitas es rica y muy respetada. Para Angeles es un buen partido. Tiago es seis o siete años mayor que ella y, según tengo entendido, no se le conoce nada malo.

—¿Qué credibilidad tienen esas habladurías? —preguntó Charlotte escéptica, sorprendida de cuán protectora se sentía de una chica a quien solo había visto una vez. ¿Se estaría preparando para sobreproteger a Jemima? Recordaba a su madre haciendo lo mismo, y cuánto lo había detestado.

Vespasia la estaba observando no sin cierta ironía, tal vez debido a sus propios recuerdos de cuando sus hijas se hicieron mayores.

—Más de la que crees —contestó—. Estoy segura de que Isaura Castelbranco fue joven una vez y que no ha olvidado sus sueños de futuro. Cosa que, sin duda, pronto le estarás diciendo a Jemima.

—¿Entonces por qué estás preocupada? —preguntó Charlotte, poniéndose seria de nuevo—. ¿Qué es lo que temes?

Vespasia se quedó callada un rato. Bebió un sorbo de té y se comió otro emparedado de pepino de Minnie Maude.

Charlotte aguardó, recordando la fiesta en la Embajada de España y la expresión del rostro de Angeles, tratando de rememorarlo con exactitud, y sabiendo que se estaba implicando emocionalmente.

—¿Qué piensas que ha ocurrido? —preguntó con más apremio.

—No lo sé —admitió Vespasia—, pero creo que esa chica estaba muy afligida. No estaba solo enojada o avergonzada. Es algo sonado romper un compromiso con una familia como esa. Si no da una razón de peso, se sugerirán otras razones, en su mayoría poco halagadoras. De momento ya se ha dicho que es ella quien lo rompió, pero a veces un joven permite que así lo crea la gente, a modo de galantería, cuando en realidad ha sido él quien lo ha hecho.

Charlotte se sobresaltó.

—¿Qué estás diciendo? ¿Que ha... ha perdido la virginidad? Es una chica de dieciséis años, no una cortesana de treinta. ¿Cómo has podido siquiera pensarlo?

—No lo he hecho —señaló amablemente Vespasia—. Lo has hecho tú. Y así se demuestra lo que quería decir. La gente buscará razones y, si no se las dan, se inventará las suyas. Romper un compromiso matrimonial no es algo que una haga a la ligera.

Charlotte bajó la mirada a la alfombra.

—Supongo que en realidad ya lo sé. Solo que no quiero reconocerlo. Es tan joven... Y parecía muy vulnerable en esa fiesta. La sala estaba atestada y, sin embargo, ella estaba sola.

Vespasia se terminó el té y dejó la taza en el plato.

—Ojalá me equivoque. Demasiadas horas que llenar con cosas sin importancia, me figuro. —Se puso de pie—. ¿Nos vamos?

En la fiesta, Charlotte acompañó a Vespasia durante un rato mientras se encontraban con amigos o conocidos e intercambiaban los comentarios corteses al uso. Había deseado asistir, sumirse en el remolino de conversaciones y cotilleos, en la excitación de conocer caras nuevas, pero al cabo de una media hora se dio cuenta de que en realidad no tenían nada de nuevas. Igual que la ropa, sus modales y su forma de hablar revelaban a la persona que los usaba y, no obstante, ocultaban buena parte de la verdad.

Contemplando a una mujer con un traje reluciente, se preguntó si era la exuberancia lo que la había impulsado a ponérselo, o si más bien se trataba de una bravuconada para disimular su inseguridad, incluso su miedo o su pesar. Y la mujer con el vestido de corte sencillo y apagados tonos azules, ¿lo llevaba por modestia, por la suprema confianza que no precisaba ostentación, o simplemente era el único que todavía no se había puesto en compañía de los mismos invitados? Había un sinfín de cosas que cabía interpretar de mil maneras distintas.

Unos diez minutos más tarde Charlotte se topó con Isaura Castelbranco y aprovechó con gusto la oportunidad de entablar conversación con ella. Parecía muy fácil preguntar en qué región de Portugal se había criado y escuchar una descripción del hermoso valle que había sido su hogar hasta que se casó.

—¿Oporto? —dijo Charlotte con un interés que no tuvo que fingir—. A menudo me he preguntado cómo lo hacen, porque es bastante diferente de cualquier otro vino, incluso del jerez.

—Es vino elaborado con uva del valle del Duero —contestó Isaura, con los ojos brillantes de entusiasmo—. Pero en realidad no es eso lo que lo hace especial. Se fortifica con un licor de coñac y envejece en barricas de una madera concreta. Requiere mucha destreza, y buena parte del proceso se mantiene en secreto.

Sonrió, y lo hizo con orgullo.

—Hace siglos que lo elaboramos, y el arte de hacerlo pasa de generación en generación en el seno de cada familia. No es que la mía sea una de ellas —añadió apresuradamente—. Solo vivíamos en la región. La familia de mi marido plantó las cepas con las que todo comenzó. Su padre y sus hermanos se decepcionaron cuando él estudió política para dedicarse al servicio diplomático, pero creo que nunca se ha arrepentido. Aunque, por descontado, todavía sentimos el aguijonazo del recuerdo cada vez que regresamos a los viñedos: el sol en las vides, la vendimia, la excitación de saborear la cosecha del año.

»De niña acostumbraba a soñar despierta con el vino madurando en la madera, y luego un día imaginaba a los caballeros en cuyas mesas se serviría. Imaginaba quiénes serían, qué grandes asuntos de Estado se discutirían con una copa de oporto en la mano. —Se rio con timidez—. Me figuraba que planeaban osadas aventuras y exploraciones, que relataban descubrimientos, que presentaban teorías sobre cien ideas novedosas, reformas para cambiar las leyes de las naciones. Ridículo, quizá, pero...

—¡En absoluto ridículo! —dijo Charlotte en voz baja—. Mucho mejor que mis ensoñaciones, se lo prometo. Es algo de lo que estar orgullosa.

Isaura se rio.

—Ese vino estuvo en las copas de los grandes exploradores portugueses, de navegantes de todo el mundo, comerciantes de exóticas sedas y especias, pero buena parte estuvo en las mesas de comedores ingleses después de que las señoras se retirasen. En mi imaginación, todo gran hombre bebía oporto mientras planeaba colonizar América o Australia, buscaba el paso del Noroeste hasta el Pacífico o descubría la circulación de la sangre, las leyes de la gravedad, o escribía sobre el origen de las especies.

Se ruborizó un poco por su atrevimiento.

—Me parece una idea maravillosa —dijo Charlotte afectuosamente—. Nunca volveré a mirar una botella de buen oporto sin que se me encienda la imaginación. Gracias por ilustrarme tan gustosamente.

Antes de que Isaura pudiera responder se les unieron otras tres damas con trajes muy a la moda y sombreros que atraían la atención, y sin duda la envidia, de toda mujer que alcanzara a verlas aunque fuera brevemente. Lamentándolo, Charlotte volvió a la conversación sobre chismes y trivialidades.

—Maravilloso —dijo una mujer, mostrándose entusiasmada—. No se puede imaginar cómo quedaba, querida. Nunca lo olvidaré.

—¿Cree que llegará a casarse con él? —preguntó otra con suma curiosidad—. ¡Formarían una pareja increíble!

—Me estremezco solo de pensarlo. —Una tercera hizo una ligerísima indicación con un elegante movimiento del hombro—. De todos modos, estoy casi segura de que le ha echado el ojo a sir Pelham Forsbrook.

Este último nombre llamó la atención de Charlotte. Era el padre de Neville Forsbrook, el joven que tan cruelmente se había mofado de Angeles Castelbranco. Miró con el rabillo del ojo a Isaura y vio la angustia que asomaba a su semblante antes de que tuviera ocasión de disimularla sonriendo con fingido interés.

—¿Sir Pelham está pensando en casarse otra vez? —preguntó Charlotte, desconociendo las circunstancias con la salvedad de que, teniendo un hijo como tenía, sin duda había estado casado antes.

—Es ella quien piensa en ello, querida —dijo la primera mujer con una sonrisa un tanto condescendiente—. Pelham vale una fortuna. Tiene todo tipo de inversiones en África, tengo entendido. Probablemente oro, diría yo. ¿No encontraron grandes cantidades en Johannesburgo el año pasado? Y es un hombre encantador, algo moreno e interesante, un rostro imponente.

Otra de ellas rio tontamente.

—Me parece que te atrae, Marguerite.

—¡Tonterías! —respondió Marguerite una pizca apresurada—. Eleanor era amiga mía. No se me ocurriría ni soñarlo. Qué tragedia. Todavía no me la puedo quitar de la cabeza.

Charlotte tomó nota mental de preguntar a Vespasia qué le había ocurrido a Eleanor, quien presumiblemente había sido la esposa de Forsbrook. Por el momento se volvió hacia Isaura, le dijo lo encantada que había estado de verla de nuevo y se disculpó para alejarse de la conversación.

Aún andaba haciéndose preguntas acerca de la familia Forsbrook cuando reparó en un grupo de muchachas de diecisiete o dieciocho años, que reían y hablaban animadamente. Todas eran guapas, con la inmaculada tez sin arrugas propia de la juventud, pero una de ellas en concreto llamó la atención de Charlotte por lo atractiva que era. Tenía un aire de vehemencia que al instante la hacía sobresalir entre la charla de las demás. Parecía mucho más seria, como si anduviera ocupada con un asunto que solo a ella atañía. Además, su pelo y sus ojos eran sorprendentemente oscuros y bastante bonitos en contraste con los tonos melocotón de su vestido de cuello alto.

Charlotte la estuvo observando mientras otra chica le hablaba, pidiéndole que le repitiera ciertas palabras antes de contestar. Incluso entonces su respuesta fue vaga, suscitando la burla de una y las risitas de otras dos.

Había algo familiar en su desazón, y entonces Charlotte cayó en la cuenta de que era Angeles Castelbranco. Su vestido era radicalmente distinto al traje de baile que había llevado en la embajada, pero el parecido con su madre tendría que haber bastado para que Charlotte la reconociera, incluso desde cierta distancia y en escorzo.

Las chicas volvieron a reír. Un joven pasó cerca de ellas y sonrió. Discretamente, las contempló a todas, pero se hizo evidente que Angeles fue quien llamó su atención. Al lado de las demás se veía pálida, incluso común, aunque hoy su vestido era extremadamente pudoroso y no hizo el menor intento de sostenerle la mirada.

El joven le sonrió.

Ella correspondió con una levísima media sonrisa y luego bajó los ojos.

Él titubeó, sin saber si atreverse a hablar con ella dado que no se conocían y ella no lo había animado a hacerlo.

Otra de las chicas le sonrió. Él inclinó la cabeza, haciendo una pequeña reverencia, y siguió su camino. Dos de las chicas se echaron a reír.

Angeles se veía descontenta, incluso incómoda. Se disculpó y se dirigió hacia donde Isaura seguía conversando.

Charlotte encontró a Vespasia otra vez. Pasearon juntas hacia un magnífico parterre de flores mezcladas, brillantes agujas rosas y azules de altramuz y miles de chillonas amapolas orientales en una profusión de escarlatas, carmesíes y duraznos.

Charlotte refirió a Vespasia lo que había visto suceder entre Angeles Castelbranco, las otras chicas y el joven.

—¿Y eso te inquieta? —preguntó Vespasia en voz baja.

—No sé por qué —admitió Charlotte—. Parecía muy incómoda, como si tuviera una profunda pena a la que intentara sobreponerse, sin conseguirlo. Supongo que ya no recuerdo cómo es lo de tener dieciséis años. Hace tanto tiempo que resulta alarmante. Pero creo que yo era torpe en lugar de desgraciada.

—No estabas prometida en matrimonio —señaló Vespasia.

—¡No, pero me habría gustado estarlo! —dijo Charlotte con arrepentimiento—. Pensaba en ello casi todo el tiempo. Miraba a cada joven que conocía, preguntándome si podía ser el elegido, y cómo sucedería, y si podría aprender a amarlo.

Recordó avergonzada algunos de los pensamientos que por aquel entonces le habían pasado por la cabeza.

—Por supuesto —respondió Vespasia—. A todas nos ha pasado. Los grandes romances de la imaginación... —Sonrió ante sus propios recuerdos—. Como reflejos en el agua: relucientes, un poco distorsionados y desaparecidos con el primer soplo de brisa. —Entonces el tono de broma cesó—. ¿Has notado algo más grave?

—Tal vez no. Dijiste que era un matrimonio concertado, ¿verdad? A los dieciséis se es muy joven para pensar que tu destino ya está decidido, y que para colmo lo haya hecho alguien que no seas tú.

—Es una práctica corriente —señaló Vespasia—. Y me atrevería a decir que cuando nuestros padres eligieron por nosotras no fueron más imprudentes de como lo habríamos sido nosotras mismas. Recuerdo haberme enamorado no menos de seis veces de hombres con los que habría sido desastroso casarme.

Charlotte tomó aire para preguntar si la elección que al final había hecho había sido mucho mejor. Por suerte se dio cuenta de lo terriblemente impertinente que sería hacerlo. Por lo poco que sabía sobre la vida de Vespasia, su matrimonio había sido pasable, pero poco más que eso. El gran amor que había conocido lo había encontrado en otra parte, había sido breve y había terminado en mero recuerdo cuando había regresado de Italia a Inglaterra. Lo que Vespasia había sentido, ni lo sabía ni deseaba saberlo. Había muchas cosas que debían permanecer en la intimidad.

Charlotte sonrió, observando a un abejorro que volaba sin rumbo fijo entre las flores.

—Creí morir cuando Dominic Corde se casó con Sarah, mi hermana mayor —dijo con franqueza, desviando la conversación—. Abrigué la ilusión de estar enamorada de él durante años. Por suerte, creo que nunca se enteró.

—Tal vez Angeles Castelbranco conoce mucho mejor a alguien de lo que conoce a su prometido y le cuesta resignarse a cumplir su promesa —dijo Vespasia, sonriendo un poco al sol y observando al mismo abejorro mientras se posaba en el corazón de una amapola escarlata—. La vida a veces tiende a dar bandazos de una emoción a otra, a esa edad. Por descontado, con mucha risa, excitación y esperanzas desorbitadas entre medio. Dudo que fuera capaz de aguantar toda esa angustia otra vez.

Charlotte se volvió hacia ella. Vespasia todavía era guapa, pero, a pesar de su aplomo, su ingenio y todos sus logros, tal vez también siguiese siendo vulnerable. Desde luego seguía estando muy sola. Charlotte no lo había pensado hasta entonces, pero en aquel momento se dio cuenta como si le dieran un golpe. ¿Vespasia había conocido alguna vez la seguridad sentimental que Charlotte daba por sentada?

Cambió de tema enseguida, antes de que su rostro revelara sus pensamientos.

—Me parece que le estoy poniendo demasiada imaginación a

lo de Angeles —comentó—. Confío en que no sienta una gran pasión por otro hombre y en que su prometido no la traicione con otra mujer. La alta sociedad me aburre más de lo que recordaba y veo que el diablo ha creado más trabajo para las mentes ociosas que para las manos ociosas. A veces desearía que Thomas volviera a estar en la policía regular en lugar de seguir en la Special Branch, donde todos los casos son secretos. No lo puedo evitar, porque ni siquiera está autorizado a decirme a qué se refieren.

—Pon cuidado en lo que deseas —le advirtió Vespasia con ternura—. Quizá no sea tan agradable si te es concedido.

Charlotte la miró y, al ver la seriedad de su mirada, decidió no contestar, optando por decir:

—Por cierto, hace un momento he oído un cotilleo y, según parece, es posible que sir Pelham Forsbrook se vuelva a casar. Alguien ha insinuado una tragedia relacionada con su primera esposa. No he sabido a qué se referían.

El rostro de Vespasia se pintó de una súbita tristeza.

—Eleanor —dijo enseguida—. La conocía muy poco, pero era encantadora y divertida, y muy amable. Me temo que murió en un accidente de tráfico. Algo asustó al caballo y se desbocó. Una rueda se enganchó con algo y el carruaje volcó, aplastando a la pobre Eleanor. Creo que murió en el acto, pero fue terrible que sucediera algo así.

Charlotte se desconcertó.

—Lo siento. ¿Fue hace mucho tiempo?

—Unos tres o cuatro años. Dudo que Pelham alguna vez se plantee volver a casarse, aunque por supuesto puedo estar equivocada. Nunca lo conocí bien. —Sonrió, descartando el tema—. Me gustaría presentarte a lady Buell. Tiene noventa años, como mínimo, y ha estado en todas partes y ha conocido a todo el mundo. La encontrarás de lo más entretenida.

Una hora más tarde Charlotte estaba buscando un sitio donde dejar su copa vacía. Entró en el gran entoldado que habían montado para resguardarse de una improbable lluvia o para quienes desearan protegerse del sol de manera más adecuada de la que incluso la mejor sombrilla podía ofrecer.

Dejó la copa, y se dirigía de nuevo al exterior cuando vio a Angeles Castelbranco a cuatro o cinco metros de ella, al otro lado de una mesa con samovares para el té que la ocultaban parcialmente.

Angeles sostenía su taza y su plato y también estaba de cara a la puerta cuando un muchacho entró en el entoldado. Era alto y rubio, y cuando sonrió a Angeles se le vio lo bastante buen mozo para ser considerado apuesto.

—Buenas tardes —saludó calurosamente—. Geoffrey Andersley. ¿Le sirvo más té, señorita...?

Vaciló, aguardando a que Angeles se presentara, pero ella dio un paso atrás, sin soltar su taza y su plato.

Él alargó el brazo para cogerlos y sus dedos rozaron la mano de Angeles, que al instante soltó la taza, dejándola caer sobre la hierba.

—Perdón —se disculpó el joven, como si hubiese sido culpa suya. Se agachó para recogerla, acercándose a ella para alcanzarla.

Angeles retrocedió como si él la hubiese amenazado de algún modo.

El muchacho se mostró incómodo al ponerse otra vez de pie y enderezarse.

—De verdad que lo siento. No era mi intención asustarla.

Angeles negó con la cabeza, sonrojándose y jadeando como si hubiese estado corriendo. Comenzó a decir algo pero se calló.

—¿Se encuentra bien? —preguntó con inquietud el muchacho—. ¿Le gustaría sentarse?

Le tendió una mano como ofreciéndole un punto de apoyo.

Ella se estremeció y retrocedió un poco más, dándose un golpe contra otra mesa en la que habían dispuesto copas y tazas limpias. Tintinearon al entrechocar y media docena de copas de champán se volcaron.

Angeles dio media vuelta, angustiada ante su propia torpeza. El rostro se le tiñó de escarlata.

—Estoy perfectamente bien, señor... señor Andersley. Si tiene la bondad de dejarme pasar, quisiera salir a respirar un poco de aire fresco.

—Por supuesto —concedió él, pero no se movió.

—¡Que me deje pasar! —insistió Angeles, levantando la voz, temblando un poco, fuera de control.

Él dio un paso corto hacia ella, con el rostro arrugado de preocupación.

—¿Seguro que se encuentra bien?

Charlotte decidió intervenir, aunque hacerlo quizá fuese indiscreto y sin duda no era asunto suyo.

—Disculpe.

Salió de detrás de los samovares y se dirigió hacia Angeles, que la miró expresando un gran alivio.

—Tal vez no me recuerde, señorita Castelbranco —dijo Charlotte con mucha labia—. Nos conocimos la otra noche. Soy la señora Pitt. Me encantaría que conociera a mi tía abuela, lady Vespasia Cumming-Gould. ¿Le apetecería venir conmigo?

—¡Ay, sí! —dijo Angeles de inmediato—. Sí. Estaría encantada.

Se acercó a Charlotte, aunque al hacerlo se alejara de la salida.

Charlotte miró a Andersley y sonrió.

—Gracias por su cortesía. Espero que pase una tarde agradable.

—Señora Pitt —respondió Andersley. Hizo una reverencia y se apartó para dejarlas pasar, haciendo sitio para sus amplias faldas. Aun así, Angeles se vio obligada a pasar a menos de un metro de él. Se puso pálida al hacerlo, y lo hizo con prisa y sin mirarlo.

Una vez fuera del entoldado, Charlotte mantuvo el engaño mientras recorrían una junto a la otra el centenar de metros hasta donde Vespasia acababa de terminar otra conversación. Vespasia estaba a pleno sol, con el rostro un poco levantado hacia su luz, pareciendo más una de las italianas con quienes había defendido las barricadas en el 48 que la aristócrata inglesa que era en la actualidad. Charlotte se preguntó qué recuerdos tendría en mente, o en el corazón.

Ella y Angeles la abordaron. Cumplieron con la farsa, las sonrisas corteses, el interés fingido y el intercambio de trivialidades hasta satisfacer la exigencia de las convenciones. Angeles se disculpó y Vespasia miró a Charlotte.

—Creo que me debes una explicación —dijo Vespasia.

Charlotte le refirió sucintamente lo que había observado sin añadir comentario alguno, atenta a la reacción de Vespasia.

—¡Vaya, querida!

Los ojos de Vespasia se entristecieron y su semblante adoptó una expresión sumamente seria.

Charlotte aguardó mientras el temor crecía en su fuero interno. Se había aferrado a la esperanza de haberse alarmado innecesariamente, pero ahora esta se desvanecía.

—¿Qué estás pensando? —preguntó finalmente.

Vespasia todavía titubeó.

—Me parece que Angeles Castelbranco ha pasado por una experiencia terrible —dijo al fin.

Era exactamente lo que Charlotte había pensado, esperando estar siendo melodramática.

—¿Cuán terrible? —preguntó—. ¿Algo más que... un beso a la fuerza? ¿Quizás un vestido roto?

Vespasia frunció los labios sumamente consternada.

—Da la impresión de ser una muchacha saludable. Seguro que podría darle un buen bofetón a quien quisiera dejarle bien claro su rechazo. Y, por lo que dices, ni siquiera conocía a ese joven, Andersley.

—No. Se ha presentado él mismo. Diría que no se habían visto antes.

—¿Y ella se ha asustado tanto que se ha alejado de él, aunque en realidad no la había tocado?

—Sí. No parecía solo reticente, como tampoco que le resultara desagradable: parecía aterrorizada. —Charlotte volvió a recordar el rostro de Angeles. Su expresión había sido inconfundible—. Ha sido víctima de una agresión mucho más grave, ¿verdad?

—Es muy probable —respondió Vespasia, con voz trascendental y llena de compasión.

—¿Qué vamos a hacer?

Distintas posibilidades se agolpaban en la mente de Charlotte, comenzando por la de hablar con Pitt.

—Nada —contestó Vespasia.

—¡Nada! Pero si realmente la violaron, se trata de uno de los peores crímenes que existen. —Charlotte estaba indignada. Era absolutamente impropio del carácter de Vespasia ser tan desalmada—. Hay que ayudarla —dijo con vehemencia—. Y, sobre todo, hay que castigar a quien lo hizo, meterlo en prisión.

La idea de que ese hombre se saliera con la suya le resultaba intolerable.

Vespasia posó una mano en el brazo de Charlotte.

—Y si Angeles menciona a un muchacho y dice que la violó, ¿qué supones que ocurrirá?

Charlotte trató de figurárselo. La angustia sería tremenda. Isaura Castelbranco quedaría destrozada por su hija. Charlotte sintió un escalofrío que le recorrió el cuerpo entero al pensar que algo semejante pudiera sucederle a Jemima. De tan atroz como era, resultaba casi inconcebible. Pero si alguna vez ocurriera, ¡haría daño a quien correspondiera, infligiéndole la peor venganza que cupiera imaginar. ¡Lo haría pedazos! Y nada cambiaría. A fin de cuentas, el sufrimiento que pudiera causar en nada ayudaría a Jemima.

—Exacto —dijo Vespasia con ternura, como si hubiese seguido el hilo del pensamiento de Charlotte con todo detalle—. Es una herida que ningún castigo curará jamás. Culpar a alguien, incluso pudiendo demostrar su absoluta inocencia...

—¡Claro que es inocente! —interrumpió Charlotte—. ¡Tiene dieciséis años! ¡Es una niña!

—Por el amor de Dios, querida, ¿tú eras inocente a los dieciséis?

—¡Claro que lo era! Fui inocente hasta...

—No estoy cuestionando tu castidad —dijo Vespasia con un poco más de aspereza—. Esa la doy por sentada. Me refiero a la inocencia en el sentido de no tentar a un hombre con más apetito que decencia y que no crea que debe dominar sus instintos.

Charlotte recordó su pasión por Dominic Corde y lo lejos que hubiese podido llegar, por voluntad propia, si él le hubiese brindado la ocasión. Notó que se sonrojaba. No supo si sentirse furiosa o humillada.

—No es tan simple, ¿verdad? —observó Vespasia—. Y si ese desdichado muchacho la acusara de haber consentido, ¿cómo convencería ella de lo contrario a la gente? No he visto cortes ni magulladuras que demostraran su renuencia, ¿y tú?

Charlotte no salía de su asombro. Miró a Vespasia con absoluta incredulidad. Por una vez se encontró sin saber qué decir.

—La gente puede ser muy cruel —prosiguió Vespasia en voz muy baja—. Cosa que, si lo piensas, querida, sabes tan bien como yo. Tal vez yo te lleve unos cuantos años de ventaja, pero eso apenas importa. Piensa con qué se enfrentará: los cuchicheos, la desaprobación, las risitas de los chicos, la alarma de las otras muchachas, el interés morboso. Habrá preguntas en boca de quienes imaginen que quizá fuese bastante divertido hacerlo en secreto, pues no saben que nada tiene que ver con el romance o la pasión, excepto el deseo de humillar y conquistar, suponiendo que quepa decir esto de una pasión, por más burda que sea.

Charlotte miró el semblante de Vespasia y vio que su sufrimiento era incluso mayor que su enojo.

—Conociste a alguien, ¿verdad? —preguntó sin pensar, para arrepentirse en el acto.

Vespasia apretó los labios al recordar su pesar y pestañeó varias veces.

—En efecto, hace mucho tiempo. A más de una, hay cosas que solo son soportables si alguien más las sabe. Entonces al menos dejas de imaginar que cada comentario que no acabas de oír es sobre ti, cada broma que no entiendes, una alusión indirecta a tu vergüenza. —Hizo un gesto de dolor—. No piensas que no te invitan a fiestas porque no te consideren digna de casarte. Sobre todo, no te enfrentas a la conciencia de estar mancillada para siempre, sabiendo que ningún hombre querrá tocarte salvo para divertirse, y que nunca te casarás ni tendrás hijos.

—Pero eso es... —Charlotte se calló, abrumada por la impresión de lo que Vespasia acababa de decir—. Pero no es culpa suya —dijo más calmada, con un hilo de voz—. ¿Realmente tenemos que... que fingir que no sucedió y permitir que el violador se vaya tan campante? Por Dios, ¿acaso no lo volverá a hacer?

Estaba tan enojada, tan horrorizada que apenas podía respirar. El acto en sí casi palidecía comparado con el sufrimiento que venía después, la culpabilidad y la soledad de por vida.

—Casi con toda seguridad —respondió Vespasia—. Pero no es una decisión que nos corresponda tomar. Si fueses su madre, ¿querrías que cualquier desconocido, o incluso un amigo, tomara la determinación de utilizar a tu hija para enjuiciar a ese hombre por si pudierais ganar, suponiendo que demostrar al mundo entero que tu hija ha sido violada pueda considerarse una victoria? ¿Le harías eso a Jemima?

Vespasia conocía la respuesta a su pregunta. Charlotte lo vio en sus ojos.

—No. Yo... Yo buscaría la manera de vengarme por mi cuenta —reconoció.

Un esbozo de sonrisa asomó a los labios de Vespasia.

—¿Y se lo dirías a Thomas?

—Por supuesto.

—¿Estás segura? ¿Qué piensas que haría?

—¡No lo sé, pero sin duda haría algo!

—Claro que lo haría, ciego de ira y dolor, sin pensar en su propia seguridad o consuelo —dijo Vespasia.

—¡Naturalmente! ¡Pensaría en Jemima! —protestó Charlotte.

Vespasia hizo un ademán negativo con dulzura.

—Charlotte, querida, tendrías que proteger a Thomas tanto como a Jemima. Si acusara a un joven de buena familia... —levantó la cabeza ligeramente para señalar a un muchacho rico y elegante que se movía con desenvoltura de un grupo a otro, riendo, flirteando un poco—, ¿qué te figuras que le sucedería?

Charlotte se volvió hacia el muchacho y luego hacia Vespasia. Se sentía asfixiada pese a que estaban al aire libre y corría una leve brisa que zarandeaba las sombrillas y rizaba los parterres. Intentó recordar su vida de antes de casada, cuando entró en la alta sociedad, las reglas que había aprendido implícitamente, la diversión, la risa... y la crueldad.

Vespasia le proporcionó una respuesta.

—La defensa más antigua siempre ha sido acusar a la víctima. Le dirían que su hija era una puta en ciernes y, si bien lo compadecerían, si causara más problemas se encontraría sin trabajo de la noche a la mañana. Ya no seríais bien recibidos en sociedad. Y Jemima se sentiría todavía más culpable porque sin querer habría sido la causa de vuestra ruina.

—Es monstruoso —dijo Charlotte con voz temblorosa.

—Por supuesto. —Vespasia apoyó una mano en el brazo de Charlotte. Su contacto fue afectuoso y muy tierno—. Es una de las peores tragedias íntimas que debemos soportar en silencio, y con tanta dignidad y elegancia como podamos. Tal vez la bondad sea lo único que podamos ofrecer, y por supuesto el silencio. Y entonces quizá tengamos un poco más de gratitud por las penas que no tenemos que padecer.

Charlotte asintió, demasiado emocionada para contestar.

Aquella noche, una vez en casa, mientras Pitt estaba sentado en la sala, enfrascado en la lectura de unos papeles que había traído del despacho, Charlotte subió sola al primer piso y abrió la puerta del dormitorio de Jemima sin hacer ruido. La vio muy joven y tremendamente vulnerable. Nunca se había imaginado siquiera el tipo de sufrimiento del que Charlotte y Vespasia habían estado hablando y que ya había comenzado para Angeles Castelbranco, suponiendo que sus suposiciones fueran correctas.

Tal vez dos años antes Isaura había estado en el umbral del dormitorio de su hija, viendo cómo dormía. ¿Lo habría hecho soñando con su felicidad futura, o afectada por el miedo como ahora le sucedía a Charlotte?

Solo se quedó allí un momento más. No quería que Jemima se despertara y la viera. Se sentiría espiada, quizás incluso pensaría que Charlotte se entrometía en una privacidad que tenía derecho a esperar. A Charlotte no le gustaría que alguien la observara dormir, fuera quien fuese.

Cerró la puerta silenciosamente y se dirigió por el pasillo hasta la habitación de Daniel. El hombre que había violado a Angeles era hijo de alguien. ¿Sabrían sus padres en qué se había convertido?

Abrió también aquella puerta con mucho cuidado para ver a Daniel. Estaba acurrucado de cara a la ventana, cuyas cortinas descorridas dejaban entrar la última luz del ocaso veraniego. Sus pestañas oscuras proyectaban sombra sobre su suave mejilla inmaculada. Era otra idea impensable, pero al cabo de ocho años sería un hombre hecho y derecho.

De repente se asustó, consciente de lo valioso que era todo, la felicidad, la seguridad, la esperanza que daba por sentadas; incluso las pequeñas cosas como la cotidiana certeza de la ternura, alguien a quien tocar, a quien amar, con quien hablar, las personas que le importaban.

Poco tiempo atrás Isaura Castelbranco también había tenido esas cosas.

Notó que le corrían lágrimas por las mejillas y sintió una opresión en el pecho por la enormidad de la vida, sus penas y alegrías, un cariño tan profundo que casi resultaba excesivo.

Cerró la puerta para no despertar a Daniel y recorrió muy despacio el pasillo. Vaciló al llegar a lo alto de la escalera. Todavía no estaba en condiciones de bajar. Pitt se preguntaría qué diablos le sucedía, y ella no estaba preparada para intentar explicárselo.

4

Narraway había temido aquel encuentro con Quixwood, imaginando cómo debía sentirse, pero consideró que su obligación era ir al club donde, comprensiblemente, había fijado su residencia. Los criados habrían limpiado cualquier rastro de lo acaecido, pero solo hacía unos días que Catherine había muerto. La visión de su esposa despatarrada en el suelo, a todas luces violada, permanecería grabada en la memoria de Quixwood, tal vez el resto de su vida. El mismo mobiliario, la manera en que la luz caía sobre el parquet, todo se lo recordaría.

Quizá con el tiempo haría que cambiaran el recibidor por completo, poniendo los muebles en sitios distintos y colgando los cuadros en otra sala. ¿O no serviría de nada?

El mayordomo del club condujo a Narraway a través del salón exterior con sus cómodos sillones tapizados en cuero y las paredes decoradas con retratos de antiguos socios de renombre. Se dirigieron a la silenciosa biblioteca donde estaba Quixwood. Tenía un volumen encuadernado en piel abierto sobre el regazo, pero sus ojos parecían mirar más allá de sus páginas.

—Lord Narraway ha venido a verle, señor —anunció cortésmente el mayordomo.

Quixwood levantó la vista y el placer de ver a Narraway le iluminó el semblante.

—Ah, qué amable ha sido al venir. —Se puso de pie, cerrando el libro y tendiéndole la mano—. Todo el mundo me evita. Supongo que piensan que deseo estar solo, cosa que no es verdad.

O, más probablemente, no saben qué decirme. —Sonrió sombríamente—. Y tampoco puedo culparlos por ello.

Indicó con un ademán el sillón que quedaba más cerca.

El mayordomo se retiró, cerrando la puerta a sus espaldas. Había una campanilla para llamarlo en caso de que desearan algo.

Narraway estrechó la mano de Quixwood y tomó asiento.

—La compasión nunca parece suficiente —respondió—. Digas lo que digas, sigue sonando como si no tuvieras idea de lo que la otra persona está sufriendo, y lo único que quieres es cumplir con tu deber y marcharte.

—¿No va a decirme que este es el momento peor y que el tiempo todo lo cura? —dijo Quixwood irónicamente.

Narraway enarcó las cejas.

—Sería un poco redundante. Seguro que ya se lo han dicho varias personas.

—Sí. Y además es mentira, ¿no?

—No lo sé —admitió Narraway—. Espero que no. Pero dudo mucho que sea lo que usted desea oír ahora mismo. Resulta... vagamente denigrante, como si el hecho de que el dolor remita con el tiempo lo hiciera mejor ahora. Me temo que tampoco va a gustarle lo que tengo que decirle, pero no obstante voy a decírselo.

Quixwood se sorprendió.

—¿El qué, por Dios?

—¿Ha tenido más noticias del inspector Knox?

Quixwood se encogió de hombros.

—No, solo un educado mensaje para decirme que está investigando todas las pistas que va encontrando. Pero ya contaba con eso. —Se inclinó hacia delante, poniéndose serio—. Dígame, Narraway, ¿qué impresión le causó Knox? Le ruego que sea sincero. Necesito saber la verdad, algo en lo que confiar en lugar de pasar la noche en vela preguntándome qué se me está ocultando, aunque sea con la mejor intención. ¿Me comprende?

—Sí —contestó Narraway sin el menor titubeo—. Abandonados a la imaginación no sufrimos un mal sino todos ellos.

Quixwood escrutó el semblante de Narraway, rasgo a rasgo.

—¿A usted también le ocurre? ¿Acerca de qué? ¿Alguna vez

ha perdido a alguien de una manera tan... tan vil, tan brutal? —preguntó finalmente.

Narraway hizo un minúsculo gesto negativo.

—Esto nada tiene que ver con mi situación, Quixwood, se trata de usted y de su pérdida. Usted sabe, al menos por el cargo, cuál era mi trabajo. ¿Cree que no sé qué son la pérdida, la desilusión, el horror o el sentimiento de impotencia absoluta?

Quixwood bajó la vista.

—Perdone. Ha sido un comentario estúpido. No pretendía ofender. Me siento inepto. Todo se está descontrolando y no puedo impedirlo.

Narraway sintió una intensa compasión por él. Hasta un par de días antes, apenas lo conocía. ¿Qué clase de amistad podía ofrecerle que le sirviera de consuelo? Quixwood merecía, como mínimo, cierto grado de sinceridad.

—Creo que Knox es un buen hombre, y me refiero a su trabajo. Encontrará todo lo que quepa descubrir —dijo con convicción.

—¿Lo ayudará? —preguntó Quixwood enseguida.

—Si usted así lo desea. Pero considero que quizás haya cosas de las que preferirá no enterarse. Todos los hechos dan pie a interpretaciones diferentes, y su esposa no está aquí para explicarlos tal como los vivió.

¿Estaba siendo demasiado delicado para resultar comprensible?

Quixwood frunció el ceño y esbozó una sonrisa burlona.

—No es preciso que camine de puntillas ni que dé rodeos. ¿Intenta advertirme de que a lo mejor descubro cosas acerca de Catherine que preferiría no haber sabido? Por supuesto. No soy estúpido del todo, ni ciego. Amaba mucho a Catherine, pero era una mujer complicada, mucho más de lo que aparentaba si se la conocía poco. Trababa amistad con personas que nunca habrían sido mis amigos. Veía en ellas una bondad o un interés que yo era incapaz de ver. —Miró hacia otro lado—. Siempre andaba buscando algo. Nunca supe el qué.

Narraway tomó aire para interrumpir, pero cambió de parecer.

—Quiero que le hagan justicia —dijo Quixwood con súbita vehemencia—. Se lo merece, aunque salgan a la luz unas cuantas cosas que no me vayan a resultar cómodas. No la salvé. No estaba allí. Permita que al menos ahora haga lo que esté en mi mano. No soy tan remilgado o engreído para tener que esconderme de la verdad.

—Lo siento —se disculpó Narraway sinceramente—. Me refería a que cuando tengan lo suficiente para acusar a ese hombre, sea quien sea, se abstenga de querer saber más. Deje los pormenores de las pruebas a Knox. En cualquier caso, no lo presione para que le cuente más de lo que se hará público en el juicio.

—El juicio... —El rostro de Quixwood se crispó y sus manos, que hasta entonces descansaban sobre su regazo, se cerraron—. Reconozco que no había pensado en eso. ¿Tendrán que decir algo más, aparte de que la mataron?

—No lo sé. Me figuro que el acusado presentará una defensa.

—Supongo que no permitirán...

—Si es hallado culpable, lo ahorcarán —señaló Narraway—. Hay que permitirle luchar por su vida.

Quixwood miró al suelo.

—Naturalmente. Catherine luchó por su vida, ¿verdad?

Narraway permaneció callado. Quixwood conocería el coraje de su esposa mejor que él.

—¡Ayúdeme, por favor! —suplicó Quixwood—. ¡No podemos permitir que salga indemne!

—Haré cuanto pueda —prometió Narraway—. Ahorcar a un hombre es horrible, pero en este caso tendré pocos reparos.

—Gracias. —Quixwood suspiró profundamente—. Gracias —repitió.

Narraway fue primero a la comisaría del barrio en busca de Knox y lo informaron de que estaba en Lyall Street, de modo que se dirigió allí. Se acercó a la casa de Quixwood con una extraña mezcla de familiaridad y absoluta extrañeza. La única vez que había estado allí antes era de noche, en compañía de Quixwood, y sabiendo la terrible muerte que había tenido Catherine. Su cuerpo todavía yacía en el suelo tal como lo habían encontrado, y la impresión que le causó le aguzó los sentidos para que recordara cada detalle del cadáver con espantosa claridad, y sin embargo solo conservaba impresiones borrosas de todo lo demás.

Ahora, a plena luz del día, la elegante calle parecía tan corriente como cualquier otra de las situadas en las mejores zonas de Londres. Un carruaje abierto pasó, luego otro en dirección contraria, viniendo hacia él. El segundo era un landó con la carrocería oscura y el latón reluciente bajo el sol. El cochero de librea iba muy erguido en el pescante, sosteniendo tensas las riendas con sus manos enguantadas.

Detrás había dos mujeres conversando, y la brisa agitaba sus muselinas bordadas en rosa y amarillo. Una de ellas se rio. Fue una nota discordante, una pesadilla estando despierto, pensar en Catherine obscenamente tirada como una muñeca rota en el suelo de una de aquellas sobrias casas con sus fachadas exquisitas, mientras la vida continuaba en el exterior como si no tuviera la menor importancia.

El coche de punto de Narraway se detuvo. Se apeó, pagó al conductor y se dirigió hacia la puerta principal. En su mente aún parpadeaba el recuerdo de Pitt contándole que al principio de su carrera solían enviarlo a la puerta de servicio. Nadie deseaba tener a la policía en la parte delantera de la casa, como si fuesen iguales. Ahora Narraway estaba haciendo lo que esencialmente había sido el trabajo de Pitt, y tenía intención de utilizar todo privilegio y artificio a su alcance para obtener información, tanto si luego la compartía con él como si no.

Abrió la puerta un lacayo cuyo semblante era apropiadamente cortés e inexpresivo, como si en la casa reinara la más absoluta normalidad.

—¿Señor? ¿En qué puedo servirle?

Estaba claro que no reconocía a Narraway de la noche del asesinato. Narraway sí que se acordaba de él, pero su profesión consistía, al menos en parte, en recordar caras.

—Buenos días. —Sacó una tarjeta del tarjetero de plata que

llevaba en el bolsillo—. ¿Tendría la bondad de preguntar al inspector Knox si puede concederme unos instantes?

El lacayo se disponía a negarle la entrada cuando el entrenamiento se impuso al instinto y miró la tarjeta. El nombre no le sonaba, pero el título lo impresionó.

—Desde luego, milord. Si me acompaña al salón, informaré al inspector.

Transcurrieron diez minutos de reloj antes de que Knox apareciera, entrando sin llamar y cerrando la puerta a sus espaldas. Parecía cansado; tenía los hombros caídos y la corbata un poco torcida. Profundas arrugas de inquietud le surcaban el rostro.

—Buenos días, señor —dijo con un suspiro—. Lo siento, pero la verdad es que no tengo novedades que puedan ayudar al señor Quixwood. Nada concluyente, solo cabos sueltos.

Narraway se quedó de pie, bastante envarado, junto a la repisa de la chimenea.

—¿Qué ha averiguado? —preguntó—. Aunque en apariencia carezca de sentido. A estas alturas sin duda sabe cómo entró el asaltante y seguramente tendrá una idea bastante aproximada de lo que haya desaparecido. ¿Ha encontrado algún testigo, si no cerca, en un radio de una manzana? ¿Alguna joya u objeto ha aparecido en una casa de empeños o en el garito de un perista? ¿Se han denunciado crímenes similares? ¿Algún robo con escalo? ¿Otros ataques contra mujeres con esta brutalidad, aunque no hayan sido mortales?

Knox bajó la vista al suelo, frunciendo los labios con un aire más triste que meditabundo.

—No hay indicios de que hayan forzado la entrada, lord Narraway —contestó—. Hemos inspeccionado cada puerta y cada ventana. Hemos revisado los bajantes, los alféizares, todos los lugares por donde podría trepar un hombre y unos cuantos por los que no podría. Incluso hemos metido a un chaval en la chimenea para que echara un vistazo. —Vio la expresión irritada de Narraway—. En estos barrios hay casas con chimeneas muy grandes. Le sorprendería saber cuántos chavales delgados pueden bajar por una de ellas y abrir la puerta.

Narraway reconoció su equivocación.

—Sí, claro. No se me había ocurrido. Así, pues, ¿cómo entró? Supongo que no está insinuando que estuvo aquí todo el tiempo. ¿Uno de los criados? ¡Por Dios, no me diga esto! Cundirá el pánico en todas las casas de Londres.

—No, señor. —Knox esbozó una sonrisa torcida—. Los criados han dado cuenta de sus actos.

Narraway tuvo un escalofrío.

—¿Está diciendo que lo dejó entrar ella misma? Parece la única alternativa que queda.

Knox se mostró todavía más abatido.

—Sí, señor, así es. No hay nada estropeado, nada rasgado o roto excepto lo que usted ya vio en la habitación donde la encontramos. Lo cual nos deja con la conclusión de que se trataba de alguien con quien ella se sentía lo bastante cómoda para dejarlo entrar.

Narraway lo miró de hito en hito.

—¿Está sugiriendo que la engañó de un modo u otro? ¿Que se hizo pasar por un amigo, un mensajero de su marido, o el marido de un amigo, dando un nombre falso?

Knox hizo cuanto pudo por mantener una expresión impasible, sin éxito.

—No, milord, estoy diciendo que era alguien a quien ella conocía y que no tuvo ningún reparo en dejarlo entrar en la casa sin que hubiera un criado presente. Alguien a quien ella misma le abrió la puerta en lugar de aguardar a que uno de los criados oyera la campanilla. Ella ya lo conocía, quizás incluso esperaba su visita.

Narraway respiró profunda y lentamente. Había hecho todo lo posible para no tener que enfrentarse a aquello, siquiera mentalmente. Se le tensaron los músculos, notó una opresión en el pecho y el vientre.

—¿Quiere decir un amante?

Knox se mordió el labio, sumamente triste.

—Lo siento, señor, pero parece probable. Le quedaría eternamente agradecido si se le ocurriera una alternativa más agradable.

Narraway se obligó a imaginar otra vez el vestíbulo en el que habían encontrado a Catherine. Había luchado por su vida, pero solo una vez allí, no junto a la puerta principal. Había dejado pasar al agresor al interior de la casa, más allá del recibidor.

—¿Cómo es posible que ningún criado la oyera? —inquirió—. Tuvo que gritar. Una mujer no deja que la violen sin decir palabra. ¿Ni siquiera chilló, como mínimo?

—La servidumbre había sido autorizada a retirarse hasta el día siguiente —contestó Knox—. La puerta excusada que da a sus dependencias es bastante pesada. Insonorizada, ya me entiende. Si ella hubiese deseado algo habría tocado una de las campanillas y alguien habría acudido, pero un grito, sobre todo en la parte delantera de la casa, no lo oiría nadie.

Narraway se lo imaginó. La puerta escusada daba tanta privacidad que te aislaba de toda intromisión... o ayuda. Tal vez un grito ahogado, luego una mano en tu boca y un lamento ahogado. Si un criado oyera algo, lo tomaría por una riña, y lo último que querría hacer sería inmiscuirse en semejante escena.

¿A qué estaba acostumbrada la cualificada servidumbre de aquella casa en apariencia tan respetable como cualquier otra de las de aquella calle? ¿Interpretaban el permiso para retirarse hasta el día siguiente como una orden tácita de que no regresaran?

Miró a Knox.

—Lo siento, señor —dijo Knox en voz baja—. Ese hombre quizás haya robado cosas, pero los criados no echan nada en falta y, definitivamente, nadie ha entrado por la fuerza. Los cerrojos de la puerta principal estaban descorridos. El mayordomo y el lacayo han jurado, sin ningún titubeo, que donde la encontraron las puertas solo estaban cerradas con el pestillo que impulsa el muelle de la cerradura.

—Pero el mayordomo estaba solo cuando la encontró —señaló Narraway. Se trataba de una nimiedad. Se dio cuenta en cuanto lo hubo dicho, tal como supo lo que Knox diría a modo de respuesta.

—Sí, señor —contestó Knox cansinamente—. Él llamó al lacayo. No iba a llamar a una de las mujeres. Lo siento, no hay manera de eludirlo, milord. Ella lo dejó entrar. Solo podemos deducir que lo conocía.

—Siendo así, más vale que averigüemos quién era —dijo Narraway con gravedad—. ¿Alguna idea?

—Todavía no. Los criados, o bien son muy leales, o bien no lo saben. He hablado con el señor Quixwood. —Hizo una mueca de desagrado al recordarlo—. Dice que tampoco lo sabe.

—¿Y usted le cree? —presionó Narraway.

—No, señor, no del todo.

Una vez más, la tristeza asomó al semblante cansado de Knox. Narraway se preguntó si estaría pensando en su propia familia. Había dicho que tenía esposa e hijas. La voz se le había alterado al hablar de ellas; traslucía una gran ternura e incluso orgullo. A Narraway le había gustado ese rasgo de Knox.

—¿Ha revisado el diario de la señora Quixwood? —preguntó Narraway—. ¿O hablado con su doncella?

—Sí, pero no me dice nada —contestó Knox—. Era una mujer atareada, tenía muchas citas, pero menciona muy pocos nombres, y ninguno de ellos se sale de lo que cabría esperar. —Frunció el ceño—. ¿Quiere verlo? A lo mejor...

Dejó la idea flotando en el aire, a punto de preguntarle algo a Narraway pero sin estar seguro de querer hacerlo o de cómo expresarlo.

—Sí —contestó Narraway—. Me gustaría echarle un vistazo. Quizá conozca algún nombre, al menos.

Knox frunció el ceño.

—¿Piensa...? Es decir... —Su expresión era sombría—. ¿Una relación secreta? Será muy difícil de demostrar. Ese tipo de cosas...

—¿La violación? —Narraway pronunció la palabra con repugnancia—. Me conformaría con demostrar el asesinato.

Knox le sonrió, como si hubiesen alcanzado cierto entendimiento.

—Me figuro que también querrá hablar con la doncella de la señora. Lea el diario primero. No le llevará mucho rato. Mandaré a buscarlo.

Narraway le dio las gracias y entró en la sala invernadero a aguardar mientras un agente le llevaba el diario de Catherine.

La sala, soleada y cálida a la luz de la mañana, era una especie de remanso de paz en medio de la inquietud reinante en la casa. Con la carpintería blanca y sus tonos verdes y blancos, resultaba sorprendentemente femenina. Las cortinas eran estampadas, pero solo con hojas, reproduciendo las de las plantas en macetas, ninguna de ellas con flores. Era a un mismo tiempo un lugar alegre y apacible.

Estaba casi a sus anchas en una de las butacas de ratán cuando el agente le entregó el diario. Narraway le dio las gracias y se dispuso a leerlo.

Comenzaba en enero. Al principio no era muy interesante, solo los comentarios habituales sobre el tiempo, cuando afectaba a su vida cotidiana. «Mucho frío, calles resbaladizas por culpa del hielo.» «La tierra bastante dura, todo limpio y reluciente. Muy bonito.» «Hoy llueve tanto que no voy a salir; acabaré empapada por más cuidado que ponga.»

Luego, a medida que el día se alargaba y el tiempo se templaba, hacía comentarios sobre las primeras flores de los árboles, las campanillas de invierno, los pájaros. Vio un estornino con ramitas en el pico y escribió un breve párrafo sobre la fe de construir un nido cuando los días aún eran tan oscuros. «¿Cómo tan diminuta criatura, que nada sabe, puede estar tan segura de tener un buen futuro? ¿O se trata tan solo de una valentía ciega y exquisita?»

Los comentarios sobre el tiempo continuaban, con notas sobre las flores que más le gustaban. Su interés en la botánica quedaba reflejado en las agudas observaciones, pero sobre todo era su belleza lo que la conmovía.

Narraway dejó el libro en la mesa y se preguntó en qué estaba pensando Catherine Quixwood cuando escribió aquellas palabras. ¿La soledad que sentía allí dentro, la sensación de confusión, eran de ella o del propio Narraway? Muy a su pesar, volvió a imaginarla tendida en el suelo. La única vez que la había visto fue después de su muerte; para él, la única realidad era la manera en que había muerto. Su rostro le había transmitido tanta pasión, tanta turbulencia, incluso en la muerte. ¿O acaso también fueron imaginaciones suyas?

Tomó de nuevo el diario y reanudó la lectura, prestando más atención a los lugares en los que había estado y con quién.

A medida que el tiempo se volvió más clemente había asistido a varias conferencias en la National Geographic Society. Después de una sobre Egipto, anotó que había sido excelente. Al seguir leyendo, vio que había ido a una exposición de cuadros del Nilo realizados por diversos acuarelistas, y luego a la biblioteca a buscar libros sobre historia egipcia.

En mayo había asistido a una conferencia sobre astronomía. Esta vez no fue el cielo nocturno lo que suscitó sus comentarios más entusiastas, sino el sublime orden de las estrellas en sus trayectorias, desde el cometa o meteorito más aleatorio hasta la más inmensa de las galaxias. En la página faltaba sitio para todo lo que ella quería anotar a modo de recordatorio de sus emociones, y su letra acababa siendo tan menuda que llegó un momento que Narraway ya no pudo leerla.

Catherine había vuelto a ir a la biblioteca a buscar otros libros de astronomía e información sobre conferencias a las que poder asistir. En las semanas siguientes se desplazó todavía más lejos, llegando incluso a tomar el tren a Birmingham y Manchester para aprender más.

No obstante, tal como Knox había señalado, había pocos nombres en el diario. Todos correspondían a relaciones que cabía esperar: otras mujeres casadas de la alta sociedad, de su misma edad y condición, un par de primas lejanas, una de ellas soltera y, al parecer, bastante acaudalada. Era una mujer viajada y daba la impresión de que Catherine disfrutaba de su compañía siempre que tenía ocasión. También se mencionaba a dos tías, al párroco y a su esposa y a varios socios de Quixwood y a sus esposas.

Llegó al día en que la mataron y cerró el cuaderno. Preguntó a Knox si ya podía hablar con la doncella, aunque no abrigaba demasiadas esperanzas de que ella fuera a decirle algo realmente valioso.

Flaxley era una mujer alta y delgada con el pelo castaño, ahora bastante canoso. Los signos de la aflicción eran demasiado patentes en su semblante para intentar disimularlos o disculparse. Entró y se sentó frente a Narraway, tal como este la invitó a hacerlo, y acto seguido cruzó las manos en el regazo y aguardó a que él hablara. Mantenía la espalda erguida, probablemente de resultas de una vida entera de autodisciplina, pero daba la impresión de que no le quedara un ápice de emoción en el cuerpo. Su rostro cansado era absolutamente inexpresivo.

Narraway estaba sumamente conmovido por su lealtad. Se preguntó por un breve momento cuántas personas habrían suscitado semejante sentimiento de pérdida, incluso en el seno de sus familias.

—Lamento molestarla, señorita Flaxley —dijo Narraway en voz baja. Decidió ser completamente franco con ella—. Cuanto más sé acerca de la señora Quixwood, mayor es mi determinación por hacer cuanto pueda para que el hombre que la mató sea castigado.

Optó expresamente por no utilizar la palabra «violar». No había necesidad de afligir a Flaxley con un nuevo y más profundo pesar.

Narraway vio una chispa de sorpresa en sus ojos.

—Estoy convencido de que si usted supiera cómo conseguirlo —prosiguió Narraway—, reduciendo al mínimo posible las especulaciones desagradables, ya se lo habría dicho al inspector Knox. He estado leyendo el diario de la señora Quixwood y tengo la sensación de conocerla mejor que antes.

—¿El diario? —repitió Flaxley, desconcertada. No preguntó si creía que Catherine podía haber sabido qué iba a sucederle, pero quedó implícito en la entonación de su voz y en el desdén de su mirada.

—¿Cree que la señora Quixwood habría abierto la puerta principal a alguien que no conociera y fuese de su confianza? —le preguntó Narraway.

—No, claro que no... —Se interrumpió. Fue patente que ni siquiera se lo había planteado—. ¿No era un ladrón?

—No sé qué era, señorita Flaxley, pero no forzó la entrada en la casa, y eso nos deja con una única alternativa, y es que la señora lo dejó entrar. Es más, al principio no tenía miedo de él. Por consiguiente, era alguien a quien ya conocía bastante bien y por eso no llamó a un criado para que abriera.

Flaxley lo miró fijamente, cada vez más horrorizada. Se irguió ligeramente y apretó las manos que tenía en el regazo hasta que los nudillos se le pusieron blancos. Narraway se fijó sorprendido en lo delicadas que eran. A su manera, eran bastante bonitas.

—¿Qué puedo hacer para ayudar? No pienso mancillar su reputación —advirtió con inconfundible enojo en la voz.

Narraway se admiró. Esperó que Flaxley pudiera conservar esa determinación y le dolió pensar que probablemente no sería así.

—Por favor, repase el diario conmigo y dígame a cuáles de sus amigos solía frecuentar, así como algo acerca de ellos. Les haré una visita en su debido momento, pero su perspicacia será más aguda que la mía. Usted conocía a la señora Quixwood y quizá sus verdaderos sentimientos para con ellos, más allá de la educada máscara que debía lucir en sociedad. Además, he aprendido a costa mía que una mujer siempre es más sagaz que un hombre cuando se trata de juzgar a otra mujer.

Se permitió esbozar una sonrisa que, por un momento, vio reflejada en la expresión de Flaxley.

—Sí, milord, por supuesto —aceptó.

Narraway tardó tres días en visitar a las ocho personas mencionadas en los diarios de Catherine. Lo encontró dificultoso, cosa que le sorprendió. Todas eran mujeres muy parecidas a las que había tratado desde que era adulto y, sin embargo, cuando hablaban de Catherine, el artificio de la conversación cortés entre desconocidos lo irritaba sobremanera.

Comenzó por una prima de Catherine, una morena bastante elegante con una hermosa cabellera y un rostro muy corriente. Se llamaba Mary Abercrombie.

—Por supuesto que estamos profundamente afligidos —dijo

con seriedad pero sin un solo indicio de tristeza que Narraway pudiera ver—. No sé qué decirle, lord Narraway. Le tenía mucho cariño a Catherine, como es natural. Crecimos juntas. —Se toqueteó un poco las faldas—. Pero como tantas veces ocurre tras el matrimonio, nuestros caminos se separaron. Nuestros gustos eran... diferentes.

—Aun así, fueron juntas al Museo Británico —señaló Narraway—. ¿O acaso la entrada en su diario era incorrecta?

La señora Abercrombie sonrió y bajó la vista a sus manos. Sin que viniera a cuento, Narraway tuvo el pensamiento fugaz e irrelevante de que eran mucho más feas que las de Flaxley, la doncella de Catherine.

—¿Era incorrecta? —insistió.

—Sí... y no —contestó evasivamente—. Quedamos allí y visitamos una de las exposiciones. Encontré a una amiga y fuimos a tomar el té. Era en torno a esa hora de la tarde. Catherine se quedó, supuse que sola, aunque en realidad no lo sé. Cuando pocos días después hablé con Rawdon en una recepción, dio a entender que Catherine había regresado muy tarde a casa. Me temo que la traicioné al decirle que yo me había ido del museo antes de las cuatro.

—¿Y Catherine no estaba en la recepción? —preguntó Narraway.

—No. —Negó con la cabeza, adoptando un aire de desaprobación—. Me parece que las reuniones sociales le resultaban bastante tediosas. Nos pasa a muchos, pero hay que hacer el esfuerzo.

Fue una especie de declaración de principios, algo en lo que todo el mundo estaba de acuerdo.

Narraway se preguntó si había hecho el comentario a Quixwood a propósito. Catherine había sido guapa. Incluso tras una muerte violenta su rostro conservaba parte de esa belleza. Mary Abercrombie era agradable y sin imperfecciones aparentes, pero no era bella, al menos no para Narraway.

—¿Esa fue la última vez que la vio? —preguntó en voz alta.

—Sí. Excepto brevemente en un concierto, hará un par de semanas.

—¿Quién estaba con ella en el concierto?

—Ni siquiera sé si iba acompañada. —Enarcó levemente las cejas—. Cuando hablamos, estaba sola.

—¿Eso la sorprendió?

—Francamente, no. Catherine tenía cierta tendencia a salir sola. Si se trataba de algo que le apetecía, prefería ir sola que con un acompañante que le requiriese conversación.

La desaprobación de semejante conducta era evidente, aunque tácita.

Narraway tuvo una repentina visión de Catherine aficionada a escuchar grandes sinfonías mientras las mujeres elegantes de su entorno conversaban entre sí, cotilleando, flirteando o meramente fingiendo escuchar mientras aguardaban la ocasión de volver a hablar. La imaginó con una soledad interior que le resultó inquietante, y espantosamente fácil de comprender.

¿O acaso estaba proyectando sus propios sentimientos en ella porque no la había conocido con vida y nadie podía refutar lo que él imaginaba?

—¿Estaba especialmente unida a alguien? —preguntó.

—¿Se refiere a alguien que pudiera saber si tenía... alguna amistad inapropiada? —preguntó la señora Abercrombie a su vez, enarcando sus delicadas cejas—. Es posible. Pero dudo que esa persona fuese tan indiscreta para hablar de ello, aunque Catherine hubiese sido una estúpida y totalmente desleal. Bastante está sufriendo ya el pobre Rawdon, ¿no le parece? Y Catherine ha pagado con creces por ello.

Narraway sonrió con fría formalidad, sintiendo su genio como una tormenta de hielo en su fuero interno.

—En realidad, señora Abercrombie, pensaba en alguien que pudiera saber si Catherine estaba siendo objeto de atenciones no deseadas —la corrigió—. Los hombres a veces miran a una mujer guapa y suponen que los ha alentado, cuando en verdad ella solo ha sido cortés o, a lo sumo, amable. Las negativas no siempre los sacan de su error.

Mary Abercrombie abrió mucho sus ojos claros.

—¿En serio? Nunca he conocido a alguien tan... trastornado.

—No —respondió Narraway sin alterar lo más mínimo su expresión—. Me imagino que no.

La ira encendió el rostro de Mary Abercrombie. Captó el insulto a la primera, si bien prefirió fingir lo contrario.

—Aunque es muy perspicaz por su parte que haya reparado en que Catherine tal vez sí —replicó—. Extraordinario, diría yo, puesto que al parecer no la conocía. Sin embargo, tal vez conozca a otras mujeres como ella.

—Lamentablemente, no —dijo Narraway, mirándola de hito en hito—. Según me dice todo el mundo, fue una mujer excepcional. Ha sido una tragedia perderla cuando hay tantas personas que son tan semejantes que parecen intercambiables. Le ruego que acepte mis condolencias por su pérdida, señora Abercrombie.

Se puso de pie e inclinó muy levemente la cabeza.

Ella permaneció sentada, con una mirada gélida.

—Muy amable, gracias —respondió con sarcasmo.

Todavía irritado y un tanto confuso en su intento por comprender la vida en apariencia inocente de Catherine, Narraway fue a ver a Brinsley, el médico forense, por si tuviera algo nuevo de lo que informar, alguna historia clínica que hubiese descubierto o señales de defensa propia que les dieran más pistas acerca del agresor. Como iba a ser doloroso, prefirió hacerlo cuanto antes. Todavía no lograba apartar de su mente el recuerdo del cuerpo de Catherine desangrándose en el suelo.

Brinsley estaba ocupado con otra autopsia, pero Narraway solo tuvo que aguardar poco más de un cuarto de hora. Entró en la espartana sala de espera arremangándose la camisa, con el pelo un poco alborotado.

—Buenas tardes, milord —dijo con tono de eficiencia. No le tendió la mano. Tal vez se había topado con la repugnancia de demasiadas personas que se habían preguntado qué había estado haciendo con ellas.

—Buenas tardes, doctor —contestó Narraway—. ¿Llego demasiado pronto para saber si tiene algo más que decir sobre la muerte de la señora Quixwood?

—No, no. Le he hecho la autopsia esta mañana —dijo Brinsley, poniendo mala cara—. En realidad no tengo nada que añadir, salvo que le interesen los detalles de la violación. Dudo que le sirvan de algo. Mucha violencia. —La ira imprimió un tono todavía más grave a su voz—. Muy desagradable.

—¿Puede decir si se defendió o al menos lo intentó? —preguntó Narraway.

Brinsley hizo una mueca de dolor.

—Lo intentó. Han aparecido unos cuantos cardenales. Suelen hacerlo, después de la muerte, si se han infligido justo antes. Las muñecas, los brazos, los hombros. Fue innecesariamente brutal. Los muslos, aunque eso era de esperar. Y el mordisco, por supuesto, en el pecho. —Tenía los labios prietos, como si apretara los dientes—. Lo único que quizá pueda ser significativo para usted es que estoy del todo seguro de que en realidad murió por envenenamiento con opio.

Narraway guardó silencio. Había esperado que fuese un accidente o una mala interpretación.

—Sobredosis de láudano —explicó Brinsley—. Disuelto en una copa de vino de Madeira. Una buena cantidad, debo añadir. Mucho más de la necesaria para matarla.

Narraway se quedó paralizado, dejándose invadir por un pesar cuyo dolor no había previsto. Había confiado en que fuese un error. Ahora intentaba captar la desesperación que Catherine debía haber sentido, como si le hubiesen arrebatado todo lo que la hacía ser quien era; su cuerpo, su dignidad, la misma esencia de su ser lastimada sin remedio.

—Lo siento —dijo Brinsley con voz ronca—. Siempre pienso que un día me acostumbraré, pero ese día nunca llega. No puedo decir con certeza que fuese un suicidio dado que no sabemos si el agresor se quedó el rato suficiente para obligarla a beberlo, aunque parece bastante improbable. Si quería matarla, bastaba con que le rompiera el cuello. Me temo que todos los indicios apuntan a que se arrastró hasta el armario y se sirvió una cantidad suficiente para aliviar el dolor y, bien sin querer o queriendo, puso una dosis excesiva. —Su expresión era sombría—. Lo siento.

Narraway intentó imaginárselo.

—¿Es posible que se arrastrara tan lejos? ¿Y por qué demonios iba a guardar láudano en el armario del vestíbulo? ¿No sería más lógico guardarlo arriba? Probablemente en el dormitorio.

—No tengo la menor idea —dijo Brinsley pacientemente—, pero no había nadie más en esa parte de la casa y es evidente que gateó hasta el armario. Como mínimo se puso a gatas y lo abrió, lo mezcló con el Madeira y se lo bebió. Los posos estaban llenos de láudano, tanto en la copa como en la botella. —Se estremeció—. ¡Por Dios! Esa pobre mujer no debía tener la más remota idea de lo que estaba haciendo. Echó el láudano en la botella y se lo bebió todo. ¿Quién puede reprochárselo?

Narraway no contestó. Cualquier respuesta sería redundante, además. El horror de la escena lo había dejado aturdido.

—Lo siento —dijo Brinsley otra vez—. Esos son los hechos. No sé qué podrá hacer con ellos. Pero espero con toda mi alma que descubra a quien lo hizo y, si no puede ahorcarlo por asesinato, que encuentre una manera para ahorcarlo por violación.

—Lo intentaré —juró Narraway—. Créame.

Visitó y habló con todas las demás personas de la lista de la señorita Flaxley. Se formó una idea más completa sobre Catherine Quixwood, aunque no radicalmente distinta de la que ya le había dado Mary Abercrombie. Catherine había demostrado interés por toda clase de artes y ciencias, por los inventos de otras épocas y lugares, por el pensamiento humano y sobre todo por las pasiones de la mente.

Parecía haber sorteado con más cuidado los límites de las pasiones del corazón. Narraway se preguntó si la habían asustado, tal vez llegando demasiado cerca de abrir una brecha en las murallas de su propia seguridad o su soledad.

¿O acaso su desbordante imaginación buscaba en ella una semejanza consigo mismo? Entendía que uno se sintiera atraído por la música de Beethoven y que al mismo tiempo le infundiera miedo. Desafiaba todos los endebles argumentos de la seguridad y osaba ir más allá de lo conocido hacia algo mucho mayor, más bonito y más peligroso. A veces deseaba quedarse con lo que su mente podía conquistar y retener. Estar encandilado por la brillantez de la mente era excitante sin correr el riesgo de resultar lastimado. Que te mostraran la puerta a la felicidad pero no te dejaran cruzarla era quedarse anhelante por siempre jamás. Era mucho más cómodo no haber mirado, no haber visto cuánto más había por conocer.

Mirar jarrones de flores pero no los perturbadores cuadros de Turner en los que la luz imaginada quedaba atrapada en el lienzo. Mirar los artefactos de la antigua Troya pero no pensar en la pasión ni en la pérdida. Mantener siempre la mente ocupada. No pensar en la belleza de Helena, que para los griegos debía ser del alma más que del rostro o la figura.

¿Era eso lo que Catherine había estado haciendo?

Al cabo de tres días Narraway tenía un sinfín de hechos, declaraciones y relatos pero ningún marco fijo en los que situarlos. Si Catherine se había citado en secreto con alguien, había sido lo bastante lista ocultándolo para no dejar rastro alguno. Era encantadora con todos y amiga íntima de nadie. Una vez más, quizá fuera un poco como él mismo. ¿O también se lo imaginaba?

Prácticamente lo único en lo que no parecía haber demostrado el menor interés eran los extraordinarios acontecimientos acaecidos en África durante los últimos años. Había una breve anotación sobre el descubrimiento de oro en Johannesburgo, que conducía a una riqueza inimaginable, pero ninguna mención a las masacres llevadas a cabo por Lobengula ni a la extraordinaria carrera de Cecil Rhodes, como tampoco a la catastrófica incursión de Jameson de unos pocos meses antes. Siendo una mujer interesada en tantas cosas, era una curiosa omisión.

Narraway se vio empujado a ir de nuevo a hablar con Quixwood aunque no le apetecía lo más mínimo. Le debía un informe sobre sus averiguaciones hasta el momento, por infructuosas que fueran.

Lo encontró en la biblioteca del club, como la vez anterior, pero en esta ocasión estaba escribiendo cartas. Levantó la vista cuando Narraway entró. Su cansancio era evidente, las arrugas de su semblante, más profundas. Acusaba su inquietud y no se levantó del asiento.

—¿Ha descubierto algo más? —preguntó mientras Narraway se sentaba en una cómoda butaca de cuero.

—No estoy seguro —contestó Narraway con sinceridad—. He estado haciendo preguntas sobre sus amistades, mayormente las personas con quienes asistía a conferencias y conciertos, iba a museos y teatros, y ese tipo de cosas.

Quixwood frunció el ceño.

—¿Por qué? ¿Qué relación puede tener eso con su muerte? —inquirió, con una nota de desaprobación.

—Conocía a quien la mató.

A Narraway no le suponía un esfuerzo tener paciencia. No se le ocurría algo más doloroso que la posibilidad a la que ahora se enfrentaba Quixwood. Si se mostraba reacio, era una reacción bien humana. Necesitaba enojarse con alguien para aliviar su sufrimiento.

Quixwood pestañeó como si le hubiera alcanzado un repentino foco de luz.

—¿Y cree que alguna de sus amigas puede saber quién es?

—Sin ser consciente de la relación, por supuesto, creo que sí —le dijo Narraway—. Si se detiene a considerarlo, ¿por qué no iba a ser así?

Quixwood lo miró fijamente durante unos interminables segundos y luego bajó la vista.

—Sí, no le falta razón, por supuesto. Supongo que es lo que he estado tratando de negarme a mí mismo. Esas cosas no ocurren a solas. Y no puedo seguir empecinado en rechazar que ella lo dejara entrar. Agradezco la paciencia que demuestra conmigo al permitirme asumirlo un poco más despacio.

—Lo siento —dijo Narraway con sumo pesar—. No veo otra explicación que encaje con los hechos que tenemos.

—¿Y... ya sabe quién es?

Quixwood articuló la pregunta con dificultad, sin levantar la vista de la hoja de papel a medio escribir.

—No, todavía no. Pero tengo intención de interrogar de nuevo a Flaxley. Parece una mujer sensata y leal, pero creo que desea que ese hombre reciba su merecido, siempre y cuando se proteja la reputación de la señora Quixwood.

Quixwood estaba abatido, sus ojos seguían evitando la mirada de Narraway.

—¿Puedo pedirle que me mantenga informado de cuanto averigüe? —Levantó la vista de golpe—. Este es el momento más oscuro de mi vida. No me habría imaginado semejante sufrimiento ni en mi peor pesadilla. Me trae sin cuidado lo que Catherine hiciera y por qué. Permítame protegerla en la muerte en la medida en que sea posible. La amaba, ¿sabe? No permita que además pierda el recuerdo que conservo de ella.

—Haré todo lo que pueda —prometió Narraway. Nunca daba su palabra a la ligera y eso no había cambiado pese a todo el secretismo y el engaño de la Special Branch.

—Gracias. —Quixwood forzó una sonrisa bastante trémula—. Seguro que Flaxley le brindará toda su ayuda. Es una mujer muy leal y sentía devoción por Catherine. No sé qué hará ahora, pues no hay empleo para ella en lo que queda de mi casa. Supongo que puedo darle referencias, pero eso no es gran cosa para una mujer que ha entregado tantos años de su vida y que luego la ha visto terminar en un crimen tan espantoso. —Respiró profundamente—. Y una pensión, por supuesto. Afortunadamente, estoy en posición de hacerlo.

—Eso estaría muy bien por su parte, y sería lo apropiado —respondió Narraway—, pero le agradecería que le mantuviera el empleo hasta que hayamos resuelto el caso.

—¡Por supuesto! Haré todo lo que esté en mi mano. ¡Por Dios, hombre, a nadie podría importarle más que a mí! —Quixwood tuvo que hacer un esfuerzo para recobrar la compostura—. Otra persona que quizá pueda ayudar es Alban Hythe, un joven con un buen puesto en el Tesoro. —Hizo un ligero ademán con sus manos fuertes y finas—. Según parece es un joven muy inteligente y cortés que viajó mucho al principio de su carrera, y que es gran amante de la música y el arte. Al menos eso es lo que ella decía. Me figuro que si alguien se... se obsesionó con que había algo entre ellos, el señor Hythe se habría dado cuenta. Narraway, le quedaré sumamente agradecido si no refiere... —tragó saliva— los detalles de su muerte a terceras personas. Oír esa palabra ya es desagradable de por sí, sin tener que imaginar lo que supuso.

—Por supuesto —respondió Narraway—. Solo le diré que la agredió en su propia casa alguien que ella creyó que era amigo suyo y que, por consiguiente, al principio no tuvo ningún miedo de él. Esto cubrirá la verdad que él necesita saber.

—Gracias —contestó Quixwood, esbozando una sonrisa—. Seguro que le ayudará si está en su mano hacerlo. Ella hablaba muy bien de él. Sin duda también le tenía cariño a Catherine.

Narraway sintió un escalofrío de sorpresa y familiaridad. ¿Realmente era tan simple como eso? Sin darse cuenta, ¿era posible que el propio Quixwood hubiera sabido la respuesta todo el tiempo y que simplemente mirara más allá de ella porque sería demasiado doloroso aceptar una doble traición?

Narraway tampoco deseaba creerlo. De hecho, pensaba ahora, tal vez tan cerca de la respuesta, no quería que Catherine hubiese tenido aventura amorosa alguna. Podía entender su soledad. Todo lo que había averiguado sobre ella indicaba que era una mujer insatisfecha con su vida y que buscaba desesperadamente algo más. Narraway había pensado que era una meta lo que buscaba para ejercitar su inteligencia y sus ansias de captar la pasión y la creación de las grandes mentes del pasado. Aunque quizá fuese simplemente un amor más afín a su naturaleza que el que le ofrecía su marido.

Se puso de pie.

—Gracias. Más vale que vaya a visitar a ese tal Hythe, a ver qué averiguo. Seré tan discreto como pueda.

Llegó a la dirección de Hythe en una zona muy agradable de Holborn poco antes de las siete. No era una hora muy civilizada para presentarse sin previo aviso, la gente se estaría arreglando para cenar o para salir, pero no estaba dispuesto a aguardar otro día. Además, si era sincero, estaba tan enojado por el papel que sospechaba que Hythe había desempeñado en la muerte de Catherine que no le importaba lo más mínimo su conveniencia.

Lo recibió una camarera y solo tuvo que aguardar unos instantes a que Hythe se personara, mostrándose perplejo pero no preocupado. Era un hombre bien parecido, seguramente de treinta y tantos años, alto y delgado, de pelo castaño con algunas mechas rubias por efecto del sol veraniego.

—¿Lord Narraway? —dijo de manera inquisitiva, cerrando la puerta del salón a sus espaldas. La casa era tan encantadora como modesta y carecía de una sala de estar independiente para las visitas.

—Lamento molestarlo tan tarde —se disculpó Narraway—. En realidad, por presentarme de improviso. Si el asunto no fuese tan grave, le habría solicitado una cita como es debido.

Hythe frunció el ceño, indicando un sillón a Narraway para que tomara asiento.

—¿Se trata de algo relacionado con el Tesoro?

Narraway se sentó y Hythe hizo lo mismo en el sillón de enfrente.

—No —contestó Narraway—. Que yo sepa, no hay ningún problema en el Tesoro. Mi visita guarda relación con el reciente fallecimiento de la señora Catherine Quixwood.

Vio que la inquietud del semblante de Hythe se convertía en un profundo pesar, una expresión tan genuina que costaba no creerla. Pero Narraway había conocido a personas con lealtades tan divididas que eran capaces de matar y llorar a la víctima a la vez.

—¿Cómo puedo ayudar? —Hythe parecía sinceramente confuso—. Por el amor de Dios, si supiese algo ya me habría puesto en contacto con la policía. —Frunció el ceño—. ¿Quién es usted? Mi camarera ha dicho lord Narraway, de modo que está claro que no es policía.

—Hasta hace poco fui jefe de la Special Branch —contestó Narraway, a quien la pregunta pilló desprevenido. No había esperado tener que explicar quién era más que de pasada y a su manera—. El señor Quixwood me pidió que lo ayudara en la medida en que sea capaz de hacerlo, tanto para cerrar el caso lo antes posible como también para mantener toda la discreción que las circunstancias permitan.

—¿Y la policía? —preguntó Hythe con cierta inquietud—. ¿Hay motivo para preocuparse por su... torpeza?

Narraway sonrió sombríamente. Hythe le resultaba simpático y le desagradó la idea de haber sospechado de él. Era fácil entender que a Catherine Quixwood también le hubiese caído bien, pese a que tal vez fuese una década más joven que ella.

—En realidad considero que el inspector Knox es tan capaz como discreto, pero la situación no es fácil de manejar —contestó.

—¿Cómo puedo ayudar? —insistió Hythe, que al parecer no tenía idea de cómo estaba implicado—. Tanto mi esposa como yo apreciábamos mucho a la señora Quixwood, pero no se me ocurre qué podría hacer para resultar útil.

—La mató alguien a quien conocía lo bastante bien para dejarlo entrar en la casa, ya entrada la noche, y sentirse cómoda sin que uno de los criados estuviera presente —contestó Narraway.

Reparó en la sorpresa del rostro de Hythe y en cierto grado de aprensión, tal vez incluso de alarma. ¿Había contado con que nadie dedujera tantas cosas?

—He visto en el diario de la señora Quixwood que asistía a muchas actividades interesantes —prosiguió Narraway—. Conferencias, exposiciones en el Museo Británico, conciertos y obras de teatro a los que el señor Quixwood le era imposible asistir. Según él, estos acontecimientos también le interesaban a usted, y he pensado que quizá podría decirme algo sobre otras personas a las que llegara a conocer la señora Quixwood. —Narraway se encogió ligeramente de hombros—. Es desagradable tener que interrogar a sus amigos de esta manera, pero no era la clase de mujer que hubiese dejado entrar en la casa a un hombre a quien no conociera, como mínimo, razonablemente bien. Tuvo que ser alguien de su misma posición social y, posiblemente, con intereses similares.

—Entiendo.

Se puso de pie y fue hasta la puerta. Se excusó y desapareció varios minutos regresando en compañía de una joven que a primera vista parecía bastante corriente, salvo por la fijeza de su mirada. Tenía el pelo color miel y con ondas naturales.

Narraway se levantó de inmediato.

Hythe le presentó a su esposa.

—Es un placer conocerlo, lord Narraway —dijo Maris Hythe revelando sumo interés. Su voz era melodiosa y sorprendentemente grave, confiriéndole una seriedad que su suave y cándido rostro desmentía.

—El placer es mío, señora Hythe —respondió Narraway—. Perdone que me haya entrometido en su velada con un tema tan triste.

Maris se sentó con elegancia y los hombres hicieron lo propio.

—Eso apenas reviste importancia, si podemos ayudar —dijo Maris Hythe descartándolo con un leve gesto de la mano—. Apreciaba mucho a Catherine. Era divertida, sabia y valiente. No se me ocurre quién pudo haber querido matarla, pero si puedo ayudarle a descubrirlo, todo mi tiempo es suyo.

Lo miró seriamente, aguardando su respuesta.

Narraway le refirió su conversación con Flaxley y luego con Quixwood, explicándole por qué necesitaba conocer a los amigos de Catherine, aunque siempre eludiendo el tema de la violación. Sin embargo, no fue lo bastante sutil para engañarla.

—¿Su intención era robar? —preguntó en voz muy baja, casi entre dientes—. ¿O la atacó de una forma más... personal?

Nada iba a ganar con una evasiva, y además necesitaba su ayuda.

—Me temo que fue como usted dice. Los detalles sería mejor no mencionarlos.

—Entiendo.

Maris no discutió ni reaccionó a la mirada de sorpresa y consternación que le lanzó su marido.

—Tal vez si le doy una lista de sus citas más recientes —sugirió Narraway—, quizás usted recuerde quién más estaba presente, y quién puede haber estrechado su amistad con ella última-mente. Soy consciente de que es desagradable, pero...

—Lo comprendemos —interrumpió Hythe. Miró a Maris y luego de nuevo a Narraway, alargando la mano para que le diera la lista.

Narraway se la pasó y observó mientras Hythe la leía, mos-trándosela a Maris al mismo tiempo.

Durante media hora estuvieron barajando nombres, y Nar-raway sacó algo en claro de cada una de las actividades que Flaxley había descrito. Hythe parecía haber disfrutado de aquellas a las que había asistido, y habló con placer al contarle el interés, la ex-citación o la belleza de cada una de ellas. Si su pesadumbre al re-cordar a Catherine era fingida, era un actor de primera.

Sin embargo, Narraway había conocido a personas igual de convincentes que habrían matado sin el menor titubeo si sus ob-jetivos se vieran frustrados o su seguridad corriera peligro. Quix-wood tenía razón: estaba claro que Catherine y Hythe habían sido buenos amigos, y Maris también, sobre todo en lo que a la música atañía. Si Catherine y Hythe habían tenido una aventura, estaba bien oculta. Pero debía admitir que todavía no debía descartar esa posibilidad. Todo lo que Hythe decía parecía ser verdad, pero, sin embargo, viendo la tensión de sus hombros, la manera tan incó-moda de sentarse, sin moverse, Narraway cada vez estuvo más convencido de que estaba ocultando algo que sabía que importa-ba, algo que lo asustaba.

Maris explicó que estaba muy unida a una de sus hermanas, que había enviudado recientemente, y que pasaba mucho tiempo ayudándola, ofreciéndole consuelo, haciéndole compañía para que no estuviera sola. Alban Hythe no tenía coartada para casi ninguna de aquellas ocasiones, incluida la noche del asesinato de Catherine.

Al cabo de dos horas, Narraway les dio las gracias y se mar-chó, saliendo al suave crepúsculo de la noche veraniega, con las úl-timas luces rosas desvaneciéndose en poniente. Lo había entriste-cido la posibilidad, cada vez mayor, de que Alban Hythe hubiese comenzado una aventura con Catherine debido a su respectiva soledad, y tal vez a una debilidad por parte de ambos, fomentada por su profundo entendimiento intelectual, su amor compartido por lo interesante, bello y creativo.

¿Qué cambio terrible había transformado la culpa en tan furiosa violencia? ¿Había querido más y ella se lo había negado? ¿O había sido ella quien quiso algo más, posiblemente un compromiso, y él se lo había negado? ¿Acaso Catherine había amenazado la seguridad de Hythe y él había reaccionado desde un lado oscuro de su carácter que ella ni por un momento habría imaginado?

Narraway caminó por la acera hacia las luces de la calle principal y se sintió abrumado de tristeza. Volvió su ira contra Hythe, y le dolieron la vida y la pasión que, estaba empezando a sospechar, Hythe había destrozado.

5

—¡Mamá, es imposible que me ponga eso! —dijo Jemima indignada—. Tendré un aspecto espantoso. La gente pensará que estoy enferma. Me ofrecerán sillas por si me caigo.

Estaba colorada por la furia y la frustración. Era la misma imagen de la salud, como si fuera a hacer falta un carruaje descontrolado para hacerle perder el equilibrio, no un simple mareo.

Pitt levantó la vista del periódico que estaba leyendo. Estaban en la sala y la brisa vespertina entraba por la cristalera abierta. Daniel estaba enfrascado en la lectura de un *Boy's Own Paper* y Charlotte había estado mirando el *London Illustrated News*.

Pitt contempló el vestido que Jemima sostenía en alto.

—Lo quisiste el año pasado —señaló—. Te sentaba la mar de bien.

—¡Papá, eso era el año pasado! —dijo Jemima exasperada ante su falta de comprensión.

—Tampoco has cambiado tanto. —La miró de arriba abajo detenidamente—. Unos tres centímetros, quizá —concedió.

—Seis centímetros más alta —lo corrigió Jemima—. Como mínimo. Y además, soy completamente distinta.

La consternaba que su padre no se hubiese dado cuenta.

—Yo no te veo completamente distinta —contestó Pitt.

—Sí que ha cambiado —terció Daniel—. Es una chica. Le están saliendo...

De pronto se dio cuenta de lo que estaba diciendo y se quedó sin saber cómo continuar.

Jemima se sonrojó.

—Intentas que parezca una niña —acusó a su padre—. El padre de Genevieve hace lo mismo. No quiere que se convierta en una mujer.

—Tienes catorce años —dijo Pitt rotundamente—. Eres una niña.

—¡No lo soy! ¡Es horrible que digas eso!

Inopinadamente, Jemima estaba al borde del llanto.

Daniel volvió a meter la cabeza detrás de su *Boy's Own Paper*, levantándolo un poco para taparse la cara.

Pitt miró a Charlotte. No sabía en qué había ofendido a su hija ni qué hacer al respecto. La situación le parecía muy poco razonable.

Charlotte se había criado con dos hermanas y no había misterio alguno para ella.

—No vas a tener un vestido morado, y no hay más que hablar —le dijo a su hija—. Si encuentras que este te da un aspecto demasiado juvenil, ponte el azul.

—El azul es muy común —replicó Jemima—. Todo el mundo tiene un vestido azul. Es soso.

Esa era la peor condena que se le podía ocurrir.

—No necesitas algo especial —le dijo Pitt con delicadeza—. Estás muy guapa te pongas lo que te pongas.

—¡Solo lo dices porque eres mi padre! —Se le ahogó la voz como si ya no pudiera contener las lágrimas—. Mi aspecto tiene que gustarte por fuerza.

—¡Te equivocas! —respondió Pitt sorprendido y un poco a la defensiva—. Si llevaras algo que no me gustara, te lo diría.

—¡Te gustaría que siguiera llevando trenzas como si tuviera diez años! —dijo Jemima furiosa. Se volvió hacia Charlotte—. Mamá, todo el mundo va de azul, es aburrido. ¡Y de rosa parece que seas una niña!

—¿Amarillo? —sugirió Daniel con optimismo.

—¡Entonces parecerá que tenga ictericia! —respondió Jemima—. ¿Por qué no puedo ir de morado?

Daniel no iba a darse por vencido tan fácilmente.

—¿Verde?

—¡Entonces parecerá que esté mareada! ¡Cállate de una vez!

—Tía Emily se viste de verde —señaló Daniel.

—¡Tiene el pelo rubio, estúpido! —le gritó su hermana.

—¡Jemima! —dijo Charlotte bruscamente—. Eso ha estado totalmente fuera de lugar. Daniel estaba siendo sensato, y un verde pálido te sentaría muy bien...

—¡No quiero estar bien! —repuso Jemima furiosa—. Quiero estar interesante, diferente, adulta. —Las lágrimas le resbalaban por las mejillas—. Quiero estar encantadora. ¿Por qué no podéis comprenderlo?

Sin aguardar una respuesta dio media vuelta y salió de la sala hecha una furia. Oyeron sus pisotones en los peldaños hasta el rellano y luego un portazo.

—¿Qué he hecho mal? —preguntó Daniel incrédulo.

—Nada —le aseguró Charlotte.

—Entonces, ¿por qué se pone así?

—Porque tiene catorce años —contestó Charlotte—. Quiere tener buen aspecto en la cena a la que está invitada.

—Siempre tiene buen aspecto —dijo Pitt confundido—. Es muy guapa. De hecho, cada día se parece más a ti.

Charlotte sonrió con ironía.

—Dudo que le gustara oír eso, querido.

—El otro día le gustó —arguyó Pitt.

—El otro día era el otro día y hoy es hoy —contestó Charlotte. De nada serviría intentar explicarle la situación por la que pasan las chicas a esta edad. Se había criado sin hermanas. Las chicas de esa edad le resultaban tan incomprensibles como las sirenas y los unicornios.

Daniel se encogió de hombros y pasó a la página siguiente de su *Boy's Own* para comenzar una aventura de piratas frente a las costas de la India.

—¿Por qué no fue un chico? —dijo resignado—. Habría sido mejor para todos.

—Habría sido más fácil —lo corrigió Charlotte—, no mejor.

Pitt y Daniel cruzaron una mirada, pero ambos fueron lo suficiente sensatos para no discrepar con ella.

Una hora después Charlotte subió a la habitación de Jemima y llamó a la puerta. Al no obtener contestación, llamó con más fuerza y, finalmente, entró sin más. Jemima estaba sentada en la cama, con el pelo suelto y enmarañado y las mejillas con rastros de lágrimas. Fulminó desafiante a su madre con la mirada.

—Me imagino que has venido a regañarme —dijo agresivamente—. Y a decirme que tengo que ponerme el vestido azul y estar encantada. Si sonrío estaré encantadora de todos modos, ¡y tan interesante como una jarra de leche!

Charlotte no preguntó el interés de quién quería despertar; ya lo sabía. Se llamaba Robert Durbridge y tenía dieciocho años. De momento era demasiado mayor para Jemima, pero, por lo demás, era un joven bastante agradable, hijo del párroco del barrio e inclinado a rebelarse contra el camino en la Iglesia que sus padres habían planeado para él.

—Ponte una faja verde en la cintura y así irás bastante distinta de las demás chicas —sugirió amablemente.

—¿Qué? —Jemima abrió los ojos como platos—. ¡Mamá, no se puede llevar azul y verde a la vez! ¡Nadie lo hace!

Charlotte le sonrió.

—Así serás la primera. Creía que querías ser diferente. ¿Has cambiado de opinión?

—¿Azul y verde?

—¿Por qué no? Cielo azul y árboles verdes. Se ve constantemente.

—No quiero parecer un campo —dijo Jemima indignada.

—Un sauce contra el cielo —la corrigió Charlotte—. Deja de poner tantos obstáculos. Nada resulta menos atractivo que el mal humor, te lo prometo. Vamos, lávate la cara y recobra la compostura. No es culpa de tu padre ni de tu hermano que estés indecisa y rebosante de emoción. A todas nos pasa al crecer. Te estás comportando como si fueses el centro del mundo, y no lo eres.

—¡No lo entiendes! —gimió Jemima, arrugando el semblante.

—Claro que no —corroboró Charlotte con una sonrisa—. Nunca tuve catorce años. Pasé directamente de tener doce a tener veinte. Y mis dos hermanas también.

—¡Veinte! —exclamó Jemima horrorizada—. ¿Estás diciendo que voy a sentirme así otros seis años?

—¡Santo cielo, espero que no! —dijo Charlotte con mucho sentimiento.

Aunque a regañadientes, Jemima sonrió y acto seguido se echó a reír.

—¿De verdad puedo ponerme una faja verde sobre el vestido?

—Por supuesto. Y más vale que camines con la cabeza bien alta y que sonrías a todo el mundo porque todos te estarán mirando, incluso el joven Robert Durbridge.

—¿En serio? Pero entonces... —Jemima se ruborizó.

—¡Jemima!

—Sí, mamá.

—Asunto zanjado —dijo Charlotte muy seria.

Charlotte y Pitt asistieron a otra recepción para cumplir con sus obligaciones, pero esta vez Charlotte tuvo que reconocer que había elementos de los que disfrutó enormemente, como por ejemplo no ser la invitada de alguien. Estaba allí porque habían invitado a Pitt.

En un remolino de saludos, conversaciones corteses e intercambio de preguntas y respuestas triviales, comenzaron a moverse entre el gentío. Charlotte vio a Vespasia, con su acostumbrada elegancia despampanante. Pitt fue en busca de los caballeros con quienes debía hablar.

Charlotte se encontró con varias mujeres con las que ya había coincidido antes y se mostró cortés, aunque le costó prestarles atención. Discutían asuntos de familia: quién estaba comprometido con quién, aventuras amorosas y desgracias que agradeció que no fueran de su incumbencia. Se dio cuenta de que muy pronto tendría que plantearse buscar un marido apropiado para Jemima, pero contaba con tres o cuatro años de gracia antes de que debiera preocuparse a ese respecto. Cuando era joven y soltera detestaba que la presentaran a diversas personas con la esperanza de que algún joven le gustara, y ella a él. De pronto sintió una embarazosa compasión por su madre. Le constaba que había sido una hija extraordinariamente difícil, y al final había decidido casarse con un policía y prácticamente desaparecer de los círculos de la alta sociedad.

Para entonces su madre hubiera aceptado aliviada cualquier clase de vida ordenada para su hija y apenas opuso resistencia.

Todavía sonreía recordándolo cuando vio a Isaura Castelbranco esforzándose en mantener una conversación con un grupo de mujeres entre las que Charlotte detestaría verse atrapada. Decidió ir a rescatarla, tanto por el placer de hablar con ella como por todo lo demás. Encontraba interesante y atractiva a la esposa del embajador portugués. Había infinidad de cosas sobre las que podían hablar con genuino placer.

Una hora después Charlotte volvía a estar sola, sin saber dónde estaba Pitt, cuando vio a Angeles Castelbranco en compañía de otras muchachas. Se reían con dos jóvenes que a todas luces estaban admirando a Angeles. Charlotte no pudo culparlos ni sorprenderse. Angeles era muy guapa y, en ese momento, tenía el rostro encendido y los ojos brillantes.

Entonces Neville Forsbrook, cuyo padre, Pelham Forsbrook, según le había dicho Pitt, era un importante banquero, se aproximó al grupo. Neville, sonriente, se dirigió hacia Angeles.

Al verlo se le demudó el rostro y retrocedió bruscamente. Fue un movimiento torpe, completamente falto de garbo.

Uno de los otros jóvenes se rio.

Angeles ni siquiera lo miró. Tenía los ojos clavados en Forsbrook. Ninguno de los presentes dio muestras de reparar en ello.

Forsbrook le dijo algo a Angeles e hizo una ligera reverencia. Seguía sonriendo.

Angeles se puso muy roja. Comenzó a hablar pero dio la impresión de no encontrar las palabras que necesitaba. Enfurecida, terminó diciendo algo en portugués y las demás muchachas se apartaron un poco, violentadas.

Los jóvenes se miraron entre sí y volvieron a reírse, aunque fue más una burla que auténtica diversión.

Forsbrook dio otro paso hacia Angeles, esta vez con una mano delante como si fuera a tocarle el brazo.

Ella lo apartó de golpe y al dar un paso atrás trastabilló. Forsbrook corrió a sostenerla para evitar que se cayera. Angeles dio un grito ahogado y acto seguido chilló.

Forsbrook la agarró con más firmeza. Quizá lo hizo por miedo a que realmente cayera.

Los otros dos jóvenes lo estaban pasando en grande. Se miraron y rieron a carcajadas.

Angeles intentó zafarse de Forsbrook, pero como él no la soltaba le dio un bofetón con la otra mano. Uno de los jóvenes dio un grito de sorpresa y enojo.

Forsbrook la soltó dándole un pequeño empujón, tan pequeño que ni siquiera Charlotte estuvo segura de que fuera lo bastante fuerte para hacerla caer. Angeles se tambaleó hacia atrás, tropezando con la falda y chocando con dos chicas que estaban riendo, ajenas a todo lo demás. Las tres se agarraron para evitar terminar en el suelo, enojadas y un tanto avergonzadas.

—Por Dios, ¿qué demonios le pasa? —gritó Forsbrook a Angeles mientras ella procuraba no perder el equilibrio. Su voz fue lo bastante alta para que al menos una docena de personas lo oyeran y se dieran la vuelta para mirar.

Angeles estaba roja como un tomate. Parecía desesperada, volviéndose a derecha e izquierda, buscando una vía de escape.

Charlotte dio un paso al frente para intervenir. En ese mismo instante vio a Vespasia a varios metros de ella, con el rostro transido de inquietud. También estaba tratando de abrirse paso hacia el espacio abierto donde Angeles y Forsbrook estaban frente a frente.

—¡Basta!

Forsbrook seguía levantando la voz y dio otro paso hacia ella, intentando agarrarle el brazo.

Angeles retrocedió a trompicones, torciendo el gesto como si fuera presa del terror.

—¡Basta! —repitió Forsbrook—. ¡Se está poniendo en ridículo!

Avanzó con ímpetu para agarrarle la mano justo cuando un camarero con una bandeja de copas pasaba a menos de un metro de ella.

Angeles dio un grito ahogado y chilló. Forsbrook se echó hacia un lado y lo intentó de nuevo. Esta vez ella chocó de pleno con el camarero y las copas salieron volando en todas direcciones, haciéndose añicos contra el suelo. El pobre hombre tropezó al intentar recobrar el equilibrio, empeorando más las cosas. Terminó despatarrado en el suelo, con los brazos y piernas abiertos, rodeado de champaña y esquirlas de cristal.

—¿Qué le pasa? —inquirió Forsbrook a Angeles, hecho una furia—. ¡Está histérica! ¿Está borracha?

Angeles cogió un plato de pasteles de la mesa más cercana y se lo lanzó. Le dio en el pecho, manchándole el traje de mermelada y nata.

Forsbrook renegó, con un lenguaje que seguramente no hubiese querido que alguien oyera en un lugar público.

Uno de los otros dos jóvenes reía descontroladamente.

Forsbrook se adelantó y agarró a Angeles del brazo, sujetándole la mano. Ella volvió a chillar y arremetió, dándole patadas con todas sus fuerzas, incluso ladeando la cabeza para morderlo tan fuerte en la mano que Forsbrook gritó y le dio una bofetada. Cuando la soltó tenía unas gotas de sangre entre el índice y el pulgar.

Ahora casi todos los presentes los estaban mirando, confundidos y alarmados. Nadie sabía qué hacer.

Vespasia estaba ayudando al camarero a levantarse.

Charlotte fue hacia Angeles, llamándola por su nombre.

Parecía que Angeles solo fuera consciente de la presencia de Forsbrook. Lo estaba insultando en portugués, con una expresión rayana en el terror.

Charlotte dirigió su atención hacia Forsbrook, al menos para intentar impedir que siguiera acercándose a Angeles, pero el joven estaba demasiado enojado para ver a cualquier otra persona.

—¡Estúpida! —dijo, agitando la mano como si el dolor fuese casi insoportable—. ¡Me ha mordido como un perro rabioso! ¿Qué demonios le pasa?

Siguió avanzando hacia ella.

Charlotte lo asió del brazo, pero lo único que agarró fue tela. Forsbrook se zafó de ella, dándole un golpe, quizá sin querer, haciendo que a Charlotte le costara mantener el equilibrio.

Angeles dio media vuelta y echó a correr, lanzándose entre los grupos de personas, golpeando mesas y haciendo caer platos, rompiendo cosas a diestro y siniestro. En dos ocasiones alcanzó fuentes de pasteles y dulces y se las tiró a Forsbrook. Una pasó rozándolo y golpeó a uno de los otros jóvenes, que también le estaba gritando. La otra fue a dar contra un lado del rostro de Forsbrook y le hizo un corte en la mejilla. Forsbrook perdió los estribos.

Angeles, aterrorizada, corrió derecha hacia el gran ventanal que daba a la terraza de dos pisos más abajo.

Forsbrook dio un par de zancadas con el rostro crispado, estirando los brazos para agarrarla.

Angeles gritaba algo ininteligible, volviéndose hacia un lado y el otro, con los brazos como aspas de molino, hasta que se estrelló contra el alto ventanal, que se hizo añicos, despidiendo cristales en todas direcciones. Un momento antes estaba delante de él, toda seda blanca y pelo moreno, y al siguiente solo había un agujero irregular y astillas de madera en el suelo.

Durante un instante espantoso todo el mundo guardó silencio. Entonces Isaura Castelbranco chilló: un sonido agudo de absoluta desesperación. Cosa extraordinaria, no se desmayó, sino que permaneció de pie inmóvil, como paralizada.

Rafael Castelbranco apareció de la nada y fue tambaleándose hacia los restos de la ventana, mirando fijamente la oscuridad que reinaba en el otro lado.

Forsbrook también estaba consternado. No obstante, en lugar de quedarse quieto, se volvió hacia quienes tenía a un lado y al otro, como buscando a alguien que dijera que no había sido culpa suya.

En el salón contiguo alguien gritaba. Se oyeron pasos a la carrera.

Charlotte se dirigió hacia Isaura, pero de pronto cayó en la cuenta de que no podía hacer nada en absoluto y que intentarlo incluso sería mero entrometimiento. Apenas se conocían.

Otras personas comenzaron a hablar, a moverse sin rumbo para detenerse enseguida sin saber dónde ir. Se oyeron gritos procedentes de la terraza. Varias mujeres contuvieron el aliento y una o dos lloraban abiertamente. La anfitriona fue hacia Isaura y también se detuvo antes de llegar junto a ella, sin saber qué decir ni qué hacer.

Castelbranco se volvió lentamente junto al ventanal y se enfrentó a la concurrencia. Su dolor era palpable en el ambiente, envolviendo a todos los presentes.

Isaura dio un paso, luego otro, avanzando como si caminara por aguas profundas. Le dijo algo en portugués. Si alguien lo entendió, no dio muestras de ello.

Castelbranco contestó bruscamente, con la voz ronca por la angustia.

Charlotte se quedó como clavada donde estaba. Algo terrible había ocurrido y las dos personas que se estaban gritando sufrían un dolor insoportable, como si estuvieran desnudas ante horrorizados espectadores que nada podían hacer por ayudarlos. Estaban atrapados como intrusos, avergonzados de ello como si fuese indecente.

Fue Vespasia quien irrumpió en el horror. Charlotte sabía que no hablaba portugués, pero el significado de las palabras era lo de menos. La aflicción se manifestaba en forma de furia, una tempestad contra la vida y contra Dios. Era completamente universal.

Se abrió paso hasta Isaura y la tomó del brazo.

—Venga conmigo —dijo con firmeza—. Aquí no tiene nada que hacer.

Isaura se resistió un instante; entonces, como si admitiera una abrumadora derrota, permitió que se la llevara de allí.

Nadie se acercó a Castelbranco. Permaneció apartado de los demás, tal como sin duda se sentía. El viento frío entraba por lo que quedaba del ventanal, revolviéndole el pelo, enfriándolo hasta que se puso a temblar. Voces de hombre llegaban desde la terraza de abajo, voces contenidas a causa de la impresión. Debían de ser criados decidiendo qué hacer, a quién llamar. Tal vez su anfitrión estaba con ellos.

Charlotte estaba indecisa. ¿Sería intrusivo, incluso socialmente poco apropiado que fuera al encuentro de Castelbranco? Le parecía inhumano quedarse allí mirándolo, y peor todavía mirar hacia otro lado como distanciándose de la tragedia, como si su propio bienestar pudiera tener alguna importancia en esos momentos.

¿Dónde demonios estaba Pitt? Seguro que el rumor de lo sucedido ya había llegado a oídos de todos los invitados de la casa. El ruido del ventanal al romperse, los gritos...

Entonces miró el reloj de pared y se dio cuenta de que solo habían transcurrido unos minutos. En otra estancia con las puertas cerradas, lejos de la parte trasera de la casa y del ventanal, nadie se habría enterado.

Debía encontrar a Pitt de inmediato. Dio la espalda a la multitud que ahora se apiñaba en pequeños grupos, procurando consolarse unos a otros, y se dirigió hacia la puerta del salón. Acababa de salir a la galería de lo alto de la escalera cuando Pitt la alcanzó, subiendo los peldaños de dos en dos. Estaba pálido, y una sombra de horror le apagaba la mirada. Recorrió los pocos metros que los separaban y se plantó delante de ella. En cuanto le vio el rostro supo que toda pregunta era innecesaria.

—¿Cómo ha ocurrido? —preguntó Pitt en voz baja. No quería que los oyera la gente que había abajo ni la que descendía por la escalera, aferrándose a la barandilla como si temiera resbalar.

—Burlas de mal gusto —contestó Charlotte—. Una mezcla de humor, en lo que a ellos atañía, y de crueldad. Se les ha ido de las manos pero no han parado.

Notó que le salía la voz ahogada y ronca. Estaba perdiendo el dominio de sí misma.

—Todo ha ido muy deprisa. —Respiró profundamente—. ¡Tendría que haber hecho algo!

Se sentía culpable. Había estado allí, mirando. Estaba furiosa consigo por su estupidez.

Pitt le puso la mano en un brazo, sujetándola con una fuerza sorprendente.

—Basta, Charlotte. No podías saber que se iba a caer por la ventana. Porque eso es lo que ha ocurrido, ¿verdad?

—Sí, pero ni siquiera lo he intentado —dijo entrecortadamente—. Y me constaba que algo iba mal.

—¿Y sabías qué hacer al respecto? De hecho, ¿lo sabes ahora?

—¡No! Pero algo...

Pitt la rodeó con el brazo y ella se serenó un poco, apoyándose contra él. Sintió una inmensa gratitud por tenerlo allí, porque en todos los años que llevaban juntos su fortaleza nunca le hubiera fallado.

—Thomas...

No sabía si iba a parecer tonta o siquiera si importaba ahora que Angeles estaba muerta. Después de semejante caída, tenía que estarlo. Charlotte se negó a imaginársela.

—¿Qué? —preguntó Pitt—. No me puedo marchar sin más. Tengo que...

—Ya lo sé —lo interrumpió Charlotte—. No era eso lo que iba a decir. —Se apartó de él para poder mirarlo a los ojos. Él aguardó, arrugando un poco la frente. Incluso mientras lo decía, Charlotte estuvo insegura—. No estaba solo enojada, Thomas, estaba aterrorizada. La vimos hace un par de días, Vespasia y yo. Entonces ya estaba asustada.

Pitt frunció el ceño.

—¿De qué? ¿Estás segura?

—Sí, lo estoy. Vespasia piensa... Ambas pensamos que la han agredido.

—¿Agredido? ¿Quieres decir violado? —repuso Pitt. Procuró que no se le notara la incredulidad en la voz, pero los ojos lo traicionaron.

—Sí, eso creo. ¿Por qué no? No hace falta estar cubierta de sangre y cardenales. —Recordó el rostro de Angeles en el entoldado cuando el joven Forsbrook le había hablado. No fue desagrado lo que la hizo retroceder de una manera tan exagerada, había sido miedo, una reacción ante algo más—. Sí, así lo creo —repitió—. No lo sé con certeza, por supuesto, pero antes de esto le sucedió algo terrible.

—Lo siento —dijo Pitt en voz muy baja—. Ojalá no fuera así. Pero ¿realmente importa ahora? ¿No sería mejor para todos, particularmente sus padres, que no lo sacáramos a relucir?

—¡Pero si alguien se lo hizo, es abominable! —protestó Catherine—. ¡Es uno de los peores crímenes que se pueden cometer contra una persona!

—¿Lo sabes a ciencia cierta?

—¡No, claro que no! Pero ¿qué sabe nadie sobre un crimen antes de investigarlo? —Mientras lo decía se dio cuenta de que sus palabras eran huecas. Era una pesadilla danzando en los confines de su mente. No sabía qué forma tenía, ni siquiera si era real—. Yo... —comenzó, y volvió a callarse.

—Ya lo sé. —Pitt le acarició la mejilla—. Tienes la sensación de que debería haber algo que pudieras hacer. Todos sentimos eso después de una tragedia, sobre todo cuando la presenciamos.

—¿Podemos hacer algo ahora? —preguntó Charlotte.

—Lo dudo, pero lo intentaré. ¿Quizá deberías ir en busca de tía Vespasia? No me entretendré más de lo necesario. Seguro que vendrá la policía. Un accidente como este tiene que investigarse como es debido.

—Me lo figuro. ¿Digo algo, si me preguntan?

—Solo lo que viste exactamente. ¡Y ten cuidado! Solo lo que viste, no lo que crees que significaba.

Fue una advertencia hecha con dulzura pero muy en serio.

—¡Ya lo sé! —Hizo un esfuerzo por calmarse—. Ya lo sé.

En torno a ella la gente se apiñaba en corrillos, por lo general en silencio. Habían avisado a la policía, que estaba hablando con ellos, tomando notas de lo que cada cual decía. Los lacayos se movían por el salón casi en silencio, ofreciendo bebidas a los invitados, que en muchos casos optaron por un trago de coñac.

Tal como Charlotte había esperado, la policía habló con ella, meramente por ser una de las numerosas personas presentes en el salón cuando había ocurrido la tragedia. Puso mucho cuidado en sus respuestas, sin añadir nada a los hechos.

—¿Eso es todo lo que vio? —le preguntó sin convicción un policía demacrado de cierta edad—. Parece usted mucho más... —buscó la palabra— serena que las demás señoras con las que he hablado. ¿Sabe algo más acerca de lo sucedido?

Charlotte lo miró a los ojos.

—No. —¿Eso era una mentira?—. Mi marido es jefe de la Special Branch —explicó—. Tal vez sea un poco más cuidadosa en lo que digo. Quiero referirle lo que vi, no lo que sentí o pude haber imaginado, sabiendo lo que ocurrió después.

—¿La Special Branch? —Abrió más los ojos—. ¿Esto es...?

—Vinimos a un acto social —contestó Charlotte—. Todo ha sucedido muy deprisa. Todo comenzó como una broma, pero las cosas se han puesto feas en cuestión de segundos.

El policía frunció el ceño.

—¿Feas? ¿Qué quiere decir, señora Pitt? ¿Ha habido amenazas? ¿Alguna clase de agresión? —preguntó desconcertado.

—No, solo cierta intimidación, un poco de crueldad. Todo el mundo se ha dado cuenta de que había dejado de ser divertido, pero él parecía...

Se calló, consciente de que terminar su hilo de pensamiento era más de lo que deseaba decir.

—¿Parecía? —le apuntó el policía.

—No lo sé.

—¿Conocía a la señorita Castelbranco, señora Pitt?

—Solo un poco. Si me está preguntando si me confió algo, la respuesta es que no, solo puedo decirle lo que he visto.

Sin embargo, cuando al cabo de un rato se encontró con Vespasia, justo antes de que les permitieran marcharse, fue mucho más sincera.

Vespasia iba tan impecable como siempre, pero se la veía cansada, pálida y claramente afligida.

—¿Qué deberíamos decir? —preguntó Charlotte cuando estuvieron un momento a solas en una pequeña antesala aneja al vestíbulo principal.

—He estado dando vueltas a todas las posibilidades que se me han ocurrido —contestó Vespasia lentamente—. Y ninguna me satisface. No sabemos la razón por la que ha ocurrido, solo podemos suponerla. La pobre chica ya no está aquí para responder por sí misma. Creo que hay que ceñirse a los hechos, sin tratar de interpretarlos. Es cuanto podemos decir.

Charlotte la miró de hito en hito.

—Estaba aterrorizada. Si no decimos nada, ¿no estaremos mintiendo por omisión?

—¿Aterrorizada de qué, de quién? —dijo Vespasia en voz muy baja.

—De... de Neville Forsbrook —contestó Charlotte—. O de alguno de los otros jóvenes.

—O de algo que ella creía ver o entender —agregó Vespasia—. O de algo que ya había ocurrido y que le daba miedo que ocurriera otra vez.

Charlotte se sentía impotente. No necesitaba que Vespasia le señalara el daño que semejante respuesta podría hacer. Las especulaciones se desbocarían. Neville Forsbrook estaba vivo para defenderse, igual que sus amigos. Podía decir que Angeles estaba histérica, que había malinterpretado un comentario, tal vez no hablara inglés con la fluidez necesaria para captar una broma o una expresión coloquial. O incluso que había bebido demasiado champaña, o que había discutido con otra persona y estaba histérica. Todas esas respuestas eran razonables, e incluso podían ser ciertas. Charlotte no se las creía, pero era solo por instinto, por miedo, incluso por pensar en su propia hija, no mucho más joven, durmiendo en casa. Otros así lo señalarían, y quizá llevarían razón.

—¿Podemos hacer algo? —preguntó en voz alta.

Los ojos de Vespasia reflejaban su pena.

—Que yo sepa, no —contestó—. Si se tratara de tu hija, ¿qué querrías que hicieran los desconocidos, aparte de llorarla contigo y no hacer especulaciones ni chismorrear?

—Nada —admitió Charlotte.

Y en el silencioso trayecto hasta su casa con Pitt fue incapaz de añadir algo a eso.

Cuando se apearon del coche de punto y entraron, antes de dirigirse a su habitación Charlotte subió la escalera. Con tanto cuidado como pudo, abrió la puerta del dormitorio de Jemima y contempló a su hija, que dormía a la luz que se colaba a través de las cortinas mal corridas. Su expresión era de absoluta tranquilidad. Su pelo, tan parecido al de Charlotte, se extendía sobre la almohada con las trenzas deshechas. Todavía podía ser una niña, no una muchacha a punto de hacerse mujer.

Charlotte se encontró sonriendo mientras las lágrimas le resbalaban por las mejillas.

6

Vespasia estaba muy atribulada por la terrible muerte de Angeles Castelbranco. No paraba de darle vueltas en la cabeza. Se despertó en plena noche y encendió la luz de su elegante dormitorio. Necesitaba ver sus pertenencias en torno a ella y arraigarse de nuevo a su propia vida, con la belleza y los placeres a los que estaba acostumbrada. Eso traía forzosamente aparejada la profunda y casi reprimida soledad que subyacía a todo ello. Al menos estaba a salvo de todo excepto de la enfermedad y la edad. Tal como los acontecimientos de unas pocas horas antes en Dorchester Terrace le habían recordado tan dolorosamente, nadie se libraba de ellos. La muerte no tenía por qué ser dulce, ni siquiera en tu propia casa. No había más respuestas que el coraje y la fe en una bondad suprema más allá de la limitada visión de la carne.

De poco le servían ahora a Isaura Castelbranco; y Angeles, pobre chiquilla, ya no podía recurrir a ninguna de las dos.

Ahora bien, quien hubiere ocasionado su muerte, incluso indirectamente —y Vespasia estaba convencida de que alguien lo había hecho—, no tenía por qué quedar fuera del alcance de la justicia y, quizá todavía más importante, impedirle que hiciera algo semejante otra vez.

Se había enterado de la muerte de Catherine Quixwood, y ahora se especulaba con que se la había provocado ella misma, cosa que, en cierto sentido, era igual de penoso. Sabía que Victor Narraway se había implicado en el caso y se preguntaba si realmente se percataría del horror que ocultaba un acto tan desesperado. Se dio cuenta de que le daba miedo abordarlo en relación a ello porque le dolería que no pudiera, o no quisiera, captar el alcance de ese sufrimiento.

El miedo tomó la decisión por ella. Si le daba miedo, tenía que afrontarlo. El miedo del que huías te perseguía con una creciente oscuridad que finalmente te consumía. El miedo al que te enfrentabas quizá lastimara todas las esperanzas, pero no te arrebataba la valentía ni la identidad.

Envió una nota a Victor, proponiéndole almorzar juntos en uno de sus restaurantes favoritos y, al llegar, lo encontró aguardándola. Había unas cuantas mesas al aire libre, bien separadas unas de otras, bajo la moteada sombra de los árboles. Estaban puestas con manteles blancos, y la luz trémula arrancaba destellos a las copas de cristal de roca. El aire olía a tierra y a flores, y el murmullo del río cercano facilitaba conversar en privado.

Victor la saludó con evidente placer. Durante los primeros minutos estudiaron la carta y eligieron lo que iban a comer, como si nada feo o sórdido se entrometiera jamás en la belleza de su mundo.

Cuando los hubieron servido y el camarero se retiró, Vespasia por fin abordó el tema que la había llevado a organizar la cita.

—¿Cómo va el caso concerniente a la muerte de Catherine Quixwood?

Procuró que su pregunta sonara como si su interés se debiera a cierta preocupación más que a una angustia.

Victor no contestó de inmediato, sino que le estudió el semblante, buscando lo que había detrás de sus palabras.

Vespasia se sintió tonta. Tendría que haber sabido que, pese a sus muchos años de experiencia en sociedad diciendo una cosa y queriendo decir otra, no lo podía engañar. Victor no era mucho más joven que ella, y había pasado buena parte de su vida en la Special Branch.

—Tengo un motivo para preguntarlo —dijo Vespasia, y acto seguido se dio cuenta de que estaba dando una explicación que no le habían pedido. Sonrió—. ¿Soy transparente?

Victor contestó con una pronta sonrisa.

—Sí, querida, hoy lo eres. Pero ¿acaso tú y yo hemos hablado ociosamente alguna vez, buscando cosas que decir?

Vespasia notó que se sonrojaba, pero era por placer, no por desasosiego.

—Tal vez debería ser franca desde el principio. Me parecía un poco torpe serlo mientras almorzábamos.

Los ojos de Narraway eran tan oscuros que parecían negros al estar de espaldas a la luz. De pronto los abrió, revelando cierta sorpresa.

—Inquietante, tal vez, directa, siempre, pero nunca torpe. ¿Es mi implicación lo que temes que sea inapropiado? ¿O se trata de algo en relación con la propia Catherine Quixwood? ¿La conocías?

—No. Que yo sepa, nunca llegamos a vernos —dijo con un extraño matiz de arrepentimiento—. Y no se me hubiese ocurrido que te comportaras de manera distinta a como siempre lo has hecho. Es el tema de... —Se encontró reacia a emplear la palabra y, sin embargo, andarse con eufemismos era una especie de insulto a las víctimas, como si se le restara importancia—. El tema de la violación —dijo con claridad. No estaban lo bastante cerca de los demás comensales para que los oyeran—. Me temo que puede haberse dado otro incidente con un final igualmente trágico, y no estoy segura de qué es lo mejor que puedo hacer.

El semblante de Narraway transmitió una profunda preocupación.

—Cuéntame —dijo sin más.

Sin levantar la voz ni entrar en detalles le refirió lo que había sucedido durante la fiesta en la que Angeles Castelbranco había encontrado la muerte. La sorprendió e incluso avergonzó un poco constatar que le dolía la garganta por el esfuerzo de mantener el dominio de sí misma. No había sido su intención que Narraway se enterara de la profundidad de sus sentimientos. La hacía más vulnerable de lo que deseaba.

—No podías haber hecho nada —dijo Narraway amablemente cuando ella hubo terminado. La compasión de su mirada, su casi ternura, la alcanzó como un filo vivo, despertando otros sentimientos más complejos.

—No lo intenté —dijo Vespasia con severidad.

—¿Intentar qué? —preguntó él—. Por lo que dices, todo ocurrió en un instante. ¿Qué podrías haber hecho?

Vespasia respiró profundamente y bajó la vista al mantel y a la plata y el cristal dispuestos en la mesa, que todavía titilaban a la luz cambiante por la brisa que removía las hojas encima de ellos.

—Sabía que algo iba mal desde hace varios días —contestó Vespasia—. Tendría que haber actuado entonces. No me percaté de lo grave que era la situación. Vacilé, como si hubiera tiempo que perder.

—¿Quieres decir que lo sabías con certeza o que lo veías como algo posible? —dijo Narraway.

—Deja de buscar excusas, Victor. De nada sirve.

—¿Qué es lo que quieres que diga? —preguntó él razonablemente.

A Vespasia se le enardeció el ánimo de una manera nada propia de ella. Quería arremeter contra Narraway por ser tan condescendiente y no atinar en absoluto, pero le constaba que hacerlo sería injusto. Bebió un sorbo de vino y volvió a dejar la copa en la mesa.

—Creo que Angeles pudo ser agredida, posiblemente violada, y que por eso reaccionó tan alterada ante el joven Forsbrook. Estaba aterrorizada, de eso estoy más que convencida. Lo que no sé es qué hacer ahora al respecto.

—¿Pitt está informado? —inquirió Narraway.

—Me figuro que sí; desde luego Charlotte lo está. Pero no es un asunto para la policía, y mucho menos para la Special Branch. Dudo mucho que los Castelbranco presenten una denuncia. Son extranjeros, en muchos sentidos están solos en un país extraño que ha traicionado su confianza de la manera más abominable.

—Vespasia... —comenzó Narraway.

—Ya lo sé —dijo ella enseguida—. No tengo derecho a inmiscuirme, y si lo hago es probable que solo empeore las cosas. Pero al margen de lo que la ley piense, es un agravio monstruoso, y si puedo hacer algo, tengo que hacerlo. No estoy involucrada con la policía, la ley ni el gobierno. Hay vías de investigación que yo puedo explorar y ellos no. Y dispongo del tiempo que haga falta.

—Podría ser peligroso —señaló Narraway con urgencia, arrugando el rostro con preocupación—. Pelham Forsbrook es un hombre muy poderoso y tú no dispones de pruebas que demuestren que no fue una simple tragedia. Tú...

Vespasia lo fulminó con la mirada.

Narraway dejó de hablar y sonrió, pero no bajó los ojos.

Ella se dio cuenta con sorpresa de que la mirada con la que podía paralizar a casi todo el mundo no surtía efecto con él, pero tampoco apartó la vista.

—¿Qué quieres de mí? —preguntó Narraway—. Aparte de discreción, que ya la tienes.

—Quiero saber qué hace la ley en los casos de violación, cuando están seguros de que se ha cometido. Qué está haciendo ese policía para descubrir quién violó a Catherine Quixwood —contestó Vespasia.

Vio que el rostro de Narraway se ensombrecía en el acto, como si el recuerdo tocara una herida ya de por sí dolorosa.

—Según parece, quien la agredió era alguien que ella conocía, y lo dejó entrar en su casa sin ningún temor —dijo Narraway simplemente—. La violación fue impetuosa y brutal, pero en realidad no fue lo que la mató. Catherine se las arregló para gatear hasta el armario y servirse una copa de madeira, en la que había mezclado una buena cantidad de láudano. Diríase que es un sitio extraño para guardar láudano, pero al parecer era así. Le gustaba tomarlo con vino, quizá para enmascarar el sabor, o incluso para hacer como que solo bebía alcohol. No lo sé.

Vespasia se quedó pasmada. Era la última respuesta que esperaba oír. Entonces las consecuencias se agolparon en su mente y se sintió aplastada por su inevitabilidad. Culparían a la propia Catherine. Que bebiera láudano se interpretaría como una vergüenza, una admisión de alguna clase de culpa. El hecho de que hubiese abierto la puerta a su agresor se vería como una invitación a la intimidad, no como una muestra de su inocente confianza en ese hombre.

Narraway la observaba. Vio dolor y confusión en sus ojos y se preguntó en qué medida entendía lo que la gente diría y cuál sería la carga adicional para Quixwood: el bochorno de la confusión y el enojo, la conciencia de que su vida también había sido violada.

—Entiendo —dijo Vespasia en apenas un susurro.

—Yo no —contestó Narraway—. En realidad, no lo entiendo. No logro apartarlo de mi mente. La idea de que otro ser humano haya experimentado semejante horror y sufrimiento no me abandona, como si una parte de mí mismo hubiese quedado afectada para siempre.

Vespasia lo miró sorprendida y acto seguido con un inesperado cariño ante esa sensibilidad de la que no se había percatado hasta entonces. Tuvo ganas de alargar el brazo y tocarle la mano, pero era un gesto demasiado íntimo y se contuvo.

—Háblame de ella —dijo en cambio—. ¿Has averiguado algo que pueda ser útil para descubrir quién fue el agresor? Al margen de cómo lo conociera, no hay que perdonarlo.

El camarero vino a retirar los platos del entrante y servirles el plato principal.

En la mesa vecina había una pareja hablando, con las cabezas inclinadas para estar más cerca. Él se rio y movió la mano por el mantel blanco para tocar la de ella. Fue un gesto posesivo. Ella retiró la mano, sonrojándose.

Vespasia se fijó y miró hacia otro lado. Recordaba haber sido igual de joven e insegura. Parecía que hiciera un siglo.

Narraway comenzó despacio, tanteando el terreno.

—Diría que Knox es un hombre competente y que comprende el crimen mejor que muchos otros. Es muy cauto. Al principio deseé que fuese más deprisa. Ahora comienzo a apreciar lo complicado que es.

—¿Y Quixwood? —preguntó Vespasia con delicadeza—. Debe de estar destrozado.

—Sí. Y me temo que, si descubrimos a quien lo hizo, será todavía más duro para él cuando el caso vaya a juicio. Será como si todo ocurriera de nuevo, esta vez en público. Habrá desconocidos diseccionando la intimidad y el horror, desgranando detalles y especulando sobre lo que sucedió. Aunque se haga con compasión, difícilmente resultará menos duro.

—No, no lo será —contestó Vespasia simplemente—. Tal vez por eso las personas que hacen tales cosas no tienen miedo. Saben que la mayoría de nosotros no hará nada al respecto. Preferiremos sufrir en silencio, incluso mentir para proteger a la víctima y su entorno, antes que revivirlo todo de nuevo delante de los demás. Salvo que ella está muerta y no puede hacer nada por sí misma. —Vio que Narraway se estremecía—. Lo siento.

—Llevas razón. —Narraway hizo un leve ademán negativo con la cabeza—. He investigado un aspecto más profundo de su vida. Según parece era inteligente, sensible, muy imaginativa e interesada en toda clase de belleza, descubrimiento o invento que se pueda explorar. Y solitaria. No tenía nada que hacer que importara... —Se calló de golpe, como si se estuviera poniendo en evidencia, y prosiguió atropelladamente—. Hay un joven llamado Alban Hythe a quien la señora Quixwood parece haber visto con más frecuencia de lo que sería fortuito.

—¿Una aventura? —preguntó Vespasia.

—No lo sé. Parece muy posible.

—Qué pena tan grande.

Vespasia permaneció callada un momento, imaginando la llegada de un amante, el anhelado entusiasmo, la emoción, la vulnerabilidad y entonces, de repente, la violencia. ¿Se habrían peleado? ¿Qué pudo ocurrir para que el humor pasara del amor a una furia incontrolada en cuestión de minutos? ¿Hasta qué punto conocemos a las personas que creemos conocer?

Narraway aguardaba, observándola. Ella no pudo descifrar su expresión.

—¿Piensas que fue ese hombre? —le preguntó Vespasia.

—La razón dice que es probable —respondió Narraway—. El instinto dice que no. Pero eso quizá solo sea lo que yo quiero creer. Quiero pensar que no tuvo intención de quitarse la vida, que solo... calculó mal la dosis. Pero el médico forense dijo que era varias veces la cantidad adecuada.

—Tal vez quiso hacerlo, Victor —dijo Vespasia con delicadeza. Sin duda no ser sincera sería condescendiente—. No sé cómo me sentiría si algo semejante me ocurriera mí. Me parece que soy incapaz de imaginarlo. Las personas son muy crueles cuando están asustadas. El miedo saca lo peor de nuestro ser, una crueldad de la que normalmente no habríamos sido capaces.

Narraway frunció el ceño.

—¿Te refieres a las mujeres? Seguro que...

—Claro que me refiero a las mujeres —dijo Vespasia interrumpiendo—. Tenemos más excusa que nadie para estar asustadas. Tenemos mucho que perder. —Le vaciló la voz, áspera de emoción—. Podemos encontrarnos con que nos culpen de ser víctimas, no solo los hombres que amamos y que ya no nos desean porque no pueden mirarnos sin recordar lo ocurrido, sino también otras mujeres.

Vespasia reparó en la confusión de Narraway, en su incredulidad.

—No es tan difícil de comprender —prosiguió con urgencia, inclinándose sobre la elegante mesa—. Si en cierto modo la violación es culpa de la propia víctima porque dijo o hizo algo, llevaba ropa llamativa o se comportó de una determinada manera, si no hacemos lo que hizo ella, nunca nos ocurrirá a nosotras. No es una actitud compasiva ni realista, pero sí comprensible.

La ira encendió los ojos de Narraway.

—Me resulta monstruoso, insensible y cruel. Raya en el consentimiento por omisión de defensa. Es deleznable, la traición definitiva.

—Se debe a que admitir que puede ocurrirles a mujeres decentes y completamente inocentes es aceptar que podría ocurrirles a ellas —señaló Vespasia—. Eso es insoportable. Derriba la última defensa. Y, por supuesto, no falta quien odia a la mujer en cuestión por despertar una pasión incontrolable que ellas nunca han despertado. No entienden que es un crimen movido por el odio o por el poder, no por la pasión. —De pronto tuvo una idea—. O quizá sí lo entiendan y la odien precisamente por haber despertado a ese animal que hay dentro del hombre. Quieren fingir que ya no existe.

—¿Tan frágiles somos? —preguntó Narraway apenado.

—Algunos, sí. —Vespasia se quedó pensativa un instante—. Y, por descontado, quizá también teman por los hombres que las aman; su ira, la necesidad de venganza, aunque solo sea para demostrarse a sí mismos que pese a todo tienen el control —agregó—. Quizás eso no los lleve a consolar a la víctima, a sostenerla en sus brazos y asegurarle que sigue siendo la misma, que la siguen amando, y en cambio se vayan a darle una paliza, incluso a matar, al hombre que tanto ha arrebatado a su mujer. Y, cegados por la ira, incluso es posible que se equivoquen de hombre.

—Empiezo a comprender por qué Angeles Castelbranco no se lo dijo a nadie, si llevas razón en que la violaron —dijo Narraway en voz muy baja—. Y por qué Catherine Quixwood, en la desesperación del momento, decidió quitarse la vida antes que pasar por el suplicio que inevitablemente vendría después.

—De todos modos, ¿qué posibilidades de éxito tiene una acción judicial? —Vespasia le escrutó el semblante, buscando una respuesta—. Incluso si Knox descubre al culpable, ¿el veredicto valdrá el precio que costará?

—No lo sé —admitió Narraway—. Pero ¿qué pasa con la propia ley si no lo intentamos?

—¿Qué quiere Quixwood? —preguntó Vespasia en vez de contestar.

Narraway habló despacio.

—Por ahora quiere saber la verdad, pero es harto probable que prefiera no haberla sabido, si resulta que Catherine tenía una aventura con Alban Hythe. No lo sé. Justicia, tal vez, o venganza. O hacer lo posible a fin de limpiar el nombre de Catherine y demostrar que era inocente. Quizá lo único que realmente desea es estar haciendo algo en lugar de nada. Tener la sensación de luchar con la realidad en vez de someterse a ella sin más. Eso puedo entenderlo... creo.

—Cuánta sinceridad —observó Vespasia.

—¿No hemos dejado atrás el fingimiento? —preguntó Narraway—. Puedo volver a él, si lo deseas, pero preferiría no hacerlo. Me gustaría tener a alguien con quien no tener que fingir. He vivido con secretos desde que tengo memoria. Algunos merecía la pena guardarlos; probablemente, la mayoría no. Tener demasiado cuidado se ha convertido en un hábito.

—No es un mal hábito —respondió Vespasia, sonriendo de nuevo—. La mayoría de nosotros decimos más de la cuenta a los demás y luego, cuando volvemos a verlos, pasamos vergüenza tratando de recordar qué les contamos exactamente, y entonces nos lo repetimos una y otra vez para convencernos de que fue menos indiscreto, menos revelador de lo que parecía.

—No te imagino siendo indiscreta —comentó Narraway.

—Déjate de cortesías —dijo Vespasia de manera cortante—. No me conoces tan bien como quizá creas. Desde luego, a veces he sido, como mínimo, hipócrita.

—No sabes cuánto me alivia —dijo Narraway con fervor—. Unas cuantas imperfecciones y algún momento de vulnerabilidad resultan muy atractivos en una mujer. Permiten que un hombre, de vez en cuando, se crea una pizca superior. En tu caso, por supuesto, no es así, pero es una ilusión necesaria si queremos sentirnos cómodos.

—Me gustaría que te sintieras cómodo —respondió Vespasia, disimulando una sonrisa y volviéndose hacia el camarero, que se había acercado a preguntar qué les apetecía de postre. Ni siquiera estuvo segura de si había visto un leve rubor en las mejillas de Narraway.

Vespasia decidió lo que iba a hacer con respecto a Angeles Castelbranco. Para empezar debía recabar tanta información como fuera posible. Cuanto más tiempo se guardaba un secreto menos probable era que su recuerdo fuese exacto. Si en efecto habían violado a Angeles, tenía que haber sido muy recientemente. No debería ser difícil averiguar a qué recepciones había asistido durante el último mes. Había un número considerable de ellas, pero por lo general asistían las mismas personas. Los círculos diplomáticos no eran muy amplios, y las ocasiones apropiadas para una chica de dieciséis años eran limitadas.

Un poco de inventiva, mucho tacto y media docena de preguntas a otras tantas amigas le proporcionaron una lista de tales fiestas a lo largo de las cuatro o cinco semanas anteriores.

Fue preciso todo el día siguiente, y más evasivas de las que podían ser de su agrado, para que Vespasia tuviera un borrador aproximado de las listas de invitados. Hubiera sido más simple haber preguntado a Isaura Castelbranco a cuáles había asistido Angeles. Sin embargo, para eso tendría que haber dado una razón, y todas habrían sido dolorosas mientras que ninguna justificaría en modo alguno que se lo tomara como una preocupación propia. No podía imaginar cómo se sentía Isaura. La familia de Vespasia le había causado muchos sentimientos a lo largo de los años, algunos agradables, pero más de uno se había traducido en alguna clase de ansiedad o aflicción. Amar era ser vulnerable, sobre todo en lo que a los hijos atañía. Una temía por su seguridad, su felicidad, su buena salud; se sentía culpable de su infelicidad y de sus fracasos. Una se quejaba de su dependencia y se aterrorizaba ante su valentía. Una olvidaba los propios errores, riesgos y sueños absurdos y solo quería protegerlos para que no sufrieran.

Luego crecían, se casaban y, demasiado a menudo, pasaban a ser casi desconocidos. Les era imposible imaginar que tú también tuvieras miedo, que fueras falible, pudieras soñar e incluso enamorarte.

Tal vez ya estaba bien que las cosas fueran así. Una necesitaba intimidad, sobre todo en su propia familia.

De modo que escribió y reescribió listas de invitados e hizo preguntas con muchos rodeos. Dos días después de almorzar con Victor Narraway creyó haber descubierto el evento en que habían violado a Angeles Castelbranco. Conseguir detalles fue más difícil. Reflexionó cierto tiempo a quién podía pedirle que le diera una explicación de la velada, alguien que estuviera dispuesto y fuese suficientemente observador. Además, ¿qué motivo podía aducir para hacer semejante solicitud?

¿Y quién sería lo bastante discreto después para guardar en secreto su consulta y no contársela a nadie en absoluto? ¿Cómo iba a sugerirle a quien fuera que el asunto era estrictamente confidencial? Para la mayoría de la gente, el propio hecho de tratarse de un secreto sería un acicate para el chismorreo, al menos con los amigos más íntimos que luego, por descontado, lo referirían a sus íntimos, y así sucesivamente. Y cada nueva versión se transformaría y exageraría.

Estudió con más detenimiento la lista de quienes habían estado presentes en aquella recepción. Tuvo la impresión de que había asistido un número considerable de jóvenes. Fue al observar cuántos eran cuando le vino a la mente la respuesta.

Era mucho más fácil hacer esas indagaciones cara a cara que por teléfono. Por consiguiente, quedó en almorzar con lady Tattersall. El día siguiente estaban chismorreando placenteramente mientras tomaban un postre de tarta de manzana con mucha más nata de la que les convenía a las dos. Vespasia introdujo el nombre de una amiga ficticia.

—Se enteró de que fue todo un éxito y le gustaría que su fiesta fuese igual de deliciosa —dijo Vespasia, abordando por fin el tema—. No conoce a nadie que asistiera y le pudiera contar los pormenores, de modo que le prometí que se lo preguntaría a usted.

—Por supuesto —dijo lady Tattersall encantada—. ¿Qué le gustaría saber?

Vespasia sonrió.

—Creo que un sencillo relato de cómo fue sería excelente, tal vez con cierto detalle, en particular sobre cómo reaccionaron los jóvenes a la velada. Eso sería muy útil, y muy amable de su parte.

Lady Tattersall disfrutó contando todo lo que recordaba. Vespasia había tenido la prudencia de hacer que su amiga ficticia viviera bien lejos, en Northumberland, de modo que la no celebración de su supuesta fiesta pasara desapercibida. Se enteró de muchas cosas: un vívido relato de primera mano de un acto social muy concurrido y en apariencia exitoso. La única persona que no fue del todo feliz había sido Angeles Castelbranco, pero su aflicción se atribuyó a su juventud y a su sangre extranjera.

Vespasia se marchó convencida de que Neville Forsbrook había violado a Angeles allí, exactamente como ella y Charlotte habían temido. Ahora la cuestión era qué hacer con esa información, aparte de dársela a Thomas Pitt.

A última hora de la mañana del día siguiente a su almuerzo con lady Tattersall, Vespasia se quedó bastante sorprendida cuando su doncella anunció que el señor Rawdon Quixwood había llegado y preguntado si podía dedicarle unos minutos de su tiempo. Había un asunto de bastante importancia que deseaba tratar con ella.

Dio permiso a la doncella para que lo hiciera pasar. Un instante después Quixwood entró en la tranquila sala de estar, con sus vistas al jardín. Estaba en plena floración veraniega, ardientes rosas de colores encendidos sobre un fondo azul frío de espuelas caballeras.

Quixwood era un marcado contraste a la profusión de colorido de detrás de las ventanas. Iba vestido muy elegante, pero de negro riguroso salvo por el blanco de la camisa. Llevaba bien peinado el pelo abundante y su afeitado era impecable, pero su semblante era el de un hombre angustiado por el dolor. Estaba pálido y las arrugas en torno a sus labios eran profundas.

Vespasia intentó que se le ocurriera algo que decir que no resultara banal. ¿Qué podía decirle a un hombre que había sufrido tan atrozmente?

—Bueno días, señor Quixwood —comenzó—. ¿Puedo ofrecerle un té o, si lo prefiere, algo más consistente?

—Muy amable de su parte, lady Vespasia, pero me esperan en el club para almorzar. Actualmente resido allí. Todavía... todavía no me veo con ánimos de regresar a mi casa.

—No me sorprende —dijo Vespasia enseguida—. No me costaría entender que no lo hiciera nunca. Estoy convencida de que hay otras propiedades que serían igualmente agradables, y quizá más convenientes para usted.

Quixwood esbozó una sonrisa.

—No le falta razón. Perdone que me haya presentado sin previo aviso. Si el asunto en cuestión no fuera urgente y de cierta importancia moral, no lo habría hecho.

Vespasia le indicó una butaca enfrentada a la de ella y, mientras él se sentaba, ella hizo lo propio en la suya.

—¿En qué puedo servirle, señor Quixwood?

Quixwood bajó la vista, con una expresión entre irónica y triste.

—He sabido por un amigo mío que ha estado haciendo ciertas averiguaciones acerca del hijo de Pelham Forsbrook, Neville, tras la tragedia en la que la joven Angeles Castelbranco encontró la muerte. —Hizo una mueca de dolor—. Es... es un poderoso recordatorio de la muerte de mi propia esposa.

Hablaba con voz ronca, y saltaba a la vista que le resultaba casi imposible dominar sus sentimientos.

Vespasia procuró pensar en algo que aliviara su embarazo, pero no tenía la menor idea de lo que él le quería decir, de modo que no se le ocurrió nada apropiado.

Quixwood levantó la vista hacia ella.

—No sé cómo decir esto gentilmente. —Se mordió el labio—. Me consta que el joven Neville se comportó de una manera que solo cabe describir como burda cuando tomó el pelo a la pobre chica. Si antes le había ocurrido algo... terrible que la hiciera tan vulnerable, él no estaba enterado. Si fuese mi hijo, confío en que lo habría educado para que fuera más sensible, más consciente de los sentimientos de los demás por más vino que pudiera haber tomado. Su conducta fue vergonzosa. Eso no admite discusión. Me figuro que se arrepentirá el resto de su vida.

Sus ojos buscaron los de Vespasia.

—Pero también me consta que no la agredió —prosiguió Quixwood—, ni en serio ni trivialmente, en la fiesta de la señora Westerley. Yo mismo estaba presente cuando la joven Angeles apareció un tanto despeinada y con el rostro surcado de lágrimas. En su momento supuse que había tenido alguna riña propia de jóvenes, tal vez incluso un rechazo inesperado. Me temo que no pensé más en ello, y posiblemente me equivoqué de plano. —Ahora su semblante reflejaba aflicción—. Desde que yo... desde...

Titubeó y se quedó callado. Vespasia sintió una compasión infinita por él. Debía sentirse doblemente culpable por no haber sido capaz de proteger a su mujer y ahora por no haberse dado cuenta de la terrible aflicción de Angeles, oculta por la necesidad de disimularla que tenía la chica, dando por sentado que las lágrimas juveniles iban y venían fácilmente.

Vespasia se inclinó una pizca hacia delante.

—Señor Quixwood —dijo con suma amabilidad—, ninguna persona sensata habría supuesto otra cosa en esas circunstancias. Por supuesto que las chicas de su edad ríen y lloran por cosas que apenas recuerdan al día siguiente. Usted no podía ni debía hacer algo al respecto. —Vaciló un instante antes de proseguir—. Cuando ha sucedido una desgracia es natural que revivamos lo que la precedió, preguntándonos cómo podríamos haberla evitado. En la mayoría de los casos no podía hacerse nada en absoluto, pero nos atormentamos igualmente. Deseamos haber ayudado. Sobre todo deseamos deshacer el pasado y vivirlo de nuevo con más sensatez, más amabilidad, pero mientras el dolor se va mitigando, sabemos que no podemos. Solo el futuro puede cambiarse.

Quiso consolarlo respecto a Catherine, pero no había consuelo que dar. Intentarlo solo dejaría claro que Vespasia no se había hecho cargo de la realidad y que quizá carecía incluso del coraje para reconocerla.

Ahora Quixwood sonrió atribulado.

—Lady Vespasia, estoy comenzando a darme cuenta de que aún disto bastante de aceptar lo ocurrido. Lo que he venido a decirle, y eso es lo que importa y lo que me ha llevado a tomarme la libertad de molestarla, es que le pasara lo que le pasase a Angeles Castelbranco, me consta que no fue Neville Forsbrook quien lo provocó. Yo estaba con él cuando ella salió a mirar los cuadros de la galería. Y no fue con Neville, aunque admito que no sé con quién fue. Tal vez a ella nuestros nombres todavía le resultaran difíciles. Reconozco que algunos nombres portugueses se me escapan.

Vespasia tomó aire para preguntarle si estaba seguro, pero entonces se dio cuenta de que sería en vano y una pizca ofensivo. Por supuesto que estaba seguro. Había salido de su aflicción y de su capullo de protección para decirlo.

—Gracias, señor Quixwood —dijo muy seria—. Sería monstruoso culpar a la persona equivocada, aunque solo fuera por un día. Los rumores no son fáciles de acallar. Me ha contado esto antes de que tuviera ocasión de hablar con alguien, y tal vez me haya salvado de cometer un craso error. Le estoy agradecida.

Quixwood se puso de pie, moviéndose con rigidez, como si algo le doliera por dentro.

—Gracias por recibirme, lady Vespasia. Gracias por su sentido común. Con el tiempo me servirá de consuelo.

Hizo una reverencia, un mero gesto con la cabeza, y se dirigió a la puerta.

Vespasia se quedó sentada varios minutos sin moverse, pensando, en la silenciosa sala iluminada por el sol, en lo terriblemente frágiles que podían ser las ilusiones de seguridad.

7

Pitt encontraba extremadamente difícil olvidar la tragedia de la muerte de Angeles Castelbranco. Cada vez que oía un tintineo de cristales o una risa, se transportaba a la fiesta en la que había ocurrido la tragedia. En su imaginación veía el rostro del embajador, desprovisto de toda expresión, como si estuviera muerto.

Peor era el intenso dolor de su esposa, que le hacía pensar en Charlotte aunque no se pareciera en absoluto a ella. Sin embargo, ambas eran madres, y eso les confería una similitud que era mayor de cuanto pudieran serlo todas las diferencias de apariencia.

Se sentó en su despacho de Lisson Grove que antes había sido el de Narraway. Intentaba concentrarse en los papeles que tenía delante hasta excluir cualquier otro pensamiento, pero fue en balde. Se sintió aliviado cuando llamaron a la puerta. Un instante después, Stoker se asomó.

—¿Sí? —dijo Pitt esperanzado.

No había ni rastro de placer en el rostro huesudo de Stoker.

—El embajador portugués querría verle, señor. Le he dicho que estaba ocupado pero ha contestado que aguardaría el tiempo que fuera necesario. Lo siento, señor.

Pitt apartó los papeles, apilándolos de cualquier manera pero tomando la precaución de poner bocabajo la página de arriba.

—Posponerlo no arreglará nada, hágale pasar —solicitó.

—¿Quiere que los interrumpa dentro de quince o veinte minutos? —preguntó Stoker.

Pitt sonrió sombríamente.

—No, si no se trata de algo real, y ruego al cielo que no lo sea. Las amenazas de violencia y sedición a las que nos enfrentamos son suficientes por el momento, no necesitamos más.

Stoker asintió y se retiró. Dos minutos después volvió a abrirse la puerta y entró Rafael Castelbranco. Parecía enfermo y diez años mayor que unos pocos días antes. Tenía los pómulos hundidos y estaba pálido, como si bajo la piel estuviera exánime. Su vestimenta era pulcra, incluso elegante, pero ahora parecía una pantomima de otros tiempos, como un chiste en un funeral.

Pitt se puso de pie y rodeó el escritorio para darle la mano.

Castelbranco se la estrechó como si ese mero gesto encerrara una promesa de ayuda.

A invitación de Pitt se sentaron en los dos sillones que había entre la chimenea y la ventana. Castelbranco declinó tomar algo de beber con un gesto de la mano. Tenía las manos hermosas, morenas y finas.

—¿En qué puedo servirle, señor? —preguntó Pitt. Carecía de sentido interesarse por su salud o la de su esposa. Era obvio que estaba destrozado por la pena, y ella solo podía estar igual.

Castelbranco carraspeó.

—Sé que tiene hijos —comenzó—. La señora Pitt ha sido muy amable con mi esposa, tanto antes como después de la muerte de mi hija. Usted tal vez se imagine cómo nos sentimos, pero nadie puede saber... puede siquiera pensar en... —Se calló, respiró profundamente varias veces y continuó en un tono más controlado—. Deseo que me ayude a averiguar todo lo que pueda sobre lo que le ocurrió a mi hija y por qué. —Reparó en la expresión de Pitt—. No busco justicia, señor Pitt. Comprendo que eso puede no estar a nuestro alcance.

Cerró los ojos un momento; fue imposible saber si para recobrar el control de su voz o para ocultar sus pensamientos.

Pitt no lo interrumpió. No se le ocurría qué podía decir que no diera a entender cierta impaciencia o, como mínimo, una falta de comprensión.

Castelbranco abrió los ojos de nuevo.

—Deseo acallar los rumores, no solo por mi propio bien y en

justicia a mi hija, sino por mi esposa. Mientras no sepamos qué sucedió no podemos refutar ni los peores chismes. Nos vemos impotentes. Es una...

Volvió a callarse. Ni su experiencia ni su habilidad diplomáticas acudieron en su ayuda. Podría haber sido un oficinista o un comerciante; su aflicción era universal.

Aquel asunto no entraba en el área de responsabilidad de la Special Branch salvo porque Castelbranco era el embajador de un país extranjero con el que Gran Bretaña mantenía una larga y preciada relación, y la muerte había tenido lugar en Gran Bretaña. Desde luego quedaba fuera del ámbito de la policía británica o, de hecho, de cualquier otra autoridad.

Ahora bien, aparte de eso, simplemente como ser humano con una hija de edad semejante, Pitt comprendía de forma muy personal su pesar.

—Haré lo que pueda —prometió, preguntándose al decirlo si se estaba precipitando y luego lo lamentaría—. Pero tengo que ser muy discreto, pues de lo contrario corro el riesgo de empeorar los rumores en vez de mejorarlos.

¿Sonaba a excusa? No lo era. Investigar un rumor, o incluso negarlo con demasiada vehemencia, podía tener como resultado el difundirlo todavía más. Para desmentirlo, uno tenía que repetirlo, de ahí que se mantuviera vivo y siguiera extendiéndose.

—Entiendo los riesgos —dijo Castelbranco con gravedad—, pero esto es intolerable. ¿Qué podemos perder? —Mal que le pesara, la voz le temblaba—. Ángeles estaba prometida en matrimonio con Tiago de Freitas, un muchacho de excelente familia, con un brillante futuro por delante y una reputación intachable. Eran en todos los aspectos una pareja perfecta. —Apretó las manos, aunque sin levantarlas de su regazo—. Ahora la gente insinúa que descubrió algo acerca de Ángeles que era tan vergonzoso que no lo podía aceptar y rompió el compromiso.

Pitt sintió que la furia se adueñaba de él para acto seguido dar paso a una intensa piedad por el hombre que tenía enfrente. Su cuerpo estaba tan tenso que todos los músculos debían dolerle, pero ¿cómo iba a descansar? ¿Dormía por la noche? ¿O quizás en sus pesadillas veía a su hija atravesar el cristal, precipitándose en la noche una y otra vez, mientras él observaba sin poder salvarla?

¿O era incluso peor que eso? ¿La veía reír, joven y entusiasmada con todo lo que le deparaba el porvenir? ¿Sentía su mano en la suya, pequeña y suave como la de una niña, y entonces se despertaba y recordaba que estaba muerta, rota por fuera por el cristal y la piedra, rota por dentro por el terror y la humillación? Entonces se levantaría y se enfrentaría al nuevo día, tratando de seguir viviendo, de poner un pie delante del otro, de hacer su trabajo, consolar a su esposa y buscar alguna clase de significado.

—¿Qué ha dicho ese joven exactamente? —preguntó Pitt.

—Que fue Angeles quien rompió el compromiso —contestó Castelbranco—. Pero no ha desmentido el rumor. Sonríe con tristeza y permanece callado. —La voz le temblaba de ira y los colores le subieron a la cara. Tenía blancos los nudillos—. A veces el silencio es más elocuente que las palabras.

Pitt buscó algo que decir que quitara el veneno a lo que se estaba murmurando, pero no lo encontró. Entendía la ira de Castelbranco y también su impotencia. De haber estado en su lugar, Pitt sin duda habría querido arremeter contra De Freitas verbal o físicamente, hacer cualquier cosa para soltar parte de la angustia de su fuero interno.

—Hablaré con él —prometió—. Veré si sabe algo concreto y, si es así, le seguiré la pista. Si no, le advertiré de los peligros de hacer conjeturas a expensas de la reputación de otra persona. No sé qué resultados obtendré. ¿Su negocio está en Gran Bretaña?

Por un momento la expresión de Castelbranco se ablandó.

—Al menos en parte. Sus palabras quizá surtan efecto en él. Gracias. Nadie más puede defender a mi hija. Eso me lleva a preguntarme si De Freitas era tan buena elección para casarse con Angeles como creíamos. ¿Cómo se puede calar a una persona antes del suceso que la traiciona, y entonces es demasiado tarde?

—Si supiera la respuesta, la mitad de mi trabajo sería innecesaria —contestó Pitt—. Si tuviéramos esa habilidad, ningún hombre, ningún país, confiaría imprudentemente.

Castelbranco se puso de pie.

—Tal vez haya sido una pregunta estúpida. Creía que lo conocía. Me centro en el dolor menor de la desilusión para apartar de la mente el mayor de la pérdida, imaginando que así aliviaré mi aflicción. Discúlpeme.

—Yo haría lo mismo —reconoció Pitt, levantándose a su vez y tendiéndole la mano—. Le informaré en cuanto tenga alguna novedad.

Tiago de Freitas recibió a Pitt a regañadientes. Pitt tuvo claro que solo lo hizo porque no podía negarse, habida cuenta de su cargo y de la autoridad que le confería. Se reunieron en un despacho de las oficinas del próspero negocio de importación y exportación de vino del padre de De Freitas, ubicado a un tiro de piedra de Regents Street. El lugar era sombrío, pero, a su manera, elegante. Había profusión de madera noble, en buena medida tallada, muebles de cuero repujado y gruesas alfombras que silenciaban los pasos.

De Freitas era un muchacho bastante bien parecido, con hermosos ojos oscuros y una magnífica mata de pelo negro. Habría resultado todavía más apuesto si hubiese sido unos centímetros más alto. Ahora contemplaba a Pitt con cierta cautela.

—¿En qué puedo servirle, señor? —preguntó. No invitó a Pitt a sentarse, como si no supiera cuánto podía prolongarse la conversación.

Pitt se alegró. Había cierta informalidad en el hecho de sentarse, y quería que la entrevista fuese cordial pero no relajada.

—En primer lugar, señor De Freitas, lamento profundamente la trágica muerte de su prometida, y siento tener que molestarlo en este momento. Procuraré ser tan breve como pueda —contestó Pitt.

De Freitas se puso tenso de manera casi imperceptible, tan solo con un movimiento de los músculos del cuello.

—Gracias —respondió—, pero estoy convencido de que no ha venido aquí para expresar sus condolencias. Su tarjeta dice que es comandante de la Special Branch, la cual me consta que forma parte del Servicio de Inteligencia de este país. Haré lo que esté en mi mano para asistirle, como invitado aquí, pero soy portugués y sin duda comprenderá que los intereses de mi país son lo primero.

Pitt iba a negar que su asunto tuviera algo que ver con el interés nacional, pero se dio cuenta de que hacerlo le restaría el poder que necesitaba.

—Nunca lo pondría en semejante compromiso —dijo Pitt con mucha labia—. Acaba de hablar de la señorita Castelbranco como si siguiera comprometida con usted. Me han informado de que ese compromiso se rompió. ¿Es un dato incorrecto?

De Freitas enarcó sus cejas negras. Su voz no fue abiertamente defensiva pero sí recelosa.

—¿Acaso es de su incumbencia, señor Pitt?

Pitt contestó con una ligera sonrisa.

—Guarda relación con otro asunto sobre el que no puedo hablar. ¿Se trata de un secreto? Si es así, me veo obligado a suponer que los rumores que me han llegado quizá sean correctos. Confío en que no lo sean y que, por el bien de las fluidas relaciones que han existido entre Gran Bretaña y Portugal durante medio milenio, pueda enterrarlos.

Dejó la invitación flotando en el aire para que De Freitas la pillara al vuelo o se pusiera en evidencia al evitarla.

De Freitas titubeó, atrapado en la incertidumbre. Un leve rubor de irritación le coloreó las mejillas.

—Hubiese preferido no hablar de ello, por el bien de su familia, pero no me deja otra salida. —Se encogió ligeramente de hombros, quizá no con tanta discreción como se había propuesto—. El compromiso había concluido.

—¿Cuánto tiempo antes de su muerte se terminó, señor De Freitas?

—Realmente no veo que esto pueda atañer al Servicio Secreto Británico —contestó sobresaltado, con un matiz de enojo en la voz—. Es un asunto muy personal.

—El anuncio de un compromiso matrimonial es un acto muy público —señaló Pitt—. No es posible poner fin al compromiso en secreto, por más personal que pueda ser la causa para hacerlo.

De Freitas se debatía entre la ira y la capitulación. Los segundos pasaban mientras tomaba una decisión.

—Intento sofocar rumores que solo pueden perjudicar al embajador portugués en Gran Bretaña, señor De Freitas —presionó Pitt—. Es una pequeña cortesía que podemos concederle en el momento de una pérdida tan espantosa. La señorita Castelbranco era su única hija, como sin duda usted sabe de sobra.

De Freitas asintió.

—Sí, claro, por supuesto. —Soltó un leve suspiro—. Rompimos nuestro compromiso un par de días antes de que muriera, y lo lamento muchísimo, como es natural.

Pitt se fijó en cuán elegantemente De Freitas había eludido la cuestión de quién había dado el primer paso para poner fin a la relación. Había logrado que pareciera un inevitable acuerdo mutuo.

—¿Estaba muy alterada la señorita Castelbranco? —preguntó, determinado a sonsacarle una respuesta al joven.

De Freitas levantó la vista de golpe y sus facciones reflejaron un súbito enojo.

—Si está insinuando que su muerte fue... fue resultado de que yo rompiera nuestro compromiso, está completamente equivocado. —Levantó un poco la barbilla—. Fue ella quien lo rompió.

—¿En serio? ¿Qué motivo le dio? No es algo que se haga a la ligera. Sus padres se quedarían sumamente consternados. Y me figuro que los suyos también.

De Freitas no contestó de inmediato y, tras un breve compás de espera, sonrió con los labios prietos.

—Me ha puesto en desventaja, señor Pitt. Había confiado en darle una respuesta vaga y en que usted la aceptaría caballerosamente. Me temo que no puedo decir más sin deshonrar a una chica a quien había pensado convertir en mi esposa. Por supuesto comprendo su deseo de proteger su reputación y de dar a la familia todo el consuelo posible, y lo respeto por ello. De hecho, lo admiro. No obstante, para asistirle en este asunto debo declinar decir algo más. Lo siento.

—Fue usted quien rompió el compromiso —concluyó Pitt.

De Freitas se encogió de hombros.

—Ya se lo he dicho, señor. No puedo decir más. Déjela descansar en paz... por el bien de todos.

Pitt vio que no iba a sonsacarle nada más y le dio las gracias por esta vez. Se despidió y recorrió los silenciosos pasillos revestidos de paneles de madera como si estuviera saliendo de una especie de iglesia.

—¿Me estás diciendo que ha dado a entender que era él quien había roto, y que estaba mintiendo para protegerla? —preguntó Charlotte incrédula aquella noche, una vez que Pitt hubo regresado a casa y habían terminado de cenar y recoger los platos. Estaban en la sala de estar con las ventanas entornadas. Una brisa ligera traía consigo el susurro de las hojas y olor a tierra y hierba segada. La puerta del pasillo estaba cerrada. Daniel y Jemima estaban en sus respectivos dormitorios, leyendo o haciendo deberes.

—Más o menos —admitió Pitt. No se había sentado. Estaba demasiado inquieto para permitirse tanta comodidad, tal vez porque Charlotte estaba tan enojada que tampoco ella podía sentarse.

Charlotte parecía acongojada.

—¿Así pues, sea lo que sea lo que diga la gente, o bien se lo cree o le trae sin cuidado porque de todos modos quería librarse de ella?

—Rompieron el compromiso antes de que ella muriera —señaló Pitt, negando con la cabeza.

—¡Exacto! —replicó Charlotte—. ¡Escuchó lo que se decía, se lo creyó y por eso la abandonó!

Estaba sonrojada y le brillaban los ojos, pronta a defender al vulnerable. Era un rasgo de ella que Pitt amaba y que nunca habría cambiado, aun cuando hubiese sido mucho más sensato sopesar el asunto primero. Charlotte se había equivocado antes, y peligrosamente, pero eso no iba a detenerla ahora.

—Sé lo que estás pensando —acusó a Pitt—. Claro que podría estar equivocada. ¿También lo sopesarías cuidadosamente si fuese Jemima?

—No es Jemima —dijo Pitt razonablemente.

—¡No lo es esta vez! ¿Qué pasará cuando lo sea? —inquirió Charlotte.

Pitt respiró profundamente y se volvió hacia ella.

—Probablemente estaría tan furioso como tú ahora, igual de herido e igual de impetuoso —admitió—. Y probablemente tampoco serviría de nada. Amar a alguien hace que te preocupes apasionadamente. Te convierte en una persona decente, afectuosa, vulnerable, generosa y valiente. No hace que tengas la razón y, desde luego, no te hace infalible a la hora de descubrir la verdad.

—Creo que la violaron —dijo Charlotte en voz baja, con los ojos repentinamente arrasados en lágrimas—. La verdad de poco servirá.

—Nadie puede culparla de eso —respondió Pitt razonablemente.

—¡Oh, Thomas! ¡Cómo puedes estar tan ciego! —dijo Charlotte desesperadamente—. No tiene nada que ver con la razón. Claro que pueden culparla. ¡Tienen que hacerlo! Si dicen que puede ocurrirle a mujeres inocentes, significa que puede ocurrirle a cualquiera, a ellas o a sus hijas. Es como una enfermedad. Procuras mantenerte alejado de quienes están infectados por si acaso su enfermedad es contagiosa, no vaya a ser que de pronto tú también la contraigas.

Negó con la cabeza, haciendo obvia la tensión de los músculos de los hombros y del cuello.

—Si no, eres la clase de persona que tiene que quedarse mirando, investigando dónde duele más, y darte importancia porque sabes cosas que los demás ignoran. —El desprecio le crispaba la voz—. Entonces puedes ser el centro de atención mientras se lo cuentas al resto del mundo, inventando detalles que resulta que no sabes.

Pitt dio un paso hacia ella y la tomó por los hombros con delicadeza. Sus dedos notaron la dureza de sus brazos. Fuera, el viento sacudía con más fuerza los árboles y entró por la ventana con el primer tamborileo de lluvia y el intenso y agradable olor a tierra mojada.

—¿No estás siendo un poco dura con ellas? —preguntó.

—¿Quieres decir que estoy exagerando? —Abrió los ojos—. ¿Un poco histérica, tal vez, porque temo que un día pueda sucederle a Jemima? Si realmente era inocente, podría ocurrir, ¿no crees?

—No —contestó Pitt con firmeza—. Las violaciones son muy poco comunes, gracias a Dios, y no permitiremos que Jemima salga con un chico a quien no conozcamos, o a cuya familia no conozcamos.

—¡Por el amor de Dios, Thomas! —dijo Charlotte entre dientes—. ¿Cómo diantre vas a saber cuántas violaciones se producen? ¿Quién habla de ello? ¿Quién lo denuncia a la policía? ¿Crees que solo les ocurre a chicas que a nadie importan? ¿O a mujeres fáciles que invitan a ello comportándose como fulanas? Y ya puestos, ¿que nunca son chicos a los que conocemos quienes hacen esas cosas?

Pitt sintió una gélida punzada de miedo e impotencia. Las ideas se agolpaban en su imaginación.

Charlotte lo vio en sus ojos e inclinó la cabeza hacia delante para apoyar la frente en su cuello. El viento que entraba por la cristalera le alborotaba la falda y de pronto una de las hojas de la ventana se abrió por completo, golpeando la pared.

—Hablas como una experta en el tema. ¿Acaso de joven viste de cerca algún caso de violación?

—¡No, qué va! —dijo Catherine, poniendo mucho énfasis—. Y, que yo sepa, Emily tampoco. Pero es un crimen oculto y no tengo la más remota idea de qué podemos hacer al respecto. Excepto cantarle las cuarenta a cualquiera que hable a la ligera o maliciosamente sobre Angeles Castelbranco. Y no me digas que no debería hacerlo. Me trae sin cuidado que no sea apropiado ni conveniente, ni siquiera si es verdad. Lo que me importa es proteger a su madre y, a la larga, a mi propia hija.

Pitt deslizó sus brazos en torno a ella y la estrechó con fuerza. Intentaba pensar en algo que la consolara sin faltar a la verdad, pero no se le ocurrió nada en absoluto.

Pitt no podía dedicar su tiempo a hacer averiguaciones discretas sobre el carácter y la reputación de Angeles Castelbranco, y enviar a otro quizá suscitaría más especulaciones de las que aclararía. ¿Por qué iba a preguntar tales cosas un hombre sin relación con ella salvo que hubiera motivos para sospechar de su virtud? Inevitablemente parecería que se estuviera haciendo no para proteger a Angeles, sino para escudar a quienquiera que acusaran sus afligidos padres, que eran incapaces de enfrentarse a la verdad del desmoronamiento moral de su hija y buscaban a alguien a quien culpar.

Todavía estaba sopesando las distintas posibilidades que tenía delante y descartándolas una tras otra cuando, dos días después, Castelbranco se personó de nuevo en su despacho, con el rostro aún más demacrado que la vez anterior. Apenas parecía capaz de sostenerse de pie y entrelazó las manos con fuerza cuando se sentó en la butaca que le ofreció Pitt, como si lo hiciera para impedir que le temblaran. Dos veces comenzó a hablar y dos veces se calló.

—Visité a De Freitas —le dijo Pitt en voz baja—. Fue ambiguo. Primero dijo que había sido Angeles quien había roto el compromiso, luego admitió que fue él. He estado considerando cómo demostrarlo sin suscitar más especulaciones maliciosas.

—Demasiado tarde —dijo Castelbranco, negando con la cabeza—. No sé qué ocurrió ni quién está detrás. No se me ocurre quién diría tales cosas ni por qué. Temo que se trate de un enemigo mío que se está vengando de mí de la manera más cruel que quepa imaginar.

—Si es así, quizá podamos hacer algo —comenzó Pitt, pero acto seguido se dio cuenta de que podía estar ofreciendo falsas esperanzas—. ¿Qué le hace pensarlo?

—Alguien ha dicho que su muerte no fue un terrible accidente, sino un suicidio deliberado —dijo Castelbranco esforzándose para que no le temblara la voz—. Y el suicidio es un pecado mortal —susurró—. La Iglesia no la enterrará con arreglo al rito cristiano... mi... mi hija...

Las lágrimas le resbalaban por las mejillas y bajó la cabeza.

Pitt se inclinó hacia delante y agarró la muñeca de Castelbranco, apretándosela con fuerza.

—No se rinda —dijo con firmeza—. Esa decisión es precipitada y puede ser fruto de una información incorrecta.

Procuró que su voz no dejara traslucir el desprecio que le merecían los hombres capaces de tomar semejante decisión —hombres sin hijos, piedad ni comprensión—, pero se dio cuenta de que no lo conseguía. No había querido añadir ese disgusto a la insoportable carga que pesaba sobre los hombros de Castelbranco. Ahora más que nunca, necesitaba su fe. Era lo único que le quedaba.

—Tal vez esto debería ser objeto de una investigación en toda regla, después de todo —dijo Pitt con más amabilidad—. Si se está diciendo eso, la discreción que he procurado mantener quizá carezca de sentido.

—Así es —dijo Castelbranco con voz ronca. Las lágrimas le corrían por las mejillas. Estaba demasiado atormentado para que le importara—. Se ha insinuado que estaba embarazada y que la vergüenza la empujó a segar ambas vidas. Eso es un crimen doble, el suicidio y el asesinato de su inocente bebé. No entiendo cómo puede soportarlo mi esposa. Se está muriendo por dentro.

Sus ojos escrutaron el semblante de Pitt como si buscara alguna esperanza que no se le hubiese ocurrido imaginar. Se estaba tambaleando al borde de un abismo de desesperación.

—Tengo que saber la verdad —susurró—. Sea cual sea, no será peor que esto. Amaba a mi hija, señor Pitt. Era mi única descendiente, la quería más que a mí mismo. Hubiese hecho cualquier cosa con tal de hacerla feliz... y ni siquiera pude salvarle la vida. Y ahora no puedo salvar su reputación de la maledicencia ni salvar su alma en el cielo. ¡Era una niña! Recuerdo...

Perdió el dominio de su voz, balbució algo más y se calló.

Pitt le apretó más la muñeca.

—Lo entiendo. Yo también tengo una hija. Es caprichosa, imprevisible, irascible en un momento dado y tierna minutos después.

Veía a Jemima en su mente. Recordaba sostenerla en brazos

cuando era un bebé, con las manitas perfectas aferradas a su pulgar. La recordaba descubriendo el mundo, con sus maravillas y sus pesares, su inocencia, su confianza en que él podía hacerlo todo mejor, y su risa. No había conocido a Charlotte de niña, pero a veces era como si pudiera verla en su hija.

—A veces es tan sensata que me maravilla —prosiguió Pitt—. Un instante después vuelve a ser una niña que no sabe nada del mundo. Es un bebé y una mujer al mismo tiempo. Se parece mucho a mi esposa y, no obstante, cuando la miro a los ojos, son los míos los que me devuelven la mirada. Me imagino tan bien lo que usted está sufriendo, que me consta que no tengo la menor idea de cómo es en realidad.

Castelbranco inclinó la cabeza y se tapó la cara con las manos.

Pitt le soltó la muñeca y se apoyó contra el respaldo de su asiento, permaneciendo callado un momento.

—Tengo cierto margen de criterio en cuanto a lo que puedo investigar —dijo al fin—. Puesto que usted es el embajador de un país con el que tenemos un tratado estable y duradero, podría ser de interés nacional que no permitamos que los victimicen de esta manera mientras usted y su familia estén en Londres. Le prometo que averiguaré cuanto pueda sobre lo que realmente ocurrió y quién está detrás de esos rumores tan maliciosos. No actuaré contra ellos sin informarle a usted antes. Eso puedo hacerlo, como cortesía para con usted como representante de su país.

Castelbranco se puso de pie con torpeza, balanceándose un poco hasta que recobró el equilibrio.

—Gracias, señor. No podría haberme ofrecido más. Agradezco su comprensión.

Hizo una reverencia y dio media vuelta lentamente antes de dirigirse bien erguido pero con paso un tanto inseguro hasta la puerta. Una vez fuera, la cerró a sus espaldas sin hacer ruido.

Pitt permaneció inmóvil en su silla. Había hablado en serio: no podía captar la enormidad del sufrimiento de aquel hombre, su impotencia ante el hecho de que su hija hubiese sido destruida tanto en la tierra como, según sus creencias, también en el cielo; y había sido incapaz de hacer algo para impedirlo.

Pitt no estaba demasiado seguro sobre qué creía acerca del cielo. Nunca le había dedicado una reflexión seria. Ahora tenía claro que no veneraba a un Dios que condenase a una niña —y Angeles Castelbranco era poco más que eso— por un pecado, mucho menos por un pecado no demostrado y por el que ya había pagado un precio espantoso.

Si Jemima hubiese cometido semejante desliz, se habría puesto furioso, quizá le habría gritado, le habría manifestado su decepción con amargura, pero nunca habría dejado de amarla. ¿Era posible que Dios fuese menos compasivo que Thomas Pitt? ¿Acaso la valía de un hombre no se medía por su coraje y su compasión, por su capacidad de amar generosamente, de tender la mano a los necesitados, de ayudar? ¿Siempre ayudar?

Castelbranco tenía que equivocarse en cuanto a la naturaleza de Dios. Semejante juicio obedecía a una ley de los hombres, que flexionaban sus músculos para dominar, para mantener a los desobedientes bajo control, para asustar a los testarudos y someterlos. Dios tenía que ser mejor que todo eso, pues, de lo contrario, ¿qué finalidad tenía la clemencia de Jesucristo? ¿Qué sentido tenían la humanidad, la belleza, el mismísimo significado de la vida y el amor?

Pero ese era un debate para otra ocasión. Nada traería de vuelta a Angeles. La verdad quizá restablecería al menos su buen nombre y tal vez sirviera para esquivar la implacable condena de la Iglesia. Era la represalia de unos hombres que, debido precisamente a su vocación, no tenían hijos ni entendían la infinita ternura que siente un padre por más cansado, frustrado o momentáneamente enojado que pueda estar.

¿Existía alguna mujer capaz de negar el perdón a su hijo? Pitt no se imaginaba a Charlotte haciéndolo pese a su impetuosidad, sus elevadas esperanzas y a veces sus juicios precipitados, sus momentos de ira, su impaciencia, su lengua indómita. Defendería a quienes amaba hasta el último suspiro de su propia vida, instintivamente, apasionadamente. Hacer menos sería inconcebible para ella.

Sonrió al pensar en su esposa. Era exasperante, a veces incluso una carga profesional debido a sus ideas radicales y, en el pasado, por su incesante inmiscuirse en los casos de Pitt. Pero jamás era cobarde. De haberlo sido, quizás hubiese resultado menos problemático y más seguro para ambos. Aunque debía reconocer que también lo habría ayudado mucho menos. Y, sin lugar a dudas, nunca la habría amado como la amaba.

Dios lo asistiera, ¿Jemima iba a ser igual que ella? Con tres años menos, Daniel ya era más equilibrado. Pero era Jemima quien saltaba en su defensa, llevara o no razón.

Un día era maternal como Charlotte: primero proteger y después reprender. Castigar, pero perdonar. Y tras haber perdonado, nunca mencionar de nuevo la falta. Había enviado a Daniel a su cuarto sin cenar por guardar rencor una vez zanjada una cuestión.

Al menos ahora Pitt sabía por dónde empezaría. Se puso de pie e hizo llamar a Stoker. Cuando acudió, Pitt le asignó un asunto de la agenda del día que reclamaba su atención. Luego se marchó solo a ver a Isaura Castelbranco. Temía aquella visita y casi esperó que no lo recibiera. No había manera de tratar semejante aflicción: las palabras no la aliviarían, pero la torpeza aún sería peor. Lo mismo que ignorarla, sabiendo que existía una remota posibilidad de hallar alguna explicación a lo que había precipitado la tragedia.

Tomó un coche de punto y recorrió demasiado deprisa las calles ajetreadas hasta la residencia del embajador. Tal vez Castelbranco la había prevenido puesto que Isaura lo recibió sin buscar excusas ni evasivas. Le pidieron que aguardara en el estudio privado donde los espejos estaban de cara a la pared, los cuadros tapados con telas negras y las cortinas de las ventanas corridas casi del todo.

Isaura entró silenciosamente. El único ruido que Pitt oyó fue el chasquido del pestillo al cerrarse la puerta. Iba muy erguida, pero le pareció más menuda de lo que recordaba y su rostro estaba desprovisto de todo color salvo por el ligero tono oliváceo de su cutis. No había ni un asomo de rosa bajo la piel.

—Ha sido muy amable al venir, señor Pitt —dijo Isaura con una leve ronquera, como si no hubiese usado la voz después de mucho silencio y mucho llorar.

Ante su dignidad, hubiera resultado insultante no demostrar franqueza.

—El embajador me pidió que investigara los acontecimientos que condujeron a la muerte de la señorita Castelbranco y que averiguara cuantos datos pudiera —explicó—. Espero que usted pueda contarme algunas cosas que desconozco y que preferiría no tener que preguntar a terceros. Soy muy consciente de que debemos mantener la máxima discreción.

Un asomo de sonrisa afloró a sus labios, casi imperceptible.

—Mi marido está profundamente apenado. Amaba mucho a su hija, igual que yo. Creo que tal vez yo sea un poco más realista en cuanto a lo que se pueda hacer. —Bajó la vista un instante y volvió a levantarla, mirándolo a los ojos—. Por descontado, una parte de mí desea venganza. Es natural. Pero también es fútil. El enojo es una reacción bastante comprensible ante una pérdida. Y él ha perdido a su única hija. Usted no la conocía, señor Pitt, pero era encantadora, rebosante de vida y sueños, afectuosa...

Se calló, incapaz por un momento de mantener su valiente conducta. Miró hacia un lado, ocultándole el rostro a Pitt.

—Tengo una hija, señora Castelbranco —dijo Pitt—. Tiene catorce años y ya es casi una mujer. En ocasiones es muy adulta, sabe cosas que yo apenas capto, y se parece mucho a su madre. Momentos después vuelve a ser una niña completamente inocente. Puedo imaginar al menos en parte cómo se siente. Supongo que por eso me importa tanto este caso. Podría encontrarme fácilmente en su lugar.

—Dios quiera que no sea así. —Se volvió de nuevo hacia él lentamente. Sus palabras le habían devuelto al menos una cierta apariencia de serenidad—. Si lo estuviera, quizá sentiría la misma furia que siente mi marido y el deseo de limpiar el nombre de nuestra hija de las calumnias que se están difundiendo. Pero su esposa le diría, como yo le digo al embajador, que no podemos presentar cargos. Solo serviría para prolongar el chismorreo y las habladurías. No pondría remedio a nada.

Pitt se quedó atónito. Isaura estaba tan devastada por la pena como su esposo y, sin embargo, parecía bastante serena en su rechazo a llevar el asunto más lejos. No era una derrota. Mirándola a los ojos tuvo claro que no estaba paralizada por la impresión. Hablaba desde la determinación, no desde el vacío.

—¿No quiere saber qué ocurrió? —preguntó Pitt—. ¿Aunque solo sea por su tranquilidad, por el futuro, tal vez?

Isaura apretó los labios un instante. No fue tanto una sonrisa, sino más bien una mueca.

—Lo sé, señor Pitt. Quizá tendría que habérselo dicho a mi marido, pero no lo hice. Me constaba que... —respiró profundamente— le haría daño inútilmente. No podemos hacer nada.

Pitt estaba sorprendido y confuso. Sabía por Vespasia no solo qué había ocurrido sino dónde y cuándo, y casi con toda certeza quién era el responsable. Aquello no parecía la reacción de una madre que ha perdido a su única hija de una manera tan terrible.

—No puedo actuar sin su consentimiento, *senhora*, pero por el bien de la preciada relación existente entre Inglaterra y Portugal, debo averiguar qué ocurrió —dijo amablemente.

Isaura pestañeó.

—¿Qué ocurrió? Un joven de alma retorcida violó a mi hija y luego se lo tomó a la ligera, como si no tuviera importancia. Buscó ocasiones para burlarse de ella en público con fingida gentileza, y, cuando se alejó de él, se mofó todavía más hasta que, presa de la histeria, siguió retrocediendo y se cayó por una ventana. Yo estaba allí y fui incapaz de salvarla. Eso es lo que sucedió.

Lo miró de hito en hito, casi desafiante.

—¿Forsbrook? —susurró Pitt. Lo sabía por Vespasia y Charlotte, que habían presenciado los últimos momentos de Angeles, pero seguía encontrándolo monstruoso.

—Sí —dijo Isaura simplemente.

—¿Neville Forsbrook? —repitió Pitt para asegurarse—. ¿Usted estaba enterada? ¿Sabía cuándo y dónde ocurrió?

—Sí, Neville Forsbrook, el hijo de su famoso banquero que

es responsable de tantas inversiones de sus paisanos —contestó Isaura—. Lo sabía porque me lo había contado mi hija. Ocurrió en una fiesta a la que asistió. Forsbrook estaba allí, entre muchos otros jóvenes. Encontró a Angeles sola en uno de los apartamentos para la familia. La violó y la dejó allí, aterrorizada y sangrando. Una vez de vuelta aquí, en casa, una de las criadas la encontró llorando en su habitación y me avisó.

—¿Dijo que la habían violado y quién lo había hecho? —preguntó Pitt. Detestaba tener que presionarla. Le parecía innecesariamente cruel y, sin embargo, si no lo hacía, tendría que regresar en otro momento para hacerlo.

—Estaba sangrando —respondió Isaura—. Tenía la ropa desgarrada y moratones. Soy una mujer casada, señor Pitt. Sé perfectamente qué ocurre entre un hombre y una mujer. Si en algo se asemeja al amor, o incluso a un momento de ardorosa pasión, no deja moratones como los que tenía Angeles. —Levantó la barbilla—. ¿Me consta que fue Neville Forsbrook? Sí, pero no puedo demostrarlo. Y aunque pudiera, ¿de qué serviría?

Encogió un poco los hombros con un ademán de impotencia.

—Angeles está muerta. Él diría que ella consintió, que en el fondo era una puta aunque pareciera respetable. Y su padre pondría la buena voluntad de las personas que conoce en contra nuestra. Cerrarían filas y nos veríamos marginados por haber armado un escándalo, por haber expuesto al escarnio lo que debería haberse mantenido como un pecado íntimo.

Pitt no discutió. Se devanó los sesos buscando una refutación, pero no había ninguna. Política, social y diplomáticamente sería un desastre. Lo peor que podría ocurrirle a Neville Forsbrook sería que tuviera que aceptar un matrimonio menos afortunado que de lo contrario. Ni siquiera eso era seguro. Podría seguir haciendo creer a la gente que todo aquello eran imaginaciones de una joven extranjera histérica que había perdido la honra, que quizás estuviera embarazada y que le echaba la culpa él. No habría manera de demostrar que era un mentiroso.

Ni siquiera se consideraría imparcial el testimonio de la criada. La humillación de Angeles se describiría con todo detalle y todavía quedaría más encasillada en el recuerdo de lo que estaba ahora. Isaura llevaba razón: eran impotentes. Cualquier cosa que hicieran solo empeoraría la situación.

Forsbrook nunca permitiría que culparan a su hijo, y tenía el poder suficiente para protegerlo. Lo utilizaría. Quizá la tarea de Pitt fuese ocuparse de que no llegara tan lejos.

¿Qué le diría a Castelbranco? ¿Que Inglaterra era impotente para proteger a su hija o para llevar ante la justicia al joven que la había violado, provocando su muerte? ¿No solo eso, sino que consideraban mejor no intentar que se hiciera justicia porque sería incómodo, suscitaría temores y preguntas que preferían evitar?

Y si entonces Castelbranco pensara que eran unos bárbaros, ¿se equivocaría?

—¿Y la madre? —dijo Pitt en voz alta, tratando de encontrar alguna otra vía—. ¿Usted cree...?

Isaura negó con la cabeza.

—Eleanor Forsbrook falleció hace unos años, según me han contado. Sufrió un terrible accidente de carruaje en Bryanston Mews, justo al lado de la calle donde viven. La gente habla muy bien de ella. Era guapa y generosa. A lo mejor si siguiera viva esto no habría ocurrido.

—Seguramente no —concedió Pitt—. Pero la pérdida de una madre no es excusa para esto. Tarde o temprano, la mayoría perdemos a personas que amamos.

Pensó en su padre, del que lo despojaron cuando él era niño, injustamente acusado de robo y deportado a Australia. Había transcurrido mucho tiempo desde entonces. Ahora ya no deportaban a nadie. Había sido uno de los últimos. Pitt ni siquiera sabía si había sobrevivido al viaje ni qué había sido de él, en caso de que sí. Aún podría estar vivo, pero sería viejo, casi octogenario. Tampoco estaba seguro de querer saber si su padre todavía vivía. Nunca había regresado ni se había puesto en contacto. Era una antigua pérdida que más valía no remover.

—La mayoría tenemos heridas de uno u otro tipo —dijo en voz baja.

—Por supuesto —respondió Isaura—, pero usted nada puede

hacer. Le agradezco la amabilidad que ha tenido al venir a verme en persona en lugar de enviar una carta.

Pitt estaba demasiado enojado para aceptar su rechazo. Era intolerable.

—Aun así me gustaría hablar con su criada, *senhora* —dijo con gravedad—. Seré discreto, le doy mi palabra, pero quiero saber por mí mismo cuanto pueda. La Special Branch tiene una memoria muy larga.

Los ojos de Isaura chispearon un instante. ¿Era esperanza? Lo único que les quedaba era alguna clase de justicia. ¿Realmente serviría de algo?

—Por supuesto —accedió con una leve inclinación de la cabeza—. Le pediré que venga.

Dio media vuelta y se marchó, saliendo por la puerta con la cabeza bien alta y la espalda tiesa.

Pitt se preguntó cuán precipitada había sido su promesa, y cuándo le diría la verdad a su marido Isaura Castelbranco. Probablemente cuando estuviera segura de que no se fuese a vengar. Bastante pena tenía ya.

8

Narraway fue a Lisson Grove a regañadientes. Allí había tenido su despacho, sus dominios, durante tantos años, que regresar en calidad de visitante aumentaba su sensación de estar de más. Ya no pertenecía a aquel lugar. Conservaba el mismo aspecto de entonces, apenas se percibían las nuevas canas y, desde luego, no se lo veía más pesado ni más rígido. Caminaba velozmente, con cierto garbo. Tenía la mente igual de despierta; de hecho, en algunos sentidos, más que antes. Si sentía alguna diferencia, era más bien en la esfera afectiva. Sin duda la amabilidad, la conciencia del prójimo, una mayor humanidad formaban parte de la sabiduría. Disponía de tiempo para hacer lo que deseara, para viajar si le apetecía. Desde luego no había olvidado cómo pasarlo bien. Podría ir a las hermosas ciudades de Europa que solo había visitado apresuradamente. Podría admirar su arquitectura, empaparse de la historia de las culturas, la música, el arte creado a lo largo de los siglos. Podría detenerse a conversar con personas por el mero placer de hacerlo. Podría ignorar u olvidar cualquier cosa que lo aburriera. No habría límites, ninguna responsabilidad.

¿Era eso lo que le preocupaba? ¿Necesitaba límites? ¿Para qué; como excusa? ¿Se sentía insignificante, sin responsabilidades? ¿Significaba que para él apenas existía algo que no fuera el trabajo? Había ingresado en el ejército a los dieciocho, directo desde Eton, donde sus resultados académicos fueron brillantes. La carrera militar había sido idea de su padre, en buena medida contra su propia intención.

Llegó a la India casi coincidiendo con la Rebelión de los Cipayos y conoció de primera mano los horrores de la guerra. Había sido algo brutal y desesperado, una masacre de mujeres y niños además de soldados. Allí fue donde por primera vez cobró conciencia de los innecesarios errores humanos —estupidez no sería una palabra lo bastante fuerte en algunos casos— que causaban semejantes tragedias. Eso despertó su interés por la inteligencia militar y, más aún, por la comprensión de las personas y los acontecimientos, la voluntad política, la percepción de los movimientos sociales que con el tiempo lo emparejaron con sus verdaderas cualidades en la Special Branch. Había dedicado el resto de su vida a esa unidad.

¿Qué era lo que ahora le dolía, la pérdida de un objetivo o la pérdida de poder? ¿Quién era él sin su trabajo? Esa era la pregunta que había evitado hacerse, pero ahora que resonaba en su mente con todas las palabras ya no podía eludirla más. Hasta entonces, nunca había sido cobarde. No podía comenzar a serlo ahora. Todavía quedaban algunas manos que jugar.

Había metido a Pitt en la Special Branch, al principio como favor a Cornwallis cuando Pitt hizo que lo echaran de la Policía Metropolitana porque sabía demasiado acerca de un caso de corrupción. Ahora Pitt era jefe de la Special Branch y Narraway estaba retirado y mataba el rato en la Cámara de los Lores, muy contra su voluntad. Después del desdichado asunto irlandés no había tenido ocasión de conservar el cargo.

Subió la escalera y cruzó la puerta con timidez, consciente de la sorpresa y la incomodidad de los hombres que antaño se cuadraban al verlo y lo llamaban «señor». Ahora no sabían cómo saludarlo. Veía en sus rostros la indecisión en cuanto a qué decir para dejarle claro que allí ya no tenía puesto alguno. Debería tener la gentileza de quitarles ese peso de encima.

—Buenos días —dijo, con una comedida sonrisa que no fue de familiaridad sino solo de buenos modales—. ¿Me haría el favor de informar al comandante Pitt de que estoy aquí y me gustaría hablar con él acerca de un asunto en el que se me ha solicitado consejo? Él ya está enterado.

—Sí, señor... milord —respondió el recepcionista, a todas luces aliviado de que Narraway aparentemente supiera cuál era su lugar—. Si... si tiene la bondad de sentarse, señor, transmitiré su mensaje.

—Gracias.

Narraway se apartó del mostrador y obedeció, sintiéndose ridículo, ligeramente humillado en el que había sido su territorio, pidiendo favores a hombres que solía tener a su mando. ¿Pitt se sentiría obligado a recibirlo, por inoportuno que fuera? ¿Era posible que incluso sintiera una ligera compasión hacia él, un hombre sin rumbo?

Estaba demasiado tenso pera sentarse. ¿Tal vez no tendría que haber ido allí? No era viejo; todavía era más que capaz de hacer el trabajo. Lo habían despedido a causa de un escándalo creado deliberada y rebuscadamente por uno de los complots más peligrosos de la década, quizá del siglo.

Pero se había granjeado enemigos. La misma naturaleza de la Special Branch imposibilitó que Narraway se justificara sin decir la verdad sobre lo que había ocurrido. Y eso nunca lo podría hacer. Reconoció con amarga ironía que el mismo hecho de hablar con el público lo convertiría en una persona no apta para el cargo.

Por otra parte, Pitt era un digno sucesor. Se adaptaría al trabajo. Poseía la inteligencia y el coraje necesarios. Con un poco de suerte duraría lo bastante para adquirir experiencia. La única cualidad en duda era su entereza para tomar decisiones que carecían de una clara respuesta moral, en las que estaba en juego la vida de otros hombres y no había tiempo para sopesar o evaluar posibilidades. Eso requería un tipo concreto de fortaleza, no solo para actuar sino para después asumir las consecuencias. Narraway no podía contar cuántas noches había pasado en blanco cuestionándose a posteriori, arrepintiéndose. No existía soledad equiparable.

El recepcionista regresó. Narraway permaneció donde estaba, aguardando la respuesta sin moverse.

—Si viene conmigo, milord, el comandante Pitt tiene unos minutos libres y estará encantado de verle —dijo el recepcionista.

Narraway le dio las gracias, preguntándose si «unos minutos libres» era una expresión de Pitt o del mensajero. Tenía un ligero matiz de condescendencia nada propio de Pitt.

—Buenos días. —Pitt se puso de pie como si Narraway todavía fuera su superior—. ¿El caso Quixwood? —preguntó mientras Narraway cerraba la puerta.

Narraway se sorprendió un poco.

—Sí —contestó, aceptando el asiento que Pitt le ofreció—. ¿Qué se lo ha hecho suponer? ¿Sabe algo nuevo?

Pitt se sentó en su sillón, sonriendo atribulado.

—La experiencia. Estoy comenzando a darme cuenta de lo complicado, malentendido y horrible crimen que es la violación. Despierta sentimientos que ningún otro suscita, ni siquiera el asesinato.

Por un momento, Narraway se quedó desconcertado.

—No está interesado en el caso Quixwood, ¿verdad? Quiero decir oficialmente.

—No. Que yo sepa, es una tragedia común, sin implicaciones políticas. Estoy pensando en Angeles Castelbranco.

Narraway pestañeó.

—¿La hija del embajador portugués que murió en ese espantoso accidente? ¿O acaso se suicidó, como se está insinuando?

—Creo que seguramente fue un accidente hasta cierto punto —contestó Pitt—. Al menos por parte de ella. O de él, no lo sé.

—¿De él? —Narraway enarcó las cejas—. ¿De qué estamos hablando? Tenía entendido que había ocurrido en un lugar público y muy concurrido.

—Y así fue. —Pitt torció el gesto con desagrado—. Fue una burla en público, un acoso, si lo prefiere, orquestada en buena medida por Neville Forsbrook. Dudo que esa chica tuviera la menor intención de caer por la ventana.

Narraway comenzó a ver un panorama distinto.

—¿Está diciendo que además fue violada? ¿Presuntamente por Neville Forsbrook?

—Eso creo. Pero no tengo manera de demostrarlo. Y peor todavía, si pudiera, seguramente le haría más mal que bien. A Forsbrook le basta con decir que ella consintió y que además no era virgen para arruinar su reputación por partida doble. Pero dígame, ¿en qué puedo ayudarlo en lo que atañe a Catherine Quixwood?

Había una espantosa ironía en el repentino cambio de tema de Pitt, pasando de Angeles a Catherine, un espejo de impotencia. Narraway trató de poner sus pensamientos en orden. Ser sincero requería más introspección de la que le resultaba cómoda.

—Knox es un buen hombre —comenzó—, pero no parece haber ido más allá de establecer el hecho, ahora ya incontestable, de que ella misma dejó entrar al violador. —Observó el rostro de Pitt con detenimiento, intentando descifrar si sus pensamientos eran críticos o abiertos. No percibió cambio alguno en sus ojos—. Me consta que detesta la idea, pero está empezando a creer que tenía un amante —prosiguió.

—¿Y usted qué opina? —preguntó Pitt, en un tono inexpresivo.

Narraway titubeó.

—He investigado a conciencia lo que hizo durante los seis últimos meses aproximadamente.

Midió sus palabras con cuidado. Cuando ocupaba el puesto de Pitt no había permitido que los sentimientos afectaran a su juicio. Bien, al menos no a menudo. Ahora pensaba en Catherine Quixwood como en una mujer: encantadora, interesada en toda suerte de cosas, creativa, probablemente con un agudo sentido del humor, una persona que habría sido de su agrado. ¿Era porque aquella tragedia no guardaba relación alguna con la seguridad nacional, ninguna cuestión de traición o violencia contra el Estado, por lo que se permitía visualizar personas capaces de reír y sufrir? ¿Personas con sueños y vulnerabilidades, igual que él mismo? Antes no habría podido permitírselo. ¿De qué se había visto privado, sin descubrirlo hasta ahora?

—¿Su matrimonio era razonablemente feliz? —preguntó Pitt.

—¿Feliz? —Narraway lo meditó y se quedó desconcertado—. ¿Qué hace feliz a una persona, Pitt? ¿Usted es feliz?

Pitt no vaciló ni un instante.

—Sí.

Por un momento Narraway se sintió abrumado por un sentimiento de pérdida, de algo inefable que no había conocido. Acto seguido, lo apartó de su mente.

—No, no creo que lo fuera —contestó—. Buscaba toda la felicidad que podía, pero la hallaba en la estética y en la apreciación intelectual, no en el corazón.

Se dio cuenta de que buena parte de su propio placer residía exactamente en esas mismas cosas. ¿Por eso le importaba tanto ella, por una sensación de identidad? Porque le importaba: su cuerpo maltrecho y la belleza de su rostro regresaban a su memoria una y otra vez.

—¿Knox ha renunciado a buscar sospechosos? —preguntó Pitt.

—Hay un joven llamado Alban Hythe que cada vez parece más probable —contestó Narraway—. Es inteligente, aprecia las mismas artes y exploraciones que ella y coincidían en muchas recepciones. Admite haberla tratado, aunque habiendo sido vistos juntos en numerosas ocasiones, difícilmente podría negarlo.

—Siendo así, ¿qué le inquieta? ¿Su reputación si se supiera que tenía un amante? ¿O le preocupa la vergüenza de Quixwood? No puede hacer nada —agregó con el rostro transido de pena. Encogió ligeramente los hombros—. A mí mismo me está costando enfrentarme a esa realidad.

A Narraway no le pasó por alto el dilema de Pitt, pero prefirió ignorarlo.

—No acabo de creerme que lo hiciera Alban Hythe —alegó—. La violación fue brutal. —Permitió adrede que la imagen de Catherine regresara a su mente—. Quienquiera que lo hiciera la odiaba. No parece obra de un amante inesperadamente rechazado; al menos no uno en su sano juicio. Alban Hythe está asustado porque se da cuenta de que el cerco se estrecha en torno a él, pero eso es totalmente natural.

Pitt negó con la cabeza.

—Si los violadores no parecieran totalmente normales resultaría mucho más fácil atraparlos.

—Eso me costaría menos creerlo de un cachorro arrogante como Neville Forsbrook —contraatacó Narraway, sobresaltado ante su propio enojo.

Pitt lo miró en silencio un rato antes de contestar.

—Si Hythe es inocente, tiene que haber otro culpable —dijo al fin—. Tanto si era su amante como si no, quienquiera que fuese la violó salvajemente y la mató. Eso no admite perdón.

Narraway respiró profundamente.

—Ahí reside en parte el problema —admitió—. Las pruebas médicas dicen que no la mató, salvo quizás indirectamente. En realidad falleció de una sobredosis de láudano que, como bien sabe, es un derivado del opio. Es muy posible que fuera un suicidio. De hecho, no existe un modo razonable de argüir que fuera un asesinato. Nadie lograría convencer a un jurado de que un hombre la violó con brutalidad, dejándola con heridas, la ropa desgarrada y sangre por todas partes, y que luego se quedó junto a ella para obligarla a añadir láudano a su copa de vino y beberla. Ni yo mismo me lo creo. Quienquiera que le hiciera eso, lo hizo en un arrebato de furia descontrolada.

Pitt siguió mirándolo un rato fijamente, con sus ojos grises llenos de dolor.

—Sabemos demasiado poco acerca de ambas violaciones —dijo con ecuanimidad—. Tal vez también sepamos demasiado poco acerca de nosotros. Pero si Alban Hythe no es el culpable tendrá que demostrarlo, pues de lo contrario puede acabar ahorcado por un crimen que no cometió. Por no mencionar el hecho de que quienquiera que lo hizo saldrá indemne y es harto probable que lo haga otra vez. Quizá pueda salvarse en parte la reputación de Catherine, pero quizá no. —Torció los labios en un gesto de amargura—. Ahora la gente insinúa que Angeles Castelbranco estaba embarazada y que por eso se suicidó.

—No creo que quisiera salir por esa ventana —dijo Narraway, un tanto acalorado—. Dudo que pensara en otra cosa que no fuera alejarse de Neville Forsbrook y de los demás jóvenes que la estaban acosando.

—Pienso lo mismo —respondió Pitt—, pero si lo digo, Pelham Forsbrook defenderá a su hijo diciendo que Angeles era una puta y que su hijo solo estaba haciendo lo mismo que un montón de jóvenes. —La tristeza y el enojo surcaban de profundas arrugas su semblante—. ¿Cómo va nadie a demostrar que se equivoca?

Narraway apretó los puños sin apenas darse cuenta hasta que las uñas se le clavaron en las palmas.

—¡Me niego a ser tan impotente!

—Bien. —Pitt sonrió sombríamente—. Cuando encuentre la respuesta, le ruego que me la transmita.

—¿No puede demostrar que Angeles no estaba embarazada? Seguro que habría indicios, ¿no?

—Esa no es la cuestión —contestó Pitt cansinamente—. Si creía estarlo, su reputación queda igualmente arruinada.

Narraway no discutió más. Sintió que el frío lo envolvía pese al calor del día y al sol que entraba a raudales por la ventana. La luminosidad parecía curiosamente lejana, incluso vacía. Debía recordar a qué había venido y preguntárselo a Pitt sin desaprovechar la ocasión.

—Es la primera vez que me enfrento a una violación —dijo—. ¿Qué clase de prueba busca la policía si la víctima está muerta y no puede hablar por sí misma? El violador no mató a Catherine Quixwood. Según parece se suicidó con una sobredosis de láudano.

Pitt reflexionó un rato.

—No estoy seguro de que intentaran demostrar la violación —dijo por fin—. Si recibió una paliza con ensañamiento, quizá baste con eso. Es un delito, y el jurado sabrá interpretarlo, habida cuenta de las circunstancias. La sentencia podría ser tan dura como en un caso de violación. Si puede demostrar que el acusado estaba allí y que nadie más pudo estarlo, debería ser suficiente.

—Entiendo. Me figuro que no será demasiado difícil. —Narraway se puso de pie—. Gracias.

Pitt se relajó un poco.

—Me ha alegrado verle —contestó.

Narraway seguía dándole vueltas al asunto a última hora de la tarde. Estaba sentado con las ventanas abiertas a los colores que se oscurecían mientras el sol bajaba hacia el horizonte. Se sobresaltó cuando su ayuda de cámara llamó discretamente y abrió la puerta para decirle que la señora Hythe había venido y deseaba hablar con él.

—¿Quiere que les sirva un té, milord? —agregó con elaborada inocencia—. ¿O quizás una copa de jerez? No conozco lo suficiente a la señora para atinar.

—¿Y sin embargo la conoce lo suficiente para suponer que voy a recibirla? —dijo Narraway en un tono una pizca mordaz. Estaba cansado, más por la frustración que por la acción, y le habría gustado olvidarse del caso Quixwood durante unas horas.

—No, señor —respondió el criado, bajando un instante la mirada—. Pero le conozco a usted, milord, lo bastante para estar seguro de que no rechazaría a una dama considerablemente angustiada y que cuenta con que usted le brinde su ayuda.

Narraway lo miró y no vio ni una chispa de ironía en la expresión del ayuda de cámara.

—Tendría que haber sido diplomático —dijo con sequedad—. Se le da mucho mejor que a la mayoría de los que conozco.

—Gracias, milord. —Los ojos le brillaron un instante—. ¿Sirvo té o jerez?

—Jerez —contestó Narraway—. Me apetece, tanto si a ella también como si no.

—Sí, milord.

Se retiró silenciosamente y al cabo de nada entró Maris Hythe. Su rostro era tan encantador como siempre, con la misma franqueza y amabilidad, pero no podía disimular que estaba a un tiempo cansada y asustada. Narraway se arrepintió al instante de su ensimismamiento con lo que no era más que un ligero inconveniente.

Se puso de pie y la invitó a sentarse en un sillón de cara a la ventana y al ocaso.

—Mis disculpas por presentarme sin estar invitada —dijo Maris un tanto incómoda—. Normalmente hubiese tenido mejores modales, pero estoy asustada y no se me ocurre otra persona que me pueda ayudar.

Narraway se sentó frente a ella, inclinándose un poco hacia delante como si también él estuviera tenso.

—¿Debo suponer que la situación ha empeorado con respecto a la investigación del señor Knox? No he hablado con él desde hace un par de días. ¿Qué ha sucedido?

Su respuesta se vio frustrada por el regreso del criado con una bandeja de plata en la que traía jerez y dos copas de cristal.

Maris titubeó.

El criado sirvió un poco del intenso líquido dorado en una de las copas y la dejó sobre una mesita a su lado. Sirvió una segunda y se la dio a Narraway.

Una vez que se hubo marchado, Narraway cogió la suya, para que ella pudiera hacer lo mismo, y aguardó atentamente a que hablara.

—Nada de lo que averigüe el señor Knox podrá demostrar que mi marido es culpable porque no lo es —dijo Maris, obligándose a mirarlo a los ojos—. Pero cada nuevo dato empeora las cosas para él.

—Nunca ha negado que era amigo de la señora Quixwood —señaló Narraway—. ¿Qué novedad ha surgido?

Maris Hythe mantuvo la compostura con dificultad, tomando un sorbo de jerez, seguramente más para ocultar su mirada un momento que porque deseara saborearlo.

Narraway aguardó.

—Pequeños regalos que le hacía —contestó Maris en voz muy baja—. Yo no lo sabía. Creo que la compadecía. Ella... estaba muy sola. El señor Quixwood se ha mostrado a la vez sincero y contrito al respecto, como si se culpara por poner tanto empeño en su trabajo que no la acompañaba a los lugares a los que ella deseaba ir.

—Es natural sentirse culpable cuando es demasiado tarde para retroceder y hacer las cosas mejor —dijo con una punzada de remordimiento por sus propios pecados por omisión.

Maris esbozó una sonrisa.

—Creo que es el tipo de hombre que no sabía ver lo que ella sentía verdaderamente. Y tal vez ella no se lo dijera. Una no hace esas cosas. Hacerlo suena demasiado a queja, y cuando tienes comodidades, posición, ninguna preocupación por lo que la gente suele necesitar... y también el respeto de un hombre honorable, pedir más es... codicioso, ¿no le parece?

Miró a Narraway como si deseara sinceramente oír su respuesta.

—No lo sé —admitió él. Trató de pensar en las mujeres que conocía. Charlotte sin duda desearía más. Sacrificaría la seguridad económica o la posición social a cambio de amor, eso ya lo había demostrado. Quizás ella incluiría en la definición de amor el compartir un propósito y unos intereses en común. Sobre todo exigiría ser necesitada, no un adorno sino parte del tejido de la vida.

Su hermana Emily tenía una fortuna considerable y posición social, y sin embargo envidiaba a Charlotte su determinación, su entusiasmo, el peligro y la variedad. Narraway lo había percibido en sus ojos, lo había oído en el tono afilado de su voz en un poco frecuente momento de descuido.

¿Y Vespasia? Esa era una cuestión que tal vez prefiriese no considerar. Debido a su título y extraordinaria belleza había vivido en un escaparate desde que era adulta, pero seguía siendo una persona sumamente reservada en cuanto a sus sentimientos. Nunca había pensado que Vespasia fuese vulnerable, capaz de debilidades como la duda o la soledad.

—Milord... —interrumpió Maris con cierta inquietud.

Narraway volvió a prestarle atención, ligeramente avergonzado por haber sido descortés.

—Perdón. Estaba reflexionando sobre lo que me ha dicho acerca de Catherine Quixwood. —En cierto modo, era verdad—. Ha sido usted muy perspicaz al contemplar la posibilidad de que se sintiera sola.

Una expresión que no supo descifrar cruzó el semblante de Maris. Lo único que Narraway reconoció con certeza fue miedo.

Se inclinó un poco hacia delante para asegurarle que le prestaba atención a pesar de su lapsus de momentos antes.

—¿Qué le gustaría que hiciera, señora Hythe?

—El señor Knox sigue trabajando en el caso —contestó Maris—. La verdad es que dudo que se dé por vencido hasta que sus superiores le digan que debe hacerlo. A mí me parece un buen hombre, amable a pesar de las cosas terribles a las que tiene que enfrentarse a diario. —Un asomo de sonrisa le iluminó la mirada un instante—. De vez en cuando, estando en mi casa, habla de su familia. Admiró una tetera que tengo y me dijo que a su esposa le encantaría. Según parece, colecciona teteras. Me pregunté por qué. ¿Seguramente dos o tres bastan? Pero me dijo que a ella le gusta ponerles flores, de modo que lo probé con margaritas. Quedó de maravilla. Ahora, cada vez que veo esa tetera me acuerdo de él y de Catherine.

Narraway no supo cómo contestarle. ¿Cómo lidiaba Pitt con la realidad de las personas, los detalles sobre sus vidas que permanecían en tu mente? Pensó en Catherine tendida en el suelo y en los adornos de la estancia. Ella los había elegido. ¿Los había puesto allí porque la complacían o porque le recordaban a alguien por quien sentía cariño?

—Todavía no me ha dicho qué espera de mí, señora Hythe —dijo Narraway, reconduciendo la conversación hacia lo práctico.

—Cada detalle que encuentra el señor Knox deja más claro que Catherine estaba encariñada con mi marido —contestó Maris—. Y que ambos se caían bien, se tenían confianza y se veían... a menudo. —Tragó saliva, tensando la garganta de un modo que parecía doloroso—. El señor Knox piensa que ella dejó entrar a su agresor y que la única explicación es que lo conocía...

—Lo sé —la interrumpió Narraway—. Nadie forzó la entrada, y Catherine había dicho a los criados que podían retirarse, cosa que difícilmente hubiera hecho si se tratara de alguien a quien no conociera muy bien.

Maris bajó la vista.

—Eso también lo sé. Todo lo que averigua lo hace más evidente. Yo solo sé que mi marido es un buen hombre; no perfecto, por supuesto, pero sí decente y amable. Se compadecía de ella y la apreciaba, nada más. —Levantó la mirada hacia Narraway con extrema seriedad—. Si estaban teniendo una aventura, tal vez yo la habría odiado por ello y, de estar lo bastante loca, le habría deseado todos los males. Pero no la habría podido violar.

Tuvo un ligero estremecimiento.

—Mi marido pudo hacerlo, pero creo que estaba en una fiesta cuando agredieron a Catherine, de modo que no puede ser el autor del delito. El señor Knox tiene mucho interés en detener a alguien. Yo también. Me parece que cabría decir lo mismo de cualquier mujer. Es una manera horrible de morir. —Respiró profundamente y continuó—. Pero a pesar de sus atenciones con ella, los pequeños regalos que ella le hizo, las ocasiones en que se encontraron en una exposición u otra, mi marido no era su amante. Y aunque lo hubiese sido, no la habría matado.

Narraway fue despiadado para acabar con aquello. Quedaría sin decir, si lo dejaba en el tintero.

—¿Y si él la encontraba fascinante, halagadora para su vanidad, una hermosa mujer mayor sofisticada e inteligente, y ella de pronto lo rechazó? —preguntó—. ¿Cómo reaccionaría ante eso? ¿Está segura de que no lo haría con ira?

Maris se puso muy colorada pero le sostuvo la mirada.

—Se nota que no conoce a Alban, pues de lo contrario no lo preguntaría. Me consta que piensa que estoy siendo idealista e ingenua. No lo soy. Conozco muy bien a Alban. Tiene sus defectos, igual que yo, pero perder los estribos no es uno de ellos. A veces desearía que lo hiciera más a menudo. Durante algún tiempo, y me avergüenza decirlo, lo consideré un poco cobarde de tan gentil como era. —Hizo una mueca de dolor—. Ahora me arriesgo a verlo ahorcado por un crimen que nunca imaginaría siquiera. Compadecía a Catherine, lord Narraway, y la apreciaba. Pienso que quizá la ayudó en algo que la preocupaba, aunque no sé en qué. Él nunca lo ha mencionado. No permita que acaben con él por eso.

Narraway la miró fijamente, tratando de evaluar si realmente creía en lo que decía o si, incluso más que convencerlo, estaba intentando convencerse a sí misma.

—¿No sabe de qué se trataba? —preguntó Narraway. Aquella era una idea nueva y tal vez mereciera la pena investigarla.

Maris se miró las manos un momento, sopesando su respuesta antes de hablar.

—Alban es banquero. Sé que es muy joven, pero es muy ducho en negocios, sobre todo en inversiones. Le ruego que no me presione porque no tengo razones que darle, pero creo que podría guardar relación con África, los bóers y Leander Jameson. Me consta que Alban leyó mucho acerca de la incursión y sobre cómo afectaría a la opinión pública que el doctor Jameson fuese hallado culpable. Escuchó al señor Churchill y sus charlas sobre la posibilidad de una guerra.

Narraway tomó aire para interrumpirla. Sin duda estaba siendo imaginativa en su desespero por decir o hacer cualquier cosa para defender a su marido, y todo aquello era ridículo. Aunque Quixwood también se dedicaba a las altas finanzas. Bien pudo haber hecho una inversión que su esposa temiera que fuese arriesgada, incluso potencialmente ruinosa. ¿Era concebible que hubiese buscado consejo a sus espaldas, recurriendo a una fuente independiente?

Él consideraría una traición, una rotunda carencia de lealtad, el que no confiara en su juicio.

¡Pero también estaba en juego el futuro de Catherine!

Le parecía sumamente insólito que una mujer como Catherine, guapa, dependiente, sin conocimiento alguno sobre asuntos internacionales y mucho menos sobre finanzas, se hubiese empeñado en aprender tales cosas, y encima de la mano de un joven como Alban Hythe.

Narraway deseaba que Catherine fuese inocente, igual que Maris Hythe, aunque por motivos diferentes. ¿No estaban ambos yendo demasiado lejos, aferrándose a explicaciones imposibles y negándose a aceptar lo inevitable?

Maris lo miró, tomando aire como si fuera a hacerle otra pregunta. Entonces cambió de parecer y parte del brillo de sus ojos se desvaneció.

Narraway zanjó el asunto en un arrebato, sabiendo que se arrepentiría de lo que iba a decir.

—Haré todo lo que esté en mi mano, señora Hythe. Veré a Knox enseguida.

Ella pestañeó emocionada y sonrió.

—Gracias, lord Narraway. Es usted muy amable.

No se sentía amable mientras al día siguiente aguardaba a Knox en la comisaría; en realidad, más bien se sentía particularmente idiota. Cuando Knox por fin llegó, acalorado y cansado, con las botas cubiertas de polvo, su semblante se tensó al ver a Narraway.

—No sé nada nuevo, milord. —Tenía ojeras de cansancio y cuando se quitó el sombrero, el pelo, pegajoso, se le quedó de punta—. Puedo decirle media docena de sitios en los que se vio con Alban Hythe, pero no puedo decirle con certeza si fue fortuito o si habían quedado. —Colgó el sombrero en el perchero—. Coincidieron en un montón de eventos. Vamos, que cuesta creer que fuera por casualidad. Eran cosas en las que ella estaba interesada, pero, hasta donde yo sé, él no lo estuvo hasta que la conoció.

Se sentó pesadamente enfrente de Narraway, pero no se sentía lo bastante a gusto para cruzar las piernas.

—¿Realmente piensa que tenía una aventura tan apasionada como para violarla y golpearla de esa manera, si de pronto ella se enfrió? —preguntó Narraway, permitiendo que su expresión pusiera de manifiesto sus dudas al respecto.

—No —contestó Knox con franqueza—, pero alguien la violó. No cabe interpretar las pruebas de ningún otro modo. Y ella está muerta, pobre mujer, así que no podemos preguntarle. Los indicios apuntan a Alban Hythe, y nada demuestra que no lo hiciera él, excepto mi sensación de que es un joven decente. ¿Usted nunca se ha equivocado?

—Sí —admitió Narraway—. A veces gravemente. Supongo que habrá investigado sus antecedentes. ¿Cómo demonios tenía tiempo libre para deambular por galerías de arte y almuerzos de la National Geographic y exposiciones de artesanía de Dios sabe dónde? ¡Yo no lo tengo!

—Yo tampoco —dijo Knox atribulado—, pero yo no soy un banquero que se dedica a inversiones comerciales de riesgo, con clientes de altos vuelos a los que complacer. Y según lo que he podido averiguar, es muy bueno en su trabajo.

Narraway se sobresaltó.

—¿Eso es lo que él dice que hacía?

Knox sonrió con amargura.

—En la medida en que se pueda determinar, pero me proporcionó de bastante buen grado los nombres de algunos de los clientes en cuestión, y me puse en contacto con ellos. Por descontado, no comentaron sus negocios, pero afirmaron que tenían tratos con él y que con bastante frecuencia se cerraban acuerdos en reuniones sociales; por lo general, durante almuerzos o cenas puñeteramente buenos. Según parece, en tales sitios se hacen presentaciones. Mencionó una exposición de arte francés, en concreto, en la que ciertos inversores británicos se reunieron con viticultores franceses, todo muy informal. Bromearon un rato y después cerraron tratos por grandes sumas de dinero.

—Eso difícilmente implicaría a Catherine Quixwood —señaló Narraway—. Podría explicar uno o dos encuentros, no más.

—Tres o cuatro —corrigió Knox—. El propio Quixwood es uno de los inversores. Parece ser que conoce a Hythe en el ámbito profesional, no solo en el personal.

Narraway se quedó desconcertado. No veía cómo se justificaba lo que a todas luces parecía una amistad muy personal con Catherine. A no ser, por supuesto, que la extraordinaria idea de Maris Hythe tuviera algo de verdad.

Ahondó en ella con Knox porque deseaba mucho hallar una explicación que exonerase a Catherine. Reconoció para sí que además estaba tan enojado, tan herido, que deseaba demostrar que alguien había hecho algo malo. Quería que alguien fuese castigado por el dolor y la humillación que ella había sufrido. Solo podía adivinar a ciegas el alcance de la aflicción de Quixwood.

—¿Qué dice Quixwood acerca de él? —preguntó en voz alta.

—Que es un muchacho simpático y bueno en su trabajo, de hecho, dotado para él —contestó Knox con tristeza—. Se mostró muy afligido ante la idea de que Hythe pudiera ser culpable. —Suspiró—. Sería una traición de carácter muy personal, tanto para Quixwood como para la señora Hythe. Aunque toda violación lo es, cuando las personas se conocen. A veces me pregunto qué es peor, ser agredido tan íntimamente por un completo desconocido o por alguien en quien confiabas.

—¿Cree que Hythe es culpable? —preguntó Narraway a bocajarro.

Knox volvió a levantar la vista y miró a Narraway de hito en hito.

—¿Alguna vez se quedó realmente sorprendido al descubrir a un traidor o a un anarquista, lord Narraway? ¿Poseía usted ese sexto sentido para juzgar a las personas, sin tener en cuenta las pruebas o lo que alguien le dijera?

Narraway reflexionó un momento.

—Ocasionalmente —contestó—. Desde luego, no la mayor parte del tiempo. Pero la violación es...

—¿Brutal? —dijo Knox por él. En sus ojos había una chispa de humor sombrío que podía significar cualquier cosa.

Narraway iba a contestar, pero al mirar más rato a Knox vio su inteligencia, la percepción y experiencia de cosas que Narraway había pasado por alto, sin detenerse a considerarlas.

—Depende de a quién creas, ¿no es así, señor? —contestó Knox a su propia pregunta—. Me atrevería a decir que si preguntara a unas cuantas damas a las que ha amado y abandonado si le guardan algún rencor, contarían una historia que usted no reconocería como la verdad... milord.

Permaneció inmóvil, como si medio esperase que Narraway fuese a enojarse por su impertinencia, pero sin asomo de vergüenza en su semblante.

Narraway no contestó de inmediato. Los recuerdos se agolpaban en su mente: mujeres que lo habían atraído inmensamente y en ocasiones mujeres a las que había utilizado porque se sentían atraídas por él. Desde luego, no estaba orgulloso de eso y le habría costado explicárselo a un tercero si alguna de ellas lo hubiese acusado de violación. Nada semejante se había insinuado jamás, aunque en Irlanda se había granjeado el odio eterno de un hombre por seducir a su esposa. Al rememorarlo se ponía colorado de vergüenza, incluso ahora. Había ocurrido años atrás y todos estaban muertos, pero eso no atenuaba lo que había hecho.

¿Si hubiese sido reciente y alguien lo hubiese acusado, cómo podría explicarlo sin mancillar su honor? ¿Qué palabras encontraría para decirle a un tribunal por qué había actuado como lo había hecho, con todos los pormenores, las mentiras, los engaños cuidadosamente concebidos, por qué había sentido que era lo único que podía hacer... en su momento? La idea de que Vespasia llegara a oír algo semejante lo escaldó. ¿Supondría el final definitivo de su amistad, su confianza, su respeto? ¡No era de extrañar que la gente mintiera!

Y por supuesto había habido otras mujeres durante su larga vida. A algunas las había amado, brevemente, sabiendo que no durarían. Nunca había seducido a una mujer soltera ni había hecho una promesa que luego no cumpliera. Le gustaría pensar que nunca había mentido intencionadamente.

¡Menuda excusa falaz! ¿Alguien más lo vería así? Incluso el acto más nimio cabía interpretarlo de mil maneras. La mente era capaz de crear docenas de interpretaciones de una palabra, un gesto, un encuentro, un regalo. La gente creía lo que quería creer o lo que temía; veía lo que esperaba ver.

—¿Podría defenderse si tuviera que hacerlo, milord? —dijo Knox en voz baja—. Ha habido ocasiones en las que yo no hubiese podido hacerlo.

Nadie había acusado a Narraway de nada y, sin embargo, sentía el miedo tan próximo como si le hubiese tocado la piel. Por descontado, en su vida había incidentes que preferiría que nadie supiera. Le sorprendió constatar lo mucho que le importaba lo que sus amigos pensaran de él: Charlotte, Pitt, otras personas que había conocido y con quienes había trabajado y, sobre todo, Vespasia.

Se enfrentó de nuevo a Knox.

—No hay malentendido alguno en cuanto a lo que le ocurrió a Catherine Quixwood —dijo con gravedad—. Tanto si fue un amante como si no, tanto si ella le mintió, lo traicionó o lo que fuera, él la golpeó y la violó y ahora está muerta por causas no naturales. Él fue quien se lo hizo, directa o indirectamente, y es el responsable.

—Indirectamente —dijo Knox, con la mirada otra vez triste, sin rastro de brillo—. La causa real de su muerte fue un envenenamiento con opiáceos. Pero estoy de acuerdo con usted en que fue el responsable y si puedo, créame, me encargaré de que pague por ello.

Narraway no dijo nada, pero notó que el rostro se le relajaba, dibujando una especie de sonrisa. No fue tanto por placer como por estar a gusto en compañía de Knox. Aquel hombre le infundía un respeto que solo había sentido por Thomas Pitt.

En conformidad con su promesa a Maris Hythe, Narraway buscó a Rawdon Quixwood, que todavía pasaba buena parte del tiempo en su club. Lo aguardó con impaciencia en el salón, bien entrada la tarde. Casi todo el rato intentó concentrarse en los periódicos y sus comentarios sobre el inminente juicio de Leander Starr Jameson por la incursión armada que había efectuado en África, patrióticamente inspirado pero desastrosamente equivocado.

De vez en cuando la inquietud le impedía permanecer sentado y caminaba de un lado a otro de la estancia prácticamente desierta. En un momento dado, un hombre mayor, casi oculto tras las orejas del enorme sillón donde estaba sentado, tosió repetidamente y lo fulminó con la mirada por encima de las gafas. Narraway se dio cuenta de que estaba siendo desconsiderado y regresó a su asiento.

Cogió el periódico de nuevo y optó por leer las variopintas cartas al director.

Todavía estaba leyendo cuando el camarero le informó de que el señor Quixwood había regresado e inquirió si le apetecería tomar un té o quizá whisky.

—Pregunte al señor Quixwood si me acompañará —contestó Narraway— y sirva lo que él elija.

El camarero inclinó la cabeza en señal de reconocimiento y se retiró.

Un cuarto de hora después Narraway estaba sentado frente a Quixwood en la zona más tranquila del salón. Estudió su semblante mientras ambos bebían sorbos de whisky en silencio. Narraway hubiese preferido tomar té, pero no estaba allí por placer.

Quixwood parecía estar exhausto. Tenía la piel pálida salvo por las ojeras, pero su mano sostenía el vaso con absoluta firmeza. Narraway admiró su autodisciplina. Debía sentir a la vez la aflicción de perder a su esposa repentina y violentamente y la soledad, pero además cargaba con la tortura adicional de imaginarla en sus últimos momentos, a lo que aún había que sumar las especulaciones de la prensa que, sin lugar a dudas, todo su círculo de conocidos leía. No era solo cuestión de quién la había violado, sino de si había sido su amante. Ahora se escribía sobre ello a diario en los periódicos para que toda la gente de la calle pensara, hablara e incluso hiciera chistes sobre ello.

Hasta que se resolviera, no tendría final.

—¿Trae alguna novedad? —preguntó Quixwood. Habló tan bajo que Narraway tuvo que concentrarse para oírlo.

—Me figuro que Knox le habrá dicho que sospecha de Alban Hythe —contestó Narraway—. O al menos que las pruebas sugieren que él y la señora Quixwood se conocían inusualmente bien.

Quixwood hizo un amago de negar con la cabeza.

—Sí, pero me cuesta mucho creerlo. —Esbozó una sonrisa, y lo hizo con esfuerzo—. Aunque me imagino que a un hombre siempre le cuesta creer que su esposa tuviera una aventura con otro.

Un día antes Narraway habría estado de acuerdo con él. Tras su experiencia con Knox, reaccionó de otra manera.

—Resulta muy perturbador darse cuenta de la facilidad con la que vivimos haciendo suposiciones —dijo, observando el rostro de Quixwood—. Las personas cambian despacio, tan infinitesimalmente que día a día ni lo vemos. Igual que los glaciares: tantos metros al año; o quizá sean centímetros.

Quixwood bajó la mirada a su vaso y a la luz que se reflejaba en sus profundidades ambarinas.

—Creía que la conocía. Poco a poco me voy enfrentando al hecho de que quizá no fuese así. —Levantó la vista de golpe—. ¿Sabe qué es lo peor? Ni siquiera estoy tan seguro como estaba de que en verdad quiera saber qué ocurrió exactamente. No... no quiero que todas mis ilusiones se hagan pedazos. Confiaba en mi esposa y creía que me amaba, e incluso que, en nuestros momentos más fríos o difíciles, nunca me habría traicionado.

Una sonrisa titiló un instante y se desvaneció.

—Pensaba que Hythe era amigo mío, y ahora que conozco a su esposa un poco mejor, sé que ella también confiaba en él. Todavía es incapaz de aceptar siquiera la posibilidad de que sea culpable de esto. Supongo que mi deseo de consolarla forma parte de mi propio pesar.

Narraway no contestó, no porque no le importara sino porque nada podía decir que aportara algo a lo que ya se había dicho.

Quixwood bebió otro sorbo de whisky.

—¿Soy un cobarde por no querer saber?

Narraway lo meditó un rato antes de contestar; aquel hombre merecía una respuesta sincera, no una automática.

—Creo que quizá sea poco sensato —dijo al fin—. No me cuesta entender que prefiera que los últimas días de su esposa, y sobre todo sus últimos momentos, permanezcan ignotos. En los mejores momentos no pensará en ello en absoluto. En los peores lo visualizará crudamente, de todas las maneras que más le duelan. En ocasiones quizás incluso encuentre una explicación soportable.

Quixwood lo observaba, aguardando a que terminara.

—Pero no se trata solo de usted —prosiguió Narraway—. Es posible que Maris Hythe no pueda vivir con esa incertidumbre. Si Hythe es inocente, sin duda merece que se demuestre su inocencia. Si no la demuestra, ¿cómo va a soportar esas insinuaciones hasta el fin de su vida?

—¿Y si es culpable? —preguntó Quixwood.

—Entonces merece un castigo —dijo Narraway sin titubeos—. Y aparte de hacerle justicia, ¿qué pasa con el resto de la sociedad?

Quixwood pestañeó.

—¿Desea vivir en un país donde crímenes tan atroces queden impunes? —preguntó Narraway—. ¿Donde somos tan indiferentes al horror que preferimos no inquirir demasiado por si acaso la respuesta no nos gusta? ¿Qué pasa con las esposas o las hijas de los demás hombres? ¿Qué pasa con la próxima mujer violada?

Quixwood cerró los ojos. Sus manos apretaron tanto el vaso que de no haber sido de grueso cristal tallado se habría roto. No había respuesta alguna, y Narraway no lo presionó.

Hablaron de otras cosas brevemente y al cabo de un rato Narraway se marchó, deseando que hubiera algo más que pudiera hacer pero sabiendo que no era así.

9

Era última hora de la tarde, pero el sol aún estaba alto. Charlotte estaba en los fogones, de espaldas a la mesa de la cocina, pero podía oír a Pitt tamborileando malhumorado con los dedos sobre la madera. Podría haberle pedido que parase, pero le constaba que sería en vano. Ni siquiera era consciente de estar haciéndolo. Su sensación de impotencia lo estaba reconcomiendo. La muerte de Angeles Castelbranco seguía siendo un misterio; en su mente era una herida que todavía sangraba.

Charlotte sabía que no era solo cuestión de resolver un crimen. Ni siquiera se trataba de dar algún pequeño paso para absolver la reputación de Inglaterra como país civilizado en el que se trataba con respeto a las mujeres, los niños y otras personas vulnerables. Había que demostrar que los malos tratos se castigaban con prontitud y que nadie apelaba a la justicia en vano.

Además de eso, lo corroía el carácter profundamente visceral del crimen: saber que sus seres queridos bien podrían haber sido las víctimas, que todavía podían serlo y que no había encontrado algo que hacer para impedirlo.

Amaba a su familia con vehemencia, y Charlotte nunca lo había dudado. En ocasiones era demasiado estricto, esperaba demasiado de ellos, y en otras ella pensaba que era demasiado tolerante, pero fueran cuales fuesen las decepciones, el amor de su marido era tan cierto como el suelo que pisaba o el calor del sol.

Por todo el país había otros hombres iguales, en cada ciudad y cada pueblo; personas que amaban, que se preocupaban, que protegían a sus seres más queridos tan bien como podían, que pasaban noches en vela pensando lo impensable, rezando para nunca tener que afrontarlo.

Pero Pitt tenía que afrontarlo, verlo en Rafael Castelbranco y ser incapaz de hacer algo, incapaz incluso de intentarlo porque no había nada a qué aferrarse, ninguna prueba. Los testigos abundaban, pero, sin embargo, todo lo que habían presenciado perdía consistencia, como la neblina, cuando se examinaba a conciencia.

Castelbranco había dicho que el violador de su hija era Neville Forsbrook. La propia Charlotte lo había visto mofarse de Angeles y sintió su terror como si pudiera palparse en el ambiente. Rawdon Quixwood, desolado y afligido por otra violación, había jurado a Vespasia que había asistido a la fiesta en la que todo indicaba que había tenido lugar la violación de Angeles, y que por tanto sabía que el joven Forsbrook no podía ser culpable. No era una referencia a su carácter sino a su paradero.

¿Quién mentía? ¿Quién se equivocaba? ¿Quién estaba aterrorizado, escandalizado o avergonzado, con tantos prejuicios que era incapaz de ver o decir la verdad?

Para Pitt era más que eso. Se sentía responsable único porque había estado presente. Era un defensor de la ley, y se suponía que protegía a los ciudadanos o, como mínimo, que velaba porque se les hiciera justicia. Charlotte sabía que eso era lo que le ocupaba la mente, mucho más que las expresiones de enojo, los prolongados silencios, la sobreprotección que estaba enfureciendo a Jemima o los sermones iniciados y luego interrumpidos que confundían a Daniel.

Deseaba decirle algo útil, al menos para que Pitt supiera que lo entendía y que no esperaba de él, ni de ningún otro hombre, que diera muerte a todos los dragones de la mente ni que mantuviera a salvo todos los rincones oscuros de la vida, tanto si estaban lejos como en las habitaciones de la propia casa.

Pitt seguía tamborileando con los dedos sobre la mesa.

Charlotte levantó la tapa de la cazuela de patatas y clavó un pincho en una, luego en otra, para ver si ya podía echar el repollo. Lo detestaba cuando le quedaba demasiado cocido. Las patatas aguantaban bien unos minutos de más. La mesa ya estaba puesta y la carne fría, trinchada. Había tres cuencos distintos de *chutney*: manzana y cebolla, naranja y cebolla, y melocotón especiado. Estaba bastante complacida consigo por ello.

—Solo tres sitios —dijo Pitt de repente—. ¿Quién no está en casa?

—Jemima —contestó Charlotte—. Pasará la noche en casa de una amiga.

Pitt levantó un poco la voz.

—¿Quién es? ¿Conoces a su familia? ¿Cómo es, esa amiga? ¿Qué edad tiene?

Charlotte puso la tapa a la cazuela de patatas y se volvió de cara a él. Volvió a reparar en lo cansado que estaba. Llevaba el pelo tan desaliñado como de costumbre, aunque se lo había cortado hacía poco. La luz se reflejaba en las canas de sus sienes. Estaba pálido y tenía finas arrugas alrededor de los ojos en las que Charlotte no se había fijado hasta entonces; sin duda le habían ido saliendo lentamente.

—Es una chica muy simpática que se llama Julia —contestó tan a la ligera como pudo, como si no se hubiese percatado de lo tenso que estaba—. Es bastante estudiosa y aprecia a Jemima porque la hace reír y olvidarse de su timidez. Conozco a su madre; no muy bien, pero lo suficiente para estar segura de que Jemima está a buen recaudo. Y antes de que me lo preguntes, no, Julia también tiene catorce años y no tiene hermanos mayores.

Pitt inclinó la cabeza con un gesto de cansancio.

—¿Estoy haciendo el ridículo? —preguntó.

Charlotte se sentó en una silla frente a él.

—Sí, querido, absolutamente. Aunque tendría una opinión más pobre de ti si no lo hicieras. —Alargó el brazo y puso una mano encima de la suya sobre la mesa, deteniendo el movimiento nervioso de sus dedos—. ¿Cómo podríamos mirar a quienes viven nuestras peores pesadillas sin sentir nada? Entonces realmente pensaría que la Special Branch te ha cambiado, dejando de ser el hombre que amo para convertirte en una persona eficiente que solo me cabe respetar y llorarla cuando muera.

Pitt permaneció inmóvil un momento, y ella no supo en qué pensaba. Quería preguntárselo, pero le constaba que sería una intromisión.

—No sé qué haría si le ocurriese a Jemima —dijo de pronto, evitando la mirada de Charlotte—. Vi a Isaura Castelbranco hace un par de días. Tiene coraje y una dignidad inmensa; en cierto modo, más compostura que su marido. Pero está rota por dentro. Quienquiera que hiciera esto ha destruido mucho más que a una sola persona. El sufrimiento que ha infligido es inconmensurable y los acompañará el resto de sus vidas. ¿Serviría de algo que se hiciera justicia?

—No lo sé —contestó Charlotte con franqueza—. A lo mejor, en ocasiones. ¿Acaso no necesitamos que haya justicia? ¿Qué seguridad existe para cualquiera si la gente puede hacer lo que hizo ese hombre y quedarse tan campante? Si no tienen que pagar por ello, ¿por qué no volverán a hacerlo cuando les venga en gana y se les presente la oportunidad? Y, además, si no hay justicia pública, ¿no habrá quien se la tome por su mano? ¿Qué probabilidades hay de que ataquen a una persona equivocada? ¿O a la persona correcta, pero que solo es culpable de tener relaciones íntimas con quien no debería, pero no de violación?

Pitt se echó el pelo para atrás, se enderezó y se apoyó contra el respaldo duro de la silla.

—Isaura sabe quién es y tiene razón, una acción judicial solo empeoraría las cosas.

Charlotte se quedó aturdida, como si hubiese chocado contra una pared a oscuras, haciéndose daño.

—¡Me dijiste que Vespasia había dicho que no podía ser! ¡Quixwood estaba allí! Tienes que asegurarte bien de que el embajador no...

—Isaura no se lo ha dicho —la interrumpió Pitt—. Ni lo hará. Sabe tan bien como tú que un día la tentación sería irresistible. Ni siquiera le ha dicho que violaron a Angeles, aunque me imagino que lo adivina.

Charlotte, tensa, frunció el ceño.

—¿Estás seguro?

—Sí. —No hubo incertidumbre en su voz, ningún subterfugio—. También hablé con la criada. Angeles fue violada. —Torció el gesto al decirlo, con la voz tomada por causa de la tristeza. Charlotte supo que estaba pensando en Jemima—. Estaba sangrando y llena de cardenales. El que lo hizo tuvo que abusar de la fuerza. Pero está muerta. Ahora no podemos demostrarlo y, aunque pudiéramos, no podemos demostrar quién fue. Le bastará con negarlo, y nuestra intervención habrá cambiado las cosas para peor, no para mejor. Isaura lo sabe. Tiene razón, no podemos hacer nada.

Charlotte se detuvo un momento a pensarlo y las ideas se agolparon en su mente. El dolor que sentía en su fuero interno no era solo por Isaura Castelbranco, sino también por toda mujer que viviera presa del miedo o de la aflicción, o que lo haría en el futuro, por cualquier otra que se sintiera humillada e impotente. Y en el fondo estaba el saber que podía sucederle a su propia hija.

—Pero ¿ella dijo que había sido Forsbrook? —preguntó en voz alta.

—Según parece, es lo que Angeles le dijo a su madre. Pero si Quixwood no va errado, tenía que estar equivocada. Tal vez alguien se hiciera pasar por Forsbrook. No es imposible. He hecho unas cuantas preguntas... —Sonrió sombríamente—. No me mires así. Fui discreto. Pregunté a unas pocas personas acerca de los actos sociales de los últimos dos meses; quién asistió y si hubo incidentes que afectaran a los portugueses. La maldita incursión de Jameson es una excelente tapadera para toda clase de preguntas.

Charlotte había olvidado por completo el juicio contra Jameson. Estaba en boca de todo el mundo y, sin embargo, aun habiendo escuchado un sinfín de opiniones, carecía de significado para ella debido a las otras cosas que también había oído. Estaba la compasión por Isaura Castelbranco. No obstante, en demasiadas ocasiones se veía empañada por comentarios crueles sobre los extranjeros, criterios diferentes, como si cupiera culpar de su propia muerte a la chica. Como la Iglesia había resuelto que no podía enterrarla con arreglo al rito católico, la conclusión era que tenía que haberse suicidado. La conjetura más amable era que estaba enamorada de alguien que no correspondía a sus sentimientos. La más despiadada era que estaba embarazada, que su prometido, como era de comprender, había roto el compromiso matrimonial y que, llevada por la desesperación, se había suicidado, matando a su bebé nonato.

Charlotte se había enfurecido, pero lo único que pudo hacer fue acusar de malicia a quien lo dijo. Con esa actitud solo ganaría enemigos que sabía que no podía permitirse tener, por el bien de Pitt así como por el suyo propio. Si ella era impotente, ¿cuánto más lo era Isaura Castelbranco?

—¿Has averiguado algo? —preguntó a Pitt.

—Nada que sirva como prueba —contestó él.

—¿Nadie vio nada en esa fiesta? ¿Qué más dijo el señor Quixwood?

—Solo que Forsbrook estuvo encantador, que la lisonjeó de la manera que gusta a la mayoría de las chicas, pero que ella pareció molestarse —explicó Pitt—. Se ha dado a entender que o bien Angeles se consideraba demasiado buena para él, o que no hablaba inglés con suficiente soltura para entender bien a Forsbrook. La opinión preponderante es que era demasiado joven, y demasiado ingenua, para haber ingresado en los círculos de la alta sociedad, por más que su madre estuviera presente en la misma recepción, como acostumbraba. Sugirieron que tal vez las chicas portuguesas estuvieran criadas entre algodones y menos preparadas para comportarse con la gentileza apropiada.

Se calló y miró a Charlotte un tanto desconcertado.

—Tienes razón —dijo Charlotte tristemente. Deseaba decir algo positivo pero sabía que solo lograría empeorar las cosas.

Había intentado varias veces hablar con Pitt sobre el tema, sabiendo que le preocupaba y también deseosa de compartir sus propios temores con él. Una parte de ella era lo bastante sensible para saber que Pitt lo estaba eludiendo, pero, no obstante, necesitaba su consuelo.

—Eso no demuestra nada —dijo Charlotte, intentándolo una vez más—. Todo le mundo anda diciendo lo que sea con tal de sentirse mejor. ¡Es repugnante! Con lo sola que debía de estar...

Y ahora lo está su familia. —Deseaba animarlo, pero ¿qué quedaba por decir?—. Tiene que haber algo que puedas hacer —prosiguió—. ¿Aunque sea indirectamente, quizá? ¿No afecta a algún asunto diplomático, incluso al orgullo nacional? ¡Algo tiene que haber!

Pitt levantó la cabeza y sus dedos dejaron de tamborilear.

—No me he rendido. —Su voz reflejó un nerviosismo que no logró disimular—. Solo que no sé qué hacer sin empeorar la situación.

—Lo siento —dijo Charlotte enseguida—. Estoy pidiendo milagros, ¿verdad?

—Sí. Y tus patatas llevan un buen rato hirviendo.

Charlotte se puso de pie de un salto.

—¡Ay, qué descuido! Me he olvidado. Ahora es ya tarde para añadir el repollo.

Retiró la cazuela del fogón y levantó la tapa con cuidado. Ensartó una patata con el pincho. Desde luego, estaban hervidas, incluso más de la cuenta. Tendría que hacer puré.

Pitt estaba sonriendo.

—Comeremos más encurtidos —dijo divertido. Ella siempre le tomaba el pelo, diciéndole que tomaba demasiados.

La mañana siguiente, en su despacho, Pitt analizaba los periódicos como de costumbre, buscando principalmente asuntos de los que debía estar informado por su profesión. Con frecuencia Stoker le preparaba una selección de artículos para ahorrarle tiempo.

—Está saliendo mucha cosa sobre el juicio de Jameson —observó Stoker fríamente, dejando más periódicos sobre el escritorio de Pitt.

—¿Hay algo ahí que deba saber ahora mismo? —preguntó Pitt, esperando no tener que leer todo aquello.

—Poca cosa. —Stoker arrugó el semblante con desagrado—. Todavía no han resuelto el asesinato de la esposa de Rawdon Quixwood. A veces pienso que entendería que alguien asesinara a unos cuantos periodistas o a los malditos lectores que escriben cartas al director para expresar sus arrogantes opiniones.

Pitt levantó la vista hacia Stoker con curiosidad. Era impropio de él manifestar emociones. Por regla general solo mostraba desinterés y de vez en cuando un humor mordaz, sobre todo ante las contorsiones de los políticos para eludir la verdad o la culpa.

En lugar de preguntarle, Pitt pasó las páginas del primer periódico hasta que llegó a las cartas al director. Se enojó cuando vio a qué se refería Stoker. Buena parte del espacio estaba dedicada al tema de la violación.

Un escritor expresaba la acalorada opinión de que la moralidad en general, y la moralidad sexual en particular, sufría un grave declive. Cierto tipo de mujer se comportaba de una manera que excitaba los apetitos más bajos de los hombres, conduciendo a la destrucción de ambos y a la degradación general de la humanidad. Los violadores, cuando eran atrapados y se demostraba el asunto más allá de toda duda razonable, deberían ser ahorcados por el bien de todos. No se citaban nombres, pero Pitt se fijó en que el firmante vivía tan solo a dos calles de Catherine Quixwood.

—¿Por qué demonios publica este tipo de cosas el director? —inquirió enojado—. Resulta malicioso, irrespetuoso y solo suscitará descontento.

—Y muchas cartas de respuesta —repuso Stoker—. Montones de cartas con toda clase de opiniones. Y un sinfín de gente comprará el periódico para ver si su respuesta ha sido publicada, o solo por el divertimento de presenciar la discusión. Lo mismo que los ociosos que se juntan para mirar una pelea callejera y luego nos exigen que limpiemos el desaguisado, negando con la cabeza sin parar y diciendo lo terrible que es. Pero el cielo le asista si les tapa la vista de la reyerta.

Pitt miró a Stoker sorprendido. Hacía tiempo que no lo oía hablar tan acaloradamente. Se le ocurrió preguntarse si Stoker había conocido y amado a alguien que hubiese sufrido una violación: una hermana, incluso una amante. Apenas sabía nada sobre la vida privada de Stoker; es más, lo mismo sucedía con casi todo el personal de la Special Branch. Además, de ese tema los hombres no hablaban, ni siquiera con quienes conocían mejor.

—Por supuesto. —Pitt volvió a bajar la vista al periódico—. Ha sido una pregunta estúpida. La gente ataca aquello que teme. Es como darle a un avispero con un palo. Te hace sentir valiente, como si estuvieras haciendo algo atrevido. No importa a quién piquen luego los malditos bichos. Tengo la impresión de que no están más cerca de resolverlo. El pobre Quixwood debe sentirse fatal.

—Sí, señor —respondió Stoker—. Pero Knox es un buen policía. Si alguien puede hallar la verdad, es él.

Pitt volvió a mirarlo.

—Veo que no ha dicho «atrapar al que lo hizo». ¿Piensa que no fue un asesinato? ¿Suicidio porque dejó que la violaran?

Reparó en el enojo que traslucía su voz, pero no pudo dominarlo.

Stoker se mostró ligeramente incómodo.

—Quienquiera que fuese, señor, ella lo dejó entrar, sin que hubiera criados presentes. Eso no justifica la agresión, pero la vuelve mucho más complicada.

—A veces, Stoker, recuerdo mis tiempos en Bow Street, cuando los asesinatos parecían más simples. La codicia, la venganza o el miedo al chantaje puedo entenderlos. Con frecuencia me apiadaba incluso de las peores personas, pero sabía que aun así no tenía más alternativa que arrestarlas. Si el jurado decidía que eran inocentes, podía aceptarlo y era un verdadero consuelo saber que se podían detectar mis errores, si eso es lo que eran. Pero ¿quién detecta los nuestros?

Stoker se mordió el labio.

—Algunas veces nosotros mismos —dijo con una ceja enarcada—. El resto, probablemente nadie. ¿Preferiría que dijera otra cosa?

Tan solo estaba siendo cortés, pero hubo cierto desafío en su voz, un tono que no se habría atrevido a usar con Narraway.

—No, a no ser que pueda hacerlo creíble —replicó Pitt—. Al menos no estamos en el servicio diplomático ni en el Foreign Office. Gracias a Dios, Leander Starr Jameson y su maldita incursión no están sobre nuestros escritorios.

—No, señor. Y tampoco lo está la pobre Angeles Castelbranco.

—Sí, ella sí —repuso Pitt con gravedad—. Alguien la violó aquí, en Londres, y provocó su muerte.

—No es un incidente diplomático, señor —dijo Stoker con firmeza.

—¿Está seguro? —preguntó Pitt, sosteniéndole la mirada.

Stoker pestañeó, y por primera vez la incertidumbre asomó en su semblante al considerar otras posibilidades.

—¿La violación como arma para sembrar pánico y perturbación social? No lo creo, señor. Es un mero crimen de egoísmo, violencia y apetito descontrolado. Era una chica muy guapa, y un cabrón despiadado vio una oportunidad y la aprovechó. No veo que haya alguna diferencia en que fuese portuguesa, excepto que quizás eso hiciera más fácil meterse con ella. —Tragó saliva—. Y tal vez él creyó que sus padres estarían en una posición poco favorable para darle caza aunque, a decir verdad, dudo que llegara a pensar en eso. La violación es un tipo de delito apasionado, ¿no?

—No necesariamente. Más que lujuria, es una suma de violencia y odio. Pero ¿acaso importa eso? —preguntó Pitt, mirando a Stoker de hito en hito—. Si un anarquista tira una bomba o dispara contra un político llevado por un impulso, ¿es menos peligroso que si lo ha planeado con antelación?

Esta vez la respuesta de Stoker fue inmediata.

—No, señor. Es más, supongo que el hecho de que fuese portuguesa tampoco importa, ya fuese un acto por azar o deliberado. ¿Cree que se convertirá en un incidente internacional? Eso podría ponerlo en nuestro plato. Castelbranco no parece el tipo de hombre que utilizaría la muerte de su hija de esa manera. Aunque supongo que podría cambiar, si no acusamos a alguien.

—Y si él no lo hace, otros podrían hacerlo —señaló Pitt—. Estoy casi convencido de que yo querría que alguien pagara, si se tratara de mi hija. De hecho, no fue mi hija y lo deseo igualmente. Creo que a cualquier padre le ocurriría lo mismo.

Stoker pareció desalentarse.

—Excepto el padre de quien lo hizo, señor. Está más claro que el agua que no lo desearía. ¿Es posible que eso sea en parte lo que hay detrás?

—Está planteando posibilidades alarmantes, Stoker —admitió Pitt—. Tenemos que investigar más a fondo la idea de que alguien saque provecho del caso para una manipulación política, por repulsiva que sea. Tráigame lo que sabemos acerca de Pelham Forsbrook y los intereses que pueda tener que lo relacionen de un modo u otro con Portugal, o con el propio Castelbranco. —Se puso de pie—. Creo que deberíamos saber muchas más cosas. En el caso Quixwood las sabremos, pues todo el mundo lo tiene en mente, pero no en este, pobre chica. No sé dónde más buscar sospechosos.

—Quizá lo mejor sea intentarlo, señor, por si acaso. No conviene que nos sorprendan dando la impresión de que nos trae sin cuidado.

Se le demudó el semblante, reflejando solo preocupación sin un ápice de su humor habitual.

Fue entonces cuando Pitt se dio cuenta de que hablaba completamente en serio.

—Sí —respondió estremeciéndose—. Más vale que intente averiguar quién más estuvo en esa fiesta que mencionó lady Vespasia. A ver si encuentra a un criado que se fijara en la gente, en cosas. Algunos lo hacen. Será mejor que disimule aduciendo un robo. Ponga cuidado en lo que dice.

—De acuerdo, señor. Suerte que el caso Quixwood no tiene nada que ver con nosotros —dijo Stoker con sentimiento—. Por más vueltas que le dé, parece que tuvo que ser un amante. Lo lamento por Quixwood. No solo ha perdido a su esposa de una manera horrible, sino que todo el mundo sabe que lo estaba engañando. Otro hombre al que no podría culpar si perdiera los estribos y matara a ese cabrón... suponiendo que lo encuentren.

—Si lo encuentran, lo ahorcarán —dijo Pitt, cogiendo el sombrero y el abrigo del perchero—. No debería ser así, pero lo es.

—¿Aunque se suicidara, qué es lo que dice la gente? —cuestionó Stoker.

—Era una respetable mujer casada —contestó Pitt, calándose el sombrero—. Marido importante con influencias. Y era británica.

Stoker adoptó una expresión agria, pero no respondió.

Pitt se dirigió a Lincoln's Inn en busca del abogado que le habían aconsejado por ser el mejor y con más experiencia actuando como acusación en casos de violación. Había telefoneado previamente para concertar una cita, sirviéndose de su cargo como palanca para que el letrado lo incluyera en su apretada agenda.

Aubrey Delacourt era alto y delgado, con una buena mata de pelo castaño oscuro. Tenía el rostro aguileño y sus ojos de largas pestañas eran de un azul sorprendente.

—Puedo dedicarle unos veinte minutos, comandante —dijo, estrechando la mano de Pitt para acto seguido indicarle una butaca al otro lado de su escritorio. Su actitud era impaciente, dejando claro que le molestaba verse obligado a interrumpir su jornada—. Quizá lo mejor será que omita los preámbulos. Doy por sentado que esto es importante para usted, pues de lo contrario no perdería su tiempo, y tampoco el mío.

—Tiene razón —respondió Pitt, que se sentó y cruzó las piernas, poniéndose cómodo como si se negara a que le metieran prisa—. No lo haría. Lo que le diga debe quedar en la más estricta confidencialidad. Si para ello es preciso que contrate sus servicios, páseme factura por el tiempo que le ocupe.

—No es necesario —contestó Delacourt—. Me ha dicho que era jefe de la Special Branch y he tomado la precaución de confirmarlo por mi cuenta. ¿En qué puedo aconsejarlo?

Muy sucintamente, Pitt le resumió el caso de la violación y muerte de Angeles Castelbranco. Antes de que hubiese terminado, Delacourt lo interrumpió.

—No hay caso que presentar —dijo sin rodeos—. Hubiese esperado que usted lo supiera. —Su tono de voz dejó traslucir una descarada condescendencia—. Aunque encuentre al hombre que la violó, según lo que me ha contado, no puede demostrarlo. Lo único que conseguirá será mancillar todavía más el nombre de esa pobre chica.

—Ya lo sé. —Pitt no disimuló su irritación—. He aconsejado a su padre en ese sentido, pero, como es natural, le cuesta aceptarlo. Yo mismo tengo una hija que solo es dos años más joven, y cuando la miro tengo claro que tampoco lo aceptaría. Tendría ganas de hacer pedazos al violador con mis propias manos, incluso de darle una paliza que lo dejara inconsciente. Entiendo que de nada serviría, salvo que tal vez aliviaría temporalmente mis sentimientos. Terminaría en prisión por agresión, dejando a mi esposa y mis hijos en una situación aún peor. Eso quizá me detuviera, pero no puedo jurarlo.

Delacourt levantó un poco las cejas.

—¿Quiere que le aconseje cómo poner freno a Castelbranco? Dígale exactamente lo que acaba de decirme a mí.

—Quiero saber más sobre casos de violación —contestó Pitt con severidad—. No pueden ser siempre tan imposibles como este. De lo contrario, hay que hacer algo respecto a la ley. ¿Acaso todo el mundo simplemente... se rinde? ¿Una de las desgracias de la vida, como un resfriado o el sarampión?

Delacourt sonrió y su enojo se diluyó. Se arrellanó en su asiento, con otra clase de tensión.

—No voy a dorarle la píldora, comandante. La violación es un crimen tremendamente difícil de llevar a juicio. En parte es lo que hizo que me especializara en tales casos. Me gusta engañarme pensando que puedo lograr lo imposible.

Juntó las yemas de los dedos.

—La gente reacciona de modos distintos. Las más de las veces, según creo, ni siquiera hay denuncia. Las mujeres están tan avergonzadas y sin esperanzas de que se haga justicia que no se lo cuentan a nadie. Los desconocidos tienden a pensar que, de un modo u otro, debían merecerlo. Eso es lo más cómodo de pensar, sobre todo para las demás mujeres. Así no puede sucederles a ellas, puesto que no lo merecen.

Volvió a cambiar de postura.

—Las hay que creen que si se defienden bien nunca serán violadas. —Sonrió con amargura—. Solo golpeadas hasta hacerlas papilla, o asesinadas, lo cual, por supuesto, demuestra que eras una mujer virtuosa, aunque hayas muerto.

Pitt no dijo nada y comenzó a sentirse envuelto por una impotencia paralizante.

—Hombres cuyas hijas son violadas sienten la rabia que usted acaba de describir —prosiguió Delacourt, torciendo el gesto por su enojo y su sensación de futilidad—. Cuanto más joven la chica, más intensos el dolor y la furia, y por lo común acompañados de la sensación de haber fallado al no impedir que ocurriera semejante atrocidad. ¿Qué vales como padre si violan a tu hija de esta manera tan horrible y no supiste protegerla?

Pitt se lo imaginó con toda facilidad. No lograba apartar de su mente el rostro de Jemima. Ella creía conocer la vergüenza, la ira, el dolor, incluso la desilusión, pero en realidad apenas los había probado. Él y Charlotte la habían protegido. Todavía era una niña y estaba creciendo, sin duda, pero sin la menor noción de lo que era el horror verdadero. Se dio cuenta de que siempre querría mantenerla alejada de cualquier mal. ¿Qué padre no lo hacía?

Delacourt lo estaba observando.

—No queremos que nuestros hijos crezcan, salvo en el sentido de la felicidad —dijo, como burlándose de sí mismo—. Deseamos que encuentren a alguien que los ame cuando estén preparados para ello, no antes. ¡O posiblemente cuando lo estemos nosotros! Queremos que tengan hijos y, si son chicos, que tengan carreras exitosas, y todo ello sin los reveses ni los fracasos que hemos sufrido nosotros.

Pitt negó con la cabeza, pero no supo qué decir.

—Sabemos que no es posible —prosiguió Delacourt—. Todavía no estamos preparados para afrontar la realidad. Si es nuestra esposa a quien violan nos quedamos confundidos, indignados no solo por ella, sino por nosotros. La han violado, y algo que considerábamos nuestro nos ha sido arrebatado a los dos. La vida nunca volverá a ser la misma. Alguien debe ser castigado con severidad. Nuestra mente civilizada dice que debería pasar una larga temporada en la cárcel. Nuestro corazón, más primitivo, exige muerte. Nuestros sueños, que nunca admitiríamos, aceptarían incluso la mutilación.

Pitt abrió la boca para protestar, pero se limitó a suspirar, y una vez más permaneció callado.

—Y pensamientos que no queremos tener penetran en nuestra mente. —Delacourt todavía no había terminado—. ¿Fue realmente violación? ¿Se lo buscó, de un modo u otro? Sin duda tuvo que ser así. ¿Por qué le ocurrió a ella y no a otra? Ahora ella es diferente. No quiere que nadie la toque, ¡ni siquiera yo! Y yo tampoco estoy seguro de querer tocarla. Ese hombre ha arruinado mi vida... Me gustaría arruinarle la suya, despacio y con exquisito sufrimiento, tal como me lo ha hecho a mí.

Delacourt se inclinó un poco hacia delante.

—Y si se celebra el juicio ella tendrá que contar al tribunal en pleno, detalle tras detalle, todo lo que él le hizo y en qué medida luchó o dejó de luchar. Él estará allí, en el banquillo, observando, escuchando y reviviéndolo. Posiblemente cuando lo mire verá el brillo de sus ojos, la lengua humedeciendo sus labios. Su abogado dirá cuanto pueda, bien para sugerir que ella ha acusado a un hombre inocente, que está equivocada, histérica y que miente deliberadamente, o bien que en su momento consintió y ahora dice lo contrario para intentar salvar su reputación. ¿Tal vez tenga miedo de estar embarazada y su marido sepa que el hijo que espera no es suyo sino de un amante?

—Vuelvo a estar en la casilla de salida —contestó Pitt, paralizado por la futilidad—. No podemos hacer nada. ¿Gobernamos un imperio que se extiende por todo el mundo y no podemos proteger a nuestras mujeres de los depravados que viven entre nosotros?

Delacourt encogió ligeramente los hombros, con una expresión atribulada pero amable.

—No es imposible, comandante, solo extremadamente difícil, e incluso cuando lo conseguimos, el precio es alto, no para nosotros sino para ellas. Tiene que estar seguro de que merece la pena. Legalmente tiene derecho a decidir por ella, pero ¿tiene el derecho moral de hacerlo? ¿Está convencido de estar dispuesto no solo a aceptar el resultado sino a ver cómo lo acepta ella?

Pitt esbozó una sonrisa triste.

—¿Dice esto a todos sus clientes?

—Tal vez no con tanta brutalidad —admitió Delacourt—. ¿Qué es lo que quiere conseguir, señor Pitt? Angeles Castelbranco está muerta. Su reputación, arruinada. Si pudiera demostrar que fue violada, y eso sería extremadamente difícil sin ella viva para hablar, quizá conseguiría algo. Pero ese joven sin duda se defenderá enérgicamente y, diga lo que diga, nadie puede decir lo contrario. Supongo que lo habrá tenido en cuenta, ¿verdad?

Delacourt hizo una mueca.

—Entiendo que es un asunto muy feo. No sé qué ayuda puedo ofrecerle, pero lo pensaré.

—Y por otro lado, si ese joven se sale con la suya y queda impune, como es de prever, ¿lo hará otra vez? —preguntó Pitt—. Es más, ¿por qué no iba a hacerlo?

Delacourt apretó los dientes y negó con la cabeza.

—Ahí tiene lo peor de todo, comandante. Casi seguro que lo hará. Según lo poco que me ha contado, no puede decirse que haya sido un crimen pasional —dijo Delacourt en voz baja—. Un crimen de odio, el deseo de dominar y humillar. ¿Alguna vez ha estado ligeramente tentado de hacer uso de la fuerza para tomar a una mujer por quien sentía cierta consideración?

La idea era repulsiva.

—¡Por supuesto que no! —dijo Pitt con más sentimiento del que hubiese querido mostrar—. Pero yo no soy...

Estuvo a punto de decir «un violador», pero habría sido redundante.

—¿Un hombre sujeto al deseo? —preguntó Delacourt abiertamente divertido.

Pitt notó que el bochorno lo sonrojaba, no porque hubiese sentido deseo, casi abrumador a veces, sino por haber parecido tan ingenuo.

—Perdone —se disculpó Delacourt—. Si lo he conducido a

esto, en parte ha sido para demostrarle lo fácil que resulta tergiversar las palabras y los sentimientos de alguien sobre este tema. Incluso un hombre con tanta experiencia como usted en trabajo policial, y en un asunto a todas luces tan delicado, puede ser conducido a una situación embarazosa. Imagínese estar en el estrado, vulnerable, tratando desesperadamente de ser honesto y de presentar pruebas que condenen a un hombre peligroso, y aun así conservar cierta dignidad, así como la reputación de la mujer en cuestión.

—¿Y dice usted que lo hará otra vez? —repitió Pitt.

—Probablemente —respondió Delacourt—. ¿Acaso no lo hacen casi todos los ladrones? ¿La mayoría de los desfalcadores, vándalos, mentirosos, cualquiera cuyo delito lo beneficie, satisfaciendo su apetito de dinero, poder, venganza o excitación?

Pitt se puso de pie.

—Hay una cosa más —agregó Delacourt, y levantó la vista hacia Pitt—. Todo lo que he dicho es verdad, lo sé por mi amarga experiencia en los tribunales. Pero si este joven es tan violento como usted dice, es posible que lo haya demostrado en otras ocasiones. Averigüe si pierde los estribos cuando lo contrarían, cuando lo derrotan en la práctica de algún deporte o incluso si pierde jugando a las cartas o en cualquier otro tipo de actividad competitiva. Si es temerario, busque pérdidas cuantiosas o inesperadas en apuestas.

Pitt no estuvo seguro de captar la importancia de cosas tan triviales.

—¿En qué ayudará a los Castelbranco? Demostrar que Forsbrook tiene mal genio no tiene punto de comparación con una violación.

—Quizá más de lo que pueda parecer, si es un abusón que no soporta perder —repuso Delacourt—. Pero no me refiero a eso. He intentado convencerlo de la dificultad de demostrar un caso de violación, sin tener en cuenta el peligro para la víctima que lo intente. A veces uno puede conformarse con mucho menos aunque resulte penoso, puesto que un proceso por agresión puede dañar la reputación de un hombre. La gente no querrá hacer negocios con él ni invitarlo a las mejores recepciones ni que se case con alguien de su familia. Varias condenas así, o incluso juicios sin sentencias graves, pueden arruinarle la vida.

Pitt permaneció callado, reflexionando.

Delacourt lo miraba a la cara.

—Una victoria menor —admitió—, cuando quieres hacer papilla a ese hombre, dejarlo hecho polvo por lo que le ha hecho a una mujer que amas. Pero es mejor que nada, y puede convertirse en los cimientos sobre los que construir si alguna vez lo llevan ante la justicia por un cargo más grave.

—Gracias, señor Delacourt —contestó Pitt—. Me ha dedicado más tiempo del que seguramente podía permitirse. Al menos ahora estoy más informado, aunque solo un poco más animado. Entiendo por qué hay gente que se toma la justicia por su mano. Han mirado con atención a quienes se supone que debemos proteger, o como mínimo vengar, y han visto que somos impotentes. Trataré de impedir que el embajador portugués actúe por su cuenta, pero no puedo decir que sea absolutamente reacio a la idea. Si yo estuviera en su lugar, lo haría, y luego me marcharía de inmediato a Portugal y nunca regresaría.

Delacourt se encogió de hombros.

—Francamente, señor Pitt, yo también lo haría. E incluso como funcionario del tribunal, encontraría alguna razón para no poder enjuiciarlo y todos los motivos para defenderlo, si él me lo permitiera.

Pitt vaciló un momento, deseoso de decir algo más, pero no supo exactamente qué.

—Gracias —dijo otra vez—. Buenos días.

Una vez en la calle caminó lentamente, ajeno a los transeúntes y al tráfico, incluso a la berlina en la que viajaban unas señoras muy bien vestidas, con sombrillas para protegerse del sol y sedas de colores agitándose en la brisa.

Pensaba en lo que Delacourt le había dicho. Creía que era verdad, pero era incapaz de aceptar que no fuera posible combatirlo. Tenía que existir algún modo de hacerlo. Había que encontrarlo, costase lo que costara. Tanta impotencia era insoportable.

¿Era el miedo lo que los mantenía cautivos, paralizando su voluntad de actuar? ¿Miedo a la vergüenza, al escándalo, a lo que otras personas opinaran de ellos, palabras crueles dichas por quienes también tenían miedo, eran ignorantes y huían de la verdad porque los hacía ser conscientes de su propia vulnerabilidad?

Llegó al bordillo, aguardó un momento para dejar pasar al carro fuerte de un cervecero y después cruzó la calle.

Pitt temía por Jemima. Cualquier hombre con un mínimo de valía temería por su hija. Pero ¿cuántos hombres temían por sus hijos? ¿Qué haría Pitt si Daniel, una vez adulto, fuera acusado en falso de un crimen tan violento y repulsivo?

La respuesta era inmediata y vergonzante. Su reacción instintiva sería suponer que la mujer mentía para ocultar alguna relación que no se atrevía a reconocer. Su suposición sería que Daniel no podía ser culpable, al menos no de algo grave.

En cuestión de dos o tres años Jemima sería una señorita. Un tiempo tan breve no produciría ningún cambio en él. Seis años, siete años, y Daniel estaría hecho un hombre, con los apetitos y la curiosidad propios de la juventud, el desafío a la hombría que aguardaba a todo muchacho. Su padre seguramente era el último hombre con quien lo comentaría. ¿Cómo sabría Pitt qué pensaba su hijo de las mujeres que quizá le tomarían el pelo o lo provocarían con poca o ninguna idea de los tigres que estaban despertando?

La respuesta era simple. Defendería a Daniel tan apasionada e instintivamente como si fuese el niño que Pitt seguiría viendo en él. Tal vez cualquier padre haría lo mismo.

Cruzó Drury Lane hasta Long Acre, casi sin prestar atención al tráfico. Caminaba sin rumbo, por la mera necesidad de estar en acción.

¿Cómo evitaría que Daniel se convirtiera en un joven que tratara a las mujeres como algo que tenía derecho a utilizar, a lastimar, incluso a destrozar? ¿De dónde surgían tales creencias? ¿Cómo llegaría a convencerse de que podía perder cualquier competición con el mismo buen talante que cuando ganaba? ¿Cómo controlaría el mal genio, la sensación de perder, incluso la humillación? La respuesta era obvia: en casa. ¿Sería culpa de Pitt que Jemima no se comportara con sensatez, sin que la paralizara el miedo? ¿Sería culpa de Pitt que Daniel se volviera arrogante y cruel? Por supuesto que sí.

Si Neville Forsbrook era culpable de violar a Angeles Castelbranco y, por consiguiente, de provocar su muerte, ¿era culpa de su padre tanto como de él mismo? Probablemente. ¿Ese mismo padre lo defendería ahora, si fuera acusado? Casi seguro. Cualquier hombre lo haría, no solo para salvar a su hijo y por negarse a creer en su culpabilidad, sino también para defenderse él mismo. Pelham Forsbrook vería arruinada su vida social, y tal vez sufriría daños irreparables en el ámbito profesional, si su hijo fuese condenado por un crimen semejante.

La defensa sería feroz, una lucha por la supervivencia. ¿Pitt estaba dispuesto a implicarse en aquello? Ganar no les devolvería a Angeles, y los riesgos eran grandes. Tenía pocas probabilidades de ganar, y si perdía no podría siquiera evaluar el coste.

¿Y si no lo intentaba? ¿Cuánto le costaría?

Sin darse cuenta fue apretando el paso a lo largo de la acera. ¿Cómo se sentiría si fuese su hija, su esposa quien hubiera sido violada de una manera tan íntima y truculenta? ¿Y si no era un acto tan inmediato, tan visceral? ¿Y si fuera Emily, la hermana de Charlotte? La conoció al mismo tiempo que a Charlotte.

¿Y si se tratara de Vespasia? La edad no era una protección. Ninguna mujer era demasiado joven ni demasiado mayor. Vespasia tenía mucho coraje, mucha dignidad. Incluso imaginar su violación era una especie de blasfemia. Casi sería mejor que su atacante la matara.

Visualizó a Vespasia tendida en el suelo tal como Narraway le había dicho que había visto a Catherine Quixwood. Se paró en seco con un dolor que fue casi físico. No debía permitir que Neville Forsbrook ni nadie hicieran pedazos su mundo de esa manera. Costara lo que costase, no hacer algo, paralizado por el miedo y la impotencia, todavía era peor. Tenía que pensar cómo atacar. Eran ellos quienes debían sentirse asustados y acorralados, no él ni las mujeres que le importaban, ni ninguna otra.

Se puso a caminar de nuevo por la acera, avanzando como si tuviera un objetivo.

10

Narraway seguía averiguando cuanto podía sobre las ocasiones en que Catherine Quixwood había visto a Alban Hythe. Revisó sus agendas y encontró anotaciones para no olvidar distintas cosas: a veces iniciales, bastante a menudo cifras que bien podían indicar horas del día. Otras eran números grandes, y los copió para ver si correspondían a algún teléfono aunque no figuraban los nombres de las centralitas. Tal vez supiera tan bien las zonas en las que vivían las personas en cuestión que no necesitaba ningún recordatorio.

Interrogó al personal de casa de los Quixwood. Todavía estaban conmocionados y apenados, pero sobre todo llenos de incertidumbre en cuanto a su futuro.

—No —dijo Flaxley tristemente cuando le mostró la agenda—. No sé a qué se refería con eso.

—¿Números de teléfono? —preguntó Narraway.

Flaxley los volvió a mirar. Casi todos eran de cuatro cifras.

—A lo mejor. No lo sé.

Estaban sentados de nuevo en la habitación del ama de llaves, y un chaparrón repentino azotaba los cristales de la ventana. Flaxley estaba pálida y cansada, aunque tenía poco que hacer aparte de plantearse qué puesto sería capaz de conseguir cuando se supiera que había trabajado para una víctima de violación y asesinato. A la gente le aterraba el escándalo y había un montón de doncellas en la ciudad.

Narraway era muy consciente de ello mientras la obligaba a

hacer memoria, pisoteando inevitablemente un pasado que Flaxley había valorado.

Como por el momento no había llegado a nada con sus preguntas, cambió de dirección y se mostró más franco.

—¿Alguna vez hablaba con usted sobre el señor Hythe?

—Raramente —contestó Flaxley—. Solo me comentó que era un caballero muy simpático. Fue en relación a qué vestido debía ponerse. —Sonrió—. No le importaba lucir los mismos vestidos aun sabiendo que los había usado en alguna ocasión anterior para ver a la misma persona.

Había afecto en su voz, en sus ojos, y por un momento estuvo de vuelta a un pasado más feliz.

—¿Sabía que él se fijaría? —preguntó Narraway enseguida. Le supo mal romper el hechizo del recuerdo, pero tenía que averiguar todo lo que pudiera.

Un destello de desdén asomó fugazmente a los ojos de Flaxley, pero enseguida lo disimuló.

—No, milord, la mayoría de los caballeros solo saben si algo les gusta o no. Otra dama, por descontado, se daría perfecta cuenta y tal vez sería suficientemente cruel para hacer un comentario al respecto, pero la mayoría de las señoras se visten para sacar el mejor partido a su aspecto y sentirse a gusto, y así pueden olvidarse de sí mismas y comportarse con ingenio y encanto.

Narraway nunca se había detenido a considerar aquel tema, pero tenía todo el sentido. Vio que era verdad, sobre todo, en el caso de Vespasia. No se la imaginaba vistiéndose para impresionar a los demás.

No obstante, eso no respondía a la pregunta de si Catherine había estado enamorada de Alban Hythe o no. O, ya puestos, de cualquier otro.

¿Tenía algún sentido preguntárselo a Flaxley? Miró su rostro huesudo, que todavía acusaba su aflicción y ahora también su ansiedad. Se había lavado la cara, pero seguía teniendo los párpados hinchados. Llevaba el pelo pulcramente recogido con alfileres pero sin mimo, sin cuidado. Narraway sintió una súbita compasión por ella. Un año antes habría descartado la idea de dejar de ser necesitado como un incidente más de la vida, que debía aceptarse. Ahora le causaba un dolor muy real dado que lo sentía en sus propias carnes y lo entendía.

—Señorita Flaxley —dijo, inclinándose un poco hacia delante y mirándola a los ojos con más apremio—, está claro que para la señora Quixwood eran importantes sus encuentros con el señor Hythe. Diríase que los organizó cada vez más a menudo, tanto como cada semana o incluso dos veces por semana durante el mes anterior a su fallecimiento. Dejaba de lado otras cosas para adaptarse a su disponibilidad y, según lo que he podido averiguar, no mencionaba tales encuentros a nadie más. De hecho, apenas aludía a su relación son el señor Hythe. No era exactamente un secreto pero, desde luego, era muy discreta al respecto.

Flaxley no contestó pero le sostuvo la mirada.

—Para ella era importante verlo —insistió Narraway—. Se vestía cuidadosamente, pero no para llamar la atención indebidamente, no como si fuera a reunirse con un amante con quien se atrevía a ser vista en público.

Se calló al ver una chispa de ira en los ojos de Flaxley.

—Por favor, descríbame su actitud cuando salía en esas ocasiones y cuando regresaba —presionó Narraway—. Me consta que le estoy pidiendo que hable de cosas que normalmente usted consideraría una muestra de confianza que nunca traicionaría, pero alguien abusó terriblemente de ella, señorita Flaxley, alguien le dio una paliza y provocó su muerte como si la hubiese estrangulado con sus propias manos. —Vio que se le saltaban las lágrimas y que le resbalaban por las mejillas, pero hizo caso omiso—. ¡Si fue Alban Hythe, quiero verlo ahorcado! Y si no lo fue, quiero salvarlo. ¿Usted no?

Flaxley asintió con un gesto tan contenido que apenas movió la cabeza.

—¿Cómo estaba, señorita Flaxley? ¿Excitada? ¿Asustada? ¿Inquieta? ¿Triste? ¡Dígamelo! Es demasiado tarde para protegerla. Ya no hay privacidad que valga. Lo único que podemos hacer por ella, en el mejor de los casos, es hacerle justicia. Y si es la lealtad para con el señor Quixwood lo que le impide hablar, ya sea por su bien o por el de usted, y soy consciente de que necesita su buena voluntad para asegurarse un nuevo empleo, no le contaré nada de lo que usted me diga a no ser que tenga que hacerlo, en cuyo caso lo atribuiré a otras fuentes.

Flaxley se quedó sorprendida, confusa, triste hasta el punto de mecerse adelante y atrás muy ligeramente, como si el movimiento le proporcionara cierto alivio.

—Estaba inquieta —dijo en un susurro apenas audible—, pero no como si fuera a ver a un amante, más bien como si tuvieran que darle una noticia buena... o mala. Apreciaba al señor Hythe, pero sobre todo confiaba en él.

Bajó la vista, evitando los ojos de Narraway.

—Hace tiempo estuvo un poco enamorada de un caballero. Por descontado, nunca hizo nada... malo. Pero no estaba excitada de esa manera con el señor Hythe. Aunque nunca fallaba a una cita, sin importarle los compromisos previos que tuviera que cancelar. Y daba la impresión de que cada vez era más importante para ella. Le juro, milord, que no sé por qué. Si lo supiera, se lo diría, fuese lo que fuera. Le pondría la soga al cuello con mis propias manos a quien le hizo eso.

Narraway la creyó. Así se lo hizo saber, le dio las gracias y se marchó. No iba a sacar nada más en claro. Tomó nota mental de hablar con Vespasia para ver si podía encontrar un empleo para Flaxley entre sus amigos. Sonrió mientras salía por la puerta principal, bajaba la escalinata y enfilaba hacia la plaza. Se estaba volviendo blando. ¿Qué significaba el destino de una doncella entrada en años en una ciudad con millones de habitantes? ¡Un año atrás tenía en su mano el destino de naciones enteras!

¡Cómo caían los poderosos! ¿O se trataba solo de una nueva alineación de su punto de vista? Tal vez lo fuera, si bien una pizca tardía.

Narraway continuó estudiando los compromisos de Catherine y se enteró de pequeños detalles acerca de sus gustos, qué la hacía reír, qué la hacía enojar.

Cuando lo comentó con Quixwood un par de días después en la biblioteca del club, tuvieron la impresión de haber conseguido muy poco. Quixwood estaba cansado. Era fácil ver que le costaba dormir. Estaba más delgado y tenía las arrugas del rostro más marcadas. Había un brillo febril en sus ojos.

Narraway sintió una lacerante piedad por él, y culpabilidad por no poder informar de progreso alguno.

—¿Lo veía con frecuencia? —preguntó Quixwood, con una voz curiosamente monótona, como si procurara adrede no traslucir sentimientos.

—Sí, al menos una vez por semana, o más, durante el último mes de su vida —respondió Narraway—. Sin embargo, a juzgar por su agenda y por lo que Flaxley dice sobre su actitud y su manera de vestir, no era una aventura amorosa.

Quixwood soltó una breve y amarga carcajada.

—La buena de Flaxley. Leal hasta el fin, incluso cuando resulta absurdo. Es una buena criada. Lástima que ahora mismo no pueda ofrecerle otra colocación. Si Catherine no se veía con Hythe por una aventura, ¿por qué podría ser? Es un hombre bien parecido y como mínimo diez años más joven que ella, si no más.

Sonrió, apretando los ojos al pestañear.

—Catherine era guapa, ¿sabe? Y quizás estuviera aburrida. Yo no podía pasar todo el día con ella. La amaba. —Miraba hacia algún punto distante, quizás una visión o un recuerdo que solo él podía ver—. Pero supuse que ella ya lo sabía. Quizá tendría que habérselo dicho de una manera... más creíble.

Narraway buscó algo qué decir que no sonase trillado, pero no se le ocurrió nada. ¿Qué había que no resultase insultante ante tamaña tragedia?

—Según parece, le interesaban muchas cosas —dijo Narraway al fin, cuando el silencio se estaba prolongando más de la cuenta. Se oían los pasos de los criados en el pasillo.

Quixwood levantó la vista.

—¿Quiere decir aparte de los museos y galerías?

—Creo que África le resultaba tan fascinante como a tantas otras personas, sobre todo con el malestar actual.

—¿Malestar? —dijo Quixwood enseguida.

—La incursión de Jameson, en concreto —explicó Narraway.

—Oh. —Una sonrisa fugaz cruzó el semblante de Quixwood y se desvaneció—. Sí, claro. El juicio está a punto de comenzar. Ese hombre tuvo que perder la inteligencia con la que nació. —Suspiró—. Aunque reconozco que al principio muchos habrían pensado que era una aventura grandiosa, con dinero que ganar. —Inhaló profundamente y soltó el aire despacio. Tenía la voz tomada de tanto contener el llanto—. El otro día fui... fui a casa. No puedo vivir fuera por siempre.

Narraway aguardó.

Quixwood mantuvo la vista baja.

—Recogí un poco de ropa y algunos objetos personales. Creía que ya estaba listo para regresar, pero... no puedo. Todavía no. —Levantó los ojos hacia Narraway—. Estuve mirando el joyero de Catherine. Pensé que debía llevarlo al banco. En realidad no sé por qué, salvo para guardarlo a buen recaudo. Supongo que algo se podrá hacer con sus joyas... algún día. —Volvió a interrumpirse y respiró profunda y entrecortadamente—. Encontré esto. —Mostró a Narraway un delicado broche; no era caro pero sí muy bonito: tres minúsculas flores abiertas en distinta medida, como ranúnculos. Bien podría ser de oro, quizá de similor—. Es nuevo —dijo en voz baja—. No se lo regalé yo. Pregunté a Flaxley de dónde había salido. No lo sabía, pero recordaba la última vez que lo había visto. Fue después de que Catherine viera a Hythe en una exposición.

Narraway miró con detenimiento la pieza, sin tocarla.

—Entiendo —dijo con agudo pesar—. ¿Hay alguna prueba de que se lo regalara Hythe?

Quixwood negó con la cabeza.

—No. Solo la palabra de Flaxley en cuanto a que ese fue el primer día que lo vio.

—¿Y Flaxley lo sabría con certeza? —insistió Narraway.

—Sí, por supuesto. Es muy buena en su trabajo y absolutamente honesta. —Quixwood sonrió—. Lo admitió a regañadientes, pero nunca mentiría... ni a mí ni a nadie. Claro que no demuestra nada, eso ya lo sé. ¡Pero no sé qué lo haría! —Miró de hito en hito a Narraway—. ¿Quizá sirva de algo?

Narraway cogió el broche.

—Veré si puedo averiguar algo al respecto. Es muy original. Si logro seguirle el rastro, al menos tendremos un indicio.

Quixwood miró al suelo.

—Ocurra lo que ocurra, le agradezco su tiempo y su paciencia, y... y también su compasión.

Narraway no contestó. Estaba avergonzado porque tenía la impresión de haber hecho muy poca cosa.

Llevó el broche a un joyero al que había consultado anteriormente cuando había querido saber el valor o el origen de una pieza.

—¿Qué puede decirme sobre el broche? —preguntó Narraway, dando al anciano las delicadas florecillas doradas.

El anciano lo tomó con sus dedos nudosos, le dio la vuelta y miró el reverso bizqueando, y luego volvió a mirar el anverso.

—¿Y bien? —instó Narraway.

—Es una pieza antigua, de unos cincuenta o sesenta años. Bonita pero no muy valiosa. Quizá dos o tres libras. Aunque es original, y a las mujeres suelen gustarles estas cosas. La verdad es que a mí me gusta. —Miró a Narraway con curiosidad—. ¿Es robado? ¿Quién se molestaría en robarlo? No podría revenderlo. ¿Procede de un crimen? —Negó con la cabeza—. Lástima. Alguien puso cuidado y diría que mucho placer en hacerlo. Florecillas inocentes. ¿Ahora manchadas de sangre y traición?

Narraway eludió la pregunta.

—¿Dónde compraría o vendería algo como esto?

El anciano apretó los labios.

—Vendiéndolo en una casa de empeños no sacaría más que unos pocos chelines, como mucho. Podría comprarlo ahí mismo por un poco más.

—¿Y si quisiera ser discreto? —insistió Narraway.

—Barrow, en Petticoat Lane. Pero usted no necesita que yo se lo diga.

—¿Oro o similor?

—Similor, señor Narraway. Tampoco me necesita para saber eso. Un objeto bonito, de buena factura. Sentimental, no vale dinero. —Se lo devolvió—. Tiene tantas posibilidades de seguirle el rastro como de ganar el Derby.

—Alguien tiene que ganar —señaló Narraway.

—Para eso tiene que participar con un buen caballo —dijo el anciano con una seca carcajada—. ¿Pensaba que me refería a apostar? Cualquier idiota puede hacer eso.

Narraway le dio las gracias y salió a la calle soleada con el broche de nuevo en un bolsillo.

Contra su voluntad, visitó a la señora Hythe en su casa a última hora de la tarde para mostrarle el broche y preguntarle si lo había visto antes. Aborrecía tener que hacerlo, pero no preguntar sería una negligencia.

Maris Hythe lo cogió y le dio la vuelta en su mano. Se mostró desconcertada.

—¿Ha visto algo parecido antes? —preguntó Narraway.

—No. —Levantó la vista hacia él—. ¿De quién es? ¿Por qué me lo trae?

Había miedo en sus ojos.

—Era de Catherine Quixwood —contestó Narraway—. Su marido dice que no se lo regaló él.

—¿Y piensa que lo hizo Alban? —Fue un desafío—. No me contaría algo así.

—¿Es la clase de objeto que a él le gustaría?

Maris bajó la vista, evitando su mirada.

—Sí. Es original. Es antiguo. Seguro que tiene una historia. Varias personas podrían haberlo poseído y lucido.

Lo sostenía con delicadeza, como si a ella también le hubiese complacido como regalo.

—Quizá se lo compró ella misma —dijo al fin, pasándoselo de nuevo a Narraway.

Él lo tomó. Solo había conseguido sembrar dudas en la mente de Maris, más preguntas acerca de la relación de su marido con la mujer que lo había poseído. Se sintió sucio.

—Supongo que de nada servirá que mi marido le diga que nunca lo había visto.

—Sin pruebas, nada significa en un sentido ni en otro —contestó Narraway—. El señor Quixwood me comentó que era una pieza que no recordaba haber visto entre las joyas de su esposa.

—A lo mejor no se fijó —lo corrigió irónicamente—. Los hombres a menudo no se fijan en una prenda nueva, y mucho menos en algo tan pequeño. Pregunte a cualquier mujer, le dirá lo mismo.

—Pero un hombre sabe qué joyas le ha comprado a su esposa —señaló Narraway—. Eso es bastante distinto.

Además estaba la cuestión de que la señorita Flaxley tampoco había visto el broche antes.

Maris levantó la vista hacia él, mirándolo a los ojos, con el rostro muy pálido.

—Le he dicho lo que sé, lord Narraway, que es solo que mi marido estaba haciendo un favor a la señora Quixwood en un asunto de gran importancia para ella. No me dirá de qué se trataba, pero confío en él.

Su voz vaciló un poco, pero sus ojos no.

Narraway la admiró, pero fue consciente con profundo pesar y un escalofrío de que quizás un día tendría que enfrentarse a una verdad más desagradable. Desde luego no se lo diría ahora. Que tuviera esperanzas tanto tiempo como fuese posible. Todavía no estaba seguro más allá de toda duda de que estuviera equivocada. Si una mujer lo amara como Maris Hythe amaba a su marido, Narraway desearía que conservara su fe en él con independencia de lo que las pruebas parecieran indicar, incluso a pesar de lo que un jurado decidiera. Solo una prueba irrefutable, o su propia confesión, conseguirían romperla.

Estaban comentando otras posibles vías de investigación cuando Knox entró en el salón, pasando por delante de una criada muy pálida que sostenía la puerta abierta con la espalda muy tiesa.

—¿Qué se le ofrece? —preguntó Maris, perpleja, con voz temblorosa y a la defensiva—. Mi marido está en su estudio. Todavía tiene trabajo que terminar. ¿Es imprescindible que lo vea a estas horas?

Había reprobación en su semblante, como si su presencia fuese un tanto intempestiva.

Knox estaba cansado y a todas luces abatido. Fuera caía una fina llovizna veraniega y llevaba el abrigo mojado. Iba despeinado, como un pájaro mudando de plumas.

—Me temo que sí, señora Hythe. Pero me alegra que lord Narraway esté aquí para hacerle compañía.

Maris se quedó atónita, pero permaneció callada, sin levantarse en el sofá, como si temiera que las piernas no fueran a sostenerla.

Aunque parecía increíble, Narraway de pronto entendió a qué había ido allí Knox. Se levantó.

—¿Por qué? —inquirió—. ¿No se está precipitando?

Knox lo miró con tristeza, mordiéndose el labio.

—No, milord. Lo lamento. Por desgracia, al revisar las pertenencias del señor Hythe hemos encontrado lo que solo puede describirse como una carta de amor de la señora Quixwood.

—¿Cuándo? —preguntó Narraway, buscando una explicación inocente a semejante idea—. ¿Cuándo han revisado las pertenencias del señor Hythe? ¿Ahora mismo?

—No, milord, hace horas, con el permiso de la señora Hythe.

—¿Y no lo arrestó entonces?

Había un tono de desafío en la voz de Narraway, pero era fruto de la emoción más que de la razón.

—No, milord. El señor Hythe negó saber algo sobre la misiva. He querido darle todas las oportunidades, incluso suponiendo que la carta no estuviera escrita con la letra de la señora Quixwood. Lo he verificado y es incuestionablemente suya, y el contenido de la carta solo cabe interpretarlo como algo entre amantes. Lo siento.

Maris se puso de pie por fin, balanceándose un poco, con la barbilla alta.

—Eso... —Narraway tragó saliva con dificultad—. Eso no demuestra que la violara... ¡Ni que la matara!

Sonaba ridículo y lo sabía, pero no obstante no pudo evitar decirlo.

—Si fuera inocente, milord, el señor Hythe lo explicaría, no lo negaría —dijo Knox. Negó apenas con la cabeza—. No me lo ponga más difícil de lo necesario, señor.

Narraway no supo qué contestar. Tenía un nudo en la garganta, la boca seca. Miró el semblante ceniciento de Maris y acudió a su lado, rodeándola incluso con un brazo mientras ella se esforzaba en mantener el equilibrio, mareada por el horror y el pesar.

Oyeron unos pasos que bajaban la escalera y luego la puerta de la calle se abrió y se cerró.

Sin mediar palabra, con la espalda encorvada, Knox también salió, desapareciendo en la noche y la lluvia.

11

Stoker entró en el despacho de Pitt y cerró la puerta a sus espaldas.

—Señor, ha ocurrido una cosa que creo que debería saber.

Su expresión era sombría, su mirada, penetrante e inquieta.

—¿De qué se trata? —preguntó Pitt de inmediato.

Stoker respiró profundamente.

—Ha habido otra espantosa violación de una chica, señor, y me temo que la víctima ha muerto. Diecisiete años, según dice su padre. Respetable, buena familia. Salía regularmente con un joven granadero.

Pitt se horrorizó para acto seguido sentir una abrumadora compasión por el padre, pero también un alivio del que se avergonzó. Aquel asunto no correspondía a la Special Branch. Podía pasarle la pena y los amargos descubrimientos a otro.

—Lo lamento mucho —dijo en voz baja—, pero es un caso para la policía regular, no tiene nada que ver con nosotros.

—No estoy tan seguro, señor —dijo Stoker, negando con la cabeza—. Fue una agresión muy violenta. Mucha sangre. Y recibió un golpe tan fuerte en el cuello, que se lo rompió.

Stoker estaba rígido, casi en posición de firmes, como un soldado.

—Tal como lo veo, señor, las muchachas no suelen decir que las han violado, excepto si las golpean con saña y... y resultan heridas de tal modo que no cabe confundirse. O de lo contrario están muertas, como esta pobre chica.

—Sigue no siendo nuestro —dijo Pitt con voz ronca—. Es para la policía regular. No irá a decirme que es la hija de un diplomático extranjero, ¿verdad?

Stoker levantó un poco la barbilla.

—No, señor, solo es un importador y exportador de alguna clase. Pero el joven que salía con la chica es amigo de Neville Forsbrook y su grupo, incluso coincidió con Angeles Castelbranco en un par de ocasiones, según dice su padre.

Aguardó, mirando fijamente a Pitt.

—¿Está insinuando que existe una relación?

Pitt formuló la pregunta despacio, tratando todavía de rechazar la idea.

—No lo sé, señor. —Stoker intentó suavizar su expresión de enojo y frustración, pero no lo consiguió—. Dudo que los periódicos la establezcan. Nadie sabe que la señorita Castelbranco fue violada, y desde luego estaba viva cuando cayó por esa ventana. Y, por cierto, han arrestado a alguien por la violación de la señora Quixwood, pero aún no se ha revelado si ya estaba bajo custodia cuando se produjo esta última.

Pitt se quedó atónito.

—¿En serio? Ha sido el inspector Knox, ¿no?

Pensó en Narraway y se preguntó por qué no le había comentado nada.

—Sí, señor. Un hombre muy competente, según tengo entendido.

—Bien, ¿y a quién han arrestado? —dijo Pitt bruscamente.

—A Alban Hythe —dijo Stoker sin reflejar emoción alguna—. Joven. Banquero, según dicen. Casado. No el tipo de hombre que uno se esperaría. Según parece eran amantes. Al menos es lo que me ha dicho un amigo que tengo en la policía.

Pitt permaneció callado. Tal vez por eso Narraway no se lo había dicho. No había querido pensar que Catherine Quixwood pudiera tener la culpa, siquiera remotamente. Violación y suicidio. Muy diferente de este nuevo caso.

—¿Cómo se llama? —preguntó, mirando a Stoker a los ojos otra vez—. La nueva víctima, quiero decir.

—Pamela O'Keefe, señor. Los periódicos lo sacarán a toda plana, me figuro. Cuando lo hagan, el embajador portugués se llevará un buen disgusto. A mí me pasaría.

Se quedó plantado frente al escritorio de Pitt, aguardando a que le respondiera, con la espalda tiesa y sus manos huesudas moviéndose sin parar, sin decidirse a cerrar los puños.

Normalmente a Pitt le hubiera molestado esa presión, incluso la insinuación de insolencia. No obstante, sabía que era fruto de la sensación de impotencia de Stoker ante lo que consideraba una atrocidad. Esperaba que Pitt, como jefe de la Special Branch, hiciera algo al respecto.

—Tenga cuidado, Stoker —advirtió Pitt—. El secretario de Asuntos Exteriores me ha advertido personalmente que no hay nada que hacer acerca de Angeles Castelbranco. Si intentamos interponer una acción judicial, solo empeoraremos las cosas para la familia. No podemos demostrar nada.

Entonces se sintió súbitamente dominado por su propia ira ante tan obscena injusticia.

—¡Maldita sea! Estaba en el edificio cuando la pobre chica cayó por la ventana. Forsbrook dice que estaba histérica, y sin duda lo estaba. La única pregunta es qué le provocó ese estado de ánimo. ¿La aterrorizaba él, y por una buena razón? ¿Lo culpaba de algo que había ocurrido entre ella y otro joven? ¿O todo era fruto de una imaginación febril?

Los ojos de Stoker centelleaban, estaba tan envarado que tenía los hombros encogidos, pero, aun así, tuvo el atino de guardar silencio.

Pitt estaba furioso, aunque no con Stoker, pero Stoker sufrió su cólera simplemente porque estaba allí.

—¿Cree que no arrestaría a ese cabrón, si pudiera? —gritó Pitt—. No le imputarían ningún cargo y terminaríamos haciendo el ridículo. Para colmo de desdichas, la pobre chica está... —Se calló, consternado—. ¡Dios! Iba a decir decentemente enterrada, pero no lo está. ¡Se limitaron a echarla en un agujero cavado en el suelo porque la maldita Iglesia, con su mojigatería, ha decidido que quizá se suicidó!

Pitt muy rara vez decía palabrotas, y oyó su propia voz con desagrado. Temblaba de rabia, en buena medida por la absoluta impotencia que sentía. Su instinto lo empujaba a atacar, a castigar a Forsbrook hasta que no quedara ni rastro de él. Y lo único que podía hacer era quedarse cruzado de brazos.

Y ahora Stoker también esperaba de él algo que no podía dar. Estaba avergonzado. Por un momento se preguntó si Narraway lo habría hecho mejor. Tal vez sí.

Stoker no se inmutó.

—Así pues, ¿lo dejamos correr... señor? —preguntó.

Tenía la garganta tan tensa que la voz le salió en un tono más agudo de lo normal.

—¿Cuándo arrestaron a Alban Hythe? —dijo Pitt con frialdad.

—Anoche, señor, o más exactamente, ayer a última hora de la tarde —contestó Stoker—. Poco después de que violaran y mataran a Pamela O'Keefe, si eso es lo que está preguntando.

—¡Claro que es lo que estoy preguntando! —espetó Pitt—. ¿De modo que podría ser culpable de matar a Pamela O'Keefe, con independencia de los crímenes cometidos contra la señora Quixwood o Angeles Castelbranco?

—No, señor, no es probable —dijo Stoker adustamente. Respiró hondo—. Tenemos a dos hombres violentos que han violado a mujeres respetables. O tal vez incluso a tres. ¿O acaso piensa que Angeles Castelbranco no fue violada y que quizá se suicidó por otro motivo? A lo mejor los diarios llevan razón y estaba embarazada, de ahí que su prometido la rechazara y ella no supiera encontrar otra salida.

—¡No, no estoy diciendo eso! —gruñó Pitt. Sabía que estaba siendo injusto, pero la sensación de atropello e impotencia lo estaba asfixiando—. Las coincidencias existen, pero no creo en ellas hasta que no queda otra posibilidad. —Levantó la vista hacia el semblante impasible de Stoker—. Averigüe si hay alguna relación entre Forsbrook y esta pobre chica, o cualquiera de su grupo de amigos, ya puestos. Es posible que sea el cabecilla del hatajo de cobardes que acosaron a Angeles pero que no la violara él. No lo sabemos con certeza. Parecía ser él a quien temía, según los testigos, pero tal vez estaban todos implicados, en lo que a ella atañía.

—¿Una banda? —dijo Stoker indignado, cerrando los puños—. ¿Eso no es un delito tipificado? —preguntó con cierta esperanza.

—Si mató a la chica O'Keefe podemos ahorcarlo tan alto como si también fuera responsable de la muerte de Angeles —contestó Pitt—. Vaya a averiguarlo. Pero Stoker...

Stoker estaba junto a la puerta y se volvió.

—Sí, señor —dijo con una inexpresividad rayana en la insolencia.

Pitt lo entendió, incluso lo respetó.

—¡Tenga cuidado! —advirtió—. Preferiría con mucho que el secretario de Asuntos Exteriores no tuviera ocasión de pensar en nosotros por un tiempo, y mucho menos que se enterara de lo que estamos haciendo. Me ha sido dicho que lo deje correr. Fue una orden. Tengo que poner todo el cuidado del mundo para que no detecten que estoy desobedeciendo. Sus pesquisas tienen el objetivo de asegurarse de que el señor Forsbrook no está siendo culpado equivocadamente. ¿Entendido?

Stoker se cuadró, con los ojos brillantes como el sol reflejado en el hielo.

—Perfectamente, señor. Debemos proteger el honor nacional de cualquier insinuación de que un joven caballero como el señor Forsbrook es difamado por un embajador extranjero, por más disgustado que esté el pobre hombre por la desdichada muerte de su hija en nuestra capital. —Tomó aire y prosiguió—. Y debemos asegurarnos de que nadie establezca ninguna relación entre eso y la violación y asesinato de esta otra pobre chica. Lo de la señora Quixwood es otro asunto... sin la menor relación. Lamentablemente, parece que Londres está lleno de violadores y supongo que las señoritas no ponen el debido cuidado al elegir sus compañías...

—¡Stoker! —gritó Pitt.

—¿Sí, señor? —preguntó Stoker, abriendo mucho los ojos.

—Ya ha dejado clara su postura.

Stoker bajó la voz.

—Sí, señor. —Hizo un gesto que casi fue una sonrisa—. Le informaré en cuanto tenga algo, señor.

Y sin aguardar a que le diera permiso para retirarse, dio media vuelta y salió del despacho.

Pitt cogió el teléfono para llamar a Victor Narraway.

Dos horas después Pitt y Narraway paseaban bajo el sol por el Embankment junto al magnífico palacio de Westminster. Pitt había referido sucintamente a Narraway por teléfono el nuevo caso de violación, reservándose los detalles para cuando se vieran. Narraway, a su vez, tan solo le había transmitido el dato del arresto de Alban Hythe. Sus sentimientos encontrados acerca de la detención se reflejaban en su voz.

A su izquierda pasó una embarcación de recreo con las cubiertas atestadas de pasajeros que reían y señalaban, formando un remolino de sombreros de paja con cintas de vivos colores. En algún lugar fuera de la vista un organillo tocaba una canción de moda. Los sonidos de la diversión flotaban en la brisa.

—Stoker me lo ha contado esta mañana —dijo Pitt—. Según parece tuvo lugar anoche. No está seguro de la hora exacta. Bastante temprano.

—Alban Hythe ya estaba arrestado a las nueve —respondió Narraway—. Lo sé sin asomo de duda. Yo estaba allí cuando fueron en su busca. Llevaba un rato en la casa.

Pitt miró el rostro de Narraway, tratando de descifrar sus sentimientos. Como siempre, resultaba difícil, pero estaba empezando a conocerlo mucho mejor que cuando Narraway había sido su superior. Pese al poco tiempo que Pitt llevaba a cargo de la Special Branch, había soportado la carga que había pesado sobre los hombros de Narraway durante años, y eso traía aparejada una clase distinta de entendimiento. Tal vez él mismo fuera más difícil de descifrar que antes. Así lo esperaba.

Percibió incertidumbre e infelicidad en los rasgos de Narraway. En cierto modo era como si hubiesen cambiado de sitio. Narraway estaba probando la impresión y el dolor personales, la consternación ante un crimen. Pitt estaba sintiendo una terrible soledad y el peso de una responsabilidad que no podía trasladar a nadie más, ni siquiera compartirlos.

—Usted no cree que sea culpable de violar a Catherine Quixwood, ¿verdad? —observó Pitt.

Narraway lo miró con severidad. Sus ojos eran casi negros al sol, las canas de las sienes, plateadas.

—No lo sé —admitió, disimulando a medias su expresión—. No estoy acostumbrado a este... este tipo de crimen. No se parece en nada a la anarquía o la traición. No entiendo cómo demonios es usted capaz de abordarlo, habiendo implicadas personas y sus... vidas.

—Una cosa después de otra —contestó Pitt secamente—. No es peor que ser el que decide a quién acusar, a quién no, a quién hay que soltar discretamente y a quién hay que matar. Solo es diferente. En la policía averiguas los hechos y luego pasas esa información a otros que toman sus decisiones.

—*Touché* —dijo Narraway en voz baja, echando un vistazo a Pitt antes de volver a apartar la mirada—. Y no, no creo que Alban Hythe violara a Catherine Quixwood y la empujara a suicidarse. Pero bien podría ser porque no quiero que lo sea. Me cayó bien. Y aprecio a su esposa. No quiero quedarme mirando mientras todas sus esperanzas y sueños se exhiben en público. Y tampoco creo que Catherine Quixwood tomara un amante que le hiciera eso. ¡Qué infame traición!

—El aprecio a las personas tiene muy poco que ver con esto —señaló Pitt—. Como tampoco el compadecerse de ellas. Más de una vez he pensado que podría haber hecho lo mismo, de haberme encontrado en la misma situación.

Narraway lo miró de hito en hito, con ojos incrédulos. Como Pitt no se dio por aludido, poco a poco comenzó a entenderlo.

—¿Se refiere a matar a alguien?

—¡No me refiero a violar! —replicó Pitt mordaz—. He tenido ganas de matar a quienes pegan y aterrorizan a mujeres, niños, personas débiles o mayores; a quienes hacen chantaje y extorsionan sin que la ley les ponga un dedo encima.

—¿Violadores? —preguntó Narraway.

—Sí, a esos también.

—Pitt... —comenzó Narraway.

Pitt sonrió con retorcido humor.

—Solo si le ocurriera a mi esposa o a mi hija. Pero puedo entenderlo.

Narraway se mordió el labio.

—Yo también, y no tengo esposa ni hija. ¿Es preciso que vigilemos a Quixwood, cuando se entere de que ha sido Hythe? ¿O si sueltan a Hythe?

—Si lo sueltan, sí, es muy posible —admitió Pitt.

—¿Y al embajador portugués? —añadió Narraway en voz baja.

Pitt se estremeció.

—Lo estoy vigilando. Es una de las muchas cosas que me dan miedo.

Narraway lo miró más detenidamente.

—¿Y los demás?

—Quienquiera que lo esté haciendo, no se detendrá —respondió Pitt.

—¿Todas el mismo hombre? No puede ser, salvo si Hythe es inocente —dijo Narraway con algo que bien podría haber sido esperanza.

—O si tenemos a dos, incluso a tres hombres de temperamento violento sueltos en Londres ahora mismo —terminó la idea Pitt.

Narraway no contestó.

Pitt no había visto a Rafael Castelbranco desde hacía casi una semana. No había tenido noticias que darle que hubieran aliviado ni siquiera en parte su aflicción. No obstante, Pitt se sentía obligado a informarlo del arresto de Alban Hythe y de que, según tenía entendido, la muerte de Catherine Quixwood no guardaba relación alguna con la de Angeles.

Pidió una cita formal y se presentó en la Embajada de Portugal a las cuatro en punto, tal como le habían indicado.

Fue recibido en un estudio espacioso provisto de mobiliario elegante, con el suelo de madera cubierto de hermosas alfombras y retratos de reyes y reinas de Portugal en la pared.

Castelbranco fue a su encuentro para saludarlo. Al menos en apariencia, mantenía la compostura, todavía vestido de luto riguroso salvo por la camisa blanca, sin joya alguna, ni siquiera un reloj de bolsillo. Tenía el semblante sereno pero los ojos hundidos, y la piel quebradiza y desprovista de color. Ni siquiera fingió una sonrisa, como tampoco le ofreció algo de beber.

—Buenas tardes, comandante Pitt —dijo en poco más que un susurro, como si le doliera la garganta—. ¿Ha venido a decirme que no puede hacer nada para llevar a juicio al hombre que provocó la muerte de mi hija?

No había amargura en su voz, ninguna acusación, solo sufrimiento.

Pitt titubeó. Se había preparado para ser menos directo y aquello lo pilló por sorpresa, pero cualquier evasiva resultaría insultante.

—Supongo que, de momento, esa es la verdad —contestó—. Pero el motivo por el que he venido hoy es decirle que han arrestado a un hombre por la violación, y el consiguiente suicidio, de otra mujer. La noticia todavía no se ha hecho pública, pero lo será mañana por la mañana a más tardar.

Castelbranco se quedó desconcertado. El cuerpo se le tensó. Sus ojos oscuros miraron a los de Pitt con perplejidad.

—¿Otra mujer? ¿Y han podido arrestarlo por violarla?

Pitt estaba avergonzado y le constaba que se le notaba en la cara.

—Al parecer puede demostrarse que mantenía una relación con ella —explicó, sintiéndose como si diera excusas—. Fueron vistos juntos. Hay cartas, regalos que intercambiaron.

Castelbranco permaneció callado, sin mover los ojos, con la boca cerrada y los labios prietos.

—Ella lo dejó entrar en su casa —prosiguió Pitt—. Cuando su marido estaba en una recepción por trabajo y después de haber dado permiso al servicio para que se retirara. El sujeto la violó y le dio una paliza tremenda. Resultó gravemente herida, pero en realidad una sobredosis de láudano fue la causa directa de su muerte, si bien fue resultado de la violación.

Castelbranco no salía de su asombro. Se dejó caer en uno de los sillones. Respiraba trabajosamente, agarrando los brazos de cuero del asiento. Estuvo un momento sin hablar. Cuando lo hizo, fue con dificultad.

—¿Me está diciendo que este mismo... sujeto violó a mi hija, señor Pitt?

—No, embajador, en absoluto. Como tampoco estoy insinuando que su hija tuviera alguna relación con el hombre que lo hizo. Le estoy contando esto porque el caso presenta cierta semejanza aparente, y no quiero que se entere sin estar prevenido. Además, ese hombre solo está acusado. Todavía no lo han juzgado, y ha negado rotundamente su culpabilidad. De hecho es posible que sea inocente.

—¿Dice que había cierta relación entre este hombre y la mujer que violó? ¿Cartas, regalos, encuentros? —acusó Castelbranco.

—Sí, eso parece. Y no tiene coartada para la hora de la noche en que esa pobre mujer fue agredida.

—¿Ella lo dejó entrar? ¿Qué clase de mujer era?

Castelbranco lo fulminó con la mirada, desorientado y dolido, buscando desesperadamente una escapatoria a los pensamientos que se agolpaban en su mente.

—Según me han dicho, una mujer guapa de cuarenta y pocos, atrapada en un matrimonio solitario y estéril —contestó Pitt.

—¿Por eso tomó un amante que era un depravado? —Castelbranco cerró los ojos como si al no ver a Pitt pudiera negar la realidad de lo que este le había dicho—. Pobre marido. Debe estar loco de pena. Oigo hablar de mi hija como si fuera una mujer fácil, sin virtud, pero al menos yo sé que no es verdad. —Las lágrimas le resbalaron entre los párpados y tardó un momento en recobrar el dominio de sí mismo—. ¿Cómo se sentirá, pobre hombre?

—No puedo ni imaginarlo —confesó Pitt—. Lo he intentado. Tengo esposa y una hija. Y un hijo —agregó.

Castelbranco lo miró de hito en hito.

—¿Un hijo? —repitió. Saltaba a la vista que no entendía a qué venía el comentario.

—Observo a mi hijo —dijo Pitt, sosteniéndole la mirada—. Tiene casi doce años. ¿Qué haré para asegurarme de que nunca abusa de una mujer, sin que importe quién sea ni el trato que ella le dispense?

—¿Se imagina al padre de ese hombre pensando lo mismo? —preguntó Castelbranco amargamente—. ¿Qué culpa puede haber mayor que esa? —Encogió ligeramente los hombros, lastimosamente, como si le dolieran—. ¿O quizá se niega a creerlo? Hace falta mucho coraje para aceptar lo peor que cabe imaginar.

—El coraje sería más útil si uno aceptara la posibilidad de antemano e hiciera lo posible por impedir que ocurriera —le contestó Pitt—. Me disculpo por todos los que no lo hicimos y, ahora que ha ocurrido, no podemos ofrecerle justicia, por más que hubiese sido una pobre satisfacción.

Castelbranco no contestó, pero inclinó la cabeza en reconocimiento.

Pitt medía sus palabras con sumo cuidado. Todavía no había dado el mensaje que lo había llevado allí. Tenía que hacerlo.

—Si se demuestra que este hombre es culpable de violar a la señora Quixwood, y eso en modo alguno puede darse por sentado, pero si lo fuera, entendería que Rawdon Quixwood buscara una oportunidad para matarlo —admitió—. Y por más que me atrevería a decir que el inspector Knox, el policía que lleva el caso, lo lamentaría, seguiría teniendo que arrestarlo y acusarlo de asesinato. Entonces lo juzgarían y, si lo hallaran culpable, tal vez no lo ahorcarían, pero sin duda pasaría muchos años en prisión. Se magnificaría la tragedia inconmensurablemente para su familia. No tiene hijos, pero sin duda hay personas que lo aman. Padres, o quizás un hermano o hermana.

—¿Y si la ley perdona a este hombre que violó a la señora Quixwood o usted no halla pruebas suficientes para demostrar su culpabilidad? —preguntó Castelbranco. Tenía la voz ronca, apenas audible, y los ojos clavados en los de Pitt—. ¿Y si lo asesina entonces? Si ese hombre fuera encontrado muerto, ¿con cuánto empeño investigaría Knox, o cualquiera de ustedes, para descubrir y demostrar quién lo mató?

—Espera que diga que solo haríamos un esfuerzo simbólico y que estaríamos encantados de fracasar —dijo Pitt con considerable compasión—. Yo estaría tentado de hacerlo, créame. Y diría que Knox también. Pero resulta que ese hombre tiene una joven esposa que no solo lo ama sino que cree en su inocencia. ¿Tal vez tenga padre o hermanos que investigarían con más diligencia quién lo había matado? ¿Cuánto tiempo dura algo así?

Castelbranco bajó la mirada al suelo y cerró los ojos.

—Entiendo su mensaje, señor Pitt. No asesinaré al violador de mi hija, incluso si creo haber dado con él. ¿Quién cuidaría entonces de mi esposa? Necesita y merece algo mejor que eso. Ella también ha perdido a su única hija.

Pitt buscó una respuesta, cualquier cosa que ofreciera aunque solo fuera una migaja de consuelo, pero todo lo que se le ocurría eran mentiras, y Castelbranco se daría cuenta. No merecía tanta condescendencia.

—Lo siento —dijo finalmente.

Castelbranco no contestó.

Pitt llegó a casa un poco más pronto de lo habitual. Había recibido un breve informe de Stoker. Por el momento no había un solo indicio de que Alban Hythe hubiese conocido o que siquiera supiera quién era Angeles Castelbranco. No habían coincidido en ninguna recepción ni se movían en los mismos círculos sociales. Además, a las funciones teatrales, las cenas y los bailes que le gustaban había ido en compañía de su esposa. Las galerías y los museos donde se había reunido con Catherine Quixwood eran lugares en los que Angeles Castelbranco nunca había puesto un pie; y si lo hubiera hecho, habría sido con su madre ejerciendo de carabina.

Charlotte debió oír sus pasos porque lo recibió en el vestíbulo, dándole un beso.

—¿Es verdad? —preguntó con apremio—. ¿Han arrestado a un hombre por la violación y el asesinato de Catherine Quixwood?

¿Es el mismo hombre que violó a Angeles? No tendrán que acusarlo de ambos crímenes, ¿verdad? ¿O sería mejor que lo hicieran, y así la gente sabría que ella también fue una víctima y no una mujer fácil? Dicen que él y Catherine eran amantes. ¿Es cierto? Siendo así, ¿por qué violaría a Angeles?

—¿Por dónde te gustaría que empezara? —dijo Pitt sonriendo. La calidez de su hogar, los olores a ropa limpia, espliego y cera para los muebles lo envolvieron, y deseó olvidar la violencia y las pérdidas sufridas por otras personas. No podía evitarlo; no siempre era posible resolver los casos con explicaciones plausibles o justicia. Necesitaba construir una barrera en torno a él y, durante un rato, cerrarla sin casi darse cuenta. Pero vio el semblante preocupado de Charlotte, inquietud de sus ojos, y supo que no se lo iba a permitir. Estaba pensando en Isaura Castelbranco, viendo en ella a una mujer demasiado parecida a sí misma para ignorarla.

—¡Nada de evasivas, Thomas! —dijo Charlotte bruscamente—. ¡Sabes perfectamente a qué me refiero!

—Sé lo que te gustaría que dijera —contestó Pitt, buscando la mejor manera de expresarse—. Que sí, que tenemos a alguien. Que está encerrado y demostraremos que es culpable. Que un día todo el mundo sabrá que Angeles era inocente y su buen nombre quedará limpio.

—¿Piensas que quiero oír una mentira cómoda? —dijo Charlotte incrédula—. ¿Llevamos quince años casados, Thomas, y eso es lo que piensas? ¿Cuántas veces me has dicho lo que imaginabas que quería oír en lugar de decirme la verdad? ¿Algunas? ¿A menudo? ¿Siempre?

—¿Qué te asusta tanto? —inquirió Pitt furioso—. ¿Crees que alguien te va agredir? Porque no es así.

—¿Ah, no? —Lo miró con auténtica ira y miedo—. ¿Y a Jemima tampoco? ¿Por qué no? ¿No es lo bastante guapa? ¿Lo bastante importante? ¿O estás diciendo que solo atacan a extranjeras? ¡Catherine Quixwood era tan inglesa como yo! —Inspiró profundamente y prosiguió—. ¡Has dicho que era su amante! De modo que no fue un desconocido quien entró en la casa, fue alguien a quien conocía y en quien confiaba. Eso podría ocurrirle a cualquiera, sobre todo a alguien joven que no conozca la diferencia entre el amor verdadero y...

—¡Charlotte! —interrumpió Pitt sin contemplaciones—. En realidad no he dicho nada en absoluto, solo he preguntado qué pregunta querías que contestara primero.

Se quedó dolida, tanto más porque Pitt llevaba razón.

—Quiero que me las contestes todas. ¿Has hablado con los Castelbranco?

—Sí, lo he hecho. Iban a enterarse muy pronto, pero he querido avisar a Rafael para que no cometiera una estupidez.

Charlotte palideció y la ira de sus ojos fue reemplazada de inmediato por el horror.

Pitt la rodeó con un brazo y la condujo amablemente hacia la sala de estar. Una vez dentro, cerró la puerta.

—Han arrestado a un joven casado muy respetable que se llama Alban Hythe —le dijo, con más serenidad—. Su esposa también es joven y encantadora, y por ahora cree en él a pies juntillas.

Charlotte abrió los ojos, toda su ira convertida en compasión.

—Pobre mujer —susurró—. Me imagino que lo ama, que ama a quien creía que era. No podrá soportar pensar otra cosa... hasta que se vea obligada a hacerlo. —Negó con la cabeza y todos los músculos de su rostro se tensaron al pensar en el sufrimiento de aquella mujer—. Creía que no había nada peor que perder a un hijo, pero quizás esto lo sea. Le ha arrebatado no solo el presente y el futuro, sino también todo lo que creía acerca de su pasado.

—No sabemos si es culpable —dijo Pitt con delicadeza. Deseaba consolarla, pero no se atrevería a decir algo que no se ajustase a la verdad. Charlotte no se lo perdonaría, por más que lo entendiera. Formaba parte del coraje y la pasión que Pitt tanto amaba. Poco importaba que llevara razón o no; nunca era cobarde y nunca le faltaba piedad.

Ahora lo miró, lista para volver a acusarlo de valerse de subterfugios.

—Victor Narraway no está muy seguro de que Hythe sea culpable —dijo Pitt, mirándola a la cara.

Se quedó perpleja.

—¿Victor no lo está?

Sin darse cuenta había usado su nombre de pila. Fingió lo contrario, pero Charlotte era perfectamente consciente de que Narraway había estado enamorado de ella durante su aventura irlandesa, y antes también, durante algún tiempo. También estaba bastante segura de que aquello pasaría, y que posiblemente lo convertiría en una mejor persona, tanto por abrirle los ojos como por el sufrimiento posterior.

—No —corroboró Pitt—. Y Narraway ha estado investigando por su cuenta.

No hizo comentario alguno sobre el uso de su nombre, pero recordó molesto el motivo.

—¿Este tal Hythe era el amante de Catherine? —preguntó Charlotte.

—Él sostiene que no. Catherine se sentía sola, era inteligente, ansiaba tener a alguien con quien compartir ideas, descubrimientos, belleza.

—¿Y su marido es... —eligió las palabras con delicadeza— un aburrido?

—Tal vez falto de sensibilidad —corrigió Pitt—. Sí, desde el punto de vista de su esposa, muy posiblemente un pelmazo. Quizás está tan dedicado a sus negocios que no se da cuenta de que para ser una persona plena, uno también necesita placer. Diversión, cosas que compartir.

—¿Tan sola como para tener un amante? —presionó Charlotte.

—Lo suficiente para buscar un amigo —corrigió Pitt—. Al menos es lo que Narraway piensa. Dice que la señora Hythe también es afectuosa e interesante, y con mucha personalidad.

Charlotte sonrió.

—¡Tiene que serlo, para que él se haya fijado! Así, pues, ¿han prendido a un hombre inocente?

—No lo sé, pero parece bastante posible.

—¿Y qué pasa con Neville Forsbrook? —preguntó Charlotte desafiante—. No cabe duda de que era él quien aterrorizaba a Angeles.

—¿Seguro? ¿No crees que pudo ser algún otro joven de su grupo? Piénsalo detenidamente, recuerda exactamente lo que viste.

—¿Esa sería su defensa, si lo acusaras? —dijo Charlotte enseguida.

—Supongo que sí.

—Bien, pues era él. Los demás solo le seguían la corriente. Ella lo estuvo mirando a él todo el rato mientras retrocedía. —Había un convencimiento absoluto en su voz y en el brillo iracundo de sus ojos—. Si es preciso, prestaré declaración —agregó.

—No será necesario. —De repente Pitt estuvo harto de todo aquello, de la injusticia y la futilidad—. No hay nada con lo que sustentar cargos.

—¿De modo que Hythe puede ser inocente y, sin embargo, lo juzgarán, mientras que Forsbrook es culpable y podrá irse tan campante sin que nadie mencione siquiera su nombre? ¿Qué demonios nos pasa?

Ahora su semblante volvía a traslucir miedo. Miedo a la sinrazón, a la falta de justicia.

Pitt deseaba con toda su alma darle una explicación que le proporcionara consuelo, o al menos esperanza. Charlotte lo miraba, angustiada no solo por ella misma sino por todo el mundo, por sus hijos, y Pitt no podía decirle algo sincero. Si ahora mentía y ella lo averiguaba, sería incapaz de volver a confiar en él la próxima vez que hubiera una injusticia, una amenaza de violencia o tragedia.

—Todavía no han juzgado a Hythe —dijo en voz baja—. Quizá lo hallemos no culpable y limpiemos su nombre.

—¿Quedará limpio su nombre? —preguntó Charlotte—. ¿O la gente seguirá pensando que lo hizo él pero que logró salirse con la suya? ¿Supones que la gente en general escuchará realmente las pruebas?

—Quizá tengamos a otro para entonces —dijo Pitt, procurando imprimir esperanza a su voz y a su mirada.

—¿Y Forsbrook? —prosiguió Charlotte—. ¿Alguna vez lo atrapará la justicia? ¿O la gente se quedará tan pancha con la cómoda explicación de que Angeles era una extranjera y no tan buena como debería haber sido? No la violaron, solo estaba embarazada y no pudo soportar la vergüenza. —Entonces vio el rostro de Pitt y se sonrojó con abatimiento—. Perdona, Thomas. Me consta que no puedes hacer nada. Ojalá no hubiera dicho eso.

Pitt sonrió y le dio un beso con suma ternura.

—Sigo buscando pruebas.

—Ten cuidado —le advirtió Charlotte—. Nadie se beneficiará si el gobierno te despide.

—No les daré motivo para hacerlo. Te lo prometo.

Y mientras lo decía, se preguntó si con el tiempo resultaría ser verdad.

Cenaron en la cocina con el último sol de la tarde entrando a raudales por las ventanas de atrás. El olor a algodón limpio emanaba de las sábanas tendidas, y había pan recién hecho en el estante de encima del horno.

Daniel comía con fruición, como de costumbre, pero Jemima toqueteaba la comida de su plato. Su expresión era desdichada, con la vista baja.

—Si no quieres esa patata, ¿puedo comérmela? —preguntó Daniel esperanzado, mirando el plato de su hermana.

—Podría —lo corrigió Charlotte automáticamente.

Daniel se decepcionó.

—¿La quieres tú? —preguntó sorprendido.

—No, gracias. —Charlotte disimuló una sonrisa—. El verbo «apetecer» es más apropiado que «poder», en estos casos. «Me apetece, gracias.» En cambio, «poder» se refiere a una aptitud. Y si estás pidiendo permiso para hacer algo, se dice «podría, por favor».

Sin mediar palabra, Jemima le pasó la patata a su hermano.

—Papá, ¿qué le pasó a la señora Quixwood? ¿Por qué se suicidó? —preguntó.

Charlotte inspiró bruscamente y aguantó el aire en los pulmones, mirando a Pitt. Acto seguido lo soltó con un suspiro.

—¿Estaba enamorada de alguien de quien no debería estarlo?

Jemima tenía los ojos arrasados en lágrimas y las mejillas sonrosadas.

—¡Uno no se mata por eso! —dijo Daniel indignado—. Bueno, supongo que las chicas a lo mejor...

—Normalmente son los hombres quienes pierden el control en ese campo, no las mujeres —dijo Charlotte secamente—. Y todavía no sabemos qué ha ocurrido. Quizá nunca lo sabremos.

—La agredieron de una manera muy personal —respondió Pitt, mirando a Daniel—. Partes del cuerpo que son íntimas. Y luego le dieron tal paliza que había sangre por todas partes. Bebió un poco de vino con una medicina, posiblemente para mitigar el dolor, y quizá tomó demasiada porque eso fue de lo que murió.

Daniel se quedó perplejo y de repente se puso muy serio.

Pitt siguió adelante.

—Cuando crezcas desarrollarás ciertos apetitos y deseos hacia las mujeres. Es parte natural del proceso de hacerse hombre. Aprenderás a controlarlos y a no hacer el amor a una mujer salvo que ella esté tan dispuesta como tú.

—¡No le harás el amor excepto si estás casado con ella! —corrigió Charlotte con firmeza, echando un rápido vistazo a Jemima antes de volver a mirar a Pitt.

A pesar suyo, Pitt sonrió.

—Después tú y yo mantendremos una larga conversación acerca de eso —le dijo a su hijo—. Y no en la mesa.

—Si realmente le hizo daño y fue culpa de él, ¿por qué todo el mundo está enojado con ella? —preguntó Jemima.

—Porque están asustados —dijo Charlotte antes de que Pitt tuviera ocasión de formular una respuesta que él considerase adecuada para su hija, sin saber cuánto sabía ella sobre el asunto. Pitt había dejado esas conversaciones a Charlotte, así como el hablarlo con Daniel sería responsabilidad suya.

Jemima pestañeó y una lágrima le resbaló por la mejilla.

—¿Por qué están asustados?

—Porque la violación puede ocurrirle a cualquier mujer —dijo Charlotte—. Igual que te caiga un rayo... y más o menos con la misma frecuencia.

—A casi nadie le cae un rayo —señaló Daniel—. Y si no sales y te metes en medio de un campo en plena tormenta, no hay nada que temer.

—Gracias —dijo Charlotte sonriéndole—. Eso es precisamente lo que quería remarcar. Pero cuando le ocurre a alguien conocido y el resultado es muy trágico, hay personas que cogen miedo y culpan a la persona a quien le ocurrió, porque si fue culpa de ella, todos los demás están a salvo.

—¿Fue culpa de ella?

Jemima no parecía estar consolada.

Charlotte la miró fijamente.

—No tenemos ni idea, y sería cruel que lo supusiéramos antes de saberlo con certeza. Me parece que nosotras deberíamos hablar largo y tendido sobre este asunto esta noche, a una hora más apropiada. Ahora hazme le favor de comerte el resto de la cena, y hablemos de algo más agradable.

No obstante, la conversación no podía eludirse. Charlotte sabía por el semblante triste de Jemima que algo la preocupaba profundamente, algo más que los habituales sueños y pesadillas cotidianos de los catorce años.

—¿Sería culpa mía que... que realmente me gustara alguien? —preguntó Jemima, con la vista baja, demasiado temerosa para mirar a su madre.

—Lo que sientes no es culpa tuya —dijo Charlotte, abriéndose paso por el campo minado de los sentimientos—. Pero lo que hagas al respecto es tu responsabilidad. Habida cuenta de lo que está en boca de todo el mundo, tal vez sea un buen momento para comentar qué es un comportamiento sensato, qué es apropiado y qué es muy probable que sea malinterpretado como un permiso que en realidad no has querido dar.

—Ya lo hemos hablado, mamá.

—¿Pues por qué estás tan triste y aparentemente confusa?

Jemima levantó la vista y pestañeó, con los ojos de nuevo arrasados en lágrimas.

—¿Qué significa violación? Quiero decir, exactamente. ¿Podría ocurrirme a mí? ¿Me moriría? O sea, ¿tendría que suicidarme? Eso es un pecado terrible, ¿verdad?

—Si alguien es tan desesperadamente desdichado que eso es lo que quiere hacer, creo que lo perdonaría —contestó Charlotte—. Y me parece que Dios es mejor que yo y que ama más a las personas, por eso pienso que Él también le concedería su perdón. Quizás haya que pagar un precio, no lo sé. Normalmente lo hay por cualquier cosa peor hecha de lo que podías haberla hecho, por los actos de omisión así como de comisión. Pero gracias al cielo no me corresponde a mí juzgar a los demás. Y en lo que a Catherine Quixwood y Angeles Castelbranco atañe, no sabemos si alguna de ellas tenía intención de morir. Desde luego yo creo que Angeles no. Yo estaba allí y estoy convencida de que no se dio cuenta de lo cerca que estaba la ventana, y que simplemente se cayó.

—¿Significa que estará bien? En el cielo, quiero decir —dijo Jemima muy seria.

—Sin duda. Es el hombre que la violó quien no lo estará.

—Todo el mundo dice «violar» pero nadie dice lo que le hizo realmente.

Charlotte fue consciente de que debía enfrentarse al tema de inmediato si no quería empeorar aún más las cosas.

—Otras veces hemos hablado sobre el amor y el matrimonio, y sobre el tener hijos —dijo con franqueza—. Si amas a un hombre, y él es amable, divertido y sensato como lo es tu padre, los actos íntimos son maravillosos. Siempre los atesorarás. Pero imagina un acto de ese tipo con alguien que no conoces o que no te gusta, y que te desgarra la ropa y te fuerza, haciéndote daño hasta que sangras para luego pegarte...

Jemima dio un grito ahogado de horror y asombro.

—Eso se llama violación —concluyó Charlotte—. Es terrible cuando sucede, tiene que serlo, pero eso no es todo. Puedes encontrarte con que estás embarazada, cosa que tendrá consecuencias para el resto de tu vida porque el niño es una persona y tú lo has traído al mundo. Lo amarás, pero el niño también te recordará lo que ocurrió.

Jemima la miró pestañeando despacio, con lágrimas en las mejillas.

—Y tal como has podido ver, la gente tiende a echarte la culpa —prosiguió Charlotte—. Dirán que de un modo u otro fue culpa tuya. Que ibas vestida de tal manera que él pensó que estabas dispuesta a aceptar a cualquier hombre, o que lo invitaste y solo dijiste «no» en el último momento. O incluso es posible que él diga que estabas la mar de contenta y que ahora lo acusas para que no te culpen por haber perdido la virginidad y, por consiguiente, tu reputación. Desde luego sería muy difícil encontrar un buen marido, porque los hombres no quieren a una mujer que haya tenido esa clase de experiencia.

—Creo que yo también me suicidaría —dijo Jemima despacio.

—No será necesario —le dijo Charlotte con firmeza—. No te ocurrirá. No te verás a solas con muchachos hasta que seas mucho mayor, y para entonces también serás más sensata y más capaz de transmitir tus deseos inequívocamente. A mí nadie me ha tratado así jamás, y tampoco te tratarán así a ti si eres consecuente con el tipo de mujer que decidas ser.

Jemima asintió.

—Y papá atrapará al que le hizo eso a la señora Quixwood y a Angeles, ¿no?

—La señora Quixwood no es un caso suyo, pero sí, hará algo con el hombre que violó a Angeles, aunque no será fácil y puede llevarle bastante tiempo.

Jemima sonrió.

—¿Tenemos suerte, verdad, de que papá cuide de nosotros?

—Sí, por supuesto. Pero aun así no te verás a solas con muchachos, sean quienes sean.

—Pero... —comenzó Jemima.

Charlotte enarcó ligeramente las cejas.

—¿Y con más gente? ¿Y si Fanny Welsh también está conmigo, podré? —insistió Jemima.

—Eso lo someteré a deliberación. Ya te daré contestación —respondió Charlotte.

12

Narraway aborrecía las prisiones, pero con frecuencia había tenido que visitar a personas que aguardaban a ser juzgadas y en ocasiones incluso una vez condenadas. No obstante, ver a Alban Hythe era más personal y, por consiguiente, resultaba doloroso de una forma bastante diferente al enojo y la traición y la necesidad de información con las que estaba familiarizado en el pasado.

Hythe daba la impresión de estar enfermo. Saltaba a la vista que estaba agotado y parecía indeciso sobre si intentar mostrarse sereno. Saludó a Narraway cortésmente, pero el miedo asomaba a sus ojos.

Narraway procuró apartar de su mente la inmensa piedad que le inspiró. Tenía que pensar con claridad, si quería ser de alguna ayuda. Estaban sentados frente a frente a una mesa de madera. Narraway había tenido que emplear sus influencias para que le franquearan la entrada, y luego para que le permitieran quedarse a solas con Hythe mientras el fornido carcelero permanecía al otro lado de la puerta.

—¡No he visto ese broche y nunca recibí cartas de amor de Catherine! —dijo Hythe con apremio—. No tengo ni idea de dónde ha salido esa, pero no la había visto hasta ahora. —Le temblaba un poco la voz—. Éramos amigos, eso es todo. Nunca hubo algo más entre nosotros. Maris es la única mujer a la que he amado desde que nos conocimos.

—¿Le han mostrado la carta? —preguntó Narraway.

—¡Sí, pero fue la primera vez que la vi!

Hythe apenas mantenía el control de sí mismo, se retorcía las manos y su mirada era desesperada.

—¿Cree que la escribió ella? —presionó Narraway—. Dicen que es su letra, pero ¿es el tipo de lenguaje que ella emplearía?

—¿Sobre el amor? ¡No lo sé! No hablábamos de amor. Solo... —se calló de repente.

—¿Qué? —preguntó Narraway—. ¿Sobre qué hablaban? Y no es el momento de ser modesto o circunspecto, ni siquiera para proteger su memoria. Recuerde que está luchando por su propia vida.

Por un momento, Hythe tembló descontroladamente.

—¡Lo sé! ¡Lo sé!

Narraway se inclinó hacia delante.

—Dígame, ¿sobre qué hablaban? Alguien le hizo eso. Si no fue usted, ¿quién fue?

—¿No entiende que me he devanado los sesos para recordar algo que ella dijera que pudiera ayudarme a saberlo? —dijo Hythe, casi presa del pánico.

Narraway se dio cuenta de que había cometido un error táctico al asustarlo tan pronto con el peor resultado posible. Moderó su tono de voz.

—¿Sabe con qué frecuencia se veían ustedes? ¿Una vez por semana? ¿Dos veces por semana? Sus agendas así lo indican.

Hythe bajó la vista al tablero de la mesa. Cuando habló, lo hizo en voz baja.

—La primera vez nos encontramos por casualidad, en una cena. No recuerdo dónde. Era una reunión de negocios bastante tediosa, por cierto. Luego, al cabo de un tiempo, yo estaba en una galería de arte, matando el rato antes de la cita con un cliente para ir a almorzar. Vi a Catherine y la reconocí. Me pareció natural que conversáramos.

—¿Sobre qué hablaron? —preguntó Narraway.

Hythe sonrió por primera vez, como si un recuerdo agradable le hubiese dado unos momentos de respiro.

—Sobre cuadros prerrafaelitas —contestó—. Se preguntaba en qué pensarían los modelos que permanecían quietas tanto rato mientras el artista los dibujaba en entornos tan imaginativos. Nos preguntamos dónde habían estado en realidad, en un estudio o una habitación cualquiera, y si siquiera conocían las leyendas y sueños en los que aparecían.

»Catherine era muy divertida. Sabía hacerte reír. Su imaginación era... muy distinta a la de cualquier otra persona que haya conocido. Siempre tenía la palabra justa para que uno viera la absurdidad de las cosas, pero con gentileza. Le gustaba la excentricidad y nada le daba miedo. —Su semblante se ensombreció—. Excepto la soledad, el no tener con quien compartir los milagros o los pesares de las cosas bellas del pasado.

—Quixwood, no, está claro —observó Narraway.

—Es un hombre inteligente pero con un alma pedestre —contestó Hythe sin titubeos—. La de ella tenía alas, y detestaba que le hicieran perder el tiempo con los pies en el polvo. —Inclinó la cabeza de repente—. Lo siento, mi juicio es injustificado y cruel. Estaba llena de vida; odio al que le hizo eso. Nos arrebató a una mujer que era encantadora y a una amiga que me importaba. Catherine era... era buena.

Pareció que quisiera añadir algo más pero que no supiera cómo. Fue en ese momento cuando Narraway supo que estaba mintiendo, en esencia si no de palabra.

—¿Solo una amiga? —preguntó con escepticismo.

—¡Sí! —Hythe levantó la cabeza de golpe—. Solo una amiga. Conversábamos, contemplábamos cuadros pintados por grandes maestros, páginas de libros escritos en papiros por los primeros poetas y soñadores del mundo. Íbamos a ver esculturas de una increíble elegancia, realizadas por artistas que murieron antes de que naciera Cristo. Ella huía de su soledad y yo de mi mundo de datos y cifras, intereses de préstamos, aranceles sobre tesoros importados y precios de tierra.

La voz le temblaba.

—No era amor, era amistad. ¿Nunca ha tenido amigas, lord Narraway? ¿Personas que aprecia enormemente, que enriquecen su mundo y sin las cuales sería más pobre en distintos aspectos, pero de las que no está enamorado?

Narraway pensó de inmediato en Vespasia.

—Sí, por supuesto —dijo francamente, sintiendo afecto por un momento.

—Entonces puede entenderlo.

Hythe parecía aliviado. La sombra de una sonrisa regresó a su pálido rostro.

Narraway sintió una repentina punzada de sorpresa, una pregunta que acudió a su mente. ¿Qué sentía exactamente por Vespasia? Era varios años mayor que él. Lo habían ascendido a la Cámara de los Lores debido a su competencia y tal vez como concesión a su orgullo tras haber sido cesado en su puesto como jefe de la Special Branch. Vespasia había nacido en el seno de una familia aristocrática. Se habían hecho amigos por las circunstancias. Él había comenzado un tanto intimidado por ella, siendo consciente de que nunca la había intimidado a su vez; tal vez nadie lo hiciera.

Pero podía resultar lastimada. Narraway se había dado cuenta hacía poco. Los sentimientos de Vespasia eran mucho más profundos de lo que él había supuesto, y no era invulnerable. ¿Era posible que, en ocasiones, también se sintiera tan sola como Catherine Quixwood? ¿Era ese el verdadero motivo que la hacía sufrir tanto ante la brutalidad del asesinato de Catherine?

Se obligó a apartar esos pensamientos de su mente. Le preocupaba Alban Hythe: si era culpable o no, y sobre qué seguía mintiendo pese a tener la sombra de la soga sobre su cabeza.

—¿Alguna vez le escribió? —preguntó Narraway un tanto bruscamente.

—No —dijo Hythe con apremio—. Nos encontrábamos por casualidad o...

—¿O qué? —inquirió Narraway—. Por el amor de Dios, lo han acusado de violación y la víctima falleció. ¡Si lo hallan culpable lo ahorcarán!

Tuvo la impresión de que Hythe iba a desmayarse. El último rastro de color desapareció de su rostro y por un momento se le desenfocaron los ojos.

Narraway se echó para adelante, lo agarró de las muñecas y lo obligó a mantenerse erguido.

—¡Luche! —le dijo entre dientes—. ¡Plante cara! ¡Maldita sea, deme algo que pueda usar! Si no eran amantes, ¿qué demonios hacía viéndose con una mujer casada en mitad de las galerías de Londres? ¡No tiene margen de tiempo para defender a nadie más!

Hythe se sentó derecho, con la espalda apoyada contra el respaldo duro de la silla contra el que lo había empujado Narraway, respirando despacio, procurando serenarse. Finalmente bajó la vista.

—Nos citábamos —dijo con voz ronca—. Pero no tenía nada que ver con el amor. Ella me gustaba mucho. Era una de las personas más divertidas, sabias y valientes que he conocido, pero amo a Maris.

Narraway se tragó la enojada e incrédula respuesta que tenía en la punta de la lengua.

—Siendo así, ¿por qué quedaba con otra mujer, planeando las citas de modo que parecieran fruto de la casualidad? Y si quiere salir con vida del juicio, no me mienta.

—Le prometí... —comenzó Hythe, y entonces las lágrimas le arrasaron los ojos.

—¡Está muerta! —dijo Narraway despiadadamente—. ¡Tres semanas después de que lo hallen culpable, usted también lo estará! Tal vez tendrá una muerte menos violenta que ella, pero no mucho.

El silencio en la habitación era denso, como si el aire se hubiese vuelto sólido, demasiado pesado para respirarlo.

¿Había ido demasiado lejos Narraway? ¿Era fatalmente torpe y había asustado a Hythe hasta el borde del colapso mental? Pensó rápidamente qué hacer, cualquier cosa para salvar la situación. Había sido irreparablemente estúpido, como si hubiese perdido todo tacto. ¡No era de extrañar que lo hubiesen jubilado!

—¡Hythe! —gritó con voz ahogada.

Hythe abrió los ojos.

—Quería que hiciera algo para ella —comenzó, inhalando una bocanada de aire—. Consejo.

Narraway notó que se ponía a sudar por todo el cuerpo y

que lo invadía una grata sensación de alivio. Aspiró entrecortadamente.

—¿Qué tipo de consejo? ¿Financiero?

—Sí. Estaba... estaba preocupada por su futuro —dijo Hythe con abatimiento. Estaba rompiendo su código de honor profesional al hablar de ello, y resultaba obvio lo mucho que le costaba hacerlo.

No obstante, Narraway seguía teniendo la sensación de que aún se servía de evasivas. Había algo incompleto. No tendría que haber roto el secreto profesional, pero no había nada inmoral en que una mujer tuviera miedo de que su marido fuese imprudente con el dinero, incluso un marido por lo general hábil en tales asuntos.

—¿Sí? —apuntó—. Prosiga.

—Su marido participaba en inversiones —dijo Hythe en voz baja—. Ella tenía miedo de que algo que él estaba haciendo acabara en desastre, pero no le hacía caso. Catherine quería disponer de información propia para no depender de lo que él le dijera. Era... muy detallada. Me llevó bastante tiempo recabarla y dársela poco a poco, a medida que hacía progresos. Cada vez que una pieza encajaba en su sitio pedía otra más. Creía que algunas inversiones que valían una fortuna podían quedar en nada, y que otras proporcionarían grandes beneficios.

Seguía mintiendo, al menos en parte. Narraway se daba cuenta, pero no entendía el motivo. ¿Acaso Hythe no era consciente del peligro que corría?

—¿Intentaba salvar las finanzas de su marido? —preguntó—. ¿Tenía dinero propio, o expectativas?

Hythe le devolvió la mirada.

—No lo sé. No me dijo por qué necesitaba saberlo, pero me parece que era más que eso. No lo sé. Nunca me lo dijo, pero cada vez tuve más claro que tenía miedo de que ocurriera una calamidad. Le pregunté, pero rehusó contestar.

—¿Por qué?

—No lo sé. No la presioné.

—¿Cuántas veces se encontraron?

—Una docena, tal vez. —Encogió los hombros en un gesto

de impotencia—. La apreciaba, pero nunca la toqué con familiaridad, ¡y desde luego no la violé! ¿Por qué demonios iba a hacerlo? ¡Éramos amigos, y tanto su marido como mi esposa estaban perfectamente enterados!

—¿Está seguro de que Quixwood estaba al corriente? —presionó Narraway.

—¡Claro que sí! Incluso comentamos con él una exposición en la National Geographic Society, fotografías de la Patagonia. Me dijo lo bonitas que le habían parecido a Catherine; grandes extensiones de terreno virgen; todo en pálidos colores desvaídos por el viento, luces y sombras. Era espléndida.

—¿Catherine habló con alguien más sobre esas cuestiones financieras?

Hythe lo pensó un rato y luego miró a Narraway a los ojos.

—Lo dudo. Habida cuenta de lo que me dijo, deduje que yo era la única persona en quien confiaba.

—Recurrió a usted en busca de información financiera, pero ha dicho que era una mujer afectuosa, divertida, encantadora.

—¡Lo era!

—¿Y Quixwood era frío, incapaz de comprenderla? —insistió Narraway.

—Sí.

—De modo que se sentía sola, ¿desesperadamente sola, quizá?

Hythe tragó saliva con una expresión dolorida.

—Sí. —Tenía la voz ronca por la emoción, la culpa y quizá la piedad—. Pero no me aproveché de eso. No abrigaba el menor deseo de hacerlo. La apreciaba... me importaba... pero no la amaba.

Se abstuvo de añadir juramentos o súplicas, y de ahí que sus palabras cobraran más fuerza.

—¡Por Dios, piense, hombre! —Narraway se inclinó hacia delante e imprimió una nota de desesperación a su voz. La oyó y se obligó a hablar con más calma—. Quienquiera que la violara, ¡ella lo dejó entrar! —Tragó saliva con dificultad—. Confiaba en él. No tenía miedo de estar a solas con él. No avisó al mayordomo ni a la doncella, ni siquiera a un lacayo. ¿Qué conclusión saca usted?

—Que lo conocía —dijo Hythe abatido. Negó con la cabeza—. No parece algo propio de Catherine, al menos no de la que yo conocía.

—Puesto que la conocía, ¿cómo lo explica? —inquirió Narraway—. ¿Qué cree que sucedió?

—¿Piensa que no he intentado entenderlo? —dijo Hythe desesperado—. Si dio permiso al servicio para que se retirara significa que no esperaba visitas. Me extraña que Catherine dejara entrar a alguien estando sola. No era propio de ella ser tan descuidada. Sería innecesariamente peligroso. ¿Y si un lacayo iba a comprobar que la puerta estuviera bien cerrada o el mayordomo a preguntarle si deseaba algo más antes de retirarse? ¿No es eso lo que ocurrió?

—Más o menos —confirmó Narraway—. Pero dejó entrar a alguien; esto es lo que realmente ocurrió.

—Tuvo que ser alguien a quien no esperaba —arguyó Hythe.

—¿Por qué lo dejó entrar? —insistió Narraway—. ¿Por qué haría algo así la mujer que usted conocía?

—Debía ser alguien a quien conocía y a quien no temía —contestó Hythe—. A lo mejor le dijo que estaba herido o que tenía algún problema. Se lo creería e intentaría ayudar.

Se calló de golpe. No exteriorizó su dolor, pero lo llevaba tan marcado en el rostro que resultaba inequívoco.

Con un sobresalto a causa de la pérdida, seguido de una aguda sensación de miedo, Narraway se dio cuenta de que al menos en aquello lo creía. Hythe no había violado a Catherine ni la había golpeado. Lo había hecho otro, pero Hythe iba a enfrentarse al juicio. Y no había otro sospechoso.

¿Quién iba a defenderlo ante el tribunal, aunque solo fuera para sembrar una duda razonable? Eso no limpiaría su nombre, pero la culpa lo llevaría a la horca, y encontrar después al verdadero responsable poco importaría. Hythe estaría muerto, y Maris viuda y sola.

—¿Tiene un abogado, un letrado de primera clase? —preguntó Narraway.

Fue como si le hubiese dado un puñetazo. Hythe regresó de golpe al presente.

—Todavía no. No... no conozco a ninguno... —contestó, dejando la frase inconclusa.

—Le encontraré a alguien —prometió Narraway en un arrebato.

—No puedo pagar mucho —comenzó Hythe.

—Lo convenceré para que lo defienda gratis —dijo Narraway, dispuesto a pagarlo él mismo si era necesario. Ya tenía a un hombre en mente, y hablaría con él aquella misma tarde.

Se quedó solo un rato más, repasando de nuevo los hechos con todo detalle para tenerlos bien claros. Luego se despidió y fue directamente de la prisión al bufete de Peter Symington en Lincoln's Inn Field, que quedaba bastante cerca. Si había un hombre que podía aceptar la defensa de Alban Hythe con alguna posibilidad de ganar, era él.

Narraway insistió en ver a Symington de inmediato, valiéndose de más influencia de la que tenía para vencer la renuencia del pasante.

Encontró a Symington de pie en medio de su despacho alfombrado, con un libro encuadernado en piel en la mano. Estaba claro que lo habían interrumpido contra su voluntad. Era un hombre apuesto de cuarenta y pocos años. Sus rasgos más notables eran su abundante pelo rubio, cuyos rizos ni el barbero podía domeñar, y el radiante encanto de su sonrisa.

—¿Milord? —dijo a media voz, con cierta reprobación.

Narraway no se disculpó.

—Se trata de un asunto urgente que no admite demora —explicó mientras el pasante cerraba la puerta a sus espaldas.

—¿Lo han acusado de algo? —preguntó Symington con curiosidad.

Narraway no estaba de humor para frivolidades.

—El inspector Knox ha acusado a un hombre de la violación de Catherine Quixwood y por tanto, moralmente, en la mente del jurado, de su asesinato. Me gustaría que lo defendiera. Creo que es inocente.

Symington pestañeó.

—¿Le gustaría que lo defendiera? ¿Acaso ese hombre significa algo para usted, para el gobierno o para la Special Branch? ¿O se trata tan solo de que usted piensa que es inocente? —Su tono era divertido y curioso a la vez—. Me figuro que él le dijo que lo es. —Dejó el libro sobre el escritorio, cerrado, como si ya no le interesara—. ¿Por qué yo? ¿O soy el único a quien considera lo bastante tonto para aceptar el caso?

Narraway sonrió a su pesar.

—En realidad, por lo segundo —admitió—. Pero usted también es el único que perseveraría el tiempo suficiente para tener una posibilidad de ganar. Creo sinceramente que es inocente y que hay algo muy gordo y muy feo detrás de este asunto; quizá más de una cosa. Sin duda alguien violó y golpeó con tanta saña a la señora Quixwood que la mató. Era una mujer divertida, valiente y guapa. Merece justicia, pero más importante aún es sacar de las calles a quien lo hizo y meterlo donde no pueda hacer daño a nadie más.

—¿Como una tumba? —dijo Symington, enarcando las cejas.

—Eso estaría muy bien —corroboró Narraway—. ¿Aceptará el caso? Quisiera que Hythe creyera que lo hace gratis porque no dispone de medios para satisfacer su minuta. Le pagaré yo mismo, pero él no debe saberlo. Y si duda de que sea capaz de mentir sobre esto, o sobre cualquier otra cosa que juzgue necesaria, es usted tonto.

Symington lució de nuevo su cautivadora sonrisa.

—No soy tonto, milord. Este caso es todo un desafío. Creo que puedo hacerle un hueco en mi escritorio para dedicarle plena atención. Sopesaré la cuestión de mis honorarios y le enviaré la minuta que estime oportuna. Le doy mi palabra de que Hythe creerá que lo hago por amor a la justicia.

—Gracias —dijo Narraway sinceramente—. Muchas gracias.

Titubeó, preguntándose si iba a arriesgar el frágil hilo de confianza que acababa de establecer con Symington, y sin embargo era el único indicio que tenía de cualquier otra explicación que no fuera la culpa de Hythe. Pero también creía que al menos en cierto sentido Hythe estaba mintiendo o, en el mejor de los casos, que ocultaba algo obstinadamente.

Symington aguardaba a que hablara.

—Hythe admitió haberse visto con Catherine Quixwood tantas veces como dan a entender sus agendas, pero dijo que las citas las acordaba ella. Según él, quería que la asesorara en cuestiones financieras.

—¿Y usted se lo creyó? —preguntó Symington—. Si Hythe tiene alguna prueba, ¿por qué no se lo contó a Knox?

—No lo sé —admitió Narraway—. Está mintiendo a propósito de algo pero no sé de qué se trata.

—¿Y aun así piensa que no la mató? —inquirió Symington desconcertado, que no enojado.

—Sí —contestó Narraway, incapaz de explicar por qué—. Creo que sí.

—Lo intentaré —prometió Symington.

—Gracias —dijo Narraway otra vez.

Al atardecer Narraway salió más tarde de lo usual para visitar a una dama a solas, especialmente tratándose de alguien a quien apenas conocía. En la sala de estar de casa de los Hythe le contó a Maris lo que había logrado.

Maris estaba tan pálida que su vestido oscuro, más adecuado para el otoño que para el verano, borraba de su rostro hasta el último resto de vitalidad. No obstante, mantenía su compostura y la espalda erguida, con la cabeza bien alta, delante de él. Solo cabía imaginar el esfuerzo que le costaba.

—¿Y este tal señor Symington defenderá a mi marido a pesar de las pruebas? —preguntó—. ¿Por qué? No puede saber que Alban es inocente. No lo conoce. Y no podemos pagar la suma que un hombre como el que describe pedirá.

Procuraba mantener el dominio de su voz y faltó poco para que no lo lograra. Se calló antes de quedar mal, al menos en su propia autoestima.

—Entonces no lo he descrito muy bien —se disculpó Narraway—. A Symington le importa mucho más el caso que el dinero.

Maris estudió el semblante de Narraway un momento, escrutando sus ojos para decidir si le estaba mintiendo o si estaba recurriendo a evasivas. Finalmente llegó a la conclusión de que no. A su entender, era la verdad, y no conocía tan bien a Narraway como para ver a través de su sutileza o su experiencia. Nadie lo hacía excepto quizá Vespasia, y abrigaba la sospecha de que ella le leía el pensamiento más a menudo de lo que le permitía saber.

La respuesta de Maris se vio interrumpida por una doncella que abrió la puerta para decirle que el señor Rawdon Quixwood había llegado y deseaba hablar con ella.

Narraway se sobresaltó, pero al volverse hacia la doncella vio que su rostro era totalmente inexpresivo. Era evidente que no estaba sorprendida.

Maris se mostró complacida.

—Gracias. Hágalo pasar, por favor —ordenó.

La doncella se retiró obedientemente y Maris se volvió hacia Narraway.

—Ha sido muy atento. A pesar de su propia aflicción, ha encontrado tiempo para visitarme y garantizarme su ayuda. —Bajó los ojos—. A veces temo que considere que Alban es culpable, pero su amabilidad conmigo ha sido constante. —Esbozó una sonrisa atribulada—. Tal vez sienta que somos compañeros en la desgracia, y me falta valor para decirle que no es así dado que parece que Catherine tenía un trato más familiar con alguien de lo que debería haber sido. Preferiría con mucho pensar que no es verdad, pero no tengo argumentos lógicos.

No tuvo tiempo de añadir algo más antes de que Rawdon Quixwood entrara. Su semblante estaba menos apagado, tal vez debido a que por fin habían arrestado a alguien por el crimen, aunque sin duda su pérdida debía seguir siendo igual de amarga.

—Maris, querida... —comenzó, y de súbito se dio cuenta de que Narraway también estaba en la sala. Se refrenó enseguida, pero su semblante no estaba en absoluto ensombrecido—. ¡Lord Narraway! Qué alegría verle. Me pregunto si hemos venido con la misma misión. Me temo que puedo ofrecer poco consuelo. ¿Quizás usted tiene mejores noticias?

Narraway miró a Quixwood a los ojos pero no supo descifrar

sus pensamientos. Se le ocurrió la idea de que el esfuerzo por ocultar su dolor quizá fuese la única manera en que Quixwood pudiera apartarlo de su mente.

Aun así, Narraway se sintió renuente a confiar en él o a arriesgarse a herirlo más profundamente con la posibilidad de que en realidad no hubiesen atrapado al violador de su esposa y, moralmente, su asesino.

—Todavía estoy investigando —contestó con serenidad—. Sin demasiado éxito por ahora, pese a toda la información que he encontrado. Oigo historias contradictorias acerca de la señora Quixwood.

Quixwood encogió ligeramente los hombros, con un gesto lleno de gracia.

—Me figuro que muestran la consabida piedad para con los muertos que ya no pueden defenderse por sí mismos. Es de agradecer. A las mujeres que son... agredidas... a menudo se les echa la culpa en la misma medida que a los hombres que las agreden. Los eufemismos y los silencios ocasionales son un detalle.

—Pero no muy útiles —señaló Narraway—. Hay que saber la verdad si queremos que se haga justicia para todas las personas implicadas.

Maris indicó a los dos hombres que tomaran asiento. En cuanto se hubieron acomodado, Quixwood prosiguió.

—Justicia. —Dio vueltas a la palabra en su mente—. Al principio deseaba justicia para Catherine con las mismas ansias que un hombre hambriento desea comida. Ahora estoy menos seguro de que sea lo que realmente deseo. El silencio quizá sea más compasivo. Al fin y al cabo, ya no puede hablar por sí misma.

Maris bajó la vista a las manos que tenía entrelazadas en su regazo, con los nudillos blancos.

—Rawdon, usted ha sido el colmo de la amabilidad conmigo —dijo gentilmente—. Pese a que sea mi marido a quien la policía ha detenido por el daño irreparable infligido a su esposa. Pero Alban no es culpable y también necesita que se le haga justicia. Aparte de eso, ¿no desea que atrapen al verdadero monstruo antes de que le haga algo parecido a otra mujer?

El rostro de Quixwood reflejó un conflicto interior tan profundo, tan intenso, que apenas podía estarse quieto. Retorcía las manos en el regazo con más fuerza que Maris. En ese instante Narraway supo sin el menor asomo de duda que Quixwood estaba convencido de que Hythe era culpable, y que estaba allí para hacer lo que pudiera por ayudar a Maris a enfrentarse a ese hecho. Era un gesto de una generosidad asombrosa. ¿Qué sabía él que Narraway y Maris ignoraban?

Quixwood seguía buscando las palabras adecuadas con la vista puesta en el rostro de Maris, trasluciendo preocupación y casi ternura.

—No creo que sea probable —dijo al fin—. Es mucho mejor que no sepa los pormenores, pero le aseguro que no fue un maníaco que escogía sus víctimas al azar. Fue algo muy personal. Por favor, deje de pensar en ello. Tiene que preocuparse de su propio bienestar. Si puedo hacer algo para ayudarla, lo haré. —Esbozó una sonrisa irónica y autodenigrante—. Me haría un favor. Así tendría a alguien en quien pensar aparte de mí.

La gratitud demudó el semblante de Maris, y también una muy sincera admiración. Narraway vio que Quixwood reparaba en ello y pensó que sin duda le había proporcionado una pizca de consuelo.

Al día siguiente, Narraway se personó temprano en el club donde aún seguía viviendo Quixwood. Tuvo que aguardar a que se levantara y entrara en el comedor para desayunar. Lo acompañó sin pedir permiso porque no estaba dispuesto a aceptar una negativa.

Quixwood se sorprendió, pero no puso ninguna objeción. Contempló a Narraway con cierta curiosidad.

Narraway sonrió mientras terminaba de pedir arenques ahumados y una tostada al camarero. En cuanto este se marchó, contestó a la pregunta tácita de Quixwood.

—Me cuentan relatos diferentes acerca de Catherine —dijo, observando los ojos de Quixwood—. Doy por hecho que usted la amaba, pero también la conocía mejor que nadie. Nada tiene por qué salir a colación ante el tribunal y mucho menos en los periódicos, pero creo que ya va siendo hora de que hablemos de ella sin el centelleante velo de compasión que habitualmente envuelve a los fallecidos.

Quixwood suspiró, pero no aparentó oponer resistencia. Se echó un poco hacia atrás y sus ojos negros buscaron los de Narraway.

—¿Piensa que no fue Alan Hythe quien la mató? —preguntó con inquietud—. Maris sufrirá una amarga decepción, si lo es. Todavía cree en él.

Narraway no contestó a la pregunta directamente.

—Si Catherine y Alban Hythe eran amantes, ¿por qué demonios iba a volverse contra ella de esa manera? —dijo en cambio. Era una pregunta razonable.

—¿Acaso importa ahora? —contestó Quixwood. Arrugó la cara como si estuviera contemplando deliberadamente la idea, obligándose a verla para luego suplicar que fuese ignorada.

—Si vamos a condenar a ese hombre y a ahorcarlo, debe tener sentido —dijo Narraway crudamente.

Quixwood hizo una mueca de dolor.

—Sí, por supuesto, tiene razón —concedió. Comenzó a hablar en voz muy baja. Mantenía los ojos bajos, como si lo avergonzara verse obligado a aceptar semejante argumento.

»Catherine era una mujer muy sentimental y muy guapa. Usted nunca la vio viva, de lo contrario lo entendería. Detestaba asistir al tipo de recepciones en las que usted y yo sería fácil que coincidiéramos. Y, si quiere que le diga la verdad, nunca la presionaba para que lo hiciera. No solo por amabilidad sino porque era tan encantadora, tan vivaz, que atraía la atención sin darse cuenta y sin saber cómo reaccionar.

Narraway estaba perplejo, pero no lo interrumpió.

—Le encantaba captar la atención —prosiguió Quixwood, cuyo rostro reflejó afecto por primera vez desde la noche en que murió Catherine—. Reaccionaba a ella como una flor reacciona al sol. Pero también se aburría con facilidad. Cuando una persona no estaba a la altura de las expectativas que ella ponía en su sapiencia, o si carecía del imaginativo entusiasmo que la caracterizaba, dejaba de tratarla. Podía causar, en el mejor de los casos, cierto grado de embarazo.

Por fin levantó la vista y miró a Narraway a los ojos.

—La amaba, pero también aprendí a no tomarme demasiado en serio sus repentinas pasiones, pasaba buena parte de su vida en un mundo de su propia creación: volátil, entretenido, pero bastante irreal. —Se encogió de hombros—. Me temo que el joven Alban Hythe no tenía ni idea de que fuera tan voluble, tan... inconstante.

Hizo un gesto de rechazo con sus manos fuertes y huesudas.

—Catherine no era cruel, pero tampoco tenía noción de hasta qué punto un joven idealista y más bien ingenuo podía enamorarse de ella y, al ser rechazado por ella, sentirse profundamente traicionado.

Pestañeó y miró hacia otro lado.

—Si eran amantes o él creía que ella le había insinuado que lo serían y luego, inopinadamente, Catherine tuvo la sensación de que no estaba a la altura de lo que había esperado de él, Hythe se sentiría engañado. Quizás había lastimado irreparablemente a una esposa que lo adoraba en favor de una mujer que era incapaz de ser leal, que había construido un castillo de naipes con sus sueños para después destruirlo delante de él. ¿Ve lo que quiero decir?

Narraway lo veía. Era una imagen convincente, espantosamente creíble. Y, sin embargo, no estaba seguro de creérsela. ¿Tal vez el cuerpo adorable y maltratado de Catherine también lo había engañado a él, incluso después de la muerte?

—¿Y luego tomó láudano para acabar con su propia vida? —preguntó, con más aspereza de la que pretendía.

—A lo mejor se dio cuenta de lo que había hecho —dijo Quixwood, apuntando un gesto de impotencia con las manos sin apenas moverlas—. Era apasionada, pero no fuerte. Si lo hubiese sido, habría vivido en el mundo real...

Dejó el resto de la frase y sus implicaciones en suspenso.

—Gracias —contestó Narraway enseguida, justo cuando el camarero llegaba con sus arenques ahumados y panceta, huevos, salchicha y riñones en salsa picante para Quixwood. Ambos volvieron su atención, con poco entusiasmo, hacia la comida y otros temas de conversación, más triviales, mientras el comedor se iba llenando.

Al salir del club Narraway decidió que todavía no sabía suficiente acerca de Catherine Quixwood. La mujer que su marido había descrito era muy diferente de la que Alban Hythe había visto y creído conocer, y que tanto le había gustado. Y ambas eran diferentes de la que Narraway había visto muerta.

¿Quién lo habría sabido todo sobre ella, juntando las piezas dispares en un todo, por complejo que fuera? Nadie deseaba hablar mal de los muertos, y menos aún si habían fallecido de una manera tan horrible.

Y luego, por supuesto, estaba la cuestión de culparla en cierta medida, de modo que la tragedia fuese exclusivamente suya y no pudiera afectar a nadie más. La seguridad siempre se anteponía incluso a la compasión por los muertos. El miedo a la violación penetraba hasta la médula de los huesos.

¿Tendría algún sentido pedir ayuda a Knox? Probablemente no. Había arrestado a Alban Hythe, lo cual significaba que se había formado una imagen de Catherine que ahora no podía permitirse modificar.

Tal vez la persona que mejor conoce a una mujer sea su doncella. Pero ¿Flaxley hablaría con franqueza? En todos los años de trabajo en casa de los Quixwood había sido leal, tal como casi invariablemente lo eran las doncellas. El caso contrario, si se diera a conocer, la descalificaría para encontrar otro puesto en el futuro. Aun así, seguía siendo la mejor persona a quien preguntar.

Narraway bajó a la calzada, paró un coche de punto y dio la dirección de casa de los Quixwood al conductor.

Entonces se le ocurrió el evidente camino opuesto como si de súbito se hiciera de día. Si había alguien capaz de convencer a una criada leal para que comentara con detalle el carácter de su señora, esa era Vespasia.

Se inclinó hacia delante y llamó con los nudillos al conductor, a quien pidió que lo llevara a casa de Vespasia.

—La verdad, Victor —dijo Vespasia un tanto sorprendida cuando Narraway le contó lo que quería que hiciera—. ¿Y qué puedo decirle a esa pobre mujer como motivo para que yo considere que el carácter de su señora es asunto mío?

Estaban sentados en la sala de día, toda colores frescos y llamativos marcos blancos en las ventanas. Había un jarrón de rosas blancas tempranas sobre la mesa baja, y el sol que entraba por las cristaleras era cálido y brillante. Pese a la razón de su visita, Narraway fue consciente de su propio relajo. Se estaba extraordinariamente a gusto allí, como si las proporciones y la elegancia de la habitación le resultaran familiares debido a un recuerdo medio escondido.

—Perdona —dijo. Se encontró contándole no solo lo que Alban Hythe había dicho sobre Catherine y luego lo que había dicho el propio Quixwood, sino también sus propias impresiones y la profundidad del sentimiento que despertaban en él la atrocidad y la pérdida de algo mucho más amplio que el asesinato de una mujer.

Vespasia lo estuvo observando muy seria todo el rato, sin interrumpir.

—Entiendo —dijo cuando estuvo segura de que Narraway no tenía más que añadir—. No es posible que ambas opiniones sean completamente ciertas, y tal vez ninguna lo sea. Es curioso verte como te ven los demás, y me imagino que rara vez resulta cómodo. —Sonrió muy levemente—. Me alegra mucho saber que no estaré presente en mi funeral, no tener que escuchar elogios que me hagan parecer bastante irreal ni sentir el desagrado que no sabía que ciertas personas sentían por mí tras la máscara de los buenos modales.

Un frío glacial se apoderó de Narraway. Nunca había imagi

nado que Vespasia pudiera morir. La idea le resultó tan dolorosa que se quedó impresionado.

—Querido, no te pongas trágico —dijo Vespasia con un ligero movimiento de la cabeza—. Entiendo muy bien la necesidad de que alguien hable con ella y tu argumento de que debería ser yo es perfectamente razonable. Descuida, que lo haré.

—Gracias —dijo Narraway con cierta torpeza, temeroso de que Vespasia entendiera qué era lo que realmente le había afectado tanto.

Narraway cenó con Vespasia la noche siguiente. Decidió que debía ser una cita formal, una cena en el mejor restaurante que conocía. Por su propio placer, deseó comportarse como si fuese una celebración en lugar de la investigación del último acto de una tragedia.

Vespasia lo halagó vistiéndose con todo el glamour que había asociado a ella desde el día en que se conocieron. Lucía gruesa seda marfil con encaje de guipur en el cuello y sobre el canesú, y, como tantas veces, la complementó con sartas de perlas. El personal del restaurante lo conocía y lo trataron con respeto, pero se dio cuenta de que otros comensales, en concreto varios caballeros y parlamentarios, lo miraban con envidia.

Vespasia se comportaba con la despreocupación que cabía esperar de ella, pero Narraway también reparó en un leve rubor de placer en sus mejillas. Tuvo ganas de preguntarle si había logrado enterarse de algo, pero habría resultado impropio hacerlo tan pronto.

Ya estaban tomando el postre, una exquisita tarta francesa de manzana, cuando fue ella quien sacó el tema.

—Hablé un buen rato con la doncella de Catherine —dijo, dejando el tenedor en el plato—. Al principio, como es natural, fue renuente a decir cualquier cosa que no fueran las respetuosas alabanzas que le dictaba la lealtad. Me temo que me tomé la libertad de decir que si no enjuiciábamos al verdadero culpable, quienquiera que este fuera pasaría desapercibido y muy probablemente cometería un crimen similar contra otra mujer. No tengo la certeza de que sea verdad, pero estoy casi convencida de que la propia Catherine no desearía tal cosa.

—Siento decir que probablemente sea verdad —contestó Narraway con gravedad—. ¿Qué te contó? ¿Quixwood tiene razón en cuanto a Catherine?

—No —contestó Vespasia categóricamente—. Aunque, por supuesto, no puedo decir si él cree que la tiene. Está bastante claro que Catherine no encontró en él el amor ni la amistad que deseaba. La defensa de Quixwood contra eso quizás haya sido considerarla la causa del problema en lugar de achacárselo a sí mismo, o simplemente consideraba que eran incompatibles.

—¿Estás segura de que la doncella solo estaba siendo leal? —presionó Narraway.

Vespasia sonrió.

—Sí, Victor, estoy bastante segura. He tenido doncellas toda mi vida. Puedo leer entre líneas en lo que dicen o dejan de decir.

Los ojos le brillaban divertidos y sin el menor atisbo de impaciencia, ninguna condescendencia. Narraway tuvo la inequívoca sensación de que estaba complacida de que le hubiese pedido ayuda.

—¿Te apetece un Armagnac, tal vez? —dijo impulsivamente.

—El champán es suficiente para mí —contestó Vespasia sonriendo.

Narraway titubeó.

Ella miró al trasluz el vino espumoso de su copa y enarcó sus delicadas cejas.

—¿Acaso no es champán? —preguntó.

Por un momento, Narraway no supo si era un cumplido. Acto seguido, al mirarla a los ojos, lo entendió y se encontró sonrojándose de placer, no sin cierta timidez. Alzó su copa hacia ella sin contestar.

Por la mañana Narraway fue en busca de Knox otra vez. Comenzó por la comisaría, donde le dijeron que había habido una reyerta en los muelles y que Knox estaba allí.

Narraway consiguió la ubicación concreta, dio las gracias al agente y salió en busca de un coche de punto que lo llevara al río. No era un trayecto largo pero llevó su tiempo, zigzagueando entre el tráfico, denso a esas horas del día, con las calles atestadas de carros fuertes, carromatos y hombres y mujeres que iban a pie, atareados con sus mandados matutinos. Se cruzó con gabarreros, estibadores, gruistas, jefes de caravanas y barqueros ya metidos en faena. Las gaviotas volaban en círculos y se lanzaban en picado, gritando en su lucha por los peces. Río arriba y abajo, Narraway vio hileras de barcazas dejándose llevar por la marea, mientras en la tierra de la otra orilla oía los gritos de los hombres y el retumbo de ruedas sobre el adoquinado desigual.

Encontró a Knox en la grada de piedra donde había tenido lugar la pelea, con el cuello de la chaqueta levantado hasta las orejas y el viento azotándole el pelo.

Afortunadamente nadie había muerto en la reyerta, aunque en el suelo todavía había sangre de una herida de arma blanca.

—Me consta que no quería que Hythe fuese culpable —comentó Knox después de saludarlo—. Yo tampoco. A veces no entiendo en absoluto a la gente. Hubiese jurado que no había sido él, pero, con esa carta, es indiscutible. —Metió las manos en los bolsillos del abrigo—. Y no me venga con que no es su letra, porque lo es. Lo primero que hice fue que lo comprobaran expertos en falsificaciones. Aunque no sé por qué me molesté en hacerlo. Tampoco es que tengamos otros sospechosos.

Narraway se sintió aplastado por la lógica del argumento.

—Entonces hemos pasado algo por alto en este caso —contestó testarudo, aunque no se le ocurría el qué.

Knox lo miró perplejo, con el ceño fruncido.

—¿Nunca se ha encontrado con que un traidor o un dinamitero era quien menos esperaba, milord? ¿Nunca ha descubierto que un anarquista que quería hundir el orden social establecido era en realidad un tipo la mar de simpático si lo conocía en un pub?

—Sí, por supuesto —contestó Narraway irritado—. Pero Hythe realmente la apreciaba y la comprendía mejor que su marido.

Knox encorvó los hombros y se arrebujó con el abrigo como si tuviera frío aunque el viento que soplaba desde el río era templado.

El agua chapaleteó ruidosamente contra la piedra cuando la estela de una hilera de gabarras llegó al muelle.

—Milord, ambos sabemos lo que le hicieron a la señora Quixwood. Piense lo que quiera acerca de Hythe, pero si es el culpable, y ahora mismo es el único acusado, no hay aprecio ni comprensión que valgan entre él y Catherine Quixwood.

Narraway no respondió. Se quedó contemplando el agua bajo el sol. La marea creciente limpiaría las manchas de sangre que había junto a sus pies, pero, recordando las heridas que le describió el doctor Brinsley, pensó que nada lo libraría de las imágenes ni de la tristeza que embargaba su ánimo.

13

Varios días después, Charlotte asistió a un almuerzo en la hermosa casa de su hermana Emily, que la había heredado de su primer marido, lord Ashworth. Su temprana muerte la había dejado con una considerable fortuna y diversas propiedades que mantenía en fideicomiso su hijo, el heredero del título de su padre así como de los privilegios que traía aparejados.

Ahora estaba felizmente casada en segundas nupcias con Jack Radley. Al principio de su carrera había sido un dandi y poco más. Ahora era parlamentario y había adquirido una considerable responsabilidad.

Media docena de señoras estaban sentadas en el espacioso invernadero que se abría a la terraza y al césped y las flores de más allá. Era un lugar tan bonito para almorzar como cualquiera de Londres, y estaban aprovechando al máximo el buen tiempo. Sedas y muselinas en tonos pastel aleteaban con la brisa intermitente. Sombrillas estratégicamente colocadas les protegían el cutis de los rayos solares.

—Este asunto me parece muy confuso —dijo Marie Grosvenor frunciendo ligeramente el entrecejo—. La gente habla de toda suerte de riquezas, y también de pérdidas. Tengo amigos que dicen que acabarán con un dineral y otros que están aterrorizados por la posibilidad de arruinarse. Unos dicen que el doctor Jameson es un auténtico patriota y los otros que es un loco irresponsable. La verdad, no sé qué creer.

Charlotte miró a Emily y vio que su hermana se ponía alerta.

La conversación presuntamente inocua de pronto había dado un peligroso giro con el tema de la ruina económica. ¿Iba a luchar contra la marea o se dejaría arrastrar por ella? Su deber como anfitriona era gobernar el humor de la fiesta, pero sería precisa mucha fuerza de voluntad para alterar su curso. No era que Emily careciera de tal voluntad, pero si se abstenía de usarla, quizá la reunión resultaría mucho más amena.

—¿Asistirá al juicio? —preguntó Arabella Scott con sus cejas rubias enarcadas y un vivo interés en sus pálidos ojos azules—. Yo todavía lo estoy pensando. Pobre doctor Jameson. A menudo se vilipendia a los héroes, ¿no les parece?

Miró una por una a las otras invitadas y terminó deteniéndose en Charlotte.

Las demás señoras también se volvieron hacia ella. Estaba claro que pensaban que Charlotte tenía información privilegiada. Habían oído decir, cuando menos, que Pitt había estado en la policía. Desde luego no era una ocupación propia de un caballero, pero de todos modos había cierta fascinación truculenta en ello. Era como la sensación de escuchar a escondidas o de leer el diario íntimo de otra persona. Muchas lo hacían pero ninguna lo admitía excepto ante sus mejores amigas, y las amigas de sus amigas.

Charlotte estaba molesta. Tenía que morderse la lengua en tantas ocasiones que lo compensaba siendo menos conciliadora en otras. Ahora mismo estaba lista para la batalla. Miró sonriente a Arabella.

—Uy, sí, estoy completamente de acuerdo —respondió, haciendo caso omiso de la mirada sorprendida de Emily—. Somos muy duros con los héroes, como bien dice. Y, además, ensalzamos muy a menudo a quien no lo merece, sin saber siquiera quién ha hecho qué. Aceptamos las explicaciones más superficiales y atribuimos valentía a personas que son meramente temerarias, o incluso estúpidas e interesadas. Luego ignoramos por completo a quienes anteponen el bien común a su propio beneficio. Qué sensata ha sido al percatarse, y valiente al señalarlo, si se me permite decirlo.

Arabella se quedó anonadada. Lo último que había pretendido ser era valiente, como Charlotte sabía de sobra. En aquellas circunstancias esa palabra se empleaba para significar imprudente y, probablemente, tonta.

Flora Jefferson pestañeó.

—Quizá no estoy prestando la atención debida, pero no me ha quedado claro si ha querido decir que el doctor Jameson es un héroe o no —dijo, lanzándole una clara indirecta.

Emily inspiró profundamente, observando a Charlotte.

—Yo tampoco —dijo Charlotte derrochando encanto—. Primero oigo una versión, luego otra. Según algunas personas, el doctor Jameson lideró un ejército de patriotas para salvar el ferrocarril del señor Rhodes en la Franja de Pitsani, que según tengo entendido limita con el Transvaal, que pertenece a los bóeres, y por supuesto se dice que está llena de oro y diamantes.

—Lo hizo para proteger a los *uitlanders* —explicó Arabella con una mezcla de paciencia y condescendencia—. Los bóeres los están explotando de mala manera.

Flora y Sabine Munro asintieron.

A Charlotte se le petrificó la sonrisa. No iba a echarse para atrás.

—También me han dicho que este ejército de quinientos hombres bien armados entró en el Transvaal y marchó sobre Johannesburgo —prosiguió—. Allí se enfrentaron a los bóeres, pues se trata de su ciudad, y les dieron una buena paliza.

En cuanto lo hubo dicho deseó haber sido menos emotiva, pero ya era demasiado tarde.

—Los héroes no tienen que vencer para ser héroes —dijo Arabella con un arrebato de enojo que la sonrojó.

—Por supuesto que no —respondió Charlotte, cortando a Emily antes de que alguien más pudiera atacarla o defenderla—. Sería poco heroico luchar si no cupiera perder. Cualquier mequetrefe podría serlo. Sin duda fue un acto valeroso. La cuestión que se plantea es sobre si fue sensato o no. En realidad, supongo, sobre si estuvo bien.

—¿Bien? —repitió Arabella indignada.

—Moralmente correcto —detalló Charlotte pacientemente—. Invadimos territorio bóer.

—Santo cielo, ¿quiere que los bóeres gobiernen Sudáfrica? —preguntó Arabella, horrorizada con la idea.

—En absoluto —contestó Charlotte con ecuanimidad. Ya no había vuelta atrás—. Pero que yo quiera algo no hace que esté automáticamente bien... o mal.

Marie Grosvenor volvió al ataque.

—Es una cuestión de lealtad —dijo fríamente—. La lealtad siempre está bien —sentenció, sin esperar discrepancias.

—¿En serio? —Charlotte miró a las demás contertulias con sus preciosas sedas y muselinas delicadamente bordadas—. ¿De modo que si somos leales a bandos opuestos, todos estamos actuando bien por igual?

—¡Charlotte! —dijo Emily en voz baja.

—De acuerdo, todos actuamos bien —prosiguió Charlotte sin hacerle caso—. Así, pues, ¿se trata solo de que los bóeres, siendo leales a sus hogares y luchando por sus tierras, fueron mejores que nosotros y por eso nos vencieron?

—Nosotros luchábamos por la reina y el imperio —replicó Arabella—. ¿Acaso usted no es británica, visto que parece no comprenderlo?

—Soy tan británica como la que más —respondió Charlotte sin alterarse—. Pero no siempre hago lo correcto.

—¡Desde luego que no! —exclamó Sabine acaloradamente.

—Como tampoco ninguna de nosotras —agregó Charlotte—. Ni siquiera el doctor Jameson. Todos podemos cometer errores, sobre todo cuando tenemos miedo o hay una gran cantidad de dinero en juego.

—¡Esto no tiene que ver con el dinero! —espetó Sabine, abiertamente enojada.

—Claro que tiene que ver con el dinero —terció Flora—. Quienes invirtieron en esa incursión se arriesgan a perder una fortuna si el veredicto va en contra del doctor Jameson...

—¿Piensa que es culpable? —acusó Marie.

—Pienso que podría ser hallado culpable —corrigió Flora—.

Eso no es siempre lo mismo. ¿Alguna vez ha negado que lideró la incursión?

—¡Por supuesto que no! —dijo Arabella bruscamente—. ¡No es un cobarde!

—Me pregunto en qué medida se trata de su dinero —dijo Emily, y acto seguido hizo patente su arrepentimiento. Trató de deshacer el desagravio—. Me figuro que lo arriesgó todo.

Hubo un momento de silencio mientras cada una de ellas sopesaba lo que pensaba y lo que consideraba prudente decir. El fantasma de colosales ganancias y pérdidas económicas de repente se volvió más real. Toda la belleza y el placer que las rodeaba, la seguridad misma, cualquier día podían devenir efímeros.

—No sé qué sucederá —dijo Charlotte pensativa—. Los juicios a veces revelan pruebas que nadie había previsto y hacen que el veredicto sea inesperado. Tengo entendido que el señor Churchill dijo que podía conducir a una guerra. ¿No es así? —preguntó, mirando a Emily.

Emily la fulminó con la mirada.

—Eso me han dicho —concedió a regañadientes—. Y el señor Chamberlain del Gabinete Colonial se ve atrapado en una situación de lo más embarazosa porque no puede negar que estaba enterado de la incursión, como tampoco admitirlo.

—Me atrevería a decir que la British South Africa Company tendrá que pagar una importante suma al Transvaal a modo de compensación —agregó Charlotte, confiando en que la información de que disponía fuese correcta—. Dependerá, naturalmente, de quiénes se hayan jugado fortunas.

Lo había oído decir y no lo sabía con certeza, pero parecía una idea razonable.

Flora y Sabine cruzaron una mirada, ambas claramente inquietas.

—¿Una importante suma? —dijo Arabella con la voz tomada—. ¿A qué se refiere?

A Charlotte se le ocurrió que una importante suma podía ganarse o perderse en tales empresas, incluidas las fortunas de las damas presentes en aquel apacible jardín londinense. Su intención había sido incomodarlas por su irreflexiva arrogancia, no asustarlas de verdad.

—Hay oro en el Transvaal, y diamantes —contestó—. Donde hay fortunas que ganar, también hay fortunas que perder. La incursión fracasó. Fue una gran apuesta, y todavía no sabemos cuál puede ser el final. Tal vez tenga usted razón y, al arriesgarse con apuestas tan altas, el doctor Jameson sea un héroe.

Se hizo un silencio que se prolongó más de la cuenta. Nadie estaba a gusto. La paz y la satisfacción de la fiesta quedaron hechas añicos por una repentina y muy pavorosa realidad.

—No habrá guerra —dijo Sabine displicentemente, con un ademán de la mano en la que lucía un aparatoso anillo de esmeraldas—. El señor Churchill dice tonterías, como de costumbre. Dirá cualquier cosa con tal de llamar la atención. Toda clase de gente ha invertido en África. No permitirán que esto fracase. Si entendiera un poco más de dinero, finanzas e inversiones, no diría tales cosas.

Charlotte decidió dejarlo correr.

—Tal vez no —concedió—. Y es innegable que el señor Rhodes suele tener mucho éxito. Nadie necesita ganar cada escaramuza para ganar una guerra.

—No es una guerra —dijo Arabella mordazmente—. Fue un intento por... —Se dio cuenta de que no estaba segura de lo que quería decir y se calló de golpe—. El señor Churchill es un bufón —concluyó, mirando iracunda a Charlotte.

Emily finalmente se picó y defendió su propia postura.

—No puedo permitirle que diga eso sin protestar —dijo sin levantar la voz y sonriendo, aunque en un tono acerado—. El señor Churchill no siempre tiene razón, dudo que alguien la tenga, pero a veces es sumamente perspicaz, y una voz de alerta a la que habría que hacer caso. La incursión de Jameson fue un fiasco, y el señor Chamberlain ha tenido que ordenar a sir Hercules Robinson, el gobernador general de la Colonia del Cabo, que lo repudie.

—No lo habría hecho si hubiese salido bien —señaló Marie.

—Claro que no —dijo Emily con un ademán de conciliación.

Charlotte también sonreía.

—Si los deseos fueran caballos, los mendigos irían montados. Desgraciadamente no es así. Tal vez en eso consista lo de ser héroes, y de ahí que los héroes de una nación sean los enemigos de otra.

—Bien. Yo soy británica y honraré a nuestros héroes. —Arabella lanzó una dura mirada a Charlotte—. Usted decida lo que quiera.

Charlotte siguió sonriendo, aunque de manera impostada.

—Aguardaré hasta que sepa más al respecto. De momento, confieso mi ignorancia.

—Habida cuenta de lo profunda que es, me parece una decisión perfecta —le espetó Arabella.

Charlotte se echó a reír, que era lo último que Arabella esperaba. Se quedó totalmente descolocada.

Emily intervino enseguida.

—¿Tal vez deberíamos asistir al juicio y así nos informaríamos como es debido? —sugirió.

—Medio Londres estará allí —dijo Marie, asintiendo con la cabeza.

—Apuesto a que la otra mitad estará en ese otro desdichado juicio —comentó Flora, estremeciéndose—. Creo que prefiero no saber nada al respecto. Tendría pesadillas.

—Seguro que no será necesario —dijo Marie para tranquilizarla—. No corres ninguna clase de peligro.

Por un momento Charlotte no supo a qué estaban aludiendo.

—¿Otro asunto del que no sabe nada? —inquirió Arabella con suficiencia—. Catherine Quixwood tenía una aventura con un hombre más joven que ella, que la agredió y luego la asesinó. Todo espantosamente sórdido. Sin duda lo ahorcarán.

Charlotte notó que su furia regresaba como un maremoto, dejándola prácticamente sin respiración. Toda consideración por la fiesta de Emily fue barrida.

—No, no tenía ni idea —dijo con empalagosa dulzura—. Pero el caso es que no suelo interesarme demasiado por la vida íntima de los demás. Como bien dice, es espantosamente sórdido. —Pronunció cada palabra con desagrado—. De ella solo sé que poseía mucho encanto. Y eso fue todo lo que quise saber.

Flora se aguantó la risa. Charlotte de repente se dio cuenta de que a ella tampoco le caía bien Arabella, pero que no podía permitirse que se supiera. Recordó la sensación de libertad que experimentó al apartarse de los círculos de la alta sociedad. La pérdida de glamour que conllevó se vio compensada con creces por la libertad conseguida.

Emily se apresuró en romper el silencio para salvar lo que pudiera de la fiesta.

—Lo siento mucho por el pobre Rawdon Quixwood —dijo, mirándolas a todas de una en una, excepto a Charlotte, cuyos ojos puso cuidado en evitar—. Debe estar sufriendo atrozmente. No puedo siquiera imaginarlo.

—Qué cosa tan terrible —terció Marie—. ¿Existe algo más doloroso que una absoluta y devastadora desilusión? Pobre hombre. Debe estar trastornado por la pena.

—¿Desilusión? —Charlotte oyó la contundencia de su voz con incredulidad—. A su esposa la violaron y la golpearon hasta dejarla medio muerta, y luego, sumida en un insoportable dolor, se administró una dosis demasiado grande de láudano, hallando así la muerte. Diría que esta es la causa de su devastadora pena.

—Mi querida señora... ¿Pitt? —dijo Arabella, vacilando como si no supiera con exactitud quién podía ser Charlotte—. A las mujeres decentes no las violan. ¿Quizá no haya leído en los periódicos que ella misma dejó entrar a su agresor? Dígame, ¿qué mujer decente da permiso al servicio para que se vaya a acostar y luego deja entrar a un hombre más joven que ella en la casa, recibiéndolo a solas, mientras su marido está fuera?

Charlotte enarcó las cejas.

—¿Era más joven? Está claro que usted ha leído artículos de los periódicos distintos que yo. O quizá periódicos completamente distintos.

Arabella se puso roja como un tomate. Era un insulto que no podía pasar por alto. Las damas con la más leve pretensión de gentileza no leían periódicos sensacionalistas.

—¡Es algo de conocimiento común! —espetó.

—Y tan común —dijo Charlotte para sus adentros. Solo Flora, sentada a su lado, lo oyó. Fingió un ataque de estornudos para disimular la risa. Sabine le dio un vaso de agua.

—Se están perdiendo los principios por doquier —observó Marie, quizá para romper el silencio—. Esa pobre chica portuguesa también se suicidó. Solo Dios sabe por qué.

Sabine la miró sorprendida.

—Bueno, todo el mundo dice que se enamoró de Neville Forsbrook y que cuando la rechazó perdió el juicio y se tiró por la ventana. Se ponen demasiado nerviosas, estas chicas tan jóvenes. Y culpar al joven Forsbrook es espantoso. Pobre Pelham Forsbrook. Un hombre tan amable. Primero perdió a su esposa, y ahora este desdichado escándalo. No es que sea culpa suya ni remotamente, por supuesto. Nadie supone tal cosa.

—¿Primero a su esposa? —preguntó Flora—. ¿También falleció?

—Murió en un accidente —aclaró Emily.

—Nadie supuso que tuviera una aventura —agregó Arabella—. Fue un trágico accidente de carruaje.

—Un coche de punto corriente, creo —la corrigió Sabine—. Entrada la noche. La calle estaba mojada y algo hizo que el caballo se desbocara. El pobre conductor también murió. Horroroso.

—Qué suceso tan terrible —dijo Charlotte con tanta sinceridad como pudo, venciendo su enojo. Recordó que Vespasia le había contado la tragedia. No había conocido a Eleanor Forsbrook, pero no le habría deseado mal alguno. La brutalidad de su hijo seguramente le habría causado tanto pesar como a cualquier otra mujer—. Tal vez deberíamos valorar nuestra seguridad con un poco más de gratitud.

—No entiendo qué quiere decir —dijo Arabella fríamente.

Flora la miró con una sonrisa radiante.

—Yo sí. Tiene toda la razón, señora Pitt. Damos por sentadas nuestra felicidad y nuestra seguridad demasiado a la ligera. Estoy viva y bien. Hace un día precioso y estoy en un jardín encantador, entre amigas. Voy a disfrutarlo al máximo. —Miró a Charlotte de hito en hito—. Gracias por un recordatorio tan oportuno. Me alegra mucho que haya venido.

Se produjo otro momento de desconcertado silencio. Entonces Emily cogió un plato de pastelillos y lo pasó a las demás. Se mordió el labio para dejar de sonreír, y puso cuidado en evitar la mirada de Charlotte.

Pitt estaba en su despacho con Rafael Castelbranco. Había temido aquel momento desde que se enteró de la fecha fijada para el juicio de Alban Hythe. El embajador portugués estaba pálido salvo por las marcadas ojeras y las febriles manchas de color de sus pómulos. Si Pitt no hubiera conocido su situación y se imaginara su dolor, habría pensado que estaba borracho.

—Ese hombre violó a una mujer casada con la que tenía una aventura. Ustedes lo arrestaron y ahora lo van a llevar a juicio —dijo con voz vacilante, un tanto ahogada, como si le costara hablar—. Si es culpable, lo ahorcarán, y la familia por lo menos tendrá el consuelo de que se haya hecho justicia. Y, sin embargo, ¿usted sabe quién violó a mi hija y no puede hacer nada al respecto? ¿Es así como funciona la justicia en este país?

Hizo que pareciera absurdo, indignante, como si fuese un complot deliberado. La intensidad de sus sentimientos le hacía temblar.

—Rafael —dijo Pitt amablemente—, no sé quién violó a Angeles. Al principio creí que había sido Neville Forsbrook, pero el marido de Catherine Quixwood, la mujer casada que fue violada, sostiene que estaba en compañía del joven Forsbrook cuando creemos que tuvo lugar la violación de Angeles. No dudo de que ocurriera, pero carezco de pruebas. En el caso de la señora Quixwood encontramos su cuerpo apaleado en el suelo de su propia casa. No había lugar a duda en cuanto a lo sucedido, solo en cuanto a quién lo había hecho.

Castelbranco tragó saliva.

—Fue Forsbrook. Ella nos lo dijo.

Pitt se guardó mucho de discutir. Castelbranco creía a su hija.

Tenía que hacerlo: la lealtad así lo exigía. Ahora era prácticamente el único tributo que podía rendirle.

—Si pudiera demostrarlo presentaría cargos contra él y lo llevaría a juicio —dijo Pitt con absoluta honestidad—. Pero si lo acuso y no puedo encausarlo, las simpatías del público estarán con él. Si consigo suficientes pruebas para juzgarlo y no logro condenarlo, y tienen que ser pruebas más allá de toda duda razonable, habré hecho públicos todos los detalles, brindándole la oportunidad de mancillar la reputación de su hija con lo que le venga en gana inventar. Nadie puede demostrar inocencia o pureza en todos los instantes de su vida, y tanto usted como yo lo sabemos bien. El hecho de que sea así no la protegerá. Un hombre acusado tiene derecho a defenderse.

Castelbranco, horrorizado, lo miraba fijamente. Se balanceaba un poco, como si le costara mantener el equilibrio.

—Rafael —prosiguió Pitt, en voz todavía más baja—, el jurado estará compuesto enteramente por hombres, como en todas partes. Algunos miembros quizá sean padres, otros quizá no. En su mayoría habrán visto a mujeres que no eran sus esposas, a las que desearon, especialmente cuando eran jóvenes y solteros. Todos ellos, en un momento u otro, habrán tenido tentaciones de obrar mal, y me atrevería a decir que la mayoría lo habrá hecho en mayor o menor medida. Y casi todos habrán sido acusados de cosas que consideraron injustas. Forsbrook estará allí, serio y apenado, jurando su inocencia, muy caballero, muy inglés. Dirá que era guapa y que le hizo cumplidos. Que ella lo malinterpretó porque su inglés no era muy bueno.

Castelbranco pestañeó para no llorar mientras lo invadía el recuerdo.

Pitt se obligó a apartar de su mente las imágenes de Angeles y luego, con más dificultad aún, se forzó a olvidar a Jemima: su apasionado rostro, tan parecido al de Charlotte; la confianza de sus ojos cuando lo miraba a él, el padre que la había protegido durante toda su vida.

—Angeles no estará allí para contar lo que en verdad sucedió —dijo—. Lo único que puedo ofrecerle es la promesa de que no lo olvidaré, y que si alguna vez puedo demostrar la culpa de Forsbrook sin crucificar a Angeles, lo haré. Pero si lo intento y fracaso, aunque después reúna todas las pruebas del mundo, no podré juzgarlo por segunda vez. La ley no permite que alguien sea juzgado dos veces por el mismo delito. Y él lo sabrá tan bien como yo. Dejemos que la amenaza, cuando menos, pese sobre su cabeza.

Castelbranco asintió ligeramente en señal de agradecimiento. Demasiado aturdido, demasiado destrozado para hablar, dio media vuelta y salió por la puerta, dejándola abierta a sus espaldas, y a Pitt solo en la habitación.

14

El caluroso día de verano se hacía sentir en el Old Bailey, el juzgado central de lo criminal de Londres, cuando comenzó el juicio de Alban Hythe, acusado de violar a Catherine Quixwood.

La galería estaba abarrotada. Sin servirse de su influencia, Narraway no habría encontrado un asiento, salvo quizás en las últimas filas. Había tenido ganas de preguntar a Vespasia si asistiría. Habría valorado su opinión, quizás incluso su consejo. Si era sincero consigo mismo, ante todo le habría gustado su compañía. Le constaba que aquello iba a ser doloroso.

Había estado dispuesto a pagar a Peter Symington de su propio bolsillo, aunque finalmente no fue necesario porque Symington estaba resuelto a defender a Hythe por el interés y la fama del caso. Aun así, por más inteligente, ingenioso y original que fuera Symington, no solo las pruebas, sino también el ambiente en la sala del tribunal, eran abrumadoramente contrarios a Hythe. En realidad, quizá fuese para no desalentarse ni sentirse tan amargamente solo por lo que Narraway deseaba que Vespasia estuviera con él.

Se había planteado preguntarle si iría. Su mano había quedado suspendida sobre el teléfono, y luego se dio cuenta de que la había llamado varias veces en los últimos tiempos, no por algún motivo social o placentero como la ópera o el teatro, sino porque quería hablar con ella. Vespasia siempre se había mostrado dispuesta, incluso gentil al aceptar, pero seguro que un día rehusaría cortés y educadamente. Sin duda había levantado una mano de advertencia a cientos de hombres durante su vida para decirles que le estaban pidiendo demasiado, que apelaban a su amistad una pizca demasiado a menudo.

¿Era lo que estaba haciendo Narraway?

No estaba acostumbrado al rechazo, ni siquiera cuando realmente importaba, y se percató de ello con una impresión como una punzada de dolor físico. Lo heriría en sus sentimientos de una manera y con una profundidad que no había experimentado en años, posiblemente nunca.

Se había sentido atraído por mujeres que habían elegido a otro hombre. Le sucedía a casi todo el mundo. Le había picado más en su vanidad que en su corazón. Había sentido vergüenza, sin duda culpabilidad, incluso desconfianza de sí mismo y a veces abatimiento. Pero que Vespasia lo rechazara, aun con delicadeza o a su pesar, le abriría una herida en un lugar que hasta entonces había considerado invulnerable. No debía permitir que ocurriera. Aquella amistad era tan importante para él que le daba miedo perderla.

Se sentó solo en la parte delantera de la galería cuando comenzó el juicio. Llamaron a los miembros del jurado, les tomaron juramento y se leyeron los cargos.

Hythe estaba en el banquillo, muy por encima del resto de la sala. Estaba tan pálido que se le veía la tez cenicienta. No se movió, no emitió sonido alguno salvo para declarar su inocencia en voz tan baja que el juez tuvo que pedirle que lo repitiera.

Maris Hythe estaría aguardando fuera, tal vez sola, por si la llamaban a testificar y, por consiguiente, no estaba autorizada a escuchar las pruebas presentadas con anterioridad. ¿Cabía concebir una tortura mental más refinada?

La acusación no contemplaba el asesinato, solo la brutal violación y la paliza. En su discurso de apertura, Algernon Bower, consejero de la reina para la acusación, se plantó frente al jurado y habló con una voz melosa pero curiosamente penetrante. No era un hombre corpulento, apenas de estatura mediana, pero su presencia imponía. Sus facciones eran enérgicas, dominadas por una nariz prominente y una mirada sagaz. Tenía la frente despejada porque el pelo moreno y liso le comenzaba a ralear, aunque ese día, naturalmente, llevaba la toga de abogado negra y peluca blanca.

—Les demostraremos, caballeros —dijo con compostura y un tono de voz casi desprovisto de toda emoción—, que el acusado estaba teniendo una aventura amorosa con la fallecida, Catherine Quixwood, y que la visitó la noche de su muerte. Ella misma fue quien lo dejó entrar en la casa. Ningún criado lo vio, pero eso fue porque ella así lo quiso. Les había dado permiso para retirarse.

Los miembros del jurado lo miraban fijamente, serios y tristes. Se oyeron susurros y movimientos en la galería.

Al lado de Narraway, un hombre corpulento frunció los labios con desaprobación. Sus pensamientos resultaban casi tan claros en su semblante como si los hubiese dicho en voz alta.

—Quizá nunca sepamos qué ocurrió exactamente —prosiguió Bower. Miraba a los miembros del jurado como un actor contempla a su público, sopesándolos—. Pero demostraremos más allá de cualquier duda que se produjo una terrible discusión que se tornó violenta. Cabe conjeturar que la causa fuese que la señora Quixwood estaba harta de las atenciones del señor Hythe, o incluso que su conciencia por fin se hubiese impuesto y ella decidiera pensar de nuevo en la lealtad debida a su marido.

Levantó una mano aunque Symington, en su asiento al otro lado del pasillo, no había hecho movimiento alguno para interrumpirlo.

—Les demostraremos, mediante pruebas médicas, entre otras —prosiguió Bower—, que esta riña terminó con la brutal violación y paliza de la señora Quixwood, dejándola destrozada y sangrando en el suelo. Luego ella se arrastró a gatas hasta el aparador y vertió una sobredosis de láudano en una copa de vino de Madeira, quitándose así la vida.

Varios miembros del jurado negaron con la cabeza. Una mujer dio un grito de horror en la galería.

Narraway torció el gesto. Pese al calor que hacía en la sala tenía frío, como si la desesperación le estuviera helando la sangre.

Menos mal que Vespasia no estaba allí, aun suponiendo que hubiese tenido ganas de ir. Aquello era, en cierto sentido, el principio de una ejecución pública. Bien podía ahorrárselo.

Bower terminó y Symington se levantó. Su rostro presentaba el mismo aspecto que cuando Narraway lo vio en su despacho para pedirle que llevara el caso: terso, guapo, más joven de lo que era en realidad. La luz se reflejaba en la peluca blanca que le tapaba el pelo casi por completo, pero no había ni rastro de su pronta y amplia sonrisa, como tampoco del irresponsable sentido del humor que lo caracterizaba. Observándolo ahora, Narraway no supo si Symington tenía un plan, siquiera una idea creíble sobre cómo defender a Alban Hythe. Él mismo no tenía ninguna.

Symington se situó ante el jurado. Les sonrió de modo encantador pero sin asomo de ligereza. Uno de los miembros del jurado lo miró frunciendo el ceño, como si desaprobara que alguien intentara exculpar a Hythe y, con ello, excusara al mismo tiempo la violación en sí misma. Otros dos le sonrieron, quizá con lástima por él, dado que en su opinión ya había sido derrotado.

—Un crimen espantoso. —La sonrisa de Symington se desvaneció y fue como si el sol se hubiese puesto, cambiándolo por completo—. Lamento que tengan que escuchar mientras el médico forense les refiera, probablemente con todo detalle, cómo violaron y golpearon a la pobre señora Quixwood, dejándola medio muerta. —Negó con la cabeza—. Será una experiencia terrible para ustedes. He tenido que revisar los pormenores como parte de mi deber y admito que me revolvieron el estómago y que faltó poco para que me echara a llorar de compasión por ella.

Bower se revolvió en el asiento. No le gustaba ni confiaba en Symington, y su expresión lo reflejaba claramente.

Symington seguía de cara a los miembros del jurado.

—Y con la misma intensidad que la desazón, me asustó pensar que podía ocurrirle a cualquier mujer, a aquellas que amo. —Bajó la mirada y buscó los ojos de cada uno de ellos—. Y a quienes ustedes aman: sus esposas, sus hijas. Catherine Quixwood era una respetable mujer casada, que se encontraba en su propia casa la noche del crimen. ¿Quién podía estar más seguro?

Titubeó.

Saltaba a la vista que los miembros del jurado estaban incómodos. Muchos de ellos miraron hacia otro lado.

Symington abrió las manos.

—Sería mucho más fácil si en cierto sentido hubiese sido culpa de ella. Si se lo buscó, tendremos razón, pues nosotros no haremos lo que hizo ella.

De repente su voz cobró fuerza, un tono más grave y sin embargo también más íntimo.

—Pero no estamos aquí para hablar de nosotros, ni siquiera para dar gracias a Dios por nuestro confort y seguridad. Estamos aquí para averiguar la verdad sobre la tragedia y el horror de las vidas de otras personas; para mirarlas francamente, prescindiendo de nuestros temores y prejuicios, suponiendo que los tengamos. Y todos somos capaces de sentir el horror, no solo de la violencia sino también de la pérdida, la vergüenza, la humillación pública, el impulso de mentir con tal de no ser desnudado ante el mundo.

Encogió muy ligeramente los hombros, y la sonrisa volvió a iluminarle el semblante.

—Pero hemos sido elegidos por nuestros iguales, por el destino, si quieren, para que seamos justos, para que seamos honorables por encima de nuestro carácter cotidiano y para que dejemos a un lado nuestro natural instinto de protección. Les pido que sean clementes con las peculiaridades y las debilidades que todos tenemos, y que sean implacablemente justos con los hechos.

Los miembros del jurado estaban desconcertados. Un hombre de mediana edad se puso muy colorado.

—Les mostraré de qué otra manera pudo haber ocurrido este terrible suceso —dijo Symington finalmente— y por qué Alban Hythe no participó en él. Los convenceré de esto hasta que en buena conciencia no puedan emitir un veredicto de culpabilidad. No querrán verlo ahorcado.

Sonrió otra vez, afectuosamente, como si le cayeran bien. Dio media vuelta y regresó a su sitio caminando despreocupadamente.

Narraway se preguntó en qué medida se había marcado un farol. Observándolo, escuchándolo, no percibía el menor atisbo de duda en él.

Bower llamó a su primer testigo, un hombre muy nervioso con un traje oscuro de corte sencillo que no le sentaba bien, como si no estuviera acostumbrado a llevarlo. Narraway no lo reconoció hasta que dijo al tribunal que era el mayordomo de Rawdon Quixwood.

—Lo siento, señor Luckett —comenzó Bower—, pero debo pedirle que rememore la noche del diecinueve de abril. El señor Quixwood estaba en una recepción, creo que en la Embajada de España, y la señora Quixwood había autorizado a todos los criados a retirarse temprano, quedándose sola en la sala de estar. ¿Estoy en lo cierto?

Luckett estaba claramente afligido y todavía le costaba un poco mantener la compostura. El juez miró a Symington para ver si objetaba a que Bower pusiera tantas palabras en boca del testigo, pero Symington permaneció sentado en su sitio, sonriendo en silencio.

—Señor Luckett... —instó el juez.

—Sí... —dijo Luckett nerviosamente—. Sí, a menudo permitía que nos retiráramos pronto si consideraba que no iba a necesitarnos. —Tragó saliva—. Era muy considerada.

—¿Ni siquiera retuvo a un lacayo para que atendiera la puerta? —dijo Bower, fingiendo sorpresa.

—No, señor —contestó Luckett, cambiando el peso de un pie al otro.

—¿Usted se fue a dormir, señor Luckett?

—No, señor. Nosotros... algunas criadas de las más jóvenes subieron a acostarse. El ama de llaves y yo nos quedamos levantados un rato y tomamos una taza de té. Creo que la cocinera estaba preparando algo en la cocina.

Se retorcía las manos. Sabía, igual que el resto del tribunal, qué venía a continuación.

En la galería nadie se movía.

—¿La señora Quixwood lo llamó? —preguntó Bower.

—No... no, señor.

—Sin embargo, regresó a la parte delantera de la casa. ¿Qué hora sería?

—No sabría decírselo, señor. No miré el reloj. Era tarde.

—¿Por qué regresó si la señora Quixwood le había dado permiso para retirarse expresamente?

—Vi que las luces seguían encendidas, señor. Era mucho más tarde de la hora en que la señora Quixwood solía recogerse. Pensé que se le había olvidado apagarlas. Y... y quise comprobar la puerta principal una última vez.

—¿Tendría la amabilidad de contarnos lo que se encontró, señor Luckett?

Bower estaba serio. Era un fiscal excelente, a Narraway le pasó por la cabeza que podría haber sido enterrador. Tenía una expresión hecha para el desastre.

Luckett tragó saliva.

—Fui... fui al vestíbulo y vi... vi a la señora Quixwood tendida en el suelo. Por un instante pensé que se había caído tras dar un resbalón, o que estaba desmayada. —No miraba a Bower, sino a un terrible recuerdo que conservaba en su fuero interno—. Estaba como... despatarrada, sobre el costado. Tenía... su... su vestido estaba desgarrado y había sangre en el suelo. Me agaché para tocarla y me di cuenta de que estaba... muerta.

—¿Qué hizo entonces, señor Luckett? —dijo Bower amablemente.

—Fui... Regresé a la habitación del ama de llaves y la informé de lo que había encontrado. Enviamos al lacayo a avisar a la policía.

—Gracias, señor Luckett —dijo Bower con gravedad—. Lamento tener que continuar con esto, pero no hay otra alternativa si deseamos hallar la verdad. ¿Hizo entrar a alguien en la casa aquella noche, antes de la muerte de la señora Quixwood? ¿Oyó que llamaran a la puerta, o se enteró, de la forma que fuese, de que alguien había entrado?

Luckett lo miró con la misma expresión de repulsión que habría adoptado al descubrir una oruga en su comida.

—No, señor.

—Siendo así, ¿cómo pudo entrar una visita? —preguntó Bower, enarcando las cejas.

—No lo sé, señor.

—Pero ¿usted cerró antes de retirarse? —Bower no iba a permitir que eludiera la cuestión.

—Sí, señor.

—¿Pues quién abrió la puerta y dejó entrar a quien agredió a la señora Quixwood?

Luckett no contestó.

—Usted echó el cerrojo, ¿verdad? —insistió Bower.

—Sí, señor. El señor Quixwood contaba con salir muy tarde de su recepción. Cuando eso sucedía, pasaba la noche en su club.

Parecía que a Luckett le estuvieran arrancando una muela.

—Exactamente —respondió Bower—. Así, pues, ¿quién dejó entrar al hombre que violó y golpeó a la señora Quixwood?

—No lo sé, señor.

—¿No tuvo que haberle franqueado el paso ella misma? —inquirió Bower.

—Diríase que sí —dijo Luckett en voz muy baja.

—Gracias.

Bower se volvió hacia Symington.

Symington se puso de pie. Caminó hacia el alto estrado de los testigos, que parecía la proa de un barco o una torre de más de un metro por encima del suelo de la sala. Levantó la vista hacia Luckett y le sonrió.

—En efecto, parece ser que ella misma lo dejó entrar, ¿verdad? —dijo atribulado—. Pero mi distinguido colega ha reducido todo este asunto a una única pregunta, permítame replantearla. ¿Había alguien más en la casa que pudiera haber abierto la puerta y dejado entrar a alguien, por el motivo que fuera?

—No, señor —contestó Luckett, mirándolo con cansancio.

—Así, pues, la señora Quixwood abrió la puerta. ¿Hay algún modo de saber a quién esperaba encontrar al otro lado? ¿Un amigo? ¿Alguien con problemas que necesitara su consejo o ayuda, tal vez? ¿Incluso al señor Quixwood, regresado de su recepción más pronto de lo que había esperado? ¿O alguien con un mensaje urgente?

—Sí, señor, pudo ser cualquiera de ellos —respondió Luckett aliviado.

—¿El señor Quixwood alguna vez perdía su llave?

—Nunca llevaba la llave, señor. Era su propia casa. Contaba con que uno de nosotros le abriéramos la puerta. Había previsto pasar la noche en el club.

—Justo adonde iba. —Symington exhibió su sonrisa radiante—. Usted ha sido mayordomo de esa casa durante varios años, y, antes de eso, lacayo, según tengo entendido. Debía conocer a la señora Quixwood desde su boda.

—Sí, señor —contestó Luckett, reflejando afecto y aflicción en su semblante.

—Mi distinguido colega ha dicho que sin duda dejó entrar al hombre que la agredió tan espantosamente. ¿Supone usted que imaginó que él estaba allí con ese propósito?

—¡Por supuesto que no! —respondió Luckett estupefacto.

—Justo lo que yo pensaba —dijo Symington—. Lo dejó entrar creyendo que era inofensivo, incluso un amigo. Gracias, señor Luckett.

El juez miró a Bower, que declinó profundizar en el tema y llamó al inspector Knox.

Narraway se dio cuenta de que estaba sentado con los hombros tan tensos que le dolía el cuello. Al menos Symington estaba presentando batalla, aunque no le habían dado munición. Todas las pistas que Narraway había seguido en relación a la búsqueda de asesoramiento financiero por parte de Catherine habían resultado infructuosas. No había heredado dinero a título personal, y Quixwood la mantenía al margen de sus negocios. Eran complejos y sumamente rentables. Era su profesión.

Knox prestó juramento y Bower comenzó a interrogarlo enseguida sobre el aviso que había recibido y su llegada al domicilio de los Quixwood. Knox describió lo que había visto, abreviando en lo posible en los detalles. Aparte del hecho de que le temblaba la voz, podría haber estado hablando de un robo, no de lo que a aquellas alturas parecía ser un asesinato particularmente atroz.

—Después de mandar a buscar al médico forense, ¿qué dedujo que había ocurrido para causar la muerte de la señora Quixwood?

Symington se puso de pie.

—Señoría, el señor Bower ha hecho una pregunta al testigo y al mismo tiempo le ha ordenado no contestarla. ¿Cómo va a saber qué decir, pobre hombre?

Adoptó un aire de disculpa y ligeramente divertido.

—Tal vez debería reformular su pregunta, señor Bower —sugirió el juez—. O de lo contrario haremos que testifique el forense y volveremos a llamar al inspector Knox cuando haya determinado cómo halló la muerte la señora Quixwood.

Se oyeron movimientos y susurros de interés en la galería. Dos miembros del jurado asintieron. Pero aquello era agua de borrajas, y Narraway lo sabía. Poco importaría al final.

Sin perder la compostura, al menos en apariencia, Bower dijo que volvería a llamar a Knox y mandó avisar al doctor Brinsley.

Narraway prestó poca atención mientras Brinsley describía las horribles heridas que había sufrido Catherine Quixwood. Se abstuvo de emplear adjetivos emotivos y, de alguna manera, su voz serena y su rostro sombrío y triste hizo que la brutalidad de la agresión resultara aún más horripilante. La gente que abarrotaba la sala no pudo sino recordar su íntima y sumamente vulnerable humanidad.

Narraway ya lo había oído antes, pero aun así quedó consternado otra vez. Había visto el cuerpo tendido en el suelo, pero entonces no se había figurado el espantoso daño que le habían infligido. Solo se volvió real cuando Knox se lo describió.

El tribunal escuchaba en silencio. No se oía ni un ruido en la galería, ningún susurro o movimiento, solo algún grito ahogado de vez en cuando. Un poco a su derecha en la misma fila, Narraway vio que una mujer cogió la mano de su marido, que correspondió a su gesto estrechándosela con fuerza. De nuevo se alegró de no haber pedido a Vespasia que acudiera, por más que le hubiera gustado su compañía, su coraje para ayudarlo a seguir creyendo en la inocencia de Alban Hythe sin permitir que la repugnancia lo apartara del asunto principal.

¿Qué podía haber poseído a un hombre para que hiciera tales cosas? Seguramente, solo un miedo cerval o un odio demencial conducían a semejante depravación.

¿Por qué había ido allí, quienquiera que fuera, Hythe u otro hombre? Si Catherine tenía intención de poner fin a su aventura, ¿por qué lo había dejado entrar en la casa sin que un criado pudiera oírla llamar? ¿El agresor no había perdido los estribos hasta entonces, nunca había mostrado cierta inclinación hacia la violencia? ¿Era posible? ¿Nunca antes le había dejado cardenales, cortes, abrasiones, nada que demostrara su naturaleza?

Narraway metió la mano en el bolsillo y sacó un lápiz y papel. Escribió apresuradamente una nota para Symington y se la dio a un ujier para que se la entregara.

—¿Cuál fue la causa de la muerte de la señora Quixwood, doctor Brinsley? —preguntó Bower finalmente.

—Las heridas que presentaba eran graves —contestó Brinsley—, pero en realidad murió de una sobredosis de láudano ingerida con vino de Madeira.

—¿Administrada por ella misma? —preguntó Bower.

—Ni idea —dijo Brinsley secamente.

—¿Pudo ser solo un poco más de la dosis medicinal habitual? —insistió Bower.

—Era varias veces la dosis medicinal habitual —le contestó Brinsley—. Nadie la tomaría por accidente.

—Está diciendo que fue un suicidio —sentenció Bower.

Brinsley se inclinó hacia delante, por encima de la barandilla del estrado.

—Estoy diciendo que era aproximadamente cuatro veces la dosis habitual, señor Bower. Parece que se la bebió voluntariamente, pero en cuanto a si el láudano lo puso ella misma en el vino o si lo añadió otra persona, no tengo ni idea, y, que yo sepa, usted tampoco.

Los ojos de Bower destellaron de ira, pero no se retiró.

—¿Es posible que, llevada por la vergüenza de haber traicionado a su marido y por el dolor y la humillación de haber sido violada por su amante, cosa de la que su marido se enteraría sin duda, se quitara la vida deliberadamente?

Brinsley lo fulminó con la mirada.

—No voy a hacer conjeturas, señor. Soy médico, no vidente.

—¿Ha tenido conocimiento de mujeres violadas que se hayan suicidado? —dijo Bower entre dientes.

—Por supuesto. La gente se quita la vida por todo tipo de razones, y a menudo no llegamos a comprenderlas del todo —contestó Brinsley.

—Gracias, doctor —respondió Bower, afectando exagerada paciencia—. Su testigo, señor Symington.

Symington se levantó y se acercó tranquilamente al estrado. Levantó la vista hacia Brinsley y sonrió.

—Usted debe ver muchos casos trágicos y penosos, doctor Brinsley.

—En efecto —respondió Brinsley.

—Ha descrito las heridas de la pobre señora Quixwood con bastante detalle a petición del señor Bower. No voy a pedirle que vuelva sobre ellas de nuevo. Creo que todos estamos consternados. Dígame solo una cosa al respecto, por favor. ¿Todas se las infligieron en ese espantoso ataque?

Bower se levantó despacio.

—¿Acaso mi distinguido colega sugiere que la víctima sufrió otra agresión esa misma noche, señoría? ¡Es ridículo! Ningún fundamento sustenta semejante sugerencia. Y aunque se hubiese producido esa supuesta agresión, ¿cómo diferenciaría unas heridas de otras el doctor Brinsley?

Symington miró a Bower como si este se hubiese vuelto loco.

—¡Por el amor de Dios! —exclamó incrédulo—. Jamás se me ha ocurrido algo parecido. Seguro que de haber habido dos agresores, no habría dejado entrar al segundo en la casa, ¿no cree? ¿Qué demonios está sugiriendo?

—¡La sugerencia ha sido suya, señor! —replicó Bower, casi escupiendo las palabras.

—En absoluto —dijo Symington, negando con la cabeza—.

Estaba pensando que si su amante era propenso a la violencia, quizás habría otros cardenales, cicatrices medio curadas, abrasiones resultado de peleas anteriores. Un hematoma puede tardar bastante tiempo en desaparecer del todo.

—No vi ninguna otra herida —atajó Brinsley, aunque ahora su rostro reflejaba un vivo interés.

—¿Sería pues razonable suponer, partiendo de las pruebas, por supuesto, que la agresión fue repentina y completamente inesperada?

Symington se metió las manos en los bolsillos y se echó un poco hacia atrás para mirar al doctor en lo alto del estrado.

—Pues sí, en efecto —respondió Brinsley—. De hecho, si el mismo hombre alguna vez se hubiese puesto violento con ella, supongo que habría puesto mucho cuidado en tener algún criado cerca. Sí, podemos concluir, sin miedo a errar, que fue una agresión inesperada.

—¿De ahí cabe deducir que no tenía miedo de él? —Symington hizo un gesto negativo con las manos—. Perdón. Esto no ha sido más que un pensamiento mío. Qué tonto. Por supuesto que no tenía miedo de él, pues de lo contrario no lo habría dejado entrar. Gracias, doctor Brinsley.

Bower hizo ademán de ir a levantarse, pero cambió de parecer y se sentó de nuevo, con una expresión dura y enojada.

Se levantó la sesión para almorzar. Cuando se reanudó por la tarde, el ambiente era tenso y se produjo un murmullo de agitación cuando Rawdon Quixwood subió al estrado.

Narraway se sorprendió aguantándose la respiración. Quixwood parecía diez años mayor; más pálido y encerrado en sí mismo. Subió los escalones del estrado como si le costara un gran esfuerzo hacerlo. Cuando finalmente se encaró a Bower, se apoyó ligeramente en la barandilla para sostenerse. Estaba más delgado. La ropa le colgaba.

Cuando Quixwood hubo prestado juramento, Bower lo abordó con respeto y gravedad.

—Señor Quixwood, lamento tener que llamarlo para que pase por este suplicio, pero seré tan breve como pueda para que podamos poner fin cuanto antes a esta experiencia que solo puede conllevarle un terrible sufrimiento.

Quixwood inclinó la cabeza en señal de agradecimiento.

—¿Conoce al acusado, el señor Alban Hythe? —preguntó Bower.

—Sí, lo conozco. Hemos hecho negocios juntos en varias ocasiones —contestó Quixwood.

—¿Y también tiene trato social con él?

—Mucho menos, pero sí, hemos asistido a las mismas recepciones de vez en cuando.

—¿Estaba usted enterado, señor, de que su esposa se había visto con él unas cuantas veces en cuestión de meses, en conferencias, museos, galerías y demás, sin que usted ni la señora Hythe estuvieran presentes?

—No, no lo estaba —respondió Quixwood apenado.

—¿Sabía que la señora Quixwood asistía a esos lugares frecuentemente?

—Sí, por supuesto que lo sabía. Tenía muchos intereses y amigos. Esos eran lugares muy normales y agradables en los que citarse.

Pareció que se molestara un poco, como si Bower estuviera mancillando la reputación de Catherine gratuitamente.

—¿Alguna vez le dio motivos para preocuparse porque estuviera estableciendo una relación amorosa con otro hombre? Por favor, piénselo con detenimiento. Siento hacerle una pregunta tan espinosa, pero las circunstancias me obligan —dijo Bower, mostrándose sinceramente afligido.

—Lo comprendo —dijo Quixwood en voz baja—. Por favor, terminemos con esto. Permítame contestar a la pregunta hacia la que me está conduciendo con excesiva delicadeza. —Enderezó la espalda con cierto esfuerzo—. Sí, mirándolo ahora en retrospectiva, es perfectamente posible que mi esposa estuviera teniendo una aventura con Alban Hythe. Es un hombre encantador y tiene muchos intereses que compartía con Catherine, intereses a los que yo no podía permitirme dedicar tiempo. Quizás ella anhelara tener con quién comentarlos y la amistad diera paso a algo más.

En su momento, nunca se me ocurrió. Confiaba plenamente en ella. Y era libre de ir y venir a su antojo. Nosotros... no tuvimos hijos, y no le exigía que acudiera a actos sociales excepto a alguna cena de vez en cuando.

Narraway percibió la oleada de lástima por él que emanaba del tribunal. El jurado estaba abrumado por la emoción.

Quixwood inspiró profundamente y soltó el aire en un suspiro.

—Tal vez tendría que haber sido más exigente con ella; entonces no habría...

Pareció incapaz de terminar el pensamiento en voz alta.

Bower no lo presionó.

—¿Estaba usted en una recepción por asuntos de trabajo la noche en que ella fue... agredida? —preguntó.

—Sí —respondió Quixwood—. En la Embajada de España. Estaba conversando con lord Narraway cuando me dijeron... dijeron que Catherine había sido... agredida.

Hubo un estremecimiento de horror en la galería, un suspiro. Dos o tres mujeres dieron gemidos de compasión y pesar.

—Entiendo. —Bower asintió—. Perdone que le haga la siguiente pregunta, pero necesito que conteste acerca de otra cuestión. ¿Reparó en algún cambio en la conducta de la señora Quixwood durante los meses anteriores al incidente? ¿Estaba despistada? ¿Se ponía vestidos nuevos que la favorecieran? ¿Era evasiva en cuanto a dónde había estado y a quién había visto?

Quixwood sonrió con amargura, haciendo evidente su sufrimiento.

—Me está preguntando si tenía una aventura amorosa. La respuesta es que entonces no lo advertí. Tal vez debería haberlo hecho, pero me dedico a las altas finanzas, enormes sumas de dinero que pertenecen a otras personas. Es una gran responsabilidad. Le presté poca atención.

Pestañeó varias veces seguidas y tardó un poco en recobrar el dominio de su aflicción.

Sentado en la primera fila de la galería, Narraway percibió la compasión de la gente volcándose sobre él como una ola. Quixwood no había dicho nada contra Hythe y, sin embargo, en aquel momento el jurado lo habría condenado sin siquiera retirarse a debatir la cuestión. La ira y el dolor de sus rostros daban fe de ello más vívidamente que las palabras. Symington tendría que ser más que un genio, tendría que ser un mago para hacer cambiar aquella corriente.

Narraway estaba sentado con los puños cerrados, clavándose las uñas en la palma de las manos. Todo resultaba tan desesperadamente creíble que él mismo comenzó a dudar de Hythe. La aventura parecía inevitable, habida cuenta de su carácter y el de Catherine. Pero ¿qué demonios lo había poseído para violarla con tan demencial ferocidad? Era la única parte de toda aquella desdichada historia que todavía no encajaba. ¿Solo era cuestión de tiempo que la respuesta también encontrara su sitio?

—No tengo más preguntas para el testigo, señoría —dijo Bower con gravedad. Miró a Symington enarcando ligeramente las cejas.

Symington se levantó. Por una vez, no sonreía. Dio las gracias a Bower y se dirigió hacia el estrado.

—Aborrezco todo esto —dijo con franqueza—. Solo el cielo sabe lo que ya ha sufrido usted. Pero estoy convencido de que quiere que se haga justicia, y puesto que ha contestado a todas las preguntas de mi distinguido colega, seguro que también contestará unas pocas mías.

—Por supuesto —respondió Quixwood con una especie de mueca de dolor.

El rostro de Symington era todo compasión cuando comenzó.

—Como demuestran sus retratos y todo lo que me han contado, la señora Quixwood era una mujer guapa, elegante e inteligente. Seguro que muchos hombres la habrán admirado, y sin duda ella estaba acostumbrada a conducirse con encanto pero sin engañar a nadie haciéndole creer que le ofrecería más que una superficial amistad. ¿Sería esto cierto, en su opinión?

—Sí, es cierto —respondió Quixwood tras unos instantes de vacilación.

—En retrospectiva, ¿qué le hace creer que con el señor Hythe fue diferente? —preguntó Symington inocentemente—. ¿Y no que simplemente tenía muchas ganas de asistir a acontecimientos que le interesaban?

—Yo... —comenzó Quixwood, y se calló. Parecía confuso—. Ella era... es algo muy sutil, solo un... un cambio en su estado de ánimo, más entusiasmo al asistir a ciertas conferencias o recitales, más cuidado con los vestidos y las joyas.

—En retrospectiva —repitió Symington—. Por supuesto usted no se dio cuenta en su momento. Ya le ha dicho a mi distinguido colega que no sabía que tuviera una relación romántica.

De nuevo Quixwood tuvo dificultades para dar con una respuesta inmediata.

—Tal vez tendría que haberlo hecho —dijo al fin.

—O tal vez no lo estaba engañando en absoluto —sugirió Symington—. Las terribles heridas que el médico forense ha descrito difícilmente encajan con la naturaleza de un amante. Más bien parecen obra de un loco. —Antes que el juez lo reconviniera o que Bower objetara, sonrió a Quixwood y continuó—. El forense también ha dicho que no encontró heridas anteriores en el cuerpo de la señora Quixwood, antiguos cardenales o marcas de alguna clase. ¿Reparó usted en algo como eso?

Quixwood solo tenía una respuesta posible, puesto que no había oído la declaración del forense, y si lo había hecho, seguramente lo habría dicho antes.

—No —dijo rotundamente—. No, me fijé.

Pareció estar a punto de agregar algo más, pero cambió de parecer.

—Gracias —contestó Symington con una inclinación de la cabeza, casi una reverencia—. No veo que sea necesario atormentarlo más tiempo reviviendo esta desgracia. Aprecio su paciencia y su honestidad, señor Quixwood. No tengo más preguntas.

Bower consideró el asunto solo un momento y enseguida manifestó que tampoco él iba a repreguntar al testigo. Quixwood fue autorizado a retirarse.

La sesión se levantó hasta el día siguiente.

Narraway echó un vistazo al banquillo y vio que Alban Hythe

se ponía de pie y miraba solo una vez al tribunal antes de que los guardias se lo llevaran. Estaba pálido, aterrado y desesperado, buscando al menos a una persona que creyera en él.

¿Era Narraway esa persona? Se alegró de que Hythe no lo mirara a los ojos o lo reconociera, pues no estaba seguro de ser esa persona. De lo que sí estaba seguro más allá de toda duda era de que no sabía cómo ayudarlo.

Aquella noche Narraway estaba solo en su estudio, sopesando todo lo que sabía o creía sobre Catherine Quixwood y Alban Hythe. Había leído la agenda social de Catherine. Aparentemente Catherine no había llevado un diario personal en el que anotara sus sentimientos tras encuentros o acontecimientos concretos. Tampoco había dejado apuntes financieros que alguien hubiese encontrado. ¿Era realmente plausible, tal como Hythe sostenía, que lo hubiera estado viendo para aprender más sobre grandes inversiones que su marido podía haber hecho, y si eran tan seguras o tan rentables como él creía?

¿Realmente conocía o entendía suficientemente bien las finanzas de Quixwood para temer que perdiera estrepitosamente? No había indicio alguno de estudios económicos en lo que Narraway había averiguado acerca de ella. Su educación era la que cabía esperar en una joven de su clase social. Era ducha en literatura, hablaba un poco de francés, conocía la historia de Inglaterra y estaba familiarizada con los clásicos. Había ampliado considerablemente este último campo mediante sus lecturas y asistiendo a conferencias. Hasta donde él sabía, ninguna de estas había tratado sobre economía o estrategias de inversión.

Sus propios gastos conllevaban la supervisión de las cuentas de la cocina y una asignación para ropa, de la que nunca había abusado. El propio Quixwood se ocupaba de pagar las demás facturas y su situación era más que desahogada.

¿Estaba diciendo la verdad Hythe o se inventaba una enrevesada y francamente ridícula excusa para haber visto a Catherine tan a menudo en lugares donde podían hablar sin ser vistos ni oídos?

Si le proponía aquello a Symington sin pruebas fehacientes, ningún jurado lo creería. Aunque le habría gustado mucho hacerlo, el propio Narraway tampoco lo creía.

¿Qué constituiría semejantes pruebas? ¿Las inversiones eran sobre el papel o reales? ¿Era concebible que las cifras de la agenda de Catherine no fueran números de teléfono sino sumas de dinero? ¿Miles de libras? ¿Acaso Quixwood había invertido buena parte de su fortuna en algo que Catherine temía que fuese moral o éticamente cuestionable? ¿O en algo que temía que fuera contra los intereses británicos? ¿En el Transvaal? ¿O en diamantes y oro concretamente? ¿En alguna empresa con Cecil Rhodes? ¿En la Franja de Pitsani, en ferrocarriles, en la construcción? Si Catherine estaba preocupada, ¿por qué demonios buscó las vagas informaciones que podía darle Alban Hythe? ¿Por qué no decirle sin más a Quixwood que tenía miedo y pedirle que le asegurara que no estaba arriesgando su seguridad?

A aquellas alturas, ¿tendría sentido enterarse de cuanto pudiera sobre inversiones dudosas que Quixwood quizás hubiese considerado? ¿Y qué relación podía guardar algo de aquello con la violación?

La respuesta era casi seguro que ninguna.

Se fue a la cama cansado y desalentado, y durmió mal.

15

La mañana del segundo día del juicio de Alban Hythe, Knox envió un mensaje a Pitt para que se reuniera con él en casa de un tal Frederick Townley, en Hunter Street, cerca de Brunswick Square. El lacayo tenía instrucciones de dejarlo entrar tan pronto como llegara.

Hacía un día húmedo y neblinoso, a las nueve y media lloviznaba y el calor ya se sentía. Tal como Knox le había prometido, un lacayo ceñudo abrió la puerta en cuanto Pitt tocó la campanilla, de modo que sin duda lo estaba esperando. Le hizo pasar a la sala donde aguardaban Knox y un muy angustiado Frederick Townley.

Knox presentó a Pitt, detallando su cargo.

Townley era delgado y adusto, de mediana edad, con el pelo moreno y la frente despejada. En aquel momento estaba inquieto y le costaba dominar su nerviosismo.

—Ya le he dicho, señor Knox, que me he equivocado —dijo con apremio mirando a Knox y luego a Pitt—. No deseo poner una denuncia. Puede decir lo que le plazca. Retiro la denuncia. No comprendo en modo alguno cómo se la ocurrido implicar a la Special Branch. Es completamente absurdo. —Se volvió hacia Pitt—. Mis disculpas, señor. Esto es solo un asunto doméstico. En realidad, no es más que un malentendido.

Pitt miró el rostro de Townley y vio miedo y aflicción, aunque en aquel momento los superaba un agudo embarazo.

—Lo siento —dijo Townley, mirando incómodo a Pitt—. Lo

han molestado innecesariamente. Ahora debo regresar junto a mi familia. Me gustaría que lo entendieran, pero llegados a este punto la verdad es que no me importa. Que tengan un buen día, caballeros.

—¡Señor Townley! —dijo Knox con aspereza—. Quizá no tenga autoridad para exigirle una declaración si decide no denunciar este asunto, pero el comandante Pitt no puede ignorarlo si la seguridad del reino está en juego.

La incredulidad dejó literalmente boquiabierto a Townley.

—¡No sea ridículo, hombre! ¿Cómo puede la... desgracia de mi hija concernir a la seguridad del reino? No sé qué es lo que quiere usted, pero no voy a presentar denuncia alguna. Y ha hecho perder el tiempo a este caballero. —Hizo un gesto indicando a Pitt—. Les ruego que me excusen. —Volvió a dirigirse hacia la puerta, tambaleándose un poco y recobrando el equilibrio apoyando una mano en la jamba—. Mi lacayo los acompañará a la salida —agregó, como si pensara que sus intenciones quizá no hubiesen quedado claras.

—Si no dice la verdad, señor Townley, sea o no sea en forma de denuncia, es posible que ahorquen a un hombre inocente —dijo Knox en tono perentorio.

Townley dio media vuelta y lo fulminó con la mirada.

—¡No será por algo que yo haya dicho, señor!

—Será por lo que sabe y no ha dicho —replicó Knox—. El silencio puede llevar a la condenación tanto como la palabra, y seguir costándole la vida a un hombre.

—¡O la reputación a una mujer! —espetó Townley—. Yo cuido de los míos, señor, como hace cualquier hombre decente.

—¿Tiene también un hijo, señor Townley? —preguntó Pitt inopinadamente.

Townley lo miró sin dar crédito a sus oídos.

—¿A usted qué le importa? Nada de este... supuesto asunto guarda relación con él.

—Yo tengo un hijo y una hija —le dijo Pitt—. Todavía son niños, pero mi hija se está convirtiendo en mujer muy deprisa. Mi impresión es que cada pocos meses se parece más a su madre.

Townley intentó interrumpirlo, pero Pitt no se lo permitió.

—Debido a un incidente en el que estuvo implicado alguien que ella conoce, mi hija me ha hecho, y también a su madre, preguntas muy urgentes e incómodas acerca de la violación. Quiere saber qué es y por qué la gente se altera tanto. ¿De quién es la culpa? Hemos intentado contestarle con delicadeza y sinceridad, teniendo presente que solo tiene catorce años.

—Le deseo mucha suerte, señor —dijo Townley, logrando interrumpir esta vez. Tenía el rostro ceniciento y parecía que le costara articular las palabras con coherencia—. Pero eso no es de mi incumbencia.

—Y miro a mi hijo —prosiguió Pitt, pasando por alto la interrupción—. Está a punto de cumplir doce años y no sabe de qué hablamos. ¿Cómo se lo explico para que su conducta con las mujeres nunca sea grosera o, peor aún, violenta? Y lo que quizá sea todavía más terrible: ¿cómo lo protejo para que no lo acusen de algo que no haya hecho? ¿Qué padre, qué madre podría mirar a su hijo con la soga del verdugo al cuello, abucheado e insultado por un crimen del que es inocente, sin poder demostrar que no es culpable?

Townley estaba temblando y abría y cerraba los puños.

—Entonces entenderá, señor, por qué no presento una denuncia. Usted ha contestado su propia pregunta.

Dio un paso vacilante hacia el vestíbulo y su escapatoria.

—¡Señor Townley! —dijo Pitt como si fuera una orden.

—Ya sabe mi respuesta —dijo Townley entre dientes.

—No le estoy pidiendo que ponga una denuncia —dijo Pitt, bajando la voz—. Solo que, de hombre a hombre, me diga la verdad. Luego podrá negarlo. No le pediré que firme o jure nada. Necesito saberlo porque la hija de un embajador extranjero también ha sido víctima de una violación recientemente. De ahí que la Special Branch haya tomado cartas en el asunto.

Townley titubeó.

—¡No testificaré! —dijo, con la voz un poco aguda.

—No sé si yo lo haría, si se tratara de mi hija —admitió Pitt—. Haría lo que considerase mejor para ella.

—No le permitiré que hable de ella —advirtió Townley—. Aunque yo consintiera, su madre jamás lo haría. Ver al médico... ya fue suficientemente desagradable.

Pitt tomó aire para decir que lo comprendía, pero se dio cuenta de que no tenía la menor idea. Optó por limitarse a preguntar qué les había dicho que había ocurrido, bien fuese a su madre, al médico o al propio Townley.

Townley cerró los ojos y recitó en voz monótona y vacilante.

—Alice tiene casi diecisiete años. Estaba en un baile en casa de una amiga. No le daré nombres. Como es natural, también había jóvenes caballeros. Le encanta bailar y se le da muy bien. Se sintió halagada cuando un joven casi treintañero la sacó a bailar, imaginando que la creía mayor, más sofisticada, cosa que arde en deseos de ser. Para... para ir al grano... —Tragó saliva—. El joven le habló en tono agradable, invitándola a ver una de las galerías de la casa, donde había varios cuadros muy buenos. A Alice le gusta... el arte. No sospechó nada y se fue con él.

Pitt notó que se le hacía un nudo en el estómago. No veía a Alice Townley sino a Jemima: contenta, halagada, también sin sospechar nada.

—Primero la llevó a una galería con algunas obras de arte tan encantadoras como había dicho que serían —prosiguió Townley—. Luego le prometió que había otras, incluso mejores, pero que estaban en otra parte de la casa... una zona privada en la que no debían entrar, pero él le dijo que no tocarían nada, simplemente mirarían los cuadros.

Pitt casi lo dijo por él para romper la insoportable tensión y ahorrarle el mal trago de tener que decirlo él mismo. Entonces Knox se movió un poco, tan solo pasando el peso de un pie al otro, pero recordándole su presencia. Pitt dejó ir el aire sin hablar.

—Él... la violó —dijo Townley con voz ronca—. Ella no tuvo fuerza para rechazarlo. La dejó magullada y sangrando en el suelo. Se había dado un golpe en la cabeza y quedó unos instantes sin sentido. Cuando volvió en sí se puso de pie y estaba trastabillando hacia la puerta cuando otro joven la encontró. Este supuso que había bebido más vino de la cuenta, y, en lugar de decirle la verdad, que había perdido... la virginidad, dijo que era cierto, y explicó sus magulladuras y la sangre diciendo que se había caído. Esta fue la historia que contó a su anfitriona y nadie la presionó más. —Townley levantó la barbilla y fulminó con la mirada a Pitt y luego a Knox—. Y esta es la historia que contaré si me presionan. Lo haré bajo juramento, si es preciso.

—¿Dijo quién era el joven que la agredió? —preguntó Pitt.

—De nada le servirá saberlo —dijo Townley sin rodeos.

—Posiblemente no, pero de todos modos quiero saberlo —insistió Pitt—. Sería mucho mejor si ella me lo dijera que si tengo que investigar todos los bailes que hubo en Londres anoche y averiguar quién asistió a cuál. Inevitablemente, la gente se preguntará por qué necesito saberlo.

—Es despiadado —dijo Townley con suma frialdad y los ojos arrasados en lágrimas.

Pitt permaneció callado un momento. ¿Realmente serviría de algo saberlo? Sí, por supuesto. No solo por Rafael Castelbranco, sino también por todas las demás mujeres jóvenes, tenía que sacar a Neville Forsbrook de las calles si tenía la certeza de que era él.

—Por favor —dijo Pitt.

Sin decir palabra, Townley los condujo arriba y a través del rellano hasta una puerta con un picaporte de porcelana decorado con un motivo floral. Llamó, y cuando su esposa abrió, le dijo que era inevitable. Ante su insistencia, dejó entrar a Pitt pero no a Knox.

La chica recostada en la cama estaba pálida salvo por las manchas de lágrimas en las mejillas y los ojos enrojecidos. Llevaba su larga melena castaño claro suelta sobre los hombros. Sus facciones eran delicadas, pero en un par de años también reflejarían una entereza considerable.

Pitt cruzó la alfombra con paso vacilante hasta situarse cerca de la cama, pero no demasiado.

—Me llamo Thomas Pitt —dijo en voz baja—. Tengo una hija que pronto tendrá tu edad. Se parece mucho a ti. Espero que sea igual de encantadora. Tengo entendido que te gusta la pintura.

Alice asintió.

—Ayer te mostraron algunos cuadros especialmente bonitos, ¿verdad?

Asintió de nuevo.

—¿Prefieres los retratos o los paisajes?

—Casi todos eran retratos, y algunos animales, muy despro-porcionados. —Casi sonrió—. Caballos con las patas tan flacas que no sé cómo podían sostenerse.

Pitt negó con la cabeza.

—He visto algunos de ese tipo. No me gustan demasiado. Me gusta ver caballos en movimiento más que parados. ¿Quién te mostró esos cuadros?

—No iba a robarlos —dijo enseguida—. Al menos, creo que no. Tiene un montón de dinero, además... o lo tiene su padre. Po-dría comprarlos, si quisiera.

—A lo mejor estaba pensando en hacer una oferta para com-prarlos —respondió Pitt—. ¿Quién era?

—¿Tengo... tengo que decírselo?

—Si realmente no quieres, no.

En cuanto lo hubo dicho se arrepintió. Narraway no habría sido tan débil.

—Era Neville Forsbrook —susurró Alice.

—Gracias, Alice. Me viene bien saberlo. Gracias por permitir que te visitara.

—No hay de qué —contestó Alice, esbozando una vacilante sonrisa.

Pitt dio las gracias a la señora Townley y salió al rellano con Townley pisándole los talones. La puerta se cerró con un ligero chasquido.

Townley se acercó a la ventana del rellano, rodeada de jarro-nes con esmerados arreglos florales. Tenía el rostro transido de miedo y dolor.

—Gracias —dijo sin volverse—. Esto se ha acabado.

Pitt asintió y siguió a Knox escaleras abajo.

El rostro de Alice Townley persiguió a Pitt mientras se alejaba de la casa. Era como si hubiera visto el fantasma de Angeles Castelbranco, y lo que le dolía como una herida abierta era que estaba convencido de que en el futuro habría otras chicas que tal vez no tendrían la suerte de salir con vida. ¿Quizá Pamela O'Keefe había sido una de ellas? Probablemente nunca lo sabrían.

No podía culpar a Townley de que quisiera proteger a su hija. De haberse tratado de Jemima, Pitt dudaba que quisiera interponer una acción judicial. En realidad, si era sincero, le constaba que no lo haría. Hiciera lo que hiciera Forsbrook en el futuro, lo primero sería proteger a su hija.

A Alice Townley la habían violado, pero no le habían infligido heridas graves, desde luego no le habían dado una paliza como a Catherine. A Pamela O'Keefe la habían asesinado, rompiéndole el cuello. ¿A qué respondía esa diferencia? ¿Qué heridas había sufrido Angeles Castelbranco?

¿Al menos dos hombres distintos? Uno Neville Forsbrook, el otro tal vez Alban Hythe, tal vez no.

¿Había sido accidental la muerte de Pamela O'Keefe? ¿Su agresor la había forzado y en la violencia de la lucha se había abalanzado sobre ella partiéndole el cuello? ¿Sintió terror entonces? ¿O se excitó?

Pitt tenía que comprobar el grado de violencia, las magulladuras sufridas en defensa propia, tomar nota de todas las diferencias y semejanzas.

No fue difícil encontrar a Brinsley, el médico que había examinado el cuerpo de Catherine Quixwood. Estaba en la morgue efectuando la autopsia de otro cadáver, un hombre apuñalado en una reyerta en un bar. Pitt aguardó media hora hasta que terminó. Salió de la fría sala de autopsias con las manos todavía húmedas. Traía consigo un ligero olor a ácido carbólico.

—Comandante Pitt, de la Special Branch —se presentó Pitt.

—¿En qué puedo servirle, comandante? —preguntó Brinsley—. ¿Le apetece una taza de té? Estoy cansado y tengo frío, y todavía me queda una larga velada por delante.

—Gracias —aceptó Pitt—. Estoy investigando varias violaciones para ver si puedo compararlas con una que me atañe particularmente. Necesito saber si están relacionadas.

Brinsley entró en su despacho y puso la pava sobre una pequeña hornilla. El agua solo tardó un momento en hervir y Brinsley preparó té para ellos dos en una panzuda tetera china.

—Busca similitudes —dijo Brinsley encogiendo los hombros—. Me figuro que no tiene testigos, ninguna descripción.

—Tengo algunas, pero, si son exactas, el agresor parece mucho más violento unas veces que otras.

—Interesante —dijo Brinsley meditabundo—. Por lo general la violencia aumenta con el tiempo. ¿Está seguro de que se trata de un solo hombre?

—No, en absoluto. ¿Puede describirme las heridas de Catherine Quixwood?

—Eran muy graves pero no mortales —contestó Brinsley—. Presentaba contusiones en el tronco, los brazos, más todavía en los muslos, y tenía un desgarro en los órganos genitales a causa de una penetración impetuosa. —Torció los labios—. También tenía una mordedura bastante profunda en el pecho izquierdo. Los dientes del agresor le desgarraron la piel, dejando marcas nítidas que se volvieron más pronunciadas después de su muerte.

—Gracias —dijo Pitt en voz baja—. ¿Había algo en esas heridas que fuera distintivo del hombre que se las infligió?

—Según lo que usted dice era mucho más violento que el autor de la otra violación que ha descrito, o, si no, era el mismo hombre mucho más sumido en su estado de... depravación.

—Ese crimen ocurrió antes que los otros dos —señaló Pitt abatido.

—Entonces me parece que tiene al menos a dos violadores. —Brinsley negó con la cabeza—. Lo siento.

—Gracias de todos modos.

Pitt dio media vuelta para irse, dejando el té a medio beber. El nudo que tenía en la garganta le impedía tragar.

Brinsley tomó aire.

Pitt se volvió de nuevo.

—¿Y bien?

—¿Había alguna diferencia concreta entre las víctimas? ¿O entre los lugares o las circunstancias en que tuvieron lugar las agresiones?

—¿Eso lo explicaría?

—No lo sé. Supongo que es posible —respondió Brinsley con desánimo, sin mudar su sombría expresión—. Pero debería investigarlo.

—Gracias —dijo Pitt otra vez.

No contó a Charlotte lo que Brinsley le había dicho cuando se sentaron a solas en la sala al anochecer. No había necesidad de que conociera los detalles que Brinsley le había referido. Podía ahorrarle ese mal trago. Estaba sentada en uno de los sillones. Pitt estaba demasiado nervioso para sentarse, y demasiado enojado. Había sido brusco con ella y lo sabía, pero la sensación de impotencia ardía en su fuero interno como un ácido, corroyendo su fe en sí mismo.

—Seguirá haciéndolo —dijo amargado, mirando por la cristalera que daba al jardín. Allí era donde habían crecido sus hijos, donde habían jugado con aros, saltado a la comba, construido castillos apilando ladrillos de colores, montado caballos imaginarios, usado como espadas de mentira las cañas del jardín que ahora sostenían las espuelas de caballero en flor.

¿Qué valía él si era incapaz de proteger a Jemima de semejante violación de sus promesas de futuro? ¿O a Daniel de convertirse en un monstruo? ¿Algún día le preguntarían «Papá, por qué dejaste que ocurriera»? Charlotte no lo acusaría, pero seguro que se lo tendría en cuenta. Por más que deseara intentarlo, nunca volvería a verlo como el hombre en quien confiaba, el hombre que él quería ser.

¿Y qué estaba haciendo? Aconsejar a Townley, aconsejar a Castelbranco que no hicieran nada y que admitieran que la ley, su ley, era incapaz de protegerlos o de hacer justicia. El sistema legal también miraría hacia otro lado y fingiría que nada había ocurrido: tímido, circunspecto, temeroso de armar un escándalo.

Neville Forsbrook, y cualquiera como él, seguiría adelante sin que nadie se interpusiera en su camino ni le pidiera que rindiera cuentas. Alargó el brazo para correr la cortina, que se atascó. Le dio un tirón más fuerte y la desgarró.

—Thomas... —comenzó Charlotte.

—¡No me digas que me siente! —gritó Pitt, tirando más fuerte de la cortina hasta arrancarla de la pared para dejarla amontonada en el suelo.

—No iba a hacerlo —contestó ella, levantándose y acercándose a él, haciendo caso omiso del montón de terciopelo que había en el suelo—. Has dicho que estás convencido de que Forsbrook seguirá adelante y violará a otras mujeres.

—¡Si pudiera lo detendría, Charlotte!

Cerró los puños. Se estaba comportando como un idiota y lo sabía. No era culpa de ella, pero cada palabra suya parecía una crítica porque él mismo se culpaba. Tenía la responsabilidad de hacerlo mejor.

Charlotte inhaló profundamente y retuvo el aire en los pulmones; estaba dominando su genio y Pitt era muy consciente de ello. No tenía sentido disculparse porque le constaba que lo haría otra vez, probablemente en cuestión de momentos.

—Iba a decir... —Charlotte elegía las palabras con cuidado, ignorando todavía la cortina—. Iba a decir que si esta pauta de violencia se prolonga en el futuro, ¿cómo sabemos que no se prolonga también hacia el pasado?

—Me imagino que lo hace —dijo Pitt lentamente.

—¿Entonces no habrá algo que puedas descubrir para llevarlo a juicio sin mencionar a Angeles o a esa otra chica? —preguntó Charlotte—. A lo mejor fue algo menos serio, pero aun así lo suficiente para presentar cargos.

Pitt dejó que la idea fuese cobrando forma despacio, cuestionando cada paso de ella.

—Quien no puso una denuncia en su momento dudo que la

ponga ahora —señaló—. El escándalo sería el mismo, pero las pruebas todavía más difíciles de encontrar.

—Pero si conoces la pauta del pasado, podrás predecir el futuro con más exactitud, quizás incluso impedir la próxima agresión. —Charlotte no iba a rendirse fácilmente—. Una mujer sola no puede hacerle nada, pero a lo mejor varias juntas podrían. O como mínimo sus padres, si saben que no están solos.

Pitt se volvió hacia ella. A la luz del ocaso, las minúsculas arrugas de su rostro eran invisibles. Para él era más guapa a los cuarenta que cuando era una veinteañera. La tersura de la juventud había desaparecido, pero en la madurez se le daba mejor controlar su afilada lengua. Seguía mirando a la vida valiente y honestamente con sus ojos resueltos, pero era más capaz de abordarla de manera mesurada.

—¿Y hacer qué? —preguntó Pitt en voz baja, aunque sin descartar la idea—. Quizá siga siendo imposible, con arreglo a la ley. Pelham Forsbrook se defenderá con uñas y dientes. Se trata de su reputación, además de la de su hijo.

—Las víctimas no lo acusarán porque hacerlo arruinaría su vida social hasta el fin de sus días —comenzó Charlotte.

Pitt estuvo a punto de interrumpirla, pero se mordió la lengua.

—Aunque, seguramente, la acusación de muchas personas, todas ellas dispuestas a hacer piña tanto si se demuestra con arreglo a la ley como si no, también lo arruinaría a él, ¿no crees? —preguntó Charlotte—. La reputación no requiere una prueba legal. Si lo hiciera habría miles de personas que todavía formarían parte de los círculos sociales cuando de hecho ya no es así porque se piensa mal de ellas, aunque solo sea fundamentándose en cuchicheos. No luchan para defenderse porque nadie dice algo suficientemente claro para considerarlo difamación.

Pitt pestañeó.

—¿Te refieres a hacer correr un rumor?

—¡No! —Ahora ella también estaba enojada—. ¡No tienes que hacerlo! Basta con que demuestres que podrías para que Pelham Forsbrook sepa que vas en serio y que tienes intención de detener a su hijo porque alguien tiene que hacerlo.

Pitt se quedó dándole vueltas a la idea, sin tenerlas todas consigo.

—¿Thomas?

Charlotte le puso una mano en el brazo. Pitt notó la fuerza de sus dedos así como el afecto del gesto. Aguardó.

—¿Cómo te sentirías si no se tratara de Alice Townley, sino de Jemima?

—Exactamente igual que Townley —contestó Pitt—. Querría verlo arder en el infierno, si pudiera, pero ante todo querría proteger a mi hija.

—¿Y si fuese yo en vez de Catherine Quixwood?

Se le hizo un nudo en el estómago al tiempo que se le helaba la sangre en las venas.

—Tú no dejarías entrar a un amante en tu casa a esas horas de la noche.

—No nos consta que lo fuera —señaló Charlotte—. Solo lo suponemos. Dejó entrar a alguien en quien confiaba. Quizá no era un amante. Pongamos que era alguien en quien yo confiaba, que viniera con información para ti o a pedir ayuda.

—Querría matarlo —dijo Pitt sinceramente—. Quizás incluso lo haría.

—¿No merece la pena intentarlo al menos?

Esbozó una sonrisa, complacida con el enojo de su marido como si fuese un escudo para ella, al menos en su imaginación.

—Sí —dijo Pitt, comprendiéndolo mejor—. No resulta muy ortodoxo, aunque lo cierto es que la ortodoxia no está dando resultado. ¡Pero no hagas nada por tu cuenta! ¿Entendido?

—Sí, faltaría más —respondió Charlotte obedientemente—. Si cometiera una torpeza, lo pondría sobre aviso. Reconóceme un poco de sentido común, Thomas.

A Pitt se le ocurrieron varias respuestas, pero se abstuvo de dárselas. Quince años de matrimonio algo le habían enseñado.

—Quiero saber cualquier cosa que pueda ser interesante —le dijo a Stoker la mañana siguiente. La puerta estaba cerrada y había dado órdenes de que no lo interrumpieran—. Ese hombre es un violador. No podemos acusarlo porque no conseguiríamos una condena. Carecemos de pruebas. Y aún haría más daño a la víctima del que ya ha padecido. Pero es posible que comenzara años atrás.

Explicó el razonamiento de Charlotte sin mencionar su nombre.

Stoker se quedó un tanto perplejo.

—¿Qué debo buscar, señor?

—No lo sé —admitió Pitt—. ¿Qué provoca que un joven guarde esa cólera en su interior? Apenas conoce a las chicas afectadas. ¿A quién odia realmente? ¿Podría controlarse si quisiera? ¿A quién hizo daño en el pasado, y tampoco se atrevió a denunciarlo? ¿Está enterado su padre? ¿Le importa? ¿Alguna vez lo ha disciplinado o ha untado a alguien para comprar su silencio?

—¿Pelham Forsbrook? —dijo Stoker sorprendido—. ¿Qué necesidad tendría de hacerlo? Es uno de los banqueros más influyentes de Londres. Sus préstamos pueden hacer ganar o perder a una persona. Si te concede un préstamo para un negocio de capital de riesgo, ganas seguro. Si hace circular rumores contra ti, nadie más te respaldará. Aunque las malas lenguas dicen que perderá una fortuna si la British South Africa Company tiene que pagar reparaciones a los bóeres de resultas de la incursión de Jameson.

De repente Pitt se interesó.

—¿En serio? ¿Tiene socios en esa empresa o actúa por su cuenta?

—Ni idea. ¿Quiere que lo averigüe?

—Solo si guarda relación con su hijo. ¿Supone que tiene intención de enviarlo a vivir allí? ¿Apartarlo de nuestra jurisdicción?

Stoker se encogió de hombros.

—Si yo tuviera un hijo así querría tenerlo donde pudiera vigilarlo, y desde luego donde tuviera suficiente influencia para protegerlo.

—¿Eso haría usted? ¿Lo protegería? —Pitt reflexionó unos instantes—. No estoy seguro de qué haría yo si se tratara de Daniel. Quizá lo enviaría a Australia y dejaría que se las apañara si no fuese capaz de enderezarse. No lo sé. Tengo que asegurarme bien de que no ocurra, así no tendré que averiguarlo. Me gusta pensar que tendría la fortaleza para resolverlo, pero quizás al final vería en él al niño que amé y sería incapaz de hacerlo. Solo Dios lo sabe.

—Le traeré todo lo que consiga, señor. Me llevará un par de días. Me figuro que para entonces el juicio del cabrón que mató a la señora Quixwood estará a punto de terminar.

—¡Sea discreto, Stoker!

—Sí, señor. Créame, no quiero que me pillen in fraganti.

—Yo tampoco —dijo Pitt con sentimiento—. No nos lo podemos permitir. Por cierto, Stoker...

—¿Sí, señor?

—Averigüe dónde estuvo el joven Forsbrook anteanoche. Y si una chica que se llama Alice Townley estaba en el mismo lugar. Y, por el amor de Dios, ¡sea doblemente discreto en esto!

—Sí, señor.

Pitt siguió un camino diferente. Si realmente había algo en el pasado con lo que pudieran pillar a Neville Forsbrook, la casa de Bryanston Mews donde se había criado sería el lugar para encontrarlo.

Sabía por su experiencia en la policía que los criados casi siempre eran leales, de modo que en vez de ir a casa de los Forsbrook, donde fracasaría seguro, fue a hablar con los criados de los vecinos, comenzando unas pesquisas que eran completamente ficticias.

Procedió con mucho cuidado, al principio quizá demasiado. Había urdido una historia imaginaria de la que los Forsbrook, padre e hijo, podrían haber sido los héroes. Pensó que era necesario hacerlo por si algún rumor llegaba a sus oídos y, por consiguiente, al secretario de Estado del Home Office. Fue bastante abierto en cuanto a su identidad. Ser sorprendido valiéndose de evasivas podría resultar condenatorio y hacerlo parecer ridículo, un personaje de pantomima que no había que tomarse en serio.

Tras visitar media docena de casas, lo único que había sacado en claro era la impresión general de que los Forsbrook eran temidos pero no apreciados. Finalmente encontró a un mozo de cuadra entrado en años que estaba cepillando caballos cuando Pitt lo interrumpió.

El olor a betún, estiércol, heno y sudor de caballo le trajo un vivo recuerdo de su infancia en la gran finca donde se había criado. Su padre fue el guardabosques y su madre trabajó en la casa hasta que la desgracia cayó sobre ellos y deportaron a su padre a Australia por un crimen del que Pitt nunca le creyó culpable. Aquella injusticia fue la que lo empujó a ingresar en la policía.

La memoria de la perplejidad y el dolor que experimentó de niño hizo más flagrante la injusticia a la que ahora se enfrentaba. Entonces había hecho cuanto había sabido, pero fue en balde. Aunque no era más que un chico de campo, educado junto con el hijo de la casa solariega, como compañero y competidor para él, pero aun así un don nadie que dependía del auspicio de sir Arthur Desmond incluso para sobrevivir. Ahora era un hombre de cuarenta y bastantes, y jefe de la Special Branch de Gran Bretaña. Esta vez no se permitiría ser impotente.

Sonrió al mozo de cuadra.

—Buen animal tiene ahí —observó, mirando al caballo.

—Sí, señor, y que usted lo diga —respondió el hombre—. ¿Puedo servirle en algo?

—Lo dudo —dijo Pitt, encogiendo un poco los hombros—. Me crie en el campo. Echo de menos la amistad de los caballos, la fuerza... la paciencia. —El recuerdo acudió a su mente otra vez—. A veces limpiaba los arreos para el mozo de cuadra. Causa satisfacción trabajar el cuero, hacer brillar el latón.

—Ha dado en el clavo, señor —contestó el otro. Era delgado y fuerte, un poco estevado. Le salían mechones de pelo de la gorra que llevaba—. Pero sin faltarle al respeto, no parece usted un chico de campo, señor. —Contempló el buen corte del traje de Pitt. Por una vez llevaba pocas cosas en los bolsillos y la corbata casi recta. El único detalle perteneciente al pasado era el pelo demasiado largo y rizado.

—La ambición —reconoció Pitt. Se encontró deseando confiar en aquel hombre. Estaba cansado de evasivas que no conducían a nada—. Mi padre era guardabosques y lo acusaron de cazar furtivamente, un delito muy grave en aquel entonces. Siempre creí que era inocente, y todavía lo creo, pero eso no lo salvó. La injusticia duele en lo más hondo.

El hombre dejó de trabajar un momento y miró a Pitt con un súbito interés más profundo que la mera cortesía.

—No le falta razón, señor —dijo con sentimiento—. ¿Está trabajando en algo ahora mismo?

—Sí. —Pitt tuvo el atino de aproximarse mucho a la verdad esta vez—. Quiero comprender mejor el pasado para esclarecer el presente. ¿Entiende lo que quiero decir? Velar para que la culpa no recaiga sobre quien no corresponde.

El hombre asintió.

—¿Qué quiere saber? —preguntó. El caballo volvió la cabeza y le dio un golpe con la testuz. Él le dio unas palmadas y se puso a cepillarlo otra vez—. Tranquila, chica. No me he olvidado de ti. —Sonrió a Pitt—. Igualitos que las mujeres, los caballos. No quieren que atiendas nada más cuando estás con ellos.

—Es cierto —respondió Pitt—. Pero no piden mucho.

—Tiene razón —dijo el hombre alegremente—. Te dan todo el corazón. ¿Verdad, guapa? —Le dio unas palmaditas en el cuello sin alterar el ritmo del cepillado—. Lo dicho: ¿qué quiere saber, señor?

Pitt señaló a sus espaldas hacia la parte trasera de la casa Forsbrook.

—¿Conoce a sir Pelham Forsbrook y a su familia?

El rostro del hombre se puso tenso tan ligeramente que si Pitt no lo hubiera estado observando de cerca no se habría percatado.

—Sí, un poco —dijo—. Conocía a lady Forsbrook; la señorita Eleanor, como se llamaba antes. —El recuerdo le dulcificó la expresión—. Tan alocada pero tan llena de vida. Al final no pude sino apreciarla. Es lo que llaman ironía, ¿no?

—¿Lo es? —dijo Pitt con curiosidad—. Me dijeron que murió en un accidente. ¿Eso fue lo irónico?

Notaba que había algo más, algo tácito que aquel hombre medio esperaba que él ya supiera.

El mozo se concentró un momento en cepillar los brillantes flancos del caballo antes de responder.

Pitt aguardó.

—Un accidente, desde luego —prosiguió el hombre al fin—. Iba con sus maletas y todo. Lo supe por Appley, el mozo de cuadra que tenían entonces. Unos dijeron que se marchaba con el tipo con el que tenía una aventura. Otros dijeron que simplemente ya no aguantaba más las palizas. No sé la verdad, pero aquella noche estaba llena de morados. Con la cara toda hinchada.

Pitt contuvo la respiración, temiendo incluso reconocer que lo había oído.

—Un accidente, ya lo creo —dijo el hombre casi para sí, sumido en el recuerdo—. En un coche de punto, y algo espantó al caballo. Unos dijeron que fue un perro. No lo sé. Fue terrible. El pobre cochero también murió.

—¿Cuánto tiempo hace de eso? —preguntó Pitt, procurando mostrarse sereno, disimulando su vivo interés.

—¿Cuatro años, quizás? —El hombre se volvió hacia el caballo—. Ya estás lista, chica. Se acabó lo que se daba. Una consentida, eres, caray.

Recogió sus cepillos y le dio unas palmaditas con la mano que tenía libre.

—¿Va a limpiar los arreos? —preguntó Pitt.

—Tengo que hacerlo —contestó el hombre—. Tampoco es que me importe. Es un buen trabajo.

Se dirigió al cuarto de los arreos y Pitt lo siguió.

—¿Puedo ayudar? —preguntó Pitt, sobre todo para seguir conversando, pero también porque sería un trabajo manual cargado de buenos recuerdos, algo con un propósito definido. Se encontró teniendo muchas ganas de hacerlo.

El hombre miró a Pitt de arriba abajo.

—Se ensuciará las manos y los puños.

Pitt respondió quitándose la chaqueta y arremangándose.

Pocos minutos después ambos estaban trabajando con ahínco. Pitt titubeó un par de veces hasta que recobró la destreza, y entonces, para su gran satisfacción, enseguida cogió el ritmo.

—Tuvo que ser muy duro para sir Pelham —dijo, sacando de nuevo el tema.

—Lo encajó mal —respondió el hombre, asintiendo mientras observaba a Pitt trabajar—. Un tipo bien raro. Nunca sabes qué está pensando. Aunque lo mismo vale para muchos aristócratas. Nunca supe si la amaba o si solo estaba enfadado porque se marchara. Tampoco es que suponga que fuera a llegar muy lejos, la pobre.

—¿Salvo si había alguien más? —dijo Pitt, sin acabar de formularlo como una pregunta.

—Si lo había, puso un cuidado tan puñetero que nadie se enteró.

El hombre parecía triste, como si hubiese deseado que existiera ese otro hombre. Eleanor Forsbrook había pertenecido a otro mundo, uno en el que él servía y que columbraba en breves momentos de descuido pero cuya vida interior solo podía imaginar, pero a ella la había apreciado. En cierto sentido, ella también era prisionera de las circunstancias pero con menos libertad que él, el mozo de cuadra de un vecino.

Pitt siguió sacando brillo al cuero antes de retomar el hilo de su pensamiento.

—Supongo que el joven Neville también lo pasó mal. ¿Estaba muy unido a su madre? —preguntó como si tal cosa. Pitt había estado muy unido a la suya. Cuando deportaron a su padre, salieron adelante juntos. Su educación, igual a la del hijo de sir Arthur Desmond, los había separado intelectualmente y en el uso del lenguaje, pero el afecto, aunque casi nunca se manifestara con palabras, nunca se vio en tela de juicio. La muerte de su madre fue el final de una etapa de su vida.

Tal vez ese había sido en parte el motivo por el que le había costado tan poco amar a Charlotte. Había confiado en las mujeres toda su vida. Había visto tan de cerca su lealtad, su espíritu de sacrificio y su estoicismo, y ahora formaban parte de sus creencias. Esperaba obediencia de su hija, pero no más que de su hijo, en realidad quizá más bien menos. Jemima tenía mucho de su madre y lo cuestionaba todo. Aunque a él también lo amaba y confiaba en su amor por ella. Se notaba en sus ojos, su voz, incluso en sus rabietas más rebeldes y, desde hacía un tiempo, desconcertantes.

—¿Lo hizo cambiar? —preguntó en voz alta, refiriéndose de nuevo a Neville Forsbrook.

—No —contestó el hombre, negó con la cabeza—. ¿Qué le vamos a hacer? Siempre fue un cabroncete cruel. Perdón, señor. No tendría que haber dicho esto.

No había un ápice de arrepentimiento en su rostro curtido.

—¿Dicho el qué? —preguntó Pitt sonriendo.

—De acuerdo, señor. Gracias —respondió el hombre, con los ojos brillantes.

—¿Le apetece un vaso de sidra cuando acabemos con esto? —invitó Pitt.

El hombre miró el despliegue de arreos un tanto dubitativo.

—Llevará menos tiempo si lo hacemos entre los dos —señaló Pitt.

—¿No tiene nada mejor que hacer, un caballero tan importante como usted?

—Probablemente, pero puede esperar. Todo el mundo tiene derecho a tomarse una o dos horas de vez en cuando. Y un vaso de sidra y un bocadillo. ¿Queso y encurtidos?

—Hecho —respondió el hombre al instante—. Es usted raro con ganas. ¡Aún nos llevaremos bien, después de todo!

Pitt se agachó sobre el arnés otra vez para disimular el placer que le causaba el cumplido, con la esperanza de que estaría a la altura de su confianza.

16

En la tranquila tarde de verano Vespasia paseaba por el camino de grava junto a Victor Narraway, pasando del sol a la sombra. Habían quedado en verse al final de una atareada y, para él, infructuosa jornada. Estaba preocupado y, como tan menudo sucedía últimamente, había buscado su compañía.

—¿Tú te lo crees? —le preguntó Vespasia directamente.

Narraway suspiró.

—Me gustaría, pero, francamente, es sumamente improbable y no se me ocurre qué podría sustentarlo. Carece de sentido.

Vespasia midió sus palabras con cuidado.

—¿Qué declaró exactamente? ¿Que Catherine le había pedido información sobre diversas inversiones financieras porque le preocupaba que su marido pudiera perder dinero? ¿O que el dinero se invirtiera en empresas de dudosa moralidad?

—Resumiendo, lo segundo —respondió Narraway—. Pero si Quixwood había invertido sospechosamente, ¿por qué no preguntárselo a él? A fin de cuentas, tendría que hacerlo si efectivamente perdía una gran suma. Tendrían que reducir su nivel de vida, quizás incluso vender la casa y mudarse a una zona menos cara. —Acomodó su paso al de ella—. No parece razonable que precisara conocer los pormenores con la profundidad que un banquero como Hythe podía contárselos.

Vespasia no supo cómo responder. Narraway llevaba razón.

—Pero si él está diciendo la verdad, significa que ella realmente quería saber esos detalles —arguyó.

—No está diciendo la verdad —dijo Narraway pacientemente—. Si algo es increíble, más vale no creerlo.

Su sonrisa fue torcida, triste. En otra compañía podría haber sido impaciente.

—Supongamos por un momento que está diciendo la verdad —prosiguió Vespasia—. Tiene que haber hechos de los que no tenemos conocimiento. Algo no cuadra, de modo que la información es incompleta. ¿Por qué, si no, una mujer por lo demás sensata buscaría datos financieros sobre los asuntos de su marido, cultivando en secreto la compañía de otro experto en finanzas?

—Porque es más joven, más apuesto y mucho más afectuoso e interesante —contestó Narraway con tristeza—. La explicación es así de simple. Es tan vieja como el amor y la traición.

—O no confía en que su marido le diga la verdad —respondió Vespasia—. Esa también es una vieja historia.

—Si se tratara del dinero de ella y él lo hubiese invertido irreflexivamente sin atreverse a decírselo —repuso Narraway—. Pero ella no tenía dinero, que sepamos.

—Ya lo sé —contestó Vespasia—. Tomé la precaución de averiguarlo por mi cuenta. El dinero es de Quixwood. Es un hombre muy perspicaz para los negocios. Ha multiplicado la herencia de su abuelo como mínimo por diez.

—Siendo así tendría que haber confiado en él —señaló Narraway.

—En que fuera prudente, sin duda, incluso en su suerte —respondió Vespasia—. Pero no forzosamente en que fuera ético.

Narraway se desconcertó. Se interrumpió y se volvió hacia ella, al tiempo que se le ocurría una nueva idea.

—De ahí la información detallada. ¿Qué temía que estuviera haciendo su marido?

—Ah. —Vespasia lo miró a los ojos—. Eso no lo sé —admitió—. Tengo intención de asistir al juicio de Jameson y ver de qué más puedo enterarme acerca de las inversiones de la British South Africa, incluida la participación del doctor Jameson y su relación con el señor Cecil Rhodes, y sobre quién ha financiado este fiasco.

—No podrás entrar —le advirtió Narraway—. Tres cuartas partes de la sociedad londinense han intentado conseguir asientos. Son más difíciles de encontrar que las localidades para el estreno de una obra de teatro.

—Seguro que es más dramático —dijo Vespasia secamente—. En el pasado hice favores a ciertas personas. He apelado a una o dos de ellas y creo que seré afortunada.

—Vaya. —Su semblante reflejó sentimientos encontrados—. Espero que si te enteras de algo útil me lo cuentes. La situación de Alban Hythe está empezando a ser desesperada.

Vespasia lo miró de hito en hito y él se sonrojó ligeramente. Estuvo a punto de replicar mordazmente cuando se dio cuenta de que estaba un tanto incómodo, aunque no entendió por qué.

—Por supuesto que te lo diré —dijo Vespasia con más amabilidad—. Por eso voy a ir. Si solo fuera por el resultado del juicio, tendría más que suficiente leyéndolo en la prensa. No veo cómo podrán hacer otra cosa que hallarlo culpable. Tanto si lo apruebas como si no, indiscutiblemente es culpable de un grave error de juicio.

La sonrisa de Narraway fue irónica aunque bastante cordial.

—Por supuesto que es culpable, querida —contestó. Tras un momento de vacilación, le ofreció el brazo de nuevo para seguir paseando bajo los árboles.

Vespasia tuvo que hacer uso de más de un favor para conseguir un asiento en el tribunal supremo para el segundo día del juicio de Leander Starr Jameson. Era el veintiuno de junio, el día más largo del año. También se vio obligada a levantarse temprano para llegar al tribunal más de una hora antes de que comenzara la sesión, tanto era el interés que despertaba el tema y el apoyo casi frenético al doctor Jameson.

Fue en compañía del honorable Hector Manning, un amigo de muchos años que había ocupado un cargo de cierto peso en el Foreign Office y que, por consiguiente, pudo conseguir un asiento para él en la galería. Nadie tuvo el atrevimiento de cuestionar que llevara a una dama consigo. Entre el gentío, muchos la reconocieron. Vespasia sonrió y saludó con la cabeza a varios de ellos. Iba vestida en tonos apagados: plateados y grises, y una seda antracita casi negra en la sombra, acordes con la ocasión. Un hombre luchaba no solo por su libertad, sino por algo que seguramente era más valioso para él: su honor.

Cuando hubieron ocupado sus asientos, Hector, todavía un caballero de aspecto distinguido, se inclinó hacia ella y le habló en voz baja.

—A no ser que hayas cambiado hasta ser irreconocible, tienes un motivo mejor que la mera curiosidad para estar aquí hoy. Si eso fuera todo, nunca te habrías obligado a pedirme un favor. Según recuerdo de nuestro último encuentro, hace ya unos veinte años, yo no era muy de tu agrado.

Vespasia no deseaba que se lo recordara, pero la pregunta era justa y él merecía una respuesta.

—Tienes bastante razón —concedió Vespasia, mirando al frente mientras los asientos se iban llenando deprisa. El leve rumor de las conversaciones hacía que sus voces resaltaran entre las demás. Llevada por un impulso, decidió ser moderadamente franca—. Un amigo mío está preocupado por las repercusiones económicas de todo este asunto. Tengo ganas de estar mejor informada al respecto...

Hector se volvió en el asiento para mirarla con preocupación, incluso inquietud.

—Espero que realmente se trate de un amigo y no de ti misma. Y aun si solo es un amigo, te ruego que no comprometas tus propios recursos económicos en modo alguno, todavía no.

Vespasia reparó en la ternura de su mirada y se quedó un poco avergonzada al reconocer un afecto que antaño había descartado.

—No he hecho ninguna inversión en África ni tengo intención de hacerla, te lo prometo —dijo esbozando una sonrisa—. Pero agradezco tu advertencia.

—No tengo derecho a decirte que no rescates a alguien... —comenzó Hector. Respiró hondo y añadió—: Pero no lo hagas, por favor.

¿Debía decirle la verdad? Resultaba desagradablemente engañoso provocarle una inquietud innecesaria, y sin embargo la violación de Catherine Quixwood parecía tan distante de las aventuras de Leander Jameson que difícilmente podía esperar que Hector Manning la creyera. No sabría darle una explicación que se sostuviera, pero esa evasiva también parecería un rechazo.

—Se trata de demostrar que alguien es inocente de un acto terrible —dijo Vespasia, eligiendo las palabras con cuidado—. Que yo sepa, ninguno de mis conocidos necesita asesoría financiera, te lo prometo.

Hector se relajó un poco.

—Toda esta empresa fue un verdadero desastre, como bien sabes. ¿Ese amigo tuyo estuvo implicado?

—Todavía no lo sé —respondió Vespasia con franqueza—. No estoy siendo evasiva, Hector. Realmente no lo sé. Si entiendo mejor la incursión, quizás halle respuesta a unas cuantas preguntas muy delicadas.

—No vas a contarme de qué se trata, ¿verdad? —concluyó Hector.

Vespasia le sonrió.

—No, salvo que tenga que hacerlo. Sería indiscreto.

Tuvieron que interrumpir la conversación porque la sala fue llamada al orden y el juicio comenzó.

Vespasia escuchaba con absoluta atención. Ya disponía de cierta información que le permitió seguir el hilo. Nunca había conocido a Jameson personalmente y lo estudió con interés mientras se llevaban a cabo las consabidas formalidades preliminares.

Entró en la sala y caminó hacia su silla, donde se sentó tomando la precaución de apartar los faldones de la levita para no arrugarla.

Todos los presentes en la sala tenían los ojos puestos en él, hecho que sin duda no podía pasar por alto. Su tez presentaba un rubor apagado, pese a estar moreno por el sol. Si reconoció a alguien, no dio señales de hacerlo.

Vespasia permaneció observándolo con creciente interés. Era médico de formación, no soldado, y al mirarlo ahora se preguntó qué circunstancias lo habían llevado hasta aquella situación. Podía imaginarlo fácilmente escuchando con atención los síntomas de una herida o enfermedad para luego prescribir con gravedad un tratamiento. Estaba sentado con la cabeza un poco ladeada, como sumido en una profunda reflexión. Tenía hermosos ojos oscuros, medio ocultos por los párpados entornados, una nariz prominente y los labios carnosos. El pelo le raleaba un poco y llevaba el bigote perfectamente recortado. Parecía el rostro de un hombre de ciudad, un médico, un profesor o incluso un clérigo, no un soldado que condujera a unos aventureros a través de una frontera africana, armados con pistolas Maxim y rifles Lee Metford.

Mientras los testigos declaraban uno tras otro, James se mostraba despreocupado, casi desinteresado.

—¿Es que no le importa? —susurró Vespasia a Hector Manning—. ¿Espera alguna clase de rescate espectacular?

—Viéndolo, uno diría que sí —contestó Hector, murmurando a su vez.

—¿Por parte de quién? —preguntó Vespasia—. ¿Qué es lo que no estoy entendiendo? ¿El señor Chamberlain? ¿Lord Salisbury?

—Lo dudo —dijo él en voz tan baja que Vespasia tuvo que aguzar el oído para oírlo—. El pobre Joe Chamberlain se ha metido en un buen lío con esto, y las cosas irán a peor antes de que termine. Tendrá suerte si Salisbury no pide su dimisión.

Mientras las pruebas y argumentos se sucedían, Vespasia recordó lo que sabía acerca del asunto.

En noviembre del año anterior, 1895, un territorio conocido como la Franja de Pitsani, una parte de Bechuanaland limítrofe con el Transvaal, había sido cedido por la Colonial Office a la Bristish South Africa Company. La razón aducida en su momento fue la salvaguarda de una vía férrea que lo atravesaría. El primer ministro de la Colonia del Cabo, Cecil Rhodes, había puesto mucho empeño en que todo Sudáfrica pasara a ser dominio inglés. Con este fin estuvo dispuesto a alentar a los extranjeros sin derecho a voto de las repúblicas bóeres a entrar en el redil, librándose así del dominio de los afrikáneres bóeres.

Esta fue la chispa que encendió el fiasco de lo que luego se conoció como Incursión de Jameson. De hecho se trataba de un ejército privado de la British South Africa Company, compuesto por unos quinientos hombres armados hasta los dientes. Su propósito era provocar el levantamiento de los obreros de la Franja de Pitsani, y con ellos cruzar la frontera del Transvaal para derrocar al gobierno bóer y anexarse el territorio, con su fortuna en diamantes y oro.

Llegaron a treinta kilómetros de Johannesburgo antes de que la fuerzas bóeres los vencieran y capturasen, obligándolos a rendirse.

Sir Hercules Robinson, gobernador general de la Colonia del Cabo, había recibido órdenes de Chamberlain de repudiar las acciones de Jameson. El contrato de la Compañía estaría en peligro si no lo hacía.

Jameson fue enviado a Inglaterra para ser enjuiciado. No cabía emprender otra acción si se quería garantizar la continuidad de la Compañía. Aun así, habría que pagar reparaciones inmensas a los bóeres del Transvaal. Se perderían fortunas.

¿Jameson era un héroe traicionado? ¿O un aventurero que había puesto en peligro los intereses británicos por sus propios fines insensatos?

Al final de la jornada Vespasia seguía sin tenerlo claro. Mientras salía de la sala con Hector Manning sintió la apremiante necesidad de pedirle mucha más información. Era consciente de que quedaba poco tiempo para que se diera un veredicto sobre Jameson. Alban Hythe también estaba en un juicio, y su jurado quizá lo daría mucho antes. Apenas había pruebas que Peter Symington pudiera utilizar en su defensa. Precisaba saber mucho más sobre el aspecto financiero de la empresa antes de poder formarse un juicio sobre si Catherine Quixwood realmente había pedido consejo a Hythe, y con tanto detalle que tuvieron que verse en repetidas ocasiones.

Caminaba al lado de Hector Manning, cogida a su brazo, cuando vio a sir Pelham Forsbrook. Estaba muy pálido, y su cara alargada reflejaba una extrema tensión. Vespasia tuvo miedo de que la viera y se percatara de que lo estaba mirando, hasta que la fijeza de los ojos de Forsbrook y el modo en que se movía entre el gentío, chocando distraídamente, hizo que se diera cuenta de que Forsbrook era ajeno a cuantos lo rodeaban.

—Pelham Forsbrook parece muy abatido —comentó Vespasia a Hector en cuanto llegaron a la escalinata y ya nadie los empujaba—. ¿Crees posible que esté implicado financieramente en esto?

—Casi seguro, pobre diablo —respondió Manning—. Estaba a partir un piñón con Cecil Rhodes, y todo el mundo sabe que Rhodes estaba detrás de esta puñetera correría. Perdona mi...

—Por Dios, Hector, ya he oído esa palabra antes —dijo Vespasia impaciente—. Jameson era administrador general de Matabeleland, por supuesto que tenía relación con Rhodes. Esta idiotez de aventura seguro que se llevó tropas de Matabeleland y la dejó vulnerable.

—Naturalmente —contestó Hector, bajando la escalinata al paso de Vespasia—. Casi seguro que fue el motivo de que los matabele se rebelaran en marzo. Todavía no se conoce el número de bajas, pero se contarán por centenares.

—Me figuro que esto no terminará aquí —dijo Vespasia a media voz—. Qué tragedia. Pero tengo que saber si muchas personas van a sufrir graves pérdidas económicas. ¿Tú lo sabes?

—No cabe el menor asomo de duda —contestó Hector—. Solo que no sé quiénes ni qué cantidades.

—A juzgar por su expresión, Pelham Forsbrook podría ser uno de ellos.

Llegaron al pie de la escalinata y torcieron a la izquierda por la acera, que estaba bastante despejada.

—¿Supones que pensó que la incursión tendría éxito? —preguntó Vespasia—. De haberlo tenido, ¿habría dado beneficios? Me refiero a cantidades que hicieran que valiera la pena arriesgarse.

Hector sonrió.

—Tal como están las cosas, no. Pero ¿podría haberlos dado? Sí, por supuesto. Si hubiesen tomado el Transvaal, con sus minas de diamantes y de oro. Una riqueza inimaginable.

—¿Conoces a Rawdon Quixwood?

No había tiempo que perder abordando el tema indirectamente. Necesitaba decirle algo concreto a Narraway antes de que fuera demasiado tarde.

—Poco —respondió Hector—. El pobre diablo está fuera de juego. Menuda pesadilla. —Arrugó el rostro con compasión—. No puedo siquiera imaginarlo. Me he enterado de que están juzgando a ese desdichado. Espero que lo ahorquen —agregó con súbito sentimiento.

—Suponiendo, por supuesto, que sea culpable.

Vespasia no pudo dejar de decirlo, aunque era irrelevante. Se quedó sorprendida. Normalmente era capaz de dominar mejor sus sentimientos.

Hector Manning se quedó perplejo.

—¿Acaso lo dudas? —preguntó, abriendo mucho los ojos.

—No lo sé. —Vespasia siguió caminando, pero despacio. No tenía ganas de hablar del tema. No quería que Hector Manning supiera el verdadero propósito que la había llevado a asistir al juicio de Jameson.

—Lo más probable es que tengan toda la razón —dijo Hector—. Así lo espero, por el bien del pobre Quixwood.

—En realidad no sé qué sería lo más doloroso.

—No entiendo qué quieres decir. —Hector parecía confuso—. Seguro que quieres que lo condenen, ¿no?

—Si es el culpable, sí, por supuesto —respondió Vespasia—. Pero si fue él, también parece que tenía un aventura con Catherine Quixwood. Difícilmente puede haber alguien que quiera que sea verdad y mucho menos que se haga público.

—Sí, claro. Por supuesto. Pobre diablo. —Hector también caminaba muy despacio—. Sale perdiendo con cualquier veredicto. Dios le asista.

—¿Crees que también perdió dinero en este desdichado asunto de Jameson? —preguntó tan cándidamente como pudo.

Hector detuvo sus pasos y la miró con una mezcla de desconcierto y preocupación.

—¿Qué te hace pensarlo? —preguntó, frunciendo el ceño.

—Existen indicios de que Catherine tenía mucho miedo de que así hubiera sido —contestó Vespasia diciendo la verdad, o al menos sin decir una mentira flagrante.

—¿En serio? ¿Insinúas que ya estaba buscando a otro por si en efecto era así? Menuda...

Se calló a tiempo, antes de emplear un lenguaje del que luego se avergonzaría.

—No, no lo creo. —Procuró no parecer demasiado convencida, como si en realidad no supiera gran cosa—. Más bien se diría que le preocupaba ser capaz de aconsejarlo para evitarlo.

—¡Un poco tarde para eso! —respondió Hector, descartando la idea con un ademán—. ¡Cualquier buen consejo tendría que habérselo dado antes de este juicio y del veredicto que pronuncien!

—¿Supones que Quixwood invirtió en África? —insistió Vespasia.

—Tuvo la intención, pero no llegó a hacerlo, según me han dicho. Podrían ser tonterías, pero Quixwood es bastante astuto.

—¿Estás seguro?

—Sí, la verdad es que sí —dijo Hector a regañadientes—. Pero eso es confidencial. Lo estudió con detenimiento y reparó en los riesgos.

—Pero no se lo dijo a Pelham Forsbrook —agregó Vespasia.

—Viendo el rostro de Forsbrook, se diría que no. Aunque, por supuesto, es posible que se lo dijera y que Forsbrook pensara que él estaba mejor informado. Ahora tendrá que pagar por ello, pobre diablo.

—Desde luego —dijo Vespasia en voz baja—. Muchísimas gracias, Hector. La de hoy ha sido una de las tardes más interesantes que he pasado en mucho tiempo. Has sido muy amable y me ha alegrado verte otra vez.

—Siempre es un placer —dijo Hector gentilmente. Dio la impresión de ir a añadir algo, pero volvió a mirarla y supo que estaría fuera de lugar. Sonrió, hizo una reverencia y la ayudó a subir a su carruaje.

No había tiempo que perder. Vespasia fue al apartamento de Narraway, dispuesta a aguardar si resultaba preciso. Su ayuda de cámara la acompañó a la sala de estar y le sirvió té, que era lo único que ella deseaba. Antes de transcurrida media hora, Narraway llegó.

Lo desconcertó averiguar que se hubiera visto obligada a aguardarlo, pero no había tiempo para permitirse tales sutilezas.

—Hoy me he enterado de muchas cosas que quizá sean relevantes —dijo Vespasia en cuanto se hubieron saludado y el ayuda de cámara había traído más agua para la tetera, de modo que Narraway pudiera unirse a ella.

Se quedó perplejo.

—¿En el juicio de Jameson? ¿Quixwood invirtió imprudentemente? ¿O Catherine tenía razones fundadas para temer que lo hubiera hecho? ¿Cómo encontraremos pruebas?

Vespasia esbozó una sonrisa ante su entusiasmo. Tenía muchas ganas de creer que Catherine era inocente y demostrárselo al tribunal. En parte quizá fuese para salvar a Alban Hythe, en parte incluso para aliviar el terrible sufrimiento de Quixwood, aunque nada traería a Catherine de vuelta. Y si Hythe no era culpable, otro lo sería, y seguiría siendo un hombre a quien ella había dejado entrar en la casa.

Se preguntó si Narraway había pensado en ello. ¿O estaba adelantando acontecimientos?

—Varias personas habrán invertido imprudentemente —contestó Vespasia, midiendo sus palabras. Tal vez no se había enterado de tantas cosas como había supuesto o le había dado a entender—. Las perspectivas parecían lo bastante buenas para tentar a mucha gente. Si la incursión de Jameson hubiese tenido éxito, habría sido decisiva para provocar un levantamiento que podría haber conducido a la anexión del Transvaal, con sus incalculables riquezas. Los *uitlanders* nos habrían dado la excusa. Tal como están las cosas, quienes invirtieron en la incursión no solo lo han perdido todo, sino que además han costado a la Bristish South Africa Company y a sus inversores una fortuna en reparaciones a los bóeres.

—¿Y esto era lo que temía Catherine? —preguntó Narraway, procurando dominar la excitación que le brillaba en los ojos—. ¡Tal vez las cifras de su diario no sean números de teléfono sino cantidades de dinero! ¿Sabes si Quixwood invirtió?

—Según parece se lo planteó, pero se retiró a tiempo —contestó Vespasia—. Pero Pelham Forsbrook, no. Ha perdido mucho dinero. No sé si el suficiente para arruinarse. Desde luego estaba muy adusto en el juicio.

Narraway reflexionó un momento antes de contestar.

—¿Y dices que Quixwood se retiró? —dijo al fin—. Me parece que tenemos que saber mucho más sobre la relación entre estos dos hombres. ¿Son meros conocidos tal como hemos supuesto? A pesar de su aflicción, Quixwood ha dado los pasos precisos para demostrar que el hijo de Forsbrook no podía ser culpable de la violación de Angeles Castelbranco. Habida cuenta de las circunstancias, ese gesto es propio de un amigo extraordinario.

—Thomas no cree que sea verdad —señaló Vespasia—. Y eso nos lleva a preguntarnos si es una equivocación o una mentira deliberada. Y si es una mentira, por qué Quixwood haría algo así. ¿Piensa realmente que Neville Forsbrook es inocente o tiene algún otro motivo?

Narraway frunció el ceño.

—No veo qué relación podría tener con la incursión de Jameson o con el juicio. Diríase que hay algo importante que hemos pasado por alto. Y ahora tenemos muy poco tiempo para descubrirlo.

—¿Cuánto más tiempo crees que durará el juicio de Alban Hythe? —preguntó Vespasia en voz baja. La sala de estar era acogedora, elegante, un poco masculina para su gusto pero muy cómoda. Fuera todavía se prolongaba el atardecer estival. Veía los árboles recortados contra el cielo a través de las ventanas, nubes de estorninos arremolinándose, moviéndose a la vez con una comunicación infinitamente sutil, como si tuvieran una única mente.

Dentro no había un solo ruido, ni siquiera el tictac de un reloj.

—No lo sé —admitió Narraway—. Tal vez dos días más, tres como máximo, pero Symington podría agotar la paciencia del juez y la credulidad del público.

Vespasia no contestó. No había necesidad de esforzarse buscando palabras esperanzadoras. Su mutuo entendimiento y su camaradería tampoco lo exigían.

17

Stoker entró en el despacho de Pitt y cerró la puerta.

—Buenos días, señor —dijo mientras se acercaba y se sentaba al otro lado del escritorio. Pitt no se habría sentado sin permiso cuando aquel era el despacho de Narraway, pensó irónicamente. Stoker comenzaba a sentirse a gusto. Quizá fuese mejor así; por otra parte, podría bien ser un signo del cambio de los tiempos.

—¿Qué tiene sobre Neville Forsbrook? —preguntó Pitt.

Stoker frunció los labios.

—No sé si servirá de mucho —dijo un tanto atribulado—. Nunca ha quebrantado la ley o, si lo ha hecho, su padre ha sobornado a quien correspondiera para que se callara. Hay un par de rumores... —Titubeó—. Sinceramente, creo que encontraríamos a un buen puñado de jóvenes cuyos padres los ayudan a salirse con la suya.

—¿A qué se refiere exactamente? —presionó Pitt—. Si no se sale de lo normal, no me interesa: ni deudas de juego ni peleas, a no ser que alguien resultara malherido. ¿Ha hecho daño a alguien? ¿Ha usado una navaja? ¿Ha lisiado o desfigurado a alguien?

—No. Casi todos sus problemas fueron con prostitutas —contestó Stoker con evidente desagrado—. Hubo que sobornar a uno o dos burdeles, y solo aceptaron a condición de que nunca regresara.

—Prosiga —dijo Pitt secamente.

—Bien, no sé si es verdad —dijo Stoker cautelosamente—. Pero circula el rumor, muy discreto, eso sí, de que pegó de mala manera a una prostituta y que su chulo le devolvió el favor, pero con una navaja. Le dejó unas cuantas señales que Forsbrook llevará el resto de su vida. Al menos eso es lo que se cuenta.

—¿Cuánto crédito le da a esa historia?

Pitt estaba interesado, pero también era muy consciente de que la gente fanfarroneaba por muchas razones, quizá para crearse una reputación de hombres a los que era mejor no contrariar. Formaba parte de su imagen y halagaba a su vanidad.

—Es difícil de comprobar —contestó Stoker—. No conseguí una fecha exacta, aunque sí aproximada. Forsbrook se tomó unas vacaciones después de ese incidente y nadie lo vio en ningún acto social durante un par de meses. Dijo a todo el mundo que se había ido de viaje a Europa, pero todavía no he podido comprobarlo.

—¿A qué parte de Europa?

—A un sitio inusual —contestó Stoker con una sonrisa torcida—. Apartado del Grand Tour, donde sería fácil que alguien lo viera. Sofía, Kíev o algo por el estilo. Raro sería tropezarte con uno de tus vecinos allí.

—¿Usted se lo cree?

Stoker se mordió el labio inferior.

—Veamos. Si violó a esas dos chicas, a la portuguesa y después a Alice Townley, encajaría en el patrón de que primero lo intentó con una prostituta y terminó recibiendo una paliza. De hecho, salió tan mal parado que tuvo que irse de Londres hasta que se curó.

Se revolvió en el asiento.

—Por otra parte, si no las violó, es posible que realmente se marchara de vacaciones a Sofía o donde fuera. Quizá logremos demostrar que estuvo en esos lugares, y en esas fechas, pero no hay manera de demostrar que no estuviera, excepto si podemos demostrar que estuvo en otra parte. Y me juego una semana de paga a que su padre borró cualquier rastro para que nadie diera con él.

—Interesante —dijo Pitt, meditabundo.

—Inútil —señaló Stoker.

—A no ser que encontremos al proxeneta que le hizo esos cortes y averigüemos dónde tiene las cicatrices exactamente.

Stoker sonrió de oreja a oreja.

—¿En serio? ¡No me imagino al señor Forsbrook dejándonos echar un vistazo a las partes más íntimas de su cuerpo para que lo verifiquemos!

Pitt adoptó una expresión avinagrada.

—Pero si es verdad, encaja extremadamente bien en la pauta de furia y brutalidad. Teniendo en cuenta lo demás que haya averiguado, ¿usted se lo cree, Stoker?

Stoker de pronto se puso serio y habló con contundencia.

—Sí, señor, la verdad es que lo creo. He hablado con bastantes personas, nadie está dispuesto a decir gran cosa contra él. Su padre tiene mucho poder en los círculos financieros. Una palabra suya puede suponer el éxito o el fracaso del futuro de mucha gente.

Se mordió el labio con ademán vacilante.

—Otro rumor asegura que sufrió un grave revés con el asunto de la incursión de Jameson. Invirtió un dinero que no puede permitirse perder. Un mal consejo, diría yo. Supuso que terminaríamos anexionando el Transvaal. Allí hay grandes fortunas por hacer.

—¿Un mal consejo? —cuestionó Pitt—. ¿De quién?

—Bueno, tendrías que creer que sabes algo antes de jugarte la camisa en una incursión como esa, ¿no? —dijo Stoker razonablemente—. Información privilegiada.

—Sí —respondió Pitt—. Aunque no excusa a Neville Forsbrook de nada, incluso si es cierto.

—Supongo que podría intentar seguir el rastro de algunos acuerdos de Pelham Forsbrook —propuso Stoker—. Pero en buena medida son confidenciales y no hay manera de saber por qué respaldó a una persona y no a otra.

—Tiene razón —contestó Pitt—, es una pérdida de tiempo, y podría granjearnos un montón de enemigos cuando lo que ahora necesitamos son amigos. Limítese a buscar algo reciente en la vida del joven Forsbrook que parezca extraño.

—No hay ninguna conexión portuguesa —dijo Stoker, yendo al grano—. Ni de él ni de su padre, ya lo he investigado. Algunos intereses en África, pero lo mismo sucede con cualquiera que tenga dinero para invertir.

—¿La Bristish South Africa Company? —preguntó Pitt, pensando de nuevo en el oro y los diamantes del Transvaal y en la incursión de Jameson—. ¿Y qué me dice de Neville Forsbrook? ¿Todos sus ingresos provienen de su padre? ¿Alguna herencia de su madre?

—Poca cosa, y no puede tocarla hasta que se case —dijo Stoker, encogiendo los hombros—. Ha intentado una o dos cosas, un par de años en el ejército, pero no le hizo ninguna gracia la disciplina. Lo dejó. Tiene dotes de mando, pero es reacio a obedecer.

—Gracias, Stoker. A ver qué más averigua que lo vincule a la violación.

—Sí, señor.

—Infórmeme tan pronto como pueda. Ahora tengo que ir a ver al secretario de Estado del Home Office.

—¿Acerca de esto?

Pitt sonrió sombríamente.

—No lo sé. No me lo ha dicho.

Pitt se quedó de pie sobre la alfombra delante del escritorio del secretario de Estado del Home Office, demasiado enojado, y demasiado consciente de su culpa, para hacer otra cosa que no fuera mantener la posición de firmes.

—La situación en África es muy delicada, Pitt —dijo el secretario de Estado del Home Office malhumorado—. Sin duda está enterado del fiasco de Jameson y de las enormes reparaciones que vamos a tener que pagar a Kruger y los bóeres.

Lo dijo con considerable amargura, y Pitt no pudo dejar de preguntarse si también él había sufrido algún revés a título personal.

—Sí, señor, estoy al corriente —dijo Pitt con gravedad—. Como también de la advertencia del señor Churchill en cuanto a que tarde o temprano, si no vamos con cuidado, provocará una guerra en África contra los bóeres, en la que también se verá implicada la Colonia del Cabo. En mi opinión, probablemente esté en lo cierto. También soy consciente de que aquí en Inglaterra los sentimientos están muy divididos, y que muchos consideran a Jameson un héroe. Estamos haciendo lo posible para impedir cualquier manifestación violenta a favor o en contra de él, pero eso es básicamente una cuestión de orden público, responsabilidad de la policía.

—¡Ya sé que no es responsabilidad de la Special Branch! —le espetó el secretario de Estado del Home Office—. ¿Por qué diablos está investigando los asuntos personales de Pelham Forsbrook? Creía haberle dejado claro que se olvidara del desagradable escándalo en el que están envueltos el embajador portugués y su familia. ¿Qué parte de mis órdenes fue la que no comprendió?

Las explicaciones se agolpaban en la mente de Pitt, pero ninguna de ellas era la que el secretario de Estado del Home Office quería oír.

—¡Por Dios, Pitt! —prosiguió el secretario de Estado del Home Office hecho una furia—. Incluso el propio Castelbranco entiende que no hay pruebas de nada y que las acusaciones irresponsables no convienen a nadie. ¿En qué demonios estaba usted pensando? La pobre chica está muerta y nada nos la devolverá. Deje que lo que le queda de reputación quede a salvo de nuevas especulaciones, aunque solo sea por respeto a sus padres.

Levantó un dedo amenazador.

—¡Usted no es un policía que deba ahondar en el caso hasta el final, usted es jefe de la Special Branch de Su Majestad! Su cometido se centra en velar por la seguridad de esta nación dentro de sus fronteras, en atrapar a anarquistas, traidores y otros enemigos del Estado. Por Dios, ¿no se lo dejó bien claro Narraway?

Pitt apretó los puños en los costados, donde el secretario de Estado del Home Office no podía verlos, y soltó el aire lentamente.

—Sí, señor. Lord Narraway me explicó mis responsabilidades con todo detalle, así como el alcance de mis atribuciones en la persecución de esos fines. Creo que una agresión contra la familia del embajador de una nación amiga queda claramente dentro de ese ámbito. No podemos permitir tener la reputación de ser un país donde las mujeres extranjeras no están a salvo de los violadores. Y menos aún parecer indiferentes ante tales atrocidades, como si fueran comunes en Londres y no les diéramos importancia.

—¡No sea ridículo! —le espetó el secretario de Estado del Home Office, rojo como un tomate—. Y ofensivo. Nadie tiene en poco la tragedia, pero decir que es una violación es perjudicial e irresponsable. Solo tenemos el relato de una chica histérica, sin la menor prueba de que ocurriera algo. No puede ni debe difamar a un hombre con semejante insinuación. Por no mencionar la reputación de la chica. ¿Qué cree que está diciendo la gente acerca de ella? ¿No ha pensado en eso?

Pitt hizo un esfuerzo supremo, casi doloroso, para no perder el dominio de sí mismo. Tenía la boca seca.

—No he hecho comentario alguno para insinuar que la señorita Castelbranco fuera violada, ni siquiera agredida, señor —dijo entre dientes—. Su propia Iglesia ha rehusado darle sepultura con arreglo a su ritual, fundamentándose en la suposición de que perdió su virginidad, quedó embarazada de resultas de una aventura ilícita y finalmente se suicidó. Dudo que yo pueda añadir algo para hacer que sea más sumamente doloroso de lo que ya es.

Fue incapaz de impedir que le temblara la voz. Estaba tan enojado como para hacerle frente a la reina, no digamos ya a un mero ministro del gabinete.

El secretario de Estado del Home Office palideció, quedándole el rostro ceniciento.

—Este asunto sin duda es trágico —dijo en voz baja—. Pero no es culpa nuestra...

—Es culpa nuestra si no hacemos nada al respecto —lo interrumpió Pitt, siendo bastante consciente de lo que hacía. Ya no estaba para andarse con sutilezas.

—Calumniar a Neville Forsbrook no servirá de nada. —El secretario de Estado del Home Office se estaba volviendo a enojar porque se daba cuenta de que perdía el control sobre la conversación—. Una injusticia no ayuda a otra. Y si se imagina que lo hará, señal que no es usted el hombre más indicado para haber sustituido a Narraway. ¡Él tampoco me gustaba, pero desde luego era más juicioso!

—En realidad, señor, mis pesquisas sobre el comportamiento de Neville Forsbrook en el pasado no tienen nada que ver con la muerte de Angeles Castelbranco —dijo Pitt con mucho cuidado, midiendo cada palabra—. El embajador portugués solo se enterará en el futuro, si resulta necesario. Por eso he considerado prudente, así como moralmente correcto, investigar ahora.

El secretario de Estado del Home Office lo fulminó con la mirada.

—¿Qué demonios quiere decir? Explíquese —ordenó.

—Han violado a otra joven, que ha sobrevivido a la agresión aunque tiene heridas internas —contestó Pitt, mirando de hito en hito al secretario de Estado del Home Office—. La familia no quiere poner una denuncia, por el bien de la chica. Solo tiene dieciséis años. Hacerlo supondría su ruina social, le impediría casarse bien y garantizaría que durante el resto de su vida esta repulsiva violación fuese lo único que se recordara de ella. Estoy empezando a entender por qué las chicas que son víctimas de estos actos violentos a veces se suicidan, y por qué se presentan tan pocos cargos, incluso cuando existen pruebas.

El secretario de Estado del Home Office lo miró horrorizado.

—¿Y esto en qué atañe a Forsbrook?

Su rostro hacía patente que sabía lo que Pitt iba a decirle. Se puso tenso, como quien se prepara para encajar un golpe.

—La chica nombró a Neville Forsbrook —prosiguió Pitt—. Describió las circunstancias, el momento y el lugar. Como es natural, lo hice investigar. Ella se negó a decirme en casa de quién había ocurrido, pero fue bastante fácil de averiguar. No hubo demasiados bailes en Londres aquella noche. Su asistencia no era un secreto, como tampoco la de Forsbrook. Las habitaciones, los cuadros, los demás detalles fueron sencillos de determinar.

El secretario de Estado del Home Office soltó el aire despacio.

—Entiendo. ¿Y qué supone que va a conseguir con esto? ¿Por no hablar de qué relación tiene con la Special Branch? —preguntó—. La relación con el gobierno de Su Majestad es asunto del Foreign Office, no nuestro.

Pitt enarcó las cejas.

—¿El Foreign Office está preparado para averiguar si Neville Forsbrook violó a Angeles Castelbranco, provocando así su muerte? Si es así, estaré encantado de pasar todos los datos que he obtenido hasta la fecha a quienquiera que esté llevando la investigación.

—¡No se pase de impertinente, señor! —le espetó el secretario de Estado del Home Office. Luego se apoyó contra el respaldo de su sillón y levantó la vista hacia Pitt, que seguía de pie delante del escritorio—. ¡Tenga cuidado! Pelham Forsbrook es un hombre muy poderoso. Si difama a su hijo y no puede demostrarlo, le hará perder el empleo y yo no podré impedirlo. Aunque tampoco es que vaya a intentarlo.

Pitt sintió que lo invadía el frío como si se estuviera hundiendo en un agua gélida.

—Tendré mucho cuidado, señor —dijo en poco más que un susurro—. Pero hay que detener a ese hombre. La próxima víctima podría ser su hija.

—Nieta —corrigió el secretario de Estado del Home Office con amargura—. No se lo repetiré. ¡Tenga cuidado!

—Sí, señor.

A última hora de la tarde Pitt fue de nuevo a la Embajada de Portugal. Medio esperaba que Rafael Castelbranco estuviera ocupado y no pudiera recibirlo. Sería una escapatoria de cobardes, pero eso le traía sin cuidado.

No, mentira. Se dio cuenta mientras caminaba por las aceras calurosas y abarrotadas. Sería una escapatoria temporal, nada más. Tendría que aguardar. Debía ver a Castelbranco y contarle las últimas novedades, tal como había prometido que haría. Hasta entonces había mantenido su palabra. Aunque tampoco era que hubiese servido de mucho.

Al cabo de pocos días se pronunciaría el veredicto sobre Alban Hythe. Pitt sabía por Narraway que había pocas esperanzas de que no fuese condenado. Por lo visto Narraway pensaba que podía ser inocente. Pitt no estaba tan seguro. Era indiscutible que se había visto con Catherine Quixwood un número de veces excesivo en momentos y lugares que carecían de una excusa lógica que no fuera la de una cita romántica. ¿Qué más podía haber sucedido para desatar la imaginación?

Condenarían a Alban Hythe y lo ahorcarían.

Angeles Castelbranco tenía dieciséis años cuando la había violado un casi desconocido, y el hombre que lo había hecho quedaría en libertad. ¿Qué podía decirle a su padre? ¿Que Rawdon Quixwood había dicho que Forsbrook estaba con él en el momento de la supuesta violación de Angeles? Si realmente había tenido lugar, ¿se había equivocado al nombrar a su agresor? ¿No diferenciaba a un distinguido joven inglés de otro?

La suerte no estuvo de su parte. Cuando llegó a la embajada, Rafael Castelbranco lo recibió de inmediato. Se encontraron en el estudio donde tenían costumbre de verse para hablar. Pitt había meditado lo que iba a decir y sabía perfectamente lo que podía costarle, pero no abrigaba duda alguna sobre lo que le costaría no hacerlo.

—Trae novedades —dijo Castelbranco bajito—. Lo veo en su cara. ¿Qué ha sucedido?

Había inquietud en su voz y sus ojos miraron a Pitt de arriba abajo buscando respuestas. No estaba pensando en sí mismo, sino en lo que podía costarle a Pitt aquella ruptura del protocolo.

Si algo podía haber fortalecido la determinación de Pitt, era aquello. Había cobrado mucha estima por el embajador portugués a lo largo de las últimas semanas, incluso una especie de afecto. En muchas personas la aflicción saca a relucir sus debilidades, resalta los defectos de su carácter. En Castelbranco había marcado más profundamente su valía. Había en él una gentileza, una fortaleza que eran raras de encontrar. Hablaba con serenidad. Su pesar era demasiado profundo y absoluto para manifestarse en forma de enojo.

—Ha sido muy amable al venir —dijo Castelbranco—. ¿Puedo ofrecerle algo de beber? Tengo whisky, si le apetece, pero en vista del tiempo que hace, quizá prefiera un trago más largo. Estaba tomando un combinado que le encanta a mi mujer, una mezcla de zumos de fruta.

—Me parece excelente —dijo Pitt con franqueza—. Reservemos el whisky para el otoño.

Castelbranco sacó otro vaso del armario y lo llenó de una jarra que había en el aparador, y luego ambos se sentaron. Se había convertido en una suerte de hábito. En cierto sentido Pitt estaba cada vez más a gusto en compañía de aquel hombre tranquilo, aunque fuera seis o siete años mayor que él, prestara servicio a otro país y se hubiese criado en una tierra y una cultura diferentes. En circunstancias normales habrían disfrutado con muchas actividades compartidas, conversaciones sobre intereses comunes, o aprendiendo el uno del otro sobre temas que uno amaba y del que el otro nada sabía.

Pitt había hablado de arte, aprendido durante sus primeros años en la Policía Metropolitana. Castelbranco era un apasionado de la historia, en especial de la del Mediterráneo antiguo. Su padre había pertenecido al cuerpo diplomático y había vivido muchos años en Egipto y unos cuantos en Atenas. Pitt había recurrido a sus recuerdos de la Inglaterra rural con sus inmensos parques, sus árboles centenarios, sus campos ondulantes, dorados en la época de la cosecha. Castelbranco había hablado del valle del Duero y sus viñedos, cargados de fruta bajo el sol. Había sido un breve respiro de la tragedia, un momento de cordura en medio del dolor.

Por el camino Pitt había intentado tomar una decisión. Ahora, en aquella tranquila habitación, dejó de dudar. Suponía desobedecer el espíritu de las órdenes del secretario de Estado del Home Office, pero obedecer supondría una traición a aquel hombre a quien Pitt había comenzado a considerar un amigo, y, aparte de eso, compartía con él el amor de un padre por su hija, la necesidad de defender lo que era común a toda vida.

Castelbranco estaba aguardando a que Pitt hablara. No cabía prolongar más el silencio sin que resultara incómodo.

—Es casi seguro que dentro de unos días hallen culpable a Alban Hythe —dijo Pitt al fin—. No estoy seguro de que sea el veredicto correcto, pero hay poco con que refutarlo. El caballero que fue jefe de la Special Branch antes que yo, y a quien tengo en muy alta estima, cree que podría ser inocente.

El rostro de Castelbranco se arrugó con una sensación aún más profunda de tragedia.

—Más injusticia —dijo en voz baja—. Este asunto de la violencia contra nuestras mujeres despierta una histeria que no parecemos manejar demasiado bien. El terror y la sinrazón arrasan con todo. ¿Puede hacer algo por ayudar?

—Lo dudo —admitió Pitt—. Pero me consta que lord Narraway no se dará por vencido. La acusación dice que eran amantes y que se pelearon, no que él la atacara al azar.

Castelbranco sonrió tristemente.

—Entiendo lo que quiere decir, señor Pitt. No creo que ese joven agrediera a mi hija. Ella me dijo que fue Neville Forsbrook, y no dudo de su palabra. —Había una pregunta en sus ojos. No era un desafío, pero su mirada era directa y firme—. No sé por qué ese tal Quixwood dijo que no era. Tal vez su propia aflicción le haya nublado el recuerdo. Su pérdida es terrible, y todo Londres debe saber que su esposa lo traicionó. ¿Cómo voy a querer empeorar su sufrimiento?

—No puede —respondió Pitt—. Pero me he encargado de averiguar muchas más cosas sobre Neville Forsbrook, y ese es el motivo por el que he venido esta tarde en concreto. El secretario de Estado del Home Office me ha ordenado que deje de investigar este asunto. Si no lo hago me apartará de mi mando; en realidad, supongo que de todo servicio activo.

—¡Pues no lo haga! —dijo Castelbranco alarmado, inclinándose hacia delante con los ojos muy abiertos—. Ha hecho todo lo que ha podido para que le hicieran justicia a mi hija y ha sido un buen amigo para mí. ¡Cómo quiere que le corresponda pidiéndole que haga más!

—Al menos puedo contarle lo que sé —contestó Pitt—. He descubierto bastantes cosas acerca de Forsbrook.

Le refirió lo que Stoker le había contado sobre el incidente con la prostituta y la consiguiente paliza que le dio el proxeneta. Agregó la prolongada ausencia de Inglaterra de Neville Forsbrook, aparentemente en lugares remotos donde no habría rastro alguno de él en caso de que alguien lo cuestionara. También mencionó los repetidos arrebatos de violencia de su padre y que su madre había huido, quizá para reunirse con un amante imaginario o real, resultando trágicamente muerta en un accidente de carruaje.

—Eso explica muchas cosas —dijo Castelbranco en voz baja, mirando su vaso vacío—, pero no es excusa. Ese hombre es peligroso. ¿No cree que seguirá haciendo daño a otras mujeres?

—Sí, en efecto —contestó Pitt—. Me gustaría mucho impedírselo, pero de momento no sé cómo puedo hacerlo. —Metió la mano en un bolsillo y sacó un trozo de papel doblado, en el que había un nombre y una dirección. Se lo pasó a Castelbranco—. A este hombre lo conocí cuando estuve en la policía regular. Sería necesario pagarle, pero no es codicioso y sí extremadamente discreto. Puede hacer pesquisas para usted, si lo desea.

Castelbranco cogió el trozo de papel y lo leyó.

—¿Elmo Crask? ¿Se pronuncia así?

—Sí. Tiene un aspecto anodino. Parece inofensivo, desaliñado y fácil de engañar, pero cultiva esa imagen adrede. Es muy inteligente y tiene una memoria de elefante. Pero reflexione antes de hablar con él.

Mientras lo decía, Pitt todavía se preguntaba si estaba haciendo lo correcto. Era lo que él mismo hubiese querido, pero eso no hacía que fuese sensato. No le había dicho a Charlotte lo que se proponía hacer porque pensó que no sería de extrañar que estuviera en desacuerdo.

Castelbranco aguardaba, mirándolo.

—No importa lo cuidadoso que sea, aun así es posible que de un modo u otro llegue a oídos de Pelham Forsbrook. Quizá no haya pruebas de que usted está detrás de esto, pero será la conclusión más evidente.

—¿Qué puede hacer él que no haya hecho ya? —preguntó Castelbranco con voz temblorosa.

—Es de armas tomar —dijo Pitt con abatimiento—. Puede hacer circular rumores acerca de su hija, hacer preguntas todavía más crueles. Por favor, no dé por sentado que no lo hará. Si cree que está protegiendo la reputación de su hijo, será tan resuelto como usted y, posiblemente, menos escrupuloso.

—Eso sin duda demostraría su culpabilidad —señaló Castelbranco—. Pero entiendo lo que dice y lo sopesaré antes de ir a ver a este tal... —volvió a mirar el trozo de papel— Elmo Crask. Como bien dice, no se trata solo del pasado, también hay un futuro a tener en cuenta, todas las otras muchachas a las que puede lastimar, las demás familias que quedarán heridas para siempre por la pérdida.

Pitt se levantó y le tendió la mano.

—Lamento que sea tan poca cosa.

—Es mucho —contestó Castelbranco, repentinamente ronco—. Usted ya se ha extralimitado en sus funciones. Espero que no sufra consecuencias.

Estrechó la mano de Pitt y la retuvo unos instantes antes de soltarla.

Pitt se marchó y salió a la cálida noche de verano, esperando con toda el alma haber tomado la decisión acertada, haber actuado con sensatez, no meramente llevado por el sentimiento.

Pitt tomó un coche de punto y circuló entre el tráfico denso sin apenas reparar en él, sumido en la confusión. Tenía ganas de llegar a su casa y apartar de la mente los pesares de otras personas, al menos durante unas horas.

Sin embargo, su hogar no se lo iba a permitir. Contemplaría todo lo que poseía, las cosas que le eran más preciadas, el centro de todo el valor y la felicidad de su vida, su esposa y sus hijos. Vería a Jemima, tan parecida a su madre y a punto de convertirse en mujer. En cuestión de diez años casi seguro que estaría casada y posiblemente tendría hijos.

¿Y Daniel? ¿Cómo se aseguraría Pitt de que creciera siendo honesto y gentil, con el coraje y la pasión de un hombre pero sabiendo apreciar cuanto había de bello en una mujer, no solo en el aspecto físico sino también en cuanto a ardor, valentía e inteligencia?

Para cuando llegó a la tranquila Keppel Street, donde estaba su casa, no tenía respuestas, solo una mayor claridad en lo que atañía a sus preguntas.

Charlotte, como siempre, se alegró al verlo. Si tenía preocupaciones, tuvo el atino de guardárselas hasta después de la cena, cuando él estaría más dispuesto a escuchar y, como mínimo, no hambriento.

Jemima estaba excitada y rebosante de energía, con los ojos brillantes, el rostro sonrojado. Pitt la escuchó a medias mientras le contaba con todo lujo de detalles algo relacionado con una interpretación musical. Había aprendido a escuchar fingiendo entenderla y asintiendo en los momentos oportunos. Ella no esperaba que la entendiera. Charlotte lo comprendía y con eso bastaba.

Daniel puso los ojos en blanco de vez en cuando hasta que le tocó el turno de recibir la atención de Pitt, a quien hizo un sinfín de preguntas sobre la geografía del imperio que se respondía él mismo. Sus conocimientos eran impresionantes y así se lo dijo Pitt, para su inmenso placer.

Pitt se plantó delante de las cristaleras que, estando abiertas de par en par, dejaban entrar en la estancia el perfume de la tierra húmeda. Los últimos rayos de sol alcanzaban las copas de los árboles de los vecinos. Los estorninos volaban arremolinándose en lo alto. Aparte de la leve brisa que movía las hojas y de un perro que ladraba a lo lejos, apenas había sonido alguno.

—¿Qué ocurre? —preguntó Charlotte en voz baja, acercándose a él.

—¿A qué te refieres?

Había estado divagando y no recordaba qué era lo último que le había dicho a Charlotte.

—¡Thomas! Me consta que hay algo que te preocupa. Me figuro que tiene relación con Angeles Castelbranco. Sea lo que sea, no se trata de una traición ni de anarquía, es un asunto personal. Lo demás lo sabes olvidar, al menos por la noche.

Hubo cierto grado de exasperación en su voz, pero también ternura.

—Preguntas de las que no sé las respuestas —contestó Pitt. No tenía intención de preocuparla contándole lo que le había referido a Rafael Castelbranco, como tampoco que le había dado el nombre de Elmo Crask. Quizás había sido una insensatez y ahora era demasiado tarde para enmendarla.

Charlotte entrelazó un brazo con el de Pitt y se arrimó tanto que él pudo sentir el calor de su cuerpo.

—¿Sobre Angeles? —preguntó Charlotte—. No estás seguro de que fuera Neville Forsbrook, ¿verdad? Lo fue. Vi cómo se burlaba de ella. Si no lo hizo él mismo, al menos estuvo presente. Se le notaba en la cara. Sabía exactamente qué le había sucedido a Angeles.

—¿Pese a que Rawdon Quixwood jure que estaba en otro lugar y que no pudo estar implicado?

Esbozó una sonrisa, soltando su brazo del de Charlotte para rodearle los hombros y estrecharla hacia sí.

—¿Es eso lo que te estás preguntando? —dijo Charlotte—. ¿Por qué demonios mentiría Rawdon Quixwood para proteger a Neville Forsbrook?

—Sí —respondió Pitt—. Suponiendo que esté mintiendo. Aunque no veo cómo podría estar equivocado. La información era muy concreta, lo mismo que él cuando la dio.

Charlotte lo sopesó en silencio un momento antes de seguir hablando.

—La gente miente por varios motivos —dijo pensativamente—. Para protegerse a sí misma o a alguien a quien quiere; o, por supuesto, a alguien que se ven obligados a proteger. O mienten para obtener o evitar algo. O, supongo, para saldar una deuda con alguien. ¿Uno miente para proteger un ideal? ¿O porque no puede permitirse creer la verdad, por la razón que sea? ¿Algo que simplemente no quiere creer? ¿O que se niega a creer? —Miró a Pitt, aguardando una respuesta—. ¿O porque le da miedo? —agregó.

—¿Chantaje? —contestó Pitt—. ¿Deudas? Entonces surge la cuestión de si se trata de Neville Forsbrook o de su padre. ¿Qué podría temer Rawdon Quixwood de alguno de ellos dos?

—Quizá sabía algo acerca de Catherine que quiere guardar en secreto —sugirió Charlotte—. Al fin y al cabo, la pobre mujer ya no puede defenderse por sí misma.

—Nadie puede defenderla —dijo Pitt con gravedad—. Ya estaba muerta cuando Quixwood declaró que Forsbrook era inocente en lo que se refería a Angeles.

—Pues entonces tendría que ser algo muy importante. Y teniendo en cuenta la manera en que Angeles murió, Rawdon Quixwood sería el último hombre de Londres que protegería a un violador.

—Y sin embargo creo que está mintiendo —contestó Pitt—. Es solo que no sé cuál podría ser la verdad. Nada de lo que se me ocurre tiene sentido.

—Repasémoslo paso a paso —propuso Charlotte—. ¿Qué podía tener Forsbrook, el padre o el hijo, que Quixwood deseara? Dudo que fuese dinero. Vespasia dijo que Quixwood se había retirado de una inversión en África antes de la incursión de Jameson, y está prácticamente segura de que Forsbrook no. Me comentó que en el juicio de Jameson parecía un fantasma.

—De acuerdo —respondió Pitt—. No es dinero. ¿Para proteger a alguien? Obviamente sería a Neville Forsbrook, pero ¿por qué? Forsbrook sin duda no tuvo nada que ver con ello. Pero Angeles y la otra chica, Alice Townley, dijeron claramente que las había violado Neville Forsbrook, no dos personas distintas. Ninguna de ellas mencionó a Quixwood. Y él sabe que nos consta que no estuvo implicado en la muerte de Catherine. Estaba con nosotros. De hecho, yo estaba hablando con él cuando llegó la policía para informarlo de su muerte. Y había pasado allí toda la velada.

—Tienes razón —dijo Charlotte, mordiéndose el labio—. Es difícil. ¿Miedo? ¿Miedo de qué? Y no te molestes siquiera en sugerir un ideal. Es imposible que guarde relación con ideal alguno. Y Quixwood y los Forsbrook no están emparentados, ¿verdad?

—No —contestó Pitt—. Ni por sangre ni por alianzas de negocios, que sepamos.

—Pues tiene que ser otra cosa —dijo Charlotte—. Si damos por bueno que Angeles y Alice dicen la verdad, Quixwood está mintiendo. No hay vuelta de hoja. Tiene que haberlo hecho por algún motivo. Tenemos que averiguar cuál.

—En efecto —respondió Pitt, abrazándola—. Pero ¿cómo? Charlotte apoyó las cabeza en su hombro.

—Si no son los hombres, probemos con las mujeres —sugirió—. La madre de Neville Forsbrook tuvo que ejercer cierta influencia.

—Está muerta —le recordó Pitt, pero mientras lo decía comenzó a dar forma a una idea—. Mañana lo probaré.

18

Narraway apenas había comenzado a desayunar cuando su criado lo interrumpió para decirle que el comandante Pitt había ido a verlo y que el asunto era urgente.

Narraway echó un vistazo al reloj, que marcaba casi las siete y media.

—Tiene que serlo —respondió una pizca sardónico, tal vez porque sintió un instante de miedo. Solo una emergencia haría que Pitt se presentara a aquellas horas de la mañana—. Pregúntele si le apetece desayunar y hágalo pasar —ordenó.

Momentos después Pitt entró en el comedor vestido formalmente y bastante más arreglado que de costumbre. Parecía más excitado que alarmado.

Narraway le indicó la silla de enfrente con un ademán y Pitt se sentó.

—¿Y bien? —preguntó Narraway.

—Si suponemos que Alban Hythe está diciendo la verdad —comenzó Pitt sin más preámbulos—, y que Angeles Castelbranco y Alice Townley también, solo cabe llegar a la conclusión de que Rawdon Quixwood o bien está mintiendo o bien se equivoca al decir que estaba con Neville Forsbrook cuando violaron a Angeles. —Se inclinó un poco hacia delante—. Y entonces hay que plantearse la pregunta de por qué haría semejante cosa. En principio se diría que es el último hombre de Inglaterra que defendería a un violador.

—Siendo así, ¿por qué lo suponemos? —preguntó Narraway.

Con cualquier otro se habría mostrado sarcástico, pero conocía a Pitt lo suficiente para adivinar que no hablaba sin tener una respuesta en mente—. ¿Qué hemos pasado por alto?

Pitt hizo un gesto atribulado.

—No estoy seguro. Alguna relación entre Forsbrook, sea el padre o el hijo, y Quixwood. Y si no es eso, quizás entre las mujeres.

—¿Qué mujeres? No encontramos relación alguna entre Catherine y los Forsbrook —señaló Narraway—. Vespasia dice que al parecer existe una conexión entre Pelham Forsbrook y Quixwood, pero es endeble. Ambos se plantearon la posibilidad de invertir en la British South Africa Company. A Forsbrook le fue bastante mal. Quixwood cambió de parecer a tiempo y no perdió un penique. Quixwood es asesor financiero, de modo que posiblemente le dijo a Forsbrook que lo dejara correr y este no le hizo caso. Quixwood no parece el tipo de persona que se sentiría obligada a defender al hijo violador de un hombre que no siguió su consejo financiero.

Deseó que esa idea tuviera algo de cierta, aunque resultaría absurda.

—¿Tal vez no le dio ese consejo? —sugirió Pitt.

Narraway tomó un sorbo de té.

—¿Por qué no iba a hacerlo?

—Tenemos que averiguarlo —contestó Pitt—. Quizá nos aclare por qué Catherine Quixwood puso tanto empeño en aprender sobre inversiones y sobre la British South Africa Company. Sabía que Quixwood estaba induciendo a error a sus clientes, quizá solo a Forsbrook, y quería que Hythe la informara para asegurarse. ¿Y si Hythe ha dicho la verdad desde el principio y no se trató en absoluto de una aventura romántica?

Narraway reflexionó un momento. El criado entró para servir un desayuno completo a Pitt, con té recién hecho.

—Podría tener sentido —contestó Narraway finalmente, cuando el criado se hubo retirado. Pitt se puso a comer con apetito—. Excepto que entonces nos encontramos con que a Catherine la violó un completo desconocido. ¿Es una coincidencia o alguien en quien no hemos pensado?

—No lo sé —admitió Pitt—. Pero tampoco tenemos otra solución lógica.

—Salvo que las cosas sean exactamente tal como parecen ser. —A Narraway no le gustaba la respuesta, pero no podía negarla—. Catherine estaba sumamente sola y cedió a la tentación de tener una aventura con un hombre encantador e inteligente que, además, compartía sus intereses.

—Pero ¿por qué inició él la aventura? —presionó Pitt—. No tenía nada que ganar y todo que perder.

Narraway sintió que la tristeza lo invadía de nuevo. En su imaginación veía el cuerpo roto y sangrante de Catherine, despatarrado en el suelo. Le sorprendió la claridad con que recordaba su rostro.

—Era encantadora —dijo simplemente—. Según lo que pude averiguar acerca de ella, también era una mujer interesante: llena de vida, ideas, inteligencia, incluso pasiones intelectuales. ¿Tal vez su esposa le resultó aburrida al compararla con ella?

—Pero ¿entonces por qué violó y dio una paliza a Catherine? —dijo Pitt—. Forzar a una mujer es una agresión tosca y feroz, pero dejarla medio muerta a golpes es el acto de un hombre llevado por sus demonios y completamente fuera de control. ¿Hay algún otro incidente en la vida de Hythe que encaje en esta descripción?

—No —dijo Narraway pensativo—. Ninguno en absoluto. Pero ¿acaso siempre nos percatamos de esas cosas? Y cuando lo hacemos, ¿por qué surge esta repentina y terrible violencia? ¿Por qué no la apercibimos en los demás y la evitamos?

Pitt sonrió a su pesar y se tragó un bocado de panceta y huevo.

—No se puede arrestar a un hombre por lo que creas que es capaz de hacer. Y ahora sabemos mucho más acerca de Hythe que sobre la mayoría de las personas. También sabemos muchas más cosas acerca de Neville Forsbrook.

—No tenemos constancia de que llegara a conocer a Catherine Quixwood —arguyó Narraway.

—No. Pero si fue a su casa, ¿por qué lo dejó entrar? ¿Tenía algún motivo para temerlo?

—No —concedió Narraway—. Pero ¿habría dado permiso a

los criados para que se retiraran y lo habría esperado a solas? ¿Está insinuando que tenía una aventura con él? No existe indicio alguno de que se conocieran. Él es una generación más joven que ella. ¿Qué demonios podían tener en común? Él nunca ha demostrado el menor interés por el arte, las exploraciones, la historia o cualquier otro asunto de los que le interesaban a ella.

—Dudo que tuviera una aventura con él —respondió Pitt, sirviéndose más té—. Ni con nadie, en realidad.

Narraway enarcó las cejas.

—¿Así pues, qué? ¿Simplemente se dejó caer por allí porque tenía ganas de violar a alguien y la eligió a ella? Por Dios, Pitt, eso es un sinsentido.

—Por supuesto que no —contestó Pitt impaciente—. Hay algo importante que desconocemos. Una conexión entre los Quixwood y los Forsbrook.

Narraway se sintió presa del pánico. Estaban perdiendo el caso, y el juicio de Hythe no se prolongaría más allá de aquel día; con suerte, hasta el siguiente. Había hablado con Symington, que no tenía algo nuevo con lo que luchar, ningún arma. Iba a enfrentarse a la batalla final tan solo con encanto e imaginación, y eso era bien poco contra los hechos.

—Ya es demasiado tarde para buscar pruebas —dijo en voz baja, con el amargo sabor del fracaso en la boca—. Hallemos lo que hallemos no podremos demostrarlo en un solo día.

El rostro de Pitt reflejaba determinación.

—Me consta que no tenemos pruebas —contestó, ignorando por un momento su excelente desayuno—. Tendremos que fundamentarnos en suposiciones, suscitar dudas y posibilidades.

Narraway procuró serenarse y establecer una línea de razonamiento.

—¿Así es como trabaja usted, Pitt? —preguntó con curiosidad—. Aunque, bien pensado, mejor no me conteste. Creo que prefiero no saberlo.

—¿Tiene alguna idea mejor, aparte de la de rendirse?

Pitt cogió su tostada. Aunque sonreía, se lo veía tenso y su mirada era absolutamente seria.

Narraway tragó saliva.

—¿Qué clase de posibilidad tiene en mente? —preguntó.

—Las mujeres —repitió Pitt—. En realidad fue Charlotte quien lo sugirió. Aparte de la relación de negocios entre Forsbrook y Quixwood, ¿qué pasa con Eleanor Forsbrook? No le hemos prestado demasiada atención.

—Lleva varios años muerta —dijo Narraway con paciencia—. Difícilmente puede tener algo que ver con esto.

—Unos tres años, en realidad —respondió Pitt.

—Siendo así, ¿cómo puede estar implicada? Nada de lo que tenemos se remonta tanto tiempo, a no ser que la considere responsable del carácter violento de Neville. Muchos jóvenes pierden a sus madres. Y eso no los convierte en violadores.

—No es eso lo que insinúo. No tengo la menor idea de por qué Neville se convirtió en un violador, excepto que fue violento en el incidente con la prostituta, cuando al parecer el proxeneta lo acuchilló. Pero Eleanor fue golpeada por Pelham Forsbrook, presuntamente, y estaba huyendo con un amante cuando murió en un accidente de tráfico. El caballo se desbocó.

Narraway estaba confundido.

—¿Hace tres años?

—Sí. Pero ¿quién era el amante?

—Ni idea. ¿En quién está pensando? ¿En Quixwood? —dijo Narraway con incredulidad.

—¿Por qué no? —preguntó Pitt—. Eso explicaría el odio entre ambos hombres. ¿Y si Quixwood aconsejó adrede a Forsbrook para que invirtiera en la British South Africa Company, a sabiendas de que perdería un montón de dinero, y eso era lo que Catherine sospechaba y lo que estaba intentando evitar?

—¿Para salvar a Forsbrook? ¿Por qué?

—No importa por qué. Podría ser algo tan simple como que considerase que estaba mal. O quizá que la pelota rebotara contra Quixwood, y quizá también contra ella.

—¿Podemos demostrar algo de eso?

Ahora los pensamientos se agolpaban en la mente de Narraway, aferrándose a posibilidades, a esperanzas.

—No lo sé, pero podemos intentarlo. Investigaré la posibilidad de que Quixwood fuese el amante de Eleanor Forsbrook y buscaré alguna prueba de que Forsbrook dio una paliza a su esposa por esa razón. Alguien tuvo que ver el cadáver después del accidente. Si logro encontrar al médico y es alguien a quien conozco, o al menos a quien pueda impresionar, quizás esté en condiciones de jurar que algunas de las heridas eran anteriores a su muerte. Usted solo debe asegurarse de que Symington pueda presentar nuevas pruebas.

—Iré a verle ahora mismo, antes de que se reanude el juicio. Pero hay algo que todavía no entiendo, Pitt: si la relación de Hythe con Catherine era solamente profesional y no personal, ¿por qué no lo dice? ¿Por qué iba a dejar que lo ahorcaran por defender a Quixwood?

—No lo haría —admitió Pitt, mordiéndose el labio—. Para eso también tiene que haber otro motivo.

—Está elucubrando un montón de nuevos motivos —dijo Narraway con tristeza.

—Sí —dijo Pitt, tras engullir el último bocado de su desayuno—. Así es.

—¿Qué relación guarda esto con Angeles Castelbranco y su familia?

—No lo sé, pero sigo creyendo que Neville Forsbrook la violó. Quiero apartarlo de las calles antes de que él o su padre mancillen todavía más su nombre.

—¿Por qué no pide la luna? —preguntó Narraway, sonando más sarcástico de lo que pretendía, puesto que fue consciente de hasta qué punto también a él le importaba.

Narraway llegó a los tribunales temprano y estaba aguardando a Symington cuando este entró, también temprano, con la esperanza de preparar algún tipo de defensa. Las circunstancias lo habían dejado casi sin nada. Su aspecto era pulcro, inmaculado como siempre, pero su rostro acusaba arrugas de cansancio, haciendo que pareciera mayor.

—No tengo buenas noticias —dijo al ver a Narraway en el vestíbulo. Lo condujo al despacho que estaba utilizando y cerró la puerta a sus espaldas.

—Yo tampoco —respondió Narraway—, pero tengo algunas ideas.

—Es un poco tarde —contestó Symington irónicamente—. De todos modos, las escucharé. Ayer Bower se lució y no tengo con qué replicar. El propio Hythe es mi único testigo. Hoy llamará a Quixwood y no sé si atacarlo o no. Todas las simpatías están con él y no dispongo de un maldito dato con el que sacudirlo.

—Tal vez yo sí —respondió Narraway. Antes de que Symington se lo discutiera, le resumió lo que Pitt y él habían comentado durante el desayuno.

Symington escuchó con paciencia, pero no brilló una sola chispa de esperanza en sus ojos.

—Conjeturas —dijo cuando Narraway hubo terminado—. Aun suponiendo que Pitt y usted estuvieran en lo cierto, su argumento presenta grandes agujeros. Para empezar, este es el mayor: si Hythe solo estaba recabando información financiera para Catherine, ¿por qué demonios no lo dice ahora? —Negó con la cabeza—. Lo ahorcarán si lo hallan culpable, y él lo sabe. En segundo lugar, entre las pertenencias de Catherine usted no encontró pruebas de que estuviera reuniendo información financiera. Si tomó notas, ¿qué hizo con ellas? La agenda es tan sucinta y esmerada que no demuestra nada. Las cifras tal vez fueran sumas de dinero o tal vez no. Nada lo indica. Y en tercer lugar, si no fue Hythe quien la violó, ¿quién lo hizo? No hay otros sospechosos. ¡Y sabemos que Quixwood no estuvo implicado porque en el momento de los hechos estaba con usted! Bower podría hacerle declarar a ese respecto en caso necesario.

—Nos consta que Quixwood no la violó —confirmó Narraway. Procuró imprimir esperanza a su voz, y sabía que las posibilidades eran muy escasas—. Pero no sabemos con certeza quién puso el láudano en el vino.

—Bower sostiene que lo hizo ella misma y tal suposición parece la más razonable —contestó Symington. No obstante, irguió un poco la espalda, cuadrando los hombros y levantando ligeramente el mentón.

Narraway enarcó las cejas.

—¿Herida como estaba, golpeada y sangrando profusamente, se arrastró hasta el primer piso, sacó el láudano del armario del dormitorio, volvió a bajar, lo mezcló con el madeira, se lo bebió y volvió a desplomarse en el suelo? —Hizo que sonara ridículo deliberadamente—. ¿Dónde están las manchas de sangre en la escalera? ¿En la alfombra del rellano? ¿Knox las vio? ¡Yo estaba allí y no las vi! También registré la casa. No había ningún rastro de sangre en el dormitorio, y allí era donde se guardaba el láudano. Así lo testificaré.

—¿Se da cuenta de lo que está diciendo? —Symington frunció el ceño—. Si alguien puso el láudano en el madeira, o bien fue quien la violó, cosa que indica que sabía dónde estaba guardado, que la dejó en el suelo y subió a buscarlo, lo mezcló con el vino y luego la despertó y se lo hizo beber; o bien lo agregó el propio Quixwood, cosa que sugiere claramente que sabía lo que iba a ocurrir, y que ella se tomaría el vino sin ser consciente de lo que contenía. Francamente, ni una posibilidad ni la otra parece tan plausible como que lo tomara ella misma, presa de la desesperación y padeciendo mucho dolor, después de que la violaran y golpearan.

—¿Y por qué no hay sangre en la escalera ni en el dormitorio? —insistió Narraway—. ¿Cómo se justifica que volviera a bajar, en el estado en el que se encontraba?

Symington asintió lentamente.

—De acuerdo. Bower dirá que Hythe sabía dónde se guardaba el láudano y que lo mezcló con el vino para que ella se lo tomara, de modo que muriera y no pudiera testificar en su contra.

—¿Le dio una paliza de muerte y luego se quedó en la casa, arriesgándose a que lo encontraran los criados, para ir en busca del láudano y mezclarlo con el vino antes de administrárselo? —preguntó Narraway en tono incrédulo—. Pensaba que Bower lo había descrito como un loco de atar que perdió el juicio por completo y violó salvajemente a una mujer de la que había estado enamorado porque de repente ella lo había rechazado. ¿Por qué no limitarse a romperle el cuello?

—De acuerdo —concedió Symington otra vez—. Tampoco tiene sentido. Pitt lleva razón en una cosa: hemos pasado algo por alto. Pero no estoy seguro de que el jurado vaya a apreciar esa sutil diferencia. Si Hythe no era su amante y su amistad con la víctima, pese a su secretismo, solo guardaba relación con la búsqueda de información financiera sobre las inversiones de Quixwood y sobre sus consejos a Forsbrook a ese respecto, ¿por qué Hythe no lo aduce para salvarse?

Narraway también estaba perplejo.

—No lo sé. ¿Tal vez Forsbrook o Quixwood tengan algún poder sobre él?

—¿Como qué? —repuso Symington, frunciendo el ceño como si se devanara los sesos buscando un hilo al que aferrarse para urdir una defensa.

Pitt había dicho que Charlotte le había sugerido que pensara en las mujeres. Lo había hecho refiriéndose a Eleanor y Catherine. Pero ¿qué pasaba con Maris Hythe?

—Si lo hallan culpable y lo ahorcan, ¿qué será de Maris? —dijo Symington en voz alta, impelido por un renovado apremio. Poco a poco sus ojos fueron cobrando luz—. Escándalo y, probablemente, indigencia —dijo, contestando a su propia pregunta—. Catherine no guardó documentos, y si lo hizo fueron destruidos. Si Hythe tuviera documentos, tampoco se demostraría nada. Guarda silencio para proteger a Maris. Quixwood debe haberle prometido que cuidará de ella, quizás incluso haya firmado un acuerdo que ella pueda reclamar, de modo que él no pueda desdecirse. —Se inclinó hacia delante, con un gesto de desesperada urgencia—. ¡Encuéntrelo, Narraway! ¡Ponga a alguien a trabajar en esto! ¡Traiga a ese tal Pitt enseguida! ¡Hoy mismo! Tal vez aún tengamos una posibilidad.

Narraway se puso de pie.

—¿Puede transmitirle un mensaje a lady Vespasia Cumming-Gould, diciéndole que estoy siguiendo una pista y que hoy no estaré en la sala? Es importante.

Symington sonrió.

—La bella lady Vespasia. Estaré encantado de tener una excusa para hablar con ella. Claro que se lo diré. ¿Quiere que le cuente adónde ha ido y qué está persiguiendo?

—Por supuesto. Gracias.

Vespasia ocupaba un asiento reservado para Narraway y Symington le había transmitido el mensaje de que Narraway había ido en busca de Pitt por un asunto urgente. Symington no había traslucido emoción alguna al hablar, pero la única explicación que cabía dar a su excitación era la esperanza.

Mientras contemplaba los prolegómenos de la sesión, no acertó a ver motivos para abrigar esperanzas salvo que realmente existiera alguna nueva prueba irrefutable que hubiesen pasado por alto hasta entonces. No obstante, le costó aferrarse a esa creencia cuando Rawdon Quixwood subió al estrado como último testigo de la acusación.

Quixwood se veía demacrado mientras subía los peldaños y juraba decir la verdad. Llevaba el pelo moreno bien peinado, pero tenía los ojos hundidos y la tez pálida. Vestía de negro, como correspondía a un hombre que todavía estaba llorando a su esposa. Mirándolo cuando se enfrentó a Bower, nadie podía olvidar que era la víctima de aquel espantoso crimen.

En el banquillo, Alban Hythe daba la impresión de que ya hubiera sido condenado a muerte. ¿Realmente abrigaba alguna esperanza Symington? ¿O era un magnífico actor cuyo encanto, magnetismo y capacidad para crear un mundo imaginario y luego vivir en él sobrepasaba la de los mejores actores de la escena?

Bower, tan adusto como siempre, fue a grandes zancadas hasta el centro del entarimado y miró con solemnidad a Rawdon Quixwood.

—Lamento todo esto, señor. —Lo dijo en voz baja, pero se hizo oír en el silencio absoluto de la sala. En la galería no se movía un alma. No se oía ni el más leve susurro—. Si hubiera otro camino, lo habría tomado —prosiguió Bower—. Pero le prometo que lograré que se haga justicia para su esposa y que ya no nos llevará mucho más tiempo.

—Me consta, señor —contestó Quixwood en tono pesimista—. Hace lo que es necesario, tal como se lo exige la justicia. Le ruego que me pregunte cuanto desee, y haré lo posible por mantener la compostura. No tengo la menor intención de hacer pasar vergüenza al tribunal, ni a mí mismo.

Hubo un murmullo de aprobación procedente del cuerpo del tribunal. Varios miembros del jurado asintieron.

Bower inclinó la cabeza con gravedad, explotando cada momento para suscitar compasión.

Vespasia había contado con ello pero aun así estaba impaciente.

—Empieza de una vez, hombre —dijo entre dientes.

Como si la hubiese oído, Bower levantó la mirada hacia Quixwood.

—He reservado su testimonio hasta el final, señor Quixwood, porque quiero darle la oportunidad de que resuma para el jurado lo que ocurrió exactamente, según le consta a usted, así como el terrible, casi fatídico golpe que este terrible crimen ha supuesto para usted. Permita que empiece por el principio, en la medida en que usted lo conoce.

Volvió la vista hacia el banquillo, brevemente. Los ojos de todos los miembros del jurado siguieron su mirada hasta donde Alban Hythe permanecía sentado inmóvil, para luego volver a posarse sobre la lastimosa figura de Quixwood.

Como teatro fue espléndido. Vespasia se encontró apretando los dientes y preguntándose adónde había ido Narraway y qué esperaba conseguir a aquellas alturas. El tiempo se les estaba yendo entre los dedos.

—Señor Quixwood, ¿tenía conocimiento de la amistad de su esposa con el acusado, el señor Alban Hythe?

—Comentó que lo había conocido —contestó Quixwood—. Y creo que añadió que era muy simpático. No recuerdo más que eso.

—Dicho de otro modo, ¿usted no sabía que lo estaba viendo

cada vez más a menudo, tanto como dos o tres veces por semana, hacia el final de su vida? —prosiguió Bower.

Quixwood se agarró a la barandilla.

—No, por supuesto que no.

—¿De haberlo sabido, habría actuado de otra manera? —preguntó Bower.

—Naturalmente. Le habría exigido una explicación para luego prohibirle que lo siguiera viendo. Era insensato y... —tragó saliva con dificultad— desconsiderado, en el mejor de los casos. Al final también fue trágico. Yo no sabía que fuese tan... tan frágil en lo emocional. Desconocía ese rasgo de su carácter.

Bower asintió.

—¿Siempre se había mostrado juiciosa hasta que entabló esta... amistad?

—Sí, por supuesto. Catherine era una mujer guapa y atenta.

—¿Era usted feliz en su matrimonio?

—Muy feliz. A nadie que conociera a Catherine le sorprendería. Muchos hombres envidiaban mi buena suerte. Yo mismo me consideraba afortunado.

Quixwood permanecía bastante quieto. Sus ojos no se desviaron ni una sola vez hacia el banquillo ni hacia el jurado.

—Hemos oído que usted se encontraba en una recepción en la Embajada de España cuando la policía lo informó de la muerte de la señora Quixwood —continuó Bower.

Symington se puso de pie.

—Señoría, ya hemos establecido que el señor Quixwood estaba en la Embajada de España, conversando con lord Narraway, y que había pasado allí toda la velada. Nadie lo discute.

—En efecto. —Bower levantó la cabeza en señal de reconocimiento antes de que el juez pudiera intervenir—. Señor Quixwood, no lo atormentaré pidiéndole que nos describa lo que sintió mientras se dirigía a su casa o cuando vio el cuerpo de su esposa sangrando en el suelo, espantosamente violado.

Symington tomaba notas rápidamente.

Bower prosiguió, haciendo caso omiso de Symington.

—Por favor, señor Quixwood, cuente al jurado lo que hizo

después de esa horrible noche a fin de colaborar en la investigación. En la medida en que lo recuerde. Estoy convencido de que el tribunal comprende que fue una pesadilla para usted y que, por tanto, es fácil que le falle la memoria.

Vespasia reparó en la habilidad de la pregunta, en el cuidado puesto en hacer sitio al error. Ahora sería casi imposible que Symington le hiciera equivocarse. ¿Bower lo había hecho adrede porque temía los errores? ¿O era tan solo una precaución habitual que habría tomado con cualquiera?

Quixwood titubeó, como si estuviera poniendo en orden sus ideas, y luego comenzó. Su voz sonó grave y muy clara, y en todo momento mantuvo los ojos bajos. Daba la impresión de estar reprimiendo un sufrimiento terrible.

—Aquella noche, según recuerdo, pedí a lord Narraway que me brindara su ayuda personal. Fue muy gentil, y me pareció que le importaban mucho la justicia en general y este caso en particular. Me constaba, por supuesto, que había sido jefe de la Special Branch hasta hace relativamente poco, pero en esa ocasión encontré en él a un hombre con notable sentido de la compasión. Parecía sinceramente consternado por la violencia del crimen y dispuesto a hacer todo lo que pudiera para descubrir al culpable. No estoy seguro de haberle llegado a decir lo mucho que significó su apoyo para mí.

Se oyó un murmullo de aprobación en la galería y varios miembros del jurado asintieron y sonrieron.

Vespasia sintió la amargura de la ironía en lo más hondo.

—Pasó mucho tiempo en mi casa —prosiguió Quixwood pensativamente—. Leyó las agendas de Catherine, cosas que a mí me resultarían demasiado dolorosas, y me alegró que lo hiciera él. Todos los hallazgos se han presentado como pruebas, de modo que no ha tenido que testificar. Creo que la doncella de Catherine las autenticó.

—Gracias, señor Quixwood —dijo Bower con un ademán cortés, inclinando con respeto la cabeza.

Symington estaba inquieto. Sabía que Bower hacía aquellas preguntas solo pata tener a Quixwood en el estrado y suscitar aún más las simpatías del jurado. No tenía más pruebas reales que presentar. Pero si Symington se lo echaba en cara y ganaba, el juicio estaría tocando a su fin. Tenía que prolongarlo tanto como pudiera para que Pitt y Narraway tuvieran ocasión de encontrar alguna prueba nueva, cualquier cosa que sirviera a la defensa de Hythe. Bower debía ser muy consciente de ello, lo mismo que Symington. Bower tenía todas las cartas para jugar y Symington estaba desesperado.

De pronto, Bower sonrió. La suya fue una sonrisa amable, amistosa, casi compasiva.

—Señor Quixwood, ¿su esposa era una mujer guapa?

Quixwood parpadeó varias veces apretando los párpados antes de contestar.

—Sí, lo era en todos los sentidos. Tenía un rostro encantador, rebosante de vida, ingenio y gentileza. Cuando quería, sabía ser terriblemente divertida. Amaba la belleza en cualquiera de sus manifestaciones, y también el conocimiento. Todo le interesaba. Quizá piense que lo digo porque la amaba, pero pregunte a cualquier persona que la conociera y le dirá lo mismo.

—¿Alguna vez ha tenido constancia de que otro hombre anhelara su atención más de lo debido? —preguntó Bower.

—Sí, pero Catherine era perfectamente capaz de rehusar sin rencor —contestó Quixwood—. Supongo que toda mujer verdaderamente encantadora tiene que aprender ese arte.

—Así, pues, ¿no tenía motivos para temer por ella?

—¡Por supuesto que no! Por el amor de Dios... —Se le quebró la voz—. Estaba en su casa con las puertas cerradas y... ¡y una dotación completa de criados! —dijo Quixwood en un repentino arrebato de angustia—. ¿Qué iba a temer? Estaba en una recepción a la que mis negocios exigían que asistiera. ¿Qué hombre en su sano juicio se imaginaría tal... tal...

Se esforzó por mantener la compostura, pero no lo logró. Agachó la cabeza y las lágrimas le corrieron por las mejillas.

Por un momento Vespasia pensó que Pitt y Narraway tenían que estar equivocados, al menos al suponer que Quixwood pudiera haber tenido algo que ver con el crimen. ¿Tal vez fuera Pelham Forsbrook, en venganza porque Quixwood hubiese sido el amante de Eleanor, si es que eso era cierto? Sí, seguramente tendría sentido. Se lo diría a Symington en cuanto tuviera ocasión.

Bower dio las gracias a Quixwood e invitó a Symington a interrogar al testigo.

Symington se puso de pie y de pronto pareció vacilar. Miró a Quixwood primero, luego al jurado. Nadie se movía.

—¿Señor Symington? —preguntó cortésmente el juez.

Symington sonrió, luciendo una sonrisa radiante, casi luminosa, que Vespasia sabía que era impostada. La única posibilidad que tenía era ganarse parte de la compasión de los miembros del jurado, sembrar alguna duda. No se atrevería a distanciarse de ellos, y Bower lo sabía tan bien como él.

—Gracias, señoría —dijo Symington con elegancia. Levantó la vista hacia Quixwood—. Señor Quixwood, me es imposible imaginar lo que usted ha perdido en esta terrible tragedia. No creo que el acusado fuera el hombre que hizo esto, pero tampoco creo que seguir atormentándolo vaya a servirme para demostrarlo. Le ofrezco mi más sincero pésame por la espantosa muerte de una mujer que, a juzgar por todo lo que se cuenta sobre ella, tuvo que ser muy bella en todos los aspectos.

Volvió a sentarse para gran asombro de la galería, el jurado y el juez. Incluso Bower pareció quedar desubicado.

A Vespasia le cayó el alma a los pies. Era imposible que Pitt y Narraway ya hubiesen encontrado algo. ¿Por qué demonios no se le ocurría a Symington la manera de darles tiempo? ¿Acaso era idiota? ¿O sabía que estaba derrotado y no veía sentido en prolongar la agonía?

Bower se levantó de nuevo. La victoria le encendía las mejillas y le hacía brillar los ojos.

—La acusación ha terminado su alegato, señoría.

Si a Symington lo pilló por sorpresa no dio muestras de ello, pero estaba pálido cuando volvió a levantarse y pidió al juez un aplazamiento para poder hablar en privado con su cliente antes de comenzar la defensa. ¿Tendría intención de rendirse?

Hubo un murmullo de excitación en la galería, confusión en la tribuna del jurado.

Tal vez llevado por la esperanza de alcanzar un final rápido, el juez concedió el aplazamiento hasta la mañana siguiente.

Vespasia se levantó despacio, un poco entumecida, y aguardó unos minutos mientras el gentío salía de la sala a empellones. No tenía intención de demorarse, pero en cualquier otra parte tampoco sentiría la menor esperanza. Había llegado a las puertas de la calle cuando oyó que la llamaban por su nombre. Al volverse vio que Symington iba a su encuentro.

—Lady Vespasia —dijo, no sin cierto alivio de la preocupación que se reflejaba en su rostro—, ¿podría hablar con usted, en cuestión de una media hora? Es extremadamente apremiante, de lo contrario no la molestaría.

—Apremiante es un magnífico eufemismo, señor Symington —contestó Vespasia—. Si hay algo que yo pueda hacer, estoy a su entera disposición.

—Me temo que debo pedirle que aguarde porque ahora es el único momento en que puedo ver a Hythe antes de la sesión de mañana, aunque apenas sé qué puedo decirle que le sea de ayuda, excepto suplicarle por última vez que me cuente la verdad. No tengo con qué defenderlo.

—Por supuesto que aguardaré —dijo Vespasia, dando la única respuesta posible—. ¿Podría indicarme un lugar donde hacerlo sin que me pidan que me vaya?

—Tengo un despacho asignado. Gracias.

Vespasia lo siguió hasta el despacho, donde se acomodó, pero en cuanto Symington se hubo ido, se puso otra vez de pie y fue de un lado al otro de la habitación. Iba repasando una y otra vez los datos de los que tenía conocimiento, buscando alguna escapatoria.

Los minutos pasaban lentamente. Oía voces y pasos fuera, pero nadie la molestó.

Al día siguiente iban a perder. Parecía inevitable. Sin embargo, Narraway estaba convencido de que Hythe no era culpable. A lo mejor, después de todo era capaz de albergar sentimientos más profundos de lo que ella suponía, aunque Narraway nunca sería un sentimental, inclinado a seguir sus deseos cuando contradecían a la razón. La violencia contra Catherine Quixwood lo había consternado. No la había conocido con vida pero, no obstante, su terrible muerte había tocado algo más profundo que la ira o la compasión ante un crimen.

Suponiendo que tanto Catherine como Hythe fueran inocentes y no hubiesen mantenido una relación romántica, tal como Pitt y Narraway habían conjeturado, y que dicha relación se hubiera limitado a la búsqueda de información sobre el fiasco de la incursión de Jameson por parte de Hythe, ¿por qué no lo decía ahora? Si era el hombre que sostenía ser, ¿qué había peor que ser condenado y ahorcado por un crimen espeluznante?

¿Qué amor u honor haría que Vespasia afrontara tan espantosa muerte, si tuviera el coraje necesario? ¿Tan valiente y generoso era Alban Hythe?

Y si lo era, ¿para qué? Aunque en última instancia la pregunta sería para quién. Tenía que ser Maris, a quien amaba, y que le había sido fiel en todo momento. ¿Para salvarla de qué? De la indigencia. Estaba dispuesto a callarse la verdad para protegerla. Eso solo podía significar que la verdad arruinaría a un tercero y que, si guardaba silencio, esa persona cuidaría de Maris.

Y dicha persona, a su vez, tenía que ser Quixwood, o posiblemente Pelham Forsbrook. Solo que Forsbrook había perdido mucho dinero con la incursión de Jameson, y Quixwood no.

¿Confiaría Hythe en Quixwood? No sin algo que lo comprometiera y de lo que no pudiera librarse incluso después de la muerte de Hythe. ¿Qué podía ser? ¿Quién lo había guardado en un sitio donde nadie pudiera destruirlo?

Vespasia seguía cavilando en qué y quién podrían ser, y en si Maris estaba enterada, cuando Symington regresó. El coraje y la elegancia que había mostrado en la sala del tribunal habían desaparecido. Se lo veía totalmente vencido.

No le preguntó si había sacado algo en claro; la respuesta saltaba a la vista.

—No sé qué más hacer —dijo Symington, dejándose caer en

la butaca e indicando a Vespasia con un gesto cansino que se sentara en la de enfrente.

Vespasia se quedó de pie, incapaz de relajarse, pero él estaba demasiado agotado para levantarse otra vez.

—Señor Symington, se me ha ocurrido un motivo para explicar la negativa del señor Hythe a defenderse —dijo con gravedad—. Él cree que no puede salvarse, y habida cuenta de las circunstancias es una suposición razonable. No obstante, si es un hombre tan noble como piensa su esposa, no librará una batalla inútil por su vida o su honor cuando rendirse en silencio quizá preserve cierto confort y protección para ella.

Symington levantó la vista, frunciendo el ceño.

—Si lo ahorcan, como es harto posible que ocurra, la vida de su esposa será desgraciada, y salvo si tiene familia, cosa que ella niega, probablemente acabará en la indigencia. Muy a mi pesar, es lo que le he dicho a Hythe. Ya no vale andarse con mentiras piadosas.

—¿Y si Quixwood le ha prometido que cuidaría de ella, o incluso ha firmado algún compromiso escrito que no pueda romper? —sugirió Vespasia—. Con la condición, por supuesto, de que Hythe no revele la información financiera que consiguió para Catherine.

La incredulidad de los ojos de Symington dio paso lentamente a un comienzo de comprensión. Miró atónito a Vespasia.

—¿Se da cuenta de lo que eso significa? —preguntó, recobrando sus energías—. ¡Un motivo totalmente nuevo para matar a Catherine Quixwood! No porque fuera violada, ni mucho menos, sino porque había descubierto información financiera que Quixwood no podía permitir que se hiciera pública. —Se levantó con una expresión entusiasta—. Había que silenciar tanto a Catherine como a Hythe, y su muerte y la acusación de violación fueron el medio para conseguirlo. Hythe irá al cadalso sin decir palabra para proteger a su esposa. ¡Dios Todopoderoso! Es diabólico. Pero ¿cómo diantre vamos a demostrarlo?

—No lo sé —admitió Vespasia—. Pero estando en juego la vida de un hombre, debemos dedicar todo el tiempo que nos queda en intentarlo. Voy a ir a casa de Thomas Pitt y aguardaré a que regrese. Si alguien es capaz de resolver esto, son él y lord Narraway. Lo informaré en cuanto haya novedades.

—No será necesario —repuso Symington—. Voy con usted. Así no perderemos tiempo enviándonos mensajes. Vámonos.

19

Charlotte no estaba en absoluto preparada para recibir a Vespasia cuando esta llegó con Peter Symington pisándole los talones. Vespasia presentaba un aspecto espléndido, vestida con un traje azul cobalto de corte exquisito con el cuello de seda blanca inmaculada y pendientes de perlas. Si su intención había sido conseguir la sobriedad apropiada para un juicio, había fracasado en el intento. La vitalidad y la determinación de su rostro no aceptaban la tragedia ni la derrota. Symington estaba a todas luces cansado y magullado tras la batalla, pero la calidez de su sonrisa privó a Charlotte de toda queja.

—Mis disculpas, querida —dijo Vespasia mientras una azorada Minnie Maude le sostenía abierta la puerta de la sala de estar—, pero la situación es desesperada. Te presento al señor Symington. Ha asumido la defensa de Alban Hythe, por lo que me temo obtendrá una exigua recompensa, y estamos al borde de la derrota. Nos han golpeado en todos los flancos y salvo si se nos ocurre algo esta noche, mañana nos asestarán el *coup de grâce*. Aunque desde luego poca gracia tendrá. No me gusta el señor Bower, que representa a la acusación. Se da demasiados aires de superioridad moral y carece de imaginación.

—Encantado, señora Pitt —dijo Symington en voz baja—. Soy consciente de que esto es una intromisión y le pido perdón.

—Si nos puede ayudar, es más que bienvenido —dijo Charlotte sinceramente—. ¿Ha venido directamente desde el tribunal? Es temprano, ¿no?

—Sí —contestó Symington—. El juez me ha concedido tiempo, supongo que para que prepare una rendición estratégica. Pero todavía no estamos en la última trinchera. Lady Vespasia espera que el comandante Pitt y lord Narraway aún puedan prestarnos su ayuda.

Las ideas se agolpaban en la mente de Charlotte. No sabía dónde podían estar Pitt o Narraway. ¿Qué debía hacer si no regresaban hasta tarde? Solo eran poco más de las tres.

—¿Han comido? —dijo con sentido práctico. Nadie tenía la mente en plena forma cuando le faltaba alimento.

—Sí, hemos tomado un almuerzo, gracias —dijo Vespasia, todavía de pie—. Pero quizá Minnie Maude tendría la amabilidad de prepararnos una taza de té. Recuerdo que en el pasado habíamos mantenido profundas conversaciones en la mesa de la cocina. ¿Sería posible hacerlo de nuevo?

Charlotte no se molestó en consultárselo a Symington. Su sonrisa fácil y cierta elegancia en su porte sugerían que estaría de acuerdo.

—Por supuesto —dijo enseguida—. Minnie Maude nos preparará té y tal vez una tarta. Ni el hambre ni la incomodidad deben embotarnos el pensamiento. Usaré el teléfono para ver si el señor Stoker puede ayudarnos a mandarle un mensaje a Thomas. Me figuro que el ayuda de cámara de lord Narraway será capaz de encontrarlo, si es que es posible hacerlo.

—Estupendo —respondió Vespasia, asintiendo. Se volvió para conducir a Symington hasta la cocina, seguida por una perpleja e incómoda Minnie Maude.

En torno a la mesa de la cocina, con té abundante y una tarta casera muy rica, Charlotte se puso al día sobre lo acontecido en la sala del tribunal durante aquella jornada.

—Lo que nos falta es cualquier clase de prueba —dijo Vespasia con desánimo.

Symington se terminó su pedazo de tarta.

—Me conformaría con uno o dos testigos y un buen puñado de insinuaciones —dijo—. Se puede asustar a la gente para que admita toda suerte de cosas, si consigues el equilibrio exacto. Me gustaría demostrar que Hythe es inocente, pero llegados a este punto quedaría agradecido con una simple duda razonable.

—¿Qué prueba podría existir? —preguntó Charlotte—. ¿Quién pudo ver algo que nos sirva?

Vespasia reflexionó un momento.

—Consideremos lo que sabemos con certeza —dijo—. En el orden en que ocurrió, siempre que sea posible. —Miró a Charlotte—. ¿Qué sabe Thomas?

—Que Neville Forsbrook dio una paliza a una prostituta, hace seis o siete años, cuando él tenía unos veinte —contestó Charlotte—. Y que, a cambio, el proxeneta de esa mujer le dio otra paliza igual de tremenda a Neville. Al parecer le hizo una marca con una navaja, aunque es improbable que podamos demostrarlo, a no ser que encontremos a alguien que lo haya visto prácticamente en cueros.

Torció un poco el gesto al pensarlo.

—¿Y su marido lo sabe con certeza? —preguntó Symington—. ¿O solo lo cree?

—Lo sabe —respondió Charlotte—. Ha hablado con testigos.

No mencionó a Elmo Crask, pues tenía presentes las prohibiciones del secretario de Estado del Home Office.

—Todavía está convencido de que Neville violó a Angeles Castelbranco, y yo también —prosiguió Charlotte—. Aunque por ahora nada podemos hacer al respecto. De todas formas, cualquier tentativa solo haría más daño a su familia que a Neville.

Symington puso cara de estar confundido.

—¿Esto es un caso de la Special Branch, señora Pitt?

Su voz dio a entender que lo dudaba.

—No hay caso que valga —le dijo Charlotte—. Solo es una tragedia que presenciamos y que nos importa mucho. ¿Si me gustaría ver a Neville Forsbrook castigado? Sí, por supuesto. Pero no a costa de que se siga mancillando el nombre de Angeles.

—Estoy al corriente —dijo Symington pensativamente, y su semblante adoptó una súbita expresión de pesar—. Es uno de esos casos en los que la mujer no puede ganar. Y tengo entendido que solo era una niña.

—Sí. —Charlotte mantuvo la compostura con dificultad—. Unos dos años mayor que mi hija. Pero ahora estamos aquí para impedir que ahorquen a Alban Hythe por un crimen que no cometió, no para condenar a Neville Forsbrook por el que sí cometió.

—Ambos conllevan violación —pensó Symington en voz alta, con los ojos desenfocados, mirando hacia la pared del fondo—. Sin duda esta es la parte del caso Quixwood que menos sentido tiene. Si Hythe y Catherine eran amantes, ¿cuándo surgió la ferocidad con que fue violada? ¿Y por qué allí, en su propia casa? No he hallado una sola mención de que alguna vez la hubiera visitado allí antes y, en realidad, ninguna prueba de que estuviera allí aquella noche.

Miró a Charlotte y a Vespasia alternativamente.

—¿Existe alguna? Nadie me lo ha insinuado, pero, por otra parte, tampoco se me había ocurrido sospechar de Forsbrook.

—No —contestó Charlotte con abatimiento—. Ni siquiera hay motivos para preguntarle dónde estaba. Aunque me consta que estuvo en la fiesta de la Embajada de España desde el principio de la velada, porque yo también estaba allí. Pero no lo vi después de las diez, aproximadamente.

—Interesante —dijo Symington, tanto para sí mismo como para ellas—. Hythe sostiene que estuvo paseando y pensando, pero nadie puede corroborarlo. Se cruzó con algunos vecinos, pero no habló con ninguno.

—¿Es posible que haya pruebas de que encontró la información financiera para Catherine acerca de inversiones en la British South Africa Company? —preguntó Charlotte, tratando de abordar el asunto desde otro ángulo.

—No —contestó Symington—. Además, casi todos los procedimientos para conseguirla probablemente fueron ilegales, e incluso si pudiéramos demostrarlo, nada indicaría que la obtuvo para ella. Según parece Catherine no conservó anotaciones, cosa que resulta un tanto peculiar.

—¿Pues para qué la quería? —preguntó Vespasia—. Seguro que tenía intención de hacer algo. —Se volvió hacia Symington—. ¿Qué sería? ¿Intentaba detener a Quixwood o protegerlo? ¿Por qué le importaba que arruinara a Pelham Forsbrook? Es más, ¿por qué iba a querer arruinarlo Quixwood?

Symington abrió ojos como platos.

—¿Lo hizo? ¿Lo sabemos con certeza?

—Tenemos que averiguar si Quixwood aconsejó a Forsbrook que invirtiera, sin que luego lo advirtiera del posible fracaso y el consiguiente coste de la incursión de Jameson —contestó Vespasia—. Y no disponemos de tiempo para hacerlo.

Symington se volvió hacia Charlotte.

—¿Podría ayudarnos el comandante Pitt? ¿Hay algún cauce por el que pueda obtener, si no información sobre los inversores principales, al menos informes por boca de otros? Eso serviría, en un momento dado. Quixwood no sabrá que solo son suposiciones.

Charlotte se levantó.

—Telefonearé al señor Stoker otra vez —contestó—. Merece la pena intentarlo, como mínimo.

Regresó al cabo de cinco minutos.

—He hablado con el señor Stoker. No tengo ni idea de si servirá de algo o no. Vendrá aquí esta noche con lo que consiga averiguar.

Vespasia retomó la cuestión original después de pedir prestados a Minnie Maude un papel para notas y un lápiz.

—En primer lugar sabemos que Neville Forsbrook agredió a una prostituta y que a su vez recibió una paliza a manos del proxeneta —dijo, mirando lo que había escrito—. Se marchó de Inglaterra para recuperarse en algún lugar donde fuese sumamente improbable que encontrara a algún conocido. Podemos suponer que en este asunto intervino su padre, quien, por consiguiente, conoce su carácter, y no supo o no quiso ponerle freno de manera permanente.

—Después, hace unos tres años, Eleanor Forsbrook huyó de su casa —agregó Charlotte—. No sabemos si lo hizo con un amante o no, como tampoco quién podría haber sido él. Es muy posible que antes recibiera una paliza, pero todavía no tenemos pruebas que lo demuestren.

—¿Todavía no tienen pruebas? ¿Y entonces cómo lo saben? —le preguntó Symington.

—Se lo contó a mi marido un hombre que trabaja cerca, en Bryanston Mews —contestó Charlotte—. Thomas dijo que tenía intención de encontrar al médico que examinó el cuerpo después del accidente para ver si alguna de las heridas era anterior.

Vespasia lo anotó.

—¿Y lo siguiente?

—Supongo que tanto Quixwood como Forsbrook invirtieron en África, solo que Quixwood retiró su dinero de inmediato y no se lo dijo a Forsbrook.

—¿Hay pruebas? —preguntó Symington.

Charlotte negó con la cabeza.

—Todavía no, pero tiene sentido. Luego tenemos la incursión de Jameson a finales del año pasado, cuyo juicio acaba de comenzar, y puesto que Jameson es claramente culpable, la British South Africa Company tendrá que pagar una fortuna en reparaciones a los bóeres del Transvaal. Algunos inversores van a salir muy mal parados.

—Cosa que, según nuestras suposiciones, preocupaba sobremanera a Catherine Quixwood —señaló Vespasia.

Symington se enderezó en la silla.

—¿Por qué, me pregunto? ¿Para proteger a Forsbrook? ¿Por miedo a que su marido no hubiese retirado su dinero? ¿O por miedo a que Quixwood hubiese tendido una trampa a Forsbrook para que sufriera una mala caída? Insisto, ¿por qué?

Charlotte se devanaba los sesos buscando una explicación lógica.

—¿Es posible que hubiese sido amiga de Eleanor Forsbrook? ¿O de Pelham Forsbrook? —preguntó—. No me la imagino siéndolo de Neville.

—¿Alguien ha investigado para averiguarlo? —preguntó Symington.

—Victor lo habrá hecho —dijo Vespasia con seguridad—. Sabe lo suficiente acerca de Catherine para haberse formado una opinión bien fundada.

—¿Quién necesitaba que ella muriera? —preguntó Symington, mirando a una y a otra—. La respuesta parece ser su marido. Pero sabemos sin el menor asomo de duda que estaba en la Embajada de España, conversando con lord Narraway, cuando Catherine murió.

—Otra cuestión —dijo Charlotte— es por qué Rawdon Quixwood salió en defensa de Neville Forsbrook, diciendo que estaba con él cuando violaron a Angeles, cuando sabemos que no es verdad.

Symington la miró de hito en hito.

—¿Está segura de que no es verdad? Es decir, ¿está realmente segura de que no lo está suponiendo porque dé sentido a otras cosas que no entendemos? Y si me permite ser sincero, ¿porque él no es de su agrado y cree que es culpable?

Charlotte vaciló un momento.

—¿Si lo sé? No. No podría demostrarlo. Sé que violó a Alice Townley...

Symington se quedó confundido.

—¿Quién es Alice Townley?

—Perdone —dijo Charlotte—. Otra chica joven. Su padre se negó a presentar cargos, pero Thomas fue a verla y le juró que sin lugar a dudas fue Neville Forsbrook quien la violó. Su relato de lo ocurrido fue muy parecido a lo que Angeles Castelbranco refirió a su madre, aunque con muchos más detalles. Y antes de que lo pregunte, no, no se conocían.

Symington apretó los dientes y respiró hondo varias veces.

—Siendo así me parece que las podemos creer —dijo al fin—. Pongamos que este tal Neville Forsbrook violara a Angeles y a Alice Townley. Quixwood mintió para protegerlo. La pregunta es: ¿por qué lo hizo?

—Porque no desea que Neville Forsbrook sea acusado de violación —contestó Vespasia.

—¿Por qué no, si es culpable? —dijo Charlotte enseguida. Acto seguido se le ocurrió otra idea más disparatada—. ¿Es posible que Neville Forsbrook también violara a Catherine Quixwood? —preguntó en poco más que un susurro.

Symington la miró.

—Por el amor de Dios, ¿por qué iba a protegerlo de otra acusación de violación su marido? ¿No sería la solución perfecta? Podrían condenarlo sin pasar por la vergüenza y la humillación de un juicio en el que se hicieran públicos los espantosos pormenores de la muerte de Catherine. Sería lo que yo querría si se tratara de mi esposa.

—A no ser que deseara que condenaran a otro —señaló Vespasia.

—¿A su amante? —dijo Symington perplejo—. ¡Pero si estamos suponiendo que Hythe no era su amante! ¿O es que ha cambiado de parecer?

—En absoluto —negó Vespasia enseguida—. Quiere que condenen a Hythe porque este sabe que Quixwood estaba provocando deliberadamente la ruina económica de Forsbrook.

—Ahora es un poco tarde para hacer algo al respecto —observó Symington.

—Pero no lo era cuando Catherine comenzó sus pesquisas —señaló Vespasia—. Y que se supiera que Quixwood había dado un consejo desastroso a un cliente con vistas a arruinarlo supondría el final de su carrera como asesor financiero. Si Catherine realmente sabía algo, tenía que mantenerla callada, igual que a Hythe.

Symington adoptó un aire meditabundo unos instantes y luego levantó la vista otra vez.

—Quixwood podría declarar que había aconsejado a Forsbrook que vendiera, pero que Forsbrook no siguió su consejo. Nadie podría demostrar lo contrario. Es incluso posible que Quixwood tenga una carta con ese propósito. Yo la tendría, si estuviera haciendo algo así. Diría que había suplicado a Forsbrook que no invirtiera pero que él era muy codicioso y no me había hecho caso. Resulta bastante creíble. Londres está lleno de personas que piensan que Jameson es un héroe.

—Es preciso que demostremos algo. —Vespasia pasó las tazas vacías a Minnie Maude y le dio las gracias—. Sin pruebas, o al menos testigos, no haremos más que difamar a un hombre que cuenta con todas las simpatías y el apoyo del tribunal, y no digamos ya del jurado.

Charlotte se levantó de la mesa y fue a consultar con Minnie Maude qué podían servir para cenar, con un mínimo de tres posibles invitados. Vespasia y Symington regresaron a la sala de estar.

Jemima y Daniel llegaron del colegio, saludaron y fueron enviados cortésmente pero con firmeza a sus habitaciones, con la promesa de que Minnie Maude les llevaría la cena.

Al cabo de una hora llegó Narraway y poco rato después también entró Pitt, en respuesta a la llamada de Stoker. El propio Stoker le iba pisando los talones. Todos se veían cansados y vencidos, aunque, cada uno a su manera, procuraran no demostrarlo.

Pitt miró a Symington tras echar un breve vistazo a Charlotte, un mero cruzar la vista, y de hacer lo propio con Vespasia, a modo de reconocimiento.

—Ha ido mal —concluyó Pitt.

Symington hizo un gesto con las manos.

—Todavía nos queda mañana —contestó—. No tengo manera de prolongarlo más porque, aunque tenemos un montón de ideas y quizás incluso la respuesta al enigma, carecemos de pruebas. Ni siquiera tenemos un testigo que llamar para exponer una contradicción o plantear una duda razonable.

—¿Ideas? —preguntó Narraway con una chispa de esperanza. Estaba de pie cerca de Vespasia mientras Minnie Maude aguardaba junto al umbral de la puerta para saber si debía preparar más comida para cenar.

Charlotte hizo un gesto de asentimiento y Minnie Maude desapareció hecha un manojo de nervios para enfrentarse al desafío. Charlotte dejó de pensar en qué más había en la despensa y centró su atención en lo que verdaderamente importaba.

—¿Sabemos algo ahora mismo? —le preguntó a Pitt, procurando no imprimir demasiada esperanza a su voz.

—Hablé con el forense que examinó el cuerpo de la señora Forsbrook después del accidente —contestó Pitt—. Dijo que había contusiones anteriores, incluso una costilla rota que ya se había soldado, pero eso no demuestra nada.

—Parece que podría ser cierto que su marido la pegara —dijo Charlotte enseguida.

—O no —repuso Pitt con una expresión atribulada—. También podría ser resultado de un accidente anterior, montando a caballo, por ejemplo, o incluso una caída en una escalera.

—Quizá. —Charlotte no iba a darse por vencida—. ¿Y si Quixwood aconsejó adrede a Forsbrook que invirtiera en la British South Africa Company, concretamente en la incursión de Jameson, a sabiendas de que sería un fracaso que provocaría su ruina? —sugirió.

—¿Por qué? —preguntó Pitt razonablemente.

—No lo sabemos —contestó Charlotte—. ¿Y si tuviera que ver con Eleanor y quienquiera que fuese su amante? Catherine da la impresión de haber estado muy comprometida. El crimen se centra en ella, al fin y al cabo. Si Hythe está diciendo la verdad, significa que buscaba pruebas para que ella...

—Insisto —interrumpió Pitt—, ¿por qué? ¿Qué más le daba que Forsbrook se arruinara?

Symington pestañeó y frunció el ceño.

—¿Quizás esa era la aventura? Catherine y Pelham Forsbrook, no Hythe.

Todos se volvieron para mirarlo.

—¿Quién la violó, entonces? —preguntó Narraway.

—¿Pelham Forsbrook, tal vez? —contestó Charlotte, captando la idea—. Pegaba a Eleanor. Es un hombre violento. Ella estaba huyendo cuando murió, ¿verdad?

Miró a Pitt.

—Sí —corroboró Pitt enseguida. Se volvió hacia Narraway—. ¿Pelham todavía estaba en la Embajada de España cuando violaron a Catherine?

Narraway reflexionó un momento.

—Vi a Neville marcharse un buen rato antes. Me parece que Pelham se fue al mismo tiempo. Podría ser posible. Sabía que Quixwood todavía estaba allí y que probablemente se quedaría en la fiesta durante una hora o más.

—¿Cómo lo damos a entender? —preguntó Symington, regresando a lo práctico—. Lo he intentado todo, pero no logro convencer a Hythe de que admita que estaba realizando una investigación financiera para Catherine, por más que sea la única defensa posible que le queda.

Vespasia habló por primera vez en un rato.

—Siendo realistas, señor Symington, ¿qué posibilidades hay de que dé resultado esa defensa, aunque solo sea para plantear una duda razonable?

Symington suspiró.

—Muy pocas —confesó.

—Siendo así, si la principal preocupación de Hythe es mantener a alguien a salvo para que se encargue de cuidar de su esposa, ¿se atreverá a correr el riesgo de intentar lo que estamos proponiendo? Si Quixwood ha firmado un acuerdo que no puede romper mientras Hythe guarde silencio en lo que atañe al engaño deliberado de Quixwood en perjuicio de Forsbrook, si yo estuviera en su lugar no lo haría, ¿usted sí?

Ahora era Pitt quien fruncía el ceño.

—¿Estamos diciendo que Quixwood cuidaría de Maris Hythe para que Alban guardara silencio sobre su engaño financiero, y que lo haría para salvar a Forsbrook, a quien odia lo suficiente para arruinarlo, y que además violó a su esposa y la mató, al menos desde un punto de vista moral? A mí no logra convencerme, no digamos ya a un jurado. Y eso que me gustaría creerle.

—Y hay una pregunta que precisa ser contestada —prosiguió Vespasia—. ¿Por qué mintió Quixwood en defensa de Neville Forsbrook a propósito de la violación de Angeles Castelbranco? ¿Cuál era su objetivo al hacerlo? Seguimos suponiendo que mintió, ¿verdad?

—Sí —dijo Pitt al instante—. Y también violó a Alice Townley, y muy posiblemente a otras chicas: a una la conocemos, a otras no. Y está el incidente de la prostituta y el proxeneta que le dio una paliza y lo acuchilló.

—¿Tenemos a dos violadores, padre e hijo? —preguntó Narraway, frunciendo el ceño—. Eso explicaría de dónde sacó Neville su comportamiento, de la violencia y el desprecio de su padre por las mujeres, y por qué su padre lo protegió cuando dio la paliza a la prostituta y, según parece, también la violó. Ahora bien, ¿qué podemos sugerir ante el tribunal, por no hablar de demostrarlo?

—Busque la manera de demostrar que Hythe estaba consiguiendo información financiera para Catherine —contestó Symington—. Yo encontraré la manera de obligarlo a admitir que eso era lo que estaba haciendo por ella, si tengo algo a lo que agarrarme.

Hubo un paréntesis de desesperado y triste silencio mientras todos ellos buscaban una manera de encontrar algo, cualquier cosa. Finalmente fue Narraway quien habló, mirando a Pitt.

—La incursión de Jameson podría provocar la guerra contra los bóeres en África, y eso sería un asunto muy serio para Gran Bretaña —dijo, midiendo sus palabras—. Aunque ganemos, costará vidas, y a tanta distancia saldrá sumamente cara. Sería razonable que quedara dentro de la jurisdicción de la Special Branch puesto que los bóeres lucharán con uñas y dientes, y cualquier país en guerra intenta perturbar la vida cotidiana de su enemigo. Ahí tiene la excusa para investigar el coste de la incursión de Jameson, así como quién se vio afectado por ella. No tiene que dar más explicaciones.

Pitt lo miraba de hito en hito mientras aquella idea iba adquiriendo una forma borrosa en su mente.

—Tiene que empezar por alguna parte —prosiguió Narraway—. Comience por averiguar con exactitud las ganancias y las pérdidas de Forsbrook y Quixwood. No tiene que demostrarlo, solo justificar qué estaba buscando Hythe para dárselo a Catherine, y presentar un motivo de enemistad entre Forsbrook y Quixwood.

Se volvió hacia Symington, que ahora estaba bien erguido, con los ojos muy abiertos y esbozando una sonrisa.

—¿Servirá? —preguntó Narraway, aunque la respuesta era obvia.

—Sí —dijo Symington con firmeza—. ¡Sí, servirá! Quizá con eso baste.

—Bien. —Narraway asintió y acto seguido se volvió hacia Pitt—. Necesitará un poco de ayuda. Quizá nos lleve buena parte de la noche. A primera hora de la mañana obtendremos la prueba, o al menos la afirmación, y se la llevaremos al tribunal. ¿Será suficientemente pronto? —preguntó a Symington.

—No se preocupen —les dijo Symington—. Montaré un buen espectáculo para demorar la sesión hasta esa hora. Gracias. —Se levantó—. Muchas gracias. Me voy a casa a planear mi estrategia.

—¿No preferiría cenar antes? —lo invitó Charlotte—. Hay que comer y dormir para rendir al máximo en la lucha.

Symington le sonrió con una expresión sumamente cordial y volvió a sentarse.

—Qué sensata es usted —respondió—. Acepto encantado.

El juicio de Alban Hythe se reanudó por la mañana. Vespasia asistió de nuevo, esta vez padeciendo la doble tensión de la esperanza y el pavor. Observaba a Symington y le impresionaron sus aires de confianza. De no haber sido porque la noche anterior había visto lo angustiado que estaba, habría supuesto que tenía en sus manos la defensa perfecta mientras llamaba a Alban Hythe al estrado y lo escuchaba prestar juramento.

Entonces, tras echar un vistazo a Bower, caminó con garbo hasta el centro del entarimado y levantó la mirada hacia el rostro ceniciento de Hythe.

—Usted es experto en banca e inversiones, ¿no es cierto, señor Hythe? —comenzó con gravedad—. De hecho, tengo entendido que posee notables cualidades, para ser tan joven. Modestia aparte, ¿no sería una justa valoración de su capacidad?

—Tengo cierta habilidad, sí —contestó Hythe perplejo.

Bower se puso de pie.

—Señoría, la acusación está de acuerdo en que el señor Hythe posee una inteligencia brillante, una educación excelente y en que es excepcionalmente bueno en su profesión. No es preciso que el señor Symington presente pruebas a tal efecto.

El semblante de Symington se tensó tan ligeramente que quizá solo Vespasia se dio cuenta, y ella lo hizo porque había hablado con él la noche anterior y sabía cuáles eran sus intenciones.

Symington inclinó la cabeza hacia Bower.

—Gracias. No tenía intención de presentar nada, pero su comentario me ahorra la inquietud de preguntarme si tal vez debería haberlo hecho.

Un velo de fastidio cubrió por un instante el rostro de Bower.

—No veo el propósito de su observación.

—Paciencia, señor, paciencia. —Symington sonrió—. Ha tenido varios días para presentar sus argumentos. Estoy convencido de que no tendrá inconveniente en concederme un día, ¿verdad? —Antes de que Bower pudiera contestar se volvió de nuevo hacia Hythe—. ¿Conoce al señor Rawdon Quixwood?

—Sí, un poco —contestó Hythe. Hablaba con la voz ronca, como si tuviera la garganta seca.

—¿Su trato con él es social o profesional? —preguntó Symington.

—Mayormente profesional.

—¿Le aconsejó usted en inversiones?

Symington enarcó las cejas como si tuviera mucho interés.

Hythe intentó sonreír sin conseguirlo.

—No. Sería superfluo. El señor Quixwood es un gran experto en finanzas. Dudo que yo pudiera añadir algo a sus conocimientos.

—¿También sobresale en su trabajo? —preguntó Symington.

Bower comenzó a ponerse de pie otra vez.

Symington dio media vuelta bruscamente, mostrando una chispa de irascibilidad.

—Señor —dijo irritado—. He tenido la cortesía de dejarle hablar sin interrupciones innecesarias. Salvo si está a punto de perder la esperanza en que su causa se sostenga, le ruego que deje de hacer perder el tiempo a todo el mundo con objeciones inútiles. Su señoría es perfectamente capaz de llamarme la atención si me voy por las ramas sin alcanzar un punto concreto. No tiene por qué seguir dando brincos como un muñeco de resorte.

Una risita nerviosa recorrió la galería y uno de los miembros del jurado se permitió fingir un acceso de tos, tapándose la cara con un pañuelo.

—Prosiga, señor Symington —ordenó el juez.

—Gracias, señoría. —Symington se volvió de nuevo hacia Alban Hythe, que estaba rígido, agarrado a la barandilla del estrado con ambas manos como si necesitara apoyarse—. ¿De modo que no aconsejó al señor Quixwood en sus inversiones, pongamos, por ejemplo, en la British South Africa Company?

Bower suspiró y apoyó la cabeza en las manos.

—No, señor —contestó Hythe con la voz más aguda, poniéndose de repente más tenso.

—¿Le habría aconsejado invertir, por ejemplo, antes de que llegaran noticias de la incursión del doctor Leander Starr Jameson en el Transvaal?

El juez se inclinó hacia delante.

—¿Esto es pertinente al crimen por el que se juzga al señor Hythe, señor Symington?

—Sí, señoría, lo es —le aseguró Symington.

—¡Pues vaya al grano! —dijo el juez exasperado.

—¿Aconsejó a sir Pelham Forsbrook que invirtiera? —preguntó Symington, levantando la vista hacia Hythe.

Hythe se puso, si cabe, más pálido.

—No, señor, no lo hice. No aconsejé a nadie que invirtiera en la British South Africa Company desde un año antes de la incursión de Jameson, como tampoco después.

—¿Sir Pelham Forsbrook es cliente suyo? —preguntó Symington.

—No, señor.

—¿Está seguro?

—¡Claro que lo estoy!

Antes de que Bower se pusiera de pie, Symington levantó la mano como para silenciarlo.

—Dejemos este tema por el momento —dijo a Hythe—. ¿La señora Catherine Quixwood era cliente suya?

—No me consta que tuviera dinero para invertir —repuso Hythe, procurando aparentar que la pregunta le sorprendía.

Bower miró a un lado y a otro, implorando compasión y un respiro.

—Señor Symington —dijo el juez con aspereza—, entiendo la impaciencia del señor Bower. Da la impresión de estar haciendo perder el tiempo a este tribunal. La acusación es de violación, señor, no de aconsejar mal en inversiones.

—Sí, señoría —dijo Symington sumisamente—. Señor Hythe, ¿tenía trato social con la señora Catherine Quixwood?

—Sí, señor —contestó Hythe en un tono casi inaudible.

—¿Cómo se conocieron?

Vespasia estuvo atenta con innecesaria ansiedad mientras Symington desgranaba la creciente amistad entre Hythe y Catherine Quixwood. Parecía avanzar tan despacio que Vespasia temía que en cualquier momento Bower objetara y el juez lo respaldara, exigiendo a Symington que pasara a otro asunto. Sabía que se estaba demorando hasta la pausa del almuerzo con la apremiante esperanza de que Pitt y Narraway llegaran con algo que pudiera usar. También sabía que, aunque lo hicieran, la esperanza seguiría siendo remota; cada vez lo parecía más, a medida que iban pasando las horas. No había la menor simpatía por Hythe en la galería, y nada más que aversión en los rostros de los miembros del jurado.

Symington sin duda era tan consciente de ello como Vespasia. Seguía adelante, avivando el paso. Vespasia no veía signos de desesperación en su rostro, pero tenía el cuerpo agarrotado cuando se volvió, con la mano izquierda cerrada con fuerza.

—Señor Hythe —prosiguió—, todos estos encuentros con la señora Quixwood que usted ha admitido tuvieron lugar en público. ¿Y en privado? ¿Se reunió con ella en un parque, por ejemplo, o en el campo? ¿O en un hotel?

—¡No! —contestó Hythe acaloradamente—. ¡Por supuesto que no!

—¿No lo deseaba? —preguntó Symington, con los ojos muy abiertos.

Hythe contuvo la respiración y miró desesperado en torno a sí, hacia las paredes, por encima de las cabezas del público que abarrotaba la galería. Parecía que la pregunta lo hubiese acorralado.

Por primera vez Vespasia creyó en él sin fisuras: su interés por Catherine Quixwood no era más que amistad.

—¿Señor Hythe? —instó el juez—. Por favor, conteste a la pregunta de su abogado.

Hythe lo miró.

—¿Qué?

—¿No deseó verse con la señora Quixwood en un lugar más privado? —repitió el juez.

—No... nunca —susurró Hythe.

El juez mostró sorpresa e incredulidad.

—¿Por si acaso su esposa lo descubría? —preguntó Symington a Hythe.

Hythe se quedó otra vez sin saber qué contestar.

Vespasia sintió una inmensa compasión por él. Tenía claro que había apreciado a Catherine, pero nada más. Era a Maris a quien amaba y a quien ahora estaba tratando de asegurar un futuro digno. Symington lo estaba acorralando en un rincón donde o bien tendría que admitir que había buscado información financiera para Catherine, a fin de evitar que Quixwood engañara a Forsbrook, o bien que su relación había sido una aventura amorosa, después de todo. Y no podía permitirse dar una respuesta ni la otra.

Vespasia se encontró con que estaba sentada con los puños cerrados, clavándose las uñas en la palma de las manos. Tenía los hombros agarrotados, incluso el cuello tenía rígido, como a la espera de recibir un golpe. Cada dos por tres comprobaba la hora. ¿Dónde estaba Narraway? ¿No era consciente de la urgencia?

—¿Señor Hythe? —dijo Symington justo antes de que lo hiciera el juez.

—Sí... —dijo Hythe. Tenía el rostro transido de dolor.

—¿Así pues, su esposa no estaba enterada de sus frecuentes encuentros con la señora Quixwood? —continuó Symington.

—No... Sí... —Hythe estaba temblando. Apenas podía hablar con coherencia.

—¿En qué quedamos? —Symington fue despiadado—. ¿Lo sabía o no lo sabía?

Hythe se enderezó.

—Estaba al corriente de algunos —dijo entre dientes. Miró a Symington con odio.

—¿Tenía miedo de que sospechara que usted tenía una aventura? —prosiguió Symington.

Hythe se había comprometido a seguir un camino.

—Sí.

—¿Y de que tuviera celos? —dijo Symington a las claras—. ¿Le ha dado motivo para tenerlos en el pasado?

—¡No! —Hythe estaba enojado. Ardía de indignación y los ojos le centelleaban—. Yo nunca... —Se calló de golpe.

—¿Nunca la engañó? —dijo Symington con incredulidad—. ¿O iba a decir que nunca le permitió que supiera de sus aventuras anteriores?

—¡No he tenido aventuras! —dijo Hythe furioso.

—¿Catherine fue la primera?

Bower se mostró confundido y molesto porque no entendía lo que Symington intentaba hacer. Finalmente se puso de pie.

—Señoría, si mi distinguido colega está tratando de conseguir un juicio nulo, o de dar fundamento a una apelación debido a su inadecuada defensa, solicito que...

Symington dio media vuelta para enfrentarse a él, echó un vistazo al reloj y se lanzó de lleno a negarlo.

—¡En absoluto! —dijo fulminantemente—. ¡Lo que intento es mostrar al tribunal que hay alguien con un motivo de más peso para matar a Catherine Quixwood, debido a los celos, que cualquiera que Alban Hythe haya podido tener para matar a una mujer con quien, tal como ha demostrado mi distinguido colega de la acusación, estaba teniendo una aventura amorosa! Si bien es cierto que se trata de una aventura en la que los interesados nunca se vieron en privado.

—¡Eso es absurdo! —dijo Bower, con las mejillas encarnadas—. La señora Hythe bien pudo tener celos, y parece que tenía más de un motivo, pero el señor Symington seguramente no estará insinuando que ella violara a la señora Quixwood y le diera una paliza que casi la mató. Sería ridículo, y un insulto a la inteligencia, por no decir a la humanidad de este tribunal.

Symington tuvo que hacer un esfuerzo para mantener la calma.

—Señoría, ¿puedo solicitar un aplazamiento anticipado para consultar con mi cliente?

—Creo que más vale que lo haga, señor Symington, y que ponga un poco de orden en su defensa —respondió el juez—. No voy a permitir que este juicio se convierta en una farsa por falta de habilidad o sinceridad por su parte. ¿Entendido? Si su cliente decide declararse culpable apenas variará el resultado, pero quizá sea una manera más elegante y digna de abreviar su suplicio. Se levanta la sesión hasta las dos.

Eran las once y media.

Vespasia aguardó una media hora interminable, observando el avance artrítico del minutero por la esfera del reloj del vestíbulo. A las doce y cinco vio la cabeza despeinada de Pitt sobresaliendo entre el gentío, y sin pensar para nada en su dignidad, se abrió paso a empujones hasta él.

—¡Thomas! —dijo jadeando cuando llegó junto a él, que le agarró el brazo para impedir que la zarandearan quienes querían adelantarla—. Thomas, ¿qué has averiguado? La situación es desesperada.

Pitt la rodeó con el brazo para protegerla de los empujones de varios hombres corpulentos que trataban de salir por la fuerza, cosa que jamás habría hecho en circunstancias normales.

—Tengo documentos —contestó—. Si el juez pide verlos quizá resistan un análisis minucioso, aunque no es seguro. Pero en cualquier caso darán a Symington algo con lo que persuadir a Hythe de que sabe la verdad... si es que es la verdad y tenemos razón en cuanto a lo que él y Catherine estaban haciendo.

—¡Gracias a Dios! —dijo Vespasia, no en tono de blasfemia sino con la mayor gratitud—. ¿Dónde está Victor?

—No lo sé —admitió Pitt—. Tal vez llegue un poco más tarde. He pensado que quizá no duraríais mucho más.

—Se acabó —respondió Vespasia—. Esta es nuestra última batalla. Más vale que vayamos en busca del señor Symington.

El juicio se reanudó a las dos en punto. Symington se levantó para continuar el interrogatorio a su cliente, se movió con una nueva vitalidad cuando cruzó el entarimado, con unos papeles en la mano, y levantó la vista hacia Hythe.

—Las circunstancias lo han puesto en una situación sumamente desafortunada —comenzó con mucha labia—. Posee usted una pericia que fue requerida por una mujer encantadora, con conciencia de la importancia de la honestidad en las finanzas. Puedo llamar a testigos que den fe de todo lo que voy a decir, pero comencemos por permitirle testificar a usted primero, y si luego mi distinguido colega, el señor Bower, discrepa, podemos proceder a partir de ahí.

Miró a Hythe con una sonrisa radiante.

—Catherine Quixwood conocía su reputación como financiero y solicitó sus servicios, ¿no es cierto? Por lo que he oído decir de ella y habiendo leído su agenda, creo que fue bastante franca con usted. ¿Es así?

Hythe titubeó.

—No me obligue a repetir la pregunta, señor Hythe —pidió Symington amablemente—. Conoce la respuesta tan bien como yo.

Hythe tragó salvia.

—Sí.

—Gracias. Lo buscó y cultivó su relación. ¿Era unos cuantos años mayor que usted, una mujer guapa de una posición social ligeramente superior a la suya, y estaba preocupada por un asunto en el que necesitaba consejo urgentemente? —Levantó la mano con la que sostenía los papeles sin dejar de sonreír—. No me obligue a arrancarle los dientes uno por uno, señor Hythe.

—Sí —admitió Hythe otra vez, mirando los documentos mientras Symington bajaba la mano de nuevo. Todos los presentes en el tribunal pudieron ver que estaban escritos por un lado.

Symington miró al juez.

—Señoría, si es necesario los presentaré como prueba y se los daré al señor Bower. Pero dado que son documentos financieros de carácter muy confidencial, preferiría no hacerlo, siempre y cuando mi cliente coopere y por fin podamos esclarecer la verdad. Otras personas inocentes podrían salir perjudicadas.

Bower se levantó.

El juez levantó la mano.

—Señor Symington, no voy a permitir que encandile al tribunal con uno de sus trucos de salón. Muéstreme lo que tiene.

Symington le pasó los documentos sin rechistar.

El juez los leyó y el rostro se le ensombreció. Se los devolvió a Symington.

—¿De dónde los ha sacado? —inquirió con gravedad—. Y si no me dice la verdad, señor Symington, es probable que se encuentre con que su carrera jurídica ha terminado. ¿Me he explicado bien, señor?

—Sí, señoría. Los he obtenido por mediación de la Special Branch de Su Majestad, en interés de la justicia.

El juez puso los ojos en blanco, pero levantó una mano para exigir a Bower que se sentara otra vez.

—Muy bien. ¿Tiene intención de llamar a testificar al comandante Pitt de la Special Branch?

—Solo si es absolutamente necesario, señoría.

—Pues entonces prosiga. ¡Y se lo advierto, si se pasa un dedo de la raya, lo detendré!

—Sí, señoría. Gracias.

Symington se volvió de nuevo hacia Hythe.

Desde la primera fila de la galería, Vespasia vio que a Symington le temblaban las manos. Hythe tenía el semblante ceniciento. Los miembros del jurado miraban a Symington como si estuvieran hipnotizados. En la galería reinaba un silencio absoluto, ni un movimiento, ni un susurro.

Symington comenzó otra vez.

—¿Catherine Quixwood le dijo por qué deseaba conocer esta información, señor Hythe? Tengo sus agendas, le ruego que no recurra a evasivas.

Parecía que Hythe estuviera a punto de desmayarse. Tuvo que debatirse unos instantes con la decisión.

Bower adoptó una expresión desdeñosa.

—¡No es nada agradable morir ahorcado, señor Hythe! —dijo Symington en un tono amenazante—. ¡Y tampoco es agradable para quienes lo aman! Se lo vuelvo a preguntar, ¿por qué deseaba esta información Catherine Quixwood? Si no contesta, puedo hacerlo por usted y lo haré.

Esta vez Bower sí que se levantó.

—Señoría, el señor Symington está acosando a su propio testigo, posiblemente pidiéndole que se condene a sí mismo.

El juez miró a Symington, haciendo patente su desdén.

Symington se volvió hacia Hythe.

Vespasia sabía que aquella era su última oportunidad. El tribunal estaba contra él. Estaba perdiendo los valiosos retazos de simpatía que había ganado poco antes.

Hythe respiró profundamente.

—Ella creía que su marido había aconsejado muy mal a alguien sobre ciertas inversiones en África —dijo con la voz tomada—. Deseaba demostrar si era verdad o no. Caso de que lo fuera, pensaba que él quizá devolvería parte de las cuantiosas pérdidas.

—¿Voluntariamente o porque se vería forzado a hacerlo? —preguntó Symington.

Hythe tragó saliva otra vez.

—Porque el perjuicio para su reputación como asesor financiero le obligaría a... a mantener el asunto en privado —dijo con voz quebrada.

Symington asintió.

—¿Y este fue el motivo de que ella buscara su ayuda y ustedes se vieran cada vez más a menudo, y con cierta privacidad, en lugares donde sus conversaciones no fueran oídas por terceros, sin que su marido lo supiera?

—Eso es lo que dijo ella —corroboró Hythe.

—¿Y tiene usted alguna prueba de que eso sea la verdad? —presionó Symington.

—Era muy entendida en la materia —contestó Hythe—. Usted tiene los documentos en la mano. Sabe exactamente qué deseaba, y que todo tiene un sentido. Si se fija en las fechas verá que es acumulativo. Tras entender una pieza, pedía otra, fundamentándose en ese conocimiento. Era... era muy inteligente.

—¿Estaba enterada de los planes de la incursión de Jameson antes de que ocurriera? —preguntó Symington con interés.

Se oyeron movimientos en la galería. Varios miembros del jurado se sobresaltaron, uno se inclinó hacia delante con el rostro tenso.

—Sabía que algo de esa naturaleza podía ocurrir, sí.

—Pero ¿no que fracasaría? —prosiguió Symington—. ¿O eso también lo sabía?

—Creía que sucedería —contestó Hythe.

Symington se mostró sorprendido.

—¿En serio? Qué perspicaz. ¿Sabe por qué lo creía?

Hythe volvió a vacilar.

—¡Señor Hythe! —dijo Symington bruscamente—. ¿Qué sabía Catherine Quixwood?

Hythe levantó la cabeza de golpe.

—Observaba el comportamiento de otras personas —dijo en voz tan baja que incluso el juez tuvo que inclinarse para oírlo.

—¿Qué otras personas? —preguntó Symington—. ¿Tenía acceso a los planes?

—No —respondió Hythe en el acto—. Estaba enterada de que algunas personas estaban invirtiendo y de quién no. Dedujo que estos últimos sabían algo. —Parecía estar exasperado—. La incursión costó una fortuna, señor Symington. Hubo quien invirtió en ella: hombres, armas, munición y otros equipos. Ella se había formado una idea. Observaba y escuchaba. Era una mujer muy inteligente y estaba sumamente preocupada. Y era valiente.

—Sin duda —dijo Symington con un repentino sentimiento que le quebró la voz—. Y tengo entendido que además era muy guapa. En general, una mujer excepcional, y su violación y muerte son una tragedia que no debe quedar impune.

Vaciló un momento antes de proseguir.

Uno de los miembros del jurado tenía lágrimas en las mejillas. Otro sacó un gran pañuelo blanco y se secó la frente como si tuviera mucho calor.

Incluso Bower permaneció inmóvil, sin dar la impresión de que fuera a objetar.

Symington carraspeó y continuó.

—¿De modo que Catherine Quixwood reunió mucha información financiera relativa a la incursión de Jameson, y sobre varias personas que habían ganado o perdido dinero que se había invertido en armas, munición y otras especulaciones en África? —le preguntó a Hythe.

—Sí —contestó Hythe simplemente.

—¿Podría haber resultado perjudicial para alguien, económicamente o para su reputación, si ella la hubiese hecho pública? —preguntó Symington, poniendo cuidado en no nombrar a nadie.

Hythe lo miró de hito en hito.

—Sí, claro que sí.

—¿Muy perjudicial? —presionó Symington.

—Sí.

—En las finanzas la reputación depende de la confianza, la discreción y las recomendaciones verbales, ¿correcto?

—Sí.

—¿Es entonces posible, señor Hythe, o de hecho probable, que en estos papeles —los levantó— figure el nombre de alguien que estaría arruinado de haberlos hecho públicos... si ella no hubiese muerto?

—Sí.

La voz de Hythe apenas alcanzó a oírse pese al silencio imperante en la sala.

Bower finalmente se puso de pie.

—Señoría, todo esto son suposiciones. Si este fuese verdaderamente el caso, ¿por qué no lo ha dicho el acusado desde el principio?

El juez miró a Symington.

Symington sonrió. Se volvió hacia Hythe.

—Señor Hythe, usted tiene una joven y encantadora esposa por quien siente devoción. Si es hallado culpable y ahorcado, ella se quedará sola e indefensa, deshonrada y en la miseria, ¿no es así? ¿Teme por ella? ¿Teme en concreto que si usted nombra al hombre que Catherine Quixwood pudo haber arruinado, y a quien cuyas pruebas todavía podrían arruinar, este se vengue en la persona de su viuda?

Se oyó un grito ahogado en la galería. Varios miembros del jurado se pusieron tensos, mostrándose consternados. Incluso el rostro del juez era adusto.

Hythe estaba paralizado.

Symington todavía no había terminado.

—Señor Hythe, ¿es este el motivo por el que me he visto obligado a sonsacarle esta información, con la ayuda de la Special Branch y de unos documentos financieros que deberían ser confidenciales? ¿Está dispuesto a ser hallado culpable de un crimen que no cometió, contra una mujer por quien sentía la mayor admiración, porque si no lo hace su esposa será la próxima víctima, cuando esté sola y en la indigencia, sin que usted pueda cuidar de ella?

Fue una pregunta retórica. Symington no necesitaba ni esperaba una respuesta.

Fue como si ninguno de los presentes en la sala se atreviera a respirar.

Se volvió hacia el juez.

—Señoría, no tengo manera de obligar al señor Hythe a contestar, ni sería honorable que me empeñara en hacerlo. Ojalá de estar yo en su situación también tuviera el coraje, el sentido de la lealtad y del honor de aceptar una muerte tan espantosa como el ahorcamiento a fin de salvar a alguien a quien ama.

En su rostro no había ni rastro de su confianza y encanto habituales; no reflejaba más que sobrecogimiento, como si hubiese visto algo abrumadoramente bello que le hubiese impedido seguir fingiendo.

Vespasia, observándolo, esperó que fuese verdad, con una intensidad que la sorprendió. Y de pronto, con un dolor casi físico, anheló volver a amar con aquella profundidad. Le daba pavor sumirse en una vejez elegante y desapasionada. Sería mucho mejor morir de repente que poco a poco, sabiendo que el corazón te ha abandonado.

Se obligó a apartar de su mente semejantes pensamientos.

Aquel momento pertenecía a Alban Hythe. Era su vida la que debían salvar. ¿Dónde estaba Victor? ¿Por qué no había encontrado algo? ¿Por qué no había llegado aún?

Alguien sollozó en la galería.

Le tocaba el turno a Bower. Caminó hasta el centro del entarimado. Por un momento se mostró confundido. Por primera vez en todo el juicio, tenía en su contra la corriente del público. Si ahora criticaba a Hythe parecería zafio, un hombre dado a la crueldad.

—Señor Hythe —comenzó lentamente—, mi distinguido colega ha sugerido, aunque no demostrado, que usted buscó información para la señora Quixwood de modo que ella pudiera sacar a la luz cierto consejo financiero que fue... digamos, deshonesto. Usted ha sido, por las razones que sean, sumamente reacio a cooperar con él. —Carraspeó un tanto incómodo—. ¿Consiguió usted dicha información de manera lícita? El señor Symington ha dicho que sus copias se las facilitó la Special Branch. ¿Cómo es posible que usted las consiguiera?

Hythe estaba destrozado.

—No sé qué documentos tiene el señor Symington, señor —contestó con voz ronca—. Yo tenía documentos bancarios procedentes de diversas fuentes que, analizados en conjunto, daban pie a sacar las conclusiones que usted ha mencionado.

—Entiendo. ¿Y está sugiriendo que uno de los hombres implicados en estos tratos violó a la señora Quixwood? Si tanto temía la información que ella poseía, ¿por qué demonios la violó pero la dejó con vida para que testificara contra él? Parece increíblemente estúpido, ¿no?

—No tengo ni idea —admitió Hythe.

Symington se levantó.

—Señoría, el señor Bower está saboteando su propio caso. No cabe duda de que ha acusado al señor Hythe precisamente de eso: violar a la señora Quixwood, sin motivo alguno, y dejarla viva para que testifique contra él.

Un amago de sonrisa iluminó el semblante del juez un instante y volvió a desvanecerse.

—Señor Bower, el argumento del señor Symington se sostiene. Si nadie más habría hecho tal cosa, ¿por qué quiere que supongamos que el señor Hythe lo haría?

—Porque tenía una aventura amorosa con la señora Quixwood, señoría —dio Bower entre dientes—. Y lo rechazó. Lo que hizo no fue normal, pero los hombres dominados por la pasión y el rechazo no siempre se comportan normalmente. La insinuación de que la violaron para silenciar su testimonio supondría suponer que fue un crimen absolutamente racional y a sangre fría.

—¿Señor Symington? —inquirió el juez—. ¿Qué tiene que decir a eso?

Symington disimuló bien su disgusto, pero Vespasia reparó en él y tuvo claro que al menos uno o dos miembros del jurado también se habrían dado cuenta.

—El señor Hythe no estaba teniendo una aventura amorosa con la señora Quixwood, señoría —dijo Symington—. No hay una sola prueba que indique que la tuviera. Siempre se citaban en lugares públicos y no se ha llamado a un solo testigo para que testifique acerca de algún comportamiento que diera a entender algo más que una simple amistad. Si hubiera alguna prueba, estoy convencido de que el señor Bower la habría presentado con sumo gusto.

En ese momento hubo un leve movimiento en la galería. Vespasia dio media vuelta en su asiento y vio que Victor Narraway bajaba por el pasillo central y se detenía junto a la mesa de Symington. Le entregó una hoja de papel doblada y regresó en busca de un asiento allí donde alguien tuviera la gentileza de hacerle sitio.

Bower pasó por alto la interrupción y volvió a mirar a Hythe.

—Señor Hythe, ¿de verdad espera que el tribunal, así como el jurado compuesto por sensatos hombres de negocios y profesionales, crean que un hombre semejante a ellos invirtió dinero con poca fortuna en una empresa africana que salió mal, posiblemente como resultado de haber sido mal aconsejado, y que ese hombre de su invención sabía que esta mujer casada, guapa y aparentemente respetable había descubierto pruebas que podían resultar embarazosas para él? ¿Que entonces, en lugar de robar las pruebas o de intentar mantenerlas en secreto de la manera habitual, fue a su casa, la violó y le dio una paliza pero la dejó con vida? ¿Y que todo lo hizo para evitar el bochorno de una operación financiera desafortunada? ¿Una aventura en la que no estaba ni mucho menos solo? ¡Señor, está forzando la credulidad hasta extremos de locura!

Vespasia sintió que una ola de desesperación se abatía sobre ella hasta ahogarla. Pocos minutos antes estaban ganando; ahora, de repente, todo había terminado.

Bower hizo un elaborado gesto de invitación a Symington, que ya estaba de pie.

Symington no llevaba papeles en la mano esta vez. Caminó hasta el estrado y levanto la vista hacia Hythe.

—Suena bastante absurdo, ¿verdad? —dijo, luciendo de nuevo su encantadora sonrisa—. Un desconocido que decidiera actuar así habría sido un idiota. ¿Cómo podría creer que se saldría con la suya? ¿Por qué la violación? Eso es un acto de odio, de desprecio, de abrumadora ira contra las mujeres, pero no un medio para rescatar la reputación de un financiero con problemas.

Miró al jurado.

—Ahora bien, caballeros, eso es lo que mi distinguido colega les ha planteado, no lo que les planteo yo. Imaginen en cambio, por favor, un odio antiguo, centrado en dos hombres y una mujer guapa y obstinada, esposa de uno de esos hombres y amante del otro. Es una historia de pasión y odio, los celos más antiguos del mundo. Está entretejida en la mismísima tela de la naturaleza humana. ¿Es creíble esto?

—¡Señoría! —protestó Bower con ansiedad e impaciencia.

El juez levantó la mano para hacerlo callar.

—Señor Symington, supongo que tendrá alguna prueba para sustentar lo que está diciendo. No vamos a escuchar otro cuento de hadas, ¿verdad?

—No, señoría. Llamaré a lord Narraway al estrado para que testifique, si es necesario. Espero ahorrar tiempo al tribunal preguntando al propio señor Hythe. Estoy convencido de que si alcanzamos una conclusión esta tarde, el tribunal habrá sido servido de la mejor manera posible.

—Prosiga, pues —ordenó el juez—. ¿Lord Narraway está en la sala, por si lo necesita? Me figuro que estamos hablando de Victor Narraway, que fue jefe de la Special Branch hasta hace poco. No lo conozco de vista.

—Sí, señoría, es él, y está presente en la sala. Precisamente acaba de pasarme la información que ahora me propongo presentar.

—Proceda. Tendrá que aguardar su turno, señor Bower.

Symington le dio las gracias y volvió a mirar a Hythe.

—Continuemos con nuestra historia, señor Hythe. Esta hermosa mujer recibió una violenta paliza a manos de su marido, celoso con razón. Ella intentó huir con su amante, pero sufrió un trágico accidente y falleció. El amante nunca perdonó al marido que la golpeara y, a su juicio, que le causara la muerte. Planeó una larga y amarga venganza.

Echó un vistazo al jurado y se volvió de nuevo hacia Hythe. Reinaba un silencio absoluto en la sala.

—Sin embargo, no era consciente de que su propia esposa se había enterado del asunto —prosiguió Symington—. Así como de las circunstancias que lo rodearon, y también descubrió su plan de venganza. Era una mujer inteligente y observadora, y conocía el carácter de su esposo. Tenía miedo de que su ira triunfara, con toda la destrucción que provocaría. Y se propuso impedirlo.

Alguien tosió en la galería y el ruido fue como la explosión de una bomba.

—Él se percató de lo que tramaba su esposa y decidió que debía pararle los pies —prosiguió Symington—. La revelación de cómo había usado sus conocimientos profesionales arruinarían su reputación y su carrera, incluso aunque fuese demasiado tarde para impedir que su plan tuviera éxito.

Hythe tenía el semblante ceniciento y daba la impresión de haber perdido la facultad de hablar.

Symington lo tenía acorralado.

—Resulta que el marido de la mujer que ahora está muerta era un hombre violento, como bien sabemos. Lo que desconocían muchas personas, entre ellas la mujer, es que su hijo también era un hombre violento, un hombre culpable de varias violaciones que se ajustaban con toda exactitud a la misma pauta de brutalidad. ¿Me sigue, señor Hythe? No importa, ya casi he llegado al final. Un marido que tiene que impedir que su esposa saque a la luz su venganza paga al hijo de su enemigo para que viole a esta misma esposa de una manera terrible. Él mismo deja su vino predilecto mezclado con una dosis letal de láudano, convencido de que en esa situación extrema se lo beberá.

Nadie se movía.

Symington continuó.

—También se las arregla para dejar una carta de amor que le escribió su esposa para que el hombre que le proporcionó las pruebas de su venganza sea acusado de la violación. De este modo, en una sola noche aciaga ha destruido al hijo de su enemigo, a la esposa que habría sacado a la luz sus planes de venganza y al hombre que le proporcionara la información. Y todavía ha hecho una cosa más para protegerse. Ha entablado amistad con la esposa del hombre al que ha culpado, prometiendo cuidar de ella cuando el desdichado sea ahorcado. Sin duda también ha dicho que se encargará de destruirla si este hombre no asume la culpa, en silencio y con valentía, sin decir ni una palabra sobre la verdad. ¿Cuento ya con su atención, señor Hythe?

Hythe estaba agarrado a la barandilla del estrado, pero aun así las rodillas le flaquearon y faltó poco para que se desplomara.

Symington se volvió hacia el jurado.

—Caballeros, ¿alguna vez se urdió un plan más malvado y prácticamente surtió efecto en la consecución de su espantoso propósito? Ahora ustedes saben lo que está ocurriendo. Pueden impedirlo. Pueden hallar justicia para Catherine Quixwood. Pueden salvar la vida del joven que intentó ayudarla a impedir la ruina y la explotación. Pueden salvar a la esposa a quien tanto ama que está dispuesto a morir a fin de protegerla. Dejen que otros encuentren y ajusticien al violador. Ya se han iniciado acciones en ese sentido.

Se volvió un poco con un gesto que los incluyó a todos.

—Quienes manipularon las inversiones serán castigados. La esposa que tomó un amante y recibió una paliza por ello está muerta. Su marido ha perdido su fortuna. Hemos llegado casi al final, caballeros. La vida y la muerte, el amor y el odio, la codicia y la inocencia están en sus manos. Les suplico que obren con la misma clemencia y tolerancia que todos necesitaremos si alguna vez nos toca sentarnos en el banquillo de los acusados.

Symington hizo una reverencia al jurado y regresó a su asiento.

Entonces le tocó a Bower dirigirse al jurado. Habló poco de hechos, centrándose en la brutalidad del crimen, repitiendo los peores detalles, con el rostro transido de ira y compasión. Descartó las teorías de Symington como un truco de magia, una pantomima destinada a inducirlos a error. Carecía de fundamento, insistió, solo era el desesperado e interesado castillo de naipes de un abogado.

Cuando el jurado se retiró a deliberar, Narraway fue a sentarse casi de inmediato al lado de Vespasia.

—¡Victor! ¿Qué has averiguado? —preguntó con apremio.

—Catherine fue a Bryanston Mews —contestó Narraway—. Sabía que Quixwood había sido el amante de Eleanor Forsbrook. Buena parte de lo que ha dicho Symington han sido conjeturas, pero es lo único que tiene lógica.

—Así, pues, ¿Neville Forsbrook violó a Catherine? ¿O estás diciendo que fue el propio Pelham para vengarse de que Quixwood hubiera seducido a Eleanor? —preguntó, todavía un tanto desconcertada.

—Creo que fue Neville. Del mismo modo en que fue él quien violó a Angeles Castelbranco y a Alice Townley, y posiblemente a otras.

—¿Y el láudano? —insistió Vespasia.

—Quixwood lo mezcló con el vino, sabiendo que ella se lo bebería. Si no lo hacía, siempre podía dárselo él cuando llegara a su casa. No hubiera sido tan seguro para él, pero aun así habría dado resultado.

—¿Qué vamos a hacer al respecto? —preguntó Vespasia.

Narraway sonrió.

—Confiar en que vamos a obtener un veredicto de inocencia para Alban Hythe. Luego nos plantearemos cómo desmentir la declaración de Quixwood que protege a Neville. Todavía quiero asegurarme de que ese joven pague por las dos violaciones... y, en un sentido moral, al menos por el asesinato de Angeles Castelbranco. ¡Tenía dieciséis años!

Se le quebró la voz. Vespasia vio en sus ojos la dimensión de un horror que Narraway nunca había imaginado siquiera. Había una vulnerabilidad, un conocimiento de la impotencia que le tocaba la fibra en lo más hondo.

El jurado regresó al cabo de dos horas, cada minuto de las cuales había transcurrido a un ritmo exasperantemente lento.

La sala del tribunal estaba atestada. Incluso había gente de pie en el pasillo y en la parte de atrás.

El protocolo se representó al paso mayestático de la ley. Nadie se movía. Nadie tosió.

El portavoz del jurado contestó con voz serena.

—Hallamos al prisionero, Alban Hythe, culpable de los cargos imputados, señoría.

En el banquillo, Hythe se inclinó hacia delante, derrotado.

Maris Hythe dio la impresión de estar a punto de desmayarse.

Vespasia se quedó atónita. Había abrigado esperanzas, y la desesperación que se adueñó de ella le dejó la mente en blanco. Tardó segundos, quizás un minuto entero en poder pensar qué hacer a continuación.

Respiró profunda y lentamente y se volvió hacia Narraway.

—Esto no está bien —dijo en voz baja—. Solo tenemos tres semanas. Debemos encontrar algo enseguida.

20

Pitt se negó a aceptar la derrota. Resultaba intolerable. Ahora estaba seguro más allá de toda duda razonable de que Alban Hythe no había violado ni matado a Catherine Quixwood y, sin embargo, había estado en el tribunal viendo cómo el juez le ponía una capucha negra y lo sentenciaba a muerte. Como siempre, se concedían tres domingos a modo de período de gracia, un compás de espera en el que difícilmente podía montarse una apelación, aun suponiendo que encontraran nuevas pruebas.

Necesitaban más tiempo. La única manera de conseguirlo sería que el secretario de Estado del Home Office concediera un aplazamiento, pero no había fundamentos para solicitarlo. Pitt se había quedado en su despacho porque quería estar solo, pasar un rato alejado de quienes le eran más próximos. Sus pesares lo distraían y necesitaba estar totalmente concentrado. No le quedaban ánimos para consolar a los demás.

Iba de un lado a otro del despacho con la espalda encorvada, los músculos agarrotados. Daba vueltas y más vueltas al caso, pero no había nada que sustentara una apelación. Symington, destrozado y abatido, ya se lo había dicho.

Estaba convencido de que la respuesta que habían encontrado, y en parte inventado con retazos de pruebas, era la verdad. El jurado, pedestre y falto de imaginación, no los había creído. ¿Por qué no? ¿Qué habían pasado por alto? ¿Qué habían hecho mal? ¿Todo era fruto de la ira y el miedo que Bower les había infundido hasta el punto de ser incapaces de pensar? ¿Se trataba simplemente de que no creían que Catherine pudiese haber sido tan inteligente o tan valiente como ellos la habían pintado? ¿Tan intensamente necesitaban castigar a alguien que no podían aguardar a dar con el verdadero culpable?

¿No habían seguido la lógica de los argumentos? Seguro que Symington había despertado su compasión y su enojo con el empeño de Hythe de sacrificar su propia vida para salvar a Maris. ¿Tan crédulos eran que se habían tragado la aflicción fingida de Quixwood?

De repente se irguió. El motivo poco importaba. Necesitaba un aplazamiento del secretario de Estado del Home Office, una suspensión del cumplimiento de la sentencia lo bastante prolongada para buscar fundamentos que justificaran una apelación. No debían tirar la toalla. Demostrar la inocencia de Hythe cuando ya hubiera muerto de nada serviría y, además, una vez que la ejecución tuviera lugar sería mucho más difícil convencer a alguien de que se había cometido una equivocación irreparable al ajusticiar a un hombre absolutamente inocente. ¿Quién estaría dispuesto a enfrentarse a semejante verdad y llevar esa carga sobre los hombros el resto de su vida? ¿Quién sería capaz de admitir que el sistema judicial en el que confiaba era tan terriblemente imperfecto? Si lo era, nadie estaba a salvo.

¿Qué argumento tenía para presentárselo al secretario de Estado del Home Office? Estaba ahí, en las sombras de lo más recóndito de su mente, un conocimiento oculto en la oscuridad. Ese era el poder de su cargo.

Cogió el sombrero del perchero que había junto a la puerta, se lo caló hasta las orejas y salió al pasillo.

En la calle paró un coche de punto y dio al conductor la dirección particular del secretario de Estado del Home Office. Detestaba hacer aquello, pero no había otro modo de salvar la vida de Alban Hythe.

Se arrellanó en el asiento, ajeno al tráfico circundante, mientras el carruaje traqueteaba sobre el adoquinado.

A su mente acudieron informaciones muy interesantes y absolutamente confidenciales. Como jefe de la Special Branch conocía secretos potencialmente peligrosos sobre muchos personajes que ocupaban puestos de poder. Su deber era protegerlos del chantaje o de cualquier otro tipo de presión ilícita. El secretario de Estado del Home Office era un hombre decente, aunque un poco pomposo en ocasiones. A Pitt no le caía demasiado bien. Sus orígenes, experiencia y valores culturales eran diferentes. No existía una simpatía natural entre ellos, a diferencia de lo que había ocurrido en el pasado entre Pitt y muchos de los hombres para los que había trabajado. Todos ellos habían sido de buena cuna, en muchos casos ex oficiales del ejército o de la marina, como Narraway, pero no políticos, y no estaban acostumbrados a buscar el favor de otros, persiguiendo siempre el arte de lo posible unido a la confianza de la mayoría.

En su juventud el secretario de Estado del Home Office estudió en Oxford y destacó como alumno aventajado, siendo un joven muy apreciado por sus amigos. Un amigo en concreto era un tipo encantador y ambicioso pero una pizca ambiguo en sus decisiones morales. No era contrario a hacer trampas cuando necesitaba aprobar un examen que sabía que iba a suspender.

Había suplicado al secretario de Estado del Home Office que lo encubriera, exigiéndole que mintiera. Por lealtad a su amigo, lo había hecho. Después se enteró, para su pesar, de que lo había utilizado y había hecho el ridículo. Había pagado amargamente por ello con arrepentimiento y nunca volvió a hacer algo semejante.

Al amigo le fueron bien las cosas y prosperó económicamente. El aprobado de aquel examen fue la piedra angular de su carrera. Había trepado muy alto en su ámbito, utilizando a los demás para ascender cada peldaño. El secretario de Estado del Home Office nunca lo había traicionado, como tampoco había vuelto a hablar con él excepto en la medida en que era necesario para no despertar sospechas. Que Pitt supiera, muy pocas personas llegaron a enterarse del incidente y en su mayoría hacía tiempo que habían fallecido.

Aunque a regañadientes, sería fácil convencer al secretario de Estado del Home Office para que dictara un aplazamiento de la ejecución de Alban Hythe. Pitt podía hacer que la alternativa fuese demasiado dolorosa para rehusar. Pitt jugaba con ventaja.

Era un abuso de poder, exactamente igual que una violación. Si hacía aquello, ¿en qué punto dejaría de usar el poder mientras lo ostentara? Un poco más de presión, un poco de fuerza, una vuelta de tuerca al miedo. ¿Cuál era la diferencia en esencia?

Tenía que haber otra solución.

Se inclinó hacia delante y dio unos golpes en la mampara para atraer la atención del cochero.

—He cambiado de parecer —dijo, y le dio la dirección de Townley.

—Sí, señor —respondió el cochero cansado, añadiendo algo menos cortés entre dientes.

Pitt se acomodó de nuevo. Tenía la piel bañada en sudor y sin embargo tiritaba de frío. ¿Tan fácil era abusar del poder y dejar que abusara de ti?

El lacayo de Townley solo le permitió entrar después de mucho insistir.

—Lo siento —dijo Pitt al criado—. El tiempo apremia y estoy luchando por la vida de un hombre, de no ser así no los molestaría a estas horas de la tarde. Es preciso que hable con el señor Townley y muy posiblemente con el resto de la familia. Por favor, hágaselo saber.

Townley salió de la sala de estar para recibir a Pitt en el vestíbulo donde estaba aguardando. Tenía el semblante adusto y el enojo estaba tan cerca de la superficie como los buenos modales y cierto grado de miedo lo permitían. No se molestó en saludar a Pitt.

Pitt estaba incómodo, era terriblemente consciente de lo cerca que había estado de ejercer el poder que poseía de una manera que luego lamentaría.

—Lamento molestarlo, señor Townley —dijo a media voz—. Necesito su ayuda...

—No puedo brindársela, señor —lo interrumpió Townley—. Sé quién es usted y tengo una idea bastante aproximada de lo que quiere de mí. Mi respuesta sigue siendo la misma. No entiendo qué le ha podido llevar a imaginar que pudiera ser otra.

—La condena de Alban Hythe por un crimen que no cometió —dijo Pitt simplemente—. Dentro de tres semanas lo ahorcarán y entonces cualquier prueba de su inocencia de poco le servirá, como tampoco ayudará a su joven viuda. Seguiré investigando, con el tiempo quizá demuestre nuestro terrible error y, al hacerlo, sacudiré la fe en nuestro sistema judicial y diría que arruinaré la carrera a más de un hombre. Después a lo mejor atrapo al verdadero responsable, pero no antes de que este haya violado a otras muchachas, arruinándoles la vida también, quizás incluso segándosela. Estoy convencido de que usted entiende por qué preferiría corregirlo mientras todavía estoy a tiempo, en lugar de intentar mitigar el desastre a posteriori.

—No puedo ayudarlo —repitió Townley—. Neville Forsbrook violó a mi hija y nada puedo hacer al respecto, excepto protegerla del escándalo público. Ahora le ruego que tenga la amabilidad de irse de mi casa y que deje que mi familia tenga la poca paz que le queda.

Pitt apretó los puños en los costados, procurando dominar su voz.

—¿Vendrá a ver la ejecución? —preguntó con compostura a pesar de estar temblando—. ¿Intentará enfrentarse a la viuda después? No es mucho mayor que su hija. ¿Cómo la consolará en los años venideros, cuando se despierte en plena noche sabiendo que era posible que ella hubiese...?

—¡Salga de mi casa si no quiere que lo eche a patadas, señor! —dijo Townley entre dientes—. Me importa un bledo quién sea usted y el cargo que dice ocupar.

La puerta de la sala de estar se abrió y salió la señora Townley con el semblante tenso, los ojos bien abiertos.

Townley dio media vuelta.

—¡Mary! Vuelve al salón. El comandante Pitt ya se va.

La señora Townley miró más allá de su marido, cruzando sus ojos con los de Pitt.

—Me parece que no, Robert —dijo con toda calma—. Creo

que se quedará aquí hasta que le contemos lo que sabemos, porque nos interponemos en el camino de la justicia y yo no quiero hacer eso.

—Mary... —comenzó Townley—. ¡Por Dios, piensa en Alice!

—Es lo que estoy haciendo —dijo su esposa con renovada confianza—. Me parece que preferirá hablar con el señor Pitt y obtener alguna clase de justicia que creer que su experiencia la ha lastimado hasta el punto de dejar que ahorquen a un hombre inocente en lugar de decir la verdad.

—No tienes derecho a tomar esa decisión por ella, Mary —dijo Townley en voz baja, procurando ser tan amable como pretendía.

—Tampoco tú, querido —señaló ella. Se volvió hacia Pitt—. Si tiene la bondad de aguardar, señor, preguntaré a mi hija si quiere contarle algo más o no.

—Gracias, señora —respondió Pitt, con una repentina sensación de alivio que le invadió el cuerpo entero.

Cinco minutos después Pitt estaba en la sala de estar delante de Alice Townley, que estaba pálida, claramente muy aprensiva, pero aguardando con las manos en el regazo, los nudillos blancos.

—Siento tener que interrogarla otra vez —comenzó Pitt, sentándose frente a ella—, pero los acontecimientos no han salido como me hubiese gustado que lo hicieran. El señor Alban Hythe ha sido condenado por haber violado y maltratado a la señora Quixwood, provocando que ella se suicidara. —No se abstuvo de emplear las palabras apropiadas, sin eufemismos—. Creo que no es culpable, y solo dispongo de tres semanas para demostrarlo...

—Mamá me lo ha dicho —interrumpió Alice—. ¿Cree que lo hizo el señor Forsbrook? No fue tan... violento conmigo. No me golpeó ni me hizo algo que me empujara a querer suicidarme. Aunque... aunque me sentí fatal. —Levantó la mano del regazo y la dejó caer de nuevo—. Fue repugnante. Hizo cosas que yo no sabía que la gente hiciera. —Se puso roja como un tomate—. No era en absoluto como el amor.

—La violencia nunca lo es —dijo Pitt con amabilidad—. ¿Puede decirme otra vez qué hizo exactamente?

Alice miró al suelo.

—¿Quizá preferiría contárselo a su madre para que luego ella me lo cuente a mí? —propuso Pitt.

La joven asintió sin levantar la vista.

Pitt se levantó y salió de la habitación con Townley, todavía enojado, pisándole los talones.

Aguardaron en silencio en la sala de día, gélida al no estar encendida la chimenea en aquella época del año. Al cabo de un cuarto de hora entró Mary Townley.

Pitt se puso de pie por cortesía.

—Creo que sería buena idea que fueras a hacerle compañía —dijo la señora Townley a su marido—. Estoy segura de que tu presencia la reconfortará. No quiere tener la impresión de que desapruebas su decisión, como si te hubiese desafiado. Hace lo que considera correcto y está siendo muy valiente, Robert.

—Claro... Por supuesto.

Se levantó y se fue sin dirigir ni una mirada a Pitt.

Mary Townley se sentó, invitando a Pitt a hacer lo mismo. Estaba muy pálida y saltaba a la vista que aquel asunto le resultaba embarazoso. Titubeando, con una voz tan controlada que casi era inexpresiva, le contó qué había ocurrido exactamente, con las palabras de Alice, incluyendo que Forsbrook le había mordido el pecho izquierdo, haciéndole bastante daño.

Ahí estaba la conexión con Catherine Quixwood y con Pamela O'Keefe, tal vez con Angeles Castelbranco también, aunque eso ya no lo sabrían nunca, salvo si Isaura lo sabía y estuviera dispuesta a declarar. Quizá también demostraría a la Iglesia que Angeles era una víctima, no una pecadora. Pitt no descansaría hasta conseguirlo.

Regresó al presente.

—Gracias, señora Townley. Por favor, dígale a Alice que su valentía quizás haya salvado la vida de un hombre. ¿Usted ha visto la marca del mordisco?

—Sí —contestó, llevándose la mano a su pecho izquierdo.

—Si fuese necesario, ¿daría su testimonio? Lo pregunto porque a la señora Quixwood la mordieron exactamente en el mismo sitio, igual que otra chica que murió. Ahora pienso que quizá la mató accidentalmente, cuando perdió los estribos y fue más violento con ella de lo que pretendía. A lo mejor opuso resistencia, tal como lo hizo la señora Quixwood. Parece ser que eso lo enfurece sobremanera.

—¿Se encargará de que lo metan en la cárcel? —preguntó con miedo en la voz.

—Como poco —contestó Pitt—. Como muy poco.

Estaba haciendo una promesa precipitada y lo sabía, pero en aquel tranquilo y modesto hogar parecía la única respuesta posible. Haber dicho otra cosa hubiese sido denigrar a las personas que vivían allí y a un sinfín de otras como ellas; su propia familia, sin ir más lejos.

Le dio las gracias de nuevo y salió a la calle silenciosa. Había llegado el momento de ir a ver al secretario de Estado del Home Office y pedir, respetuosamente, un aplazamiento.

Al día siguiente, Narraway estaba sentado a la mesa del comedor de casa de Pitt. Además de Pitt y Charlotte estaban Vespasia y también Stoker, un tanto incómodo. El secretario de Estado del Home Office había concedido un aplazamiento de la ejecución de Hythe, pero eso era todo. Symington estaba trabajando en la apelación. Se había negado a aceptar dinero de Narraway cuando este se ofreció a pagar su minuta. Había dicho que la victoria sería suficiente recompensa. Estaría a disposición de Narraway si en el futuro requería de sus servicios.

Ahora los cinco estaban sentados en torno a la mesa, tomando un almuerzo sencillo pero delicioso por el que Minnie Maude había recibido los elogios de rigor.

Por descontado, como Neville Forsbrook seguía en libertad, para los Castelbranco no había modo de aliviar el pesar ni la conciencia de la injusticia, salvo que ahora esperaban la gracia de la Iglesia. Más grave todavía era tener la certeza de que hasta que lo detuvieran, Forsbrook violaría y quizá mataría otra vez.

—No podemos dejarlo correr —insistió Charlotte cuando se

hubo servido el postre tras retirar el último plato principal—. Quizá lo arresten dentro de un mes o dos, o quizá se entere y vuelva a abandonar el país. —Miró a Narraway—. ¿Estás seguro de que el propio Quixwood mató a Catherine? —preguntó preocupada, amargamente consciente de que el caso distaba de estar resuelto.

—Lo estoy —contestó Pitt con gravedad. Todos sabían que estaba pensando en la solución que Symington había planteado ante el tribunal.

—¿Es la verdad? —Charlotte pasó la mirada de Pitt a Narraway—. ¿Eso fue lo que ocurrió? ¿Todo comenzó con la aventura que tuvieron Eleanor Forsbrook y Rawdon Quixwood? ¿Hay algo que verdaderamente lo ancle a la realidad? La duda razonable es una herramienta maravillosa para liberar a Alban Hythe, y Dios sabe que debemos hacerlo, pero ¿condenará a otro?

Miró a Narraway.

—¿Rawdon Quixwood es tan malo como dijo Symington? —preguntó Charlotte—. ¿Creó deliberadamente toda esta terrible tragedia y protege a Neville Forsbrook, a sabiendas de lo que ha hecho?

—Sí —contestó Narraway con cierto embarazo—. En mi vida había juzgado tan mal a un hombre.

Charlotte le sonrió.

—Quizá te respetaríamos, pero no te apreciaríamos tanto si hubieses ocultado tu compasión hasta saber si era culpable o inocente. No siempre puedes ir por la vida evitando las cosas más espantosas que se te ocurren. Serías desgraciado y, peor aún, te apartarías de las cosas buenas que existen.

Narraway bajó la mirada a su plato.

—No fue un ligero error. Me equivoqué de pleno.

—Fue un error magnífico —respondió Charlotte, mirando a Vespasia y viendo que sonreía—. Detesto la falta de entusiasmo —agregó.

Narraway sonrió a su pesar.

Fue Pitt quien los devolvió al asunto que llevaban entre manos.

—La aventura entre Eleanor y Quixwood es un hecho demostrable. Tenemos testigos. Y el médico que examinó el cuerpo después del accidente dijo que muchas de las magulladuras eran anteriores a su muerte, de modo que Pelham la pegaba. Narraway ha encontrado otros datos hoy. Elmo Crask también ha añadido el relato sobre Neville Forsbrook y la prostituta a la que golpeó. Según parece, lo de morder es su debilidad. Esa historia probablemente también es cierta, e incluso más fea de lo que supusimos al principio. Neville Forsbrook es un joven muy violento con una incontrolable y creciente propensión a violar mujeres. Tarde o temprano matará a alguna otra, si no lo ha hecho ya. Todo indica que Pamela O'Keefe también fue víctima de él.

—¿Qué vamos a hacer? —preguntó Vespasia, mirándolos uno por uno, sin olvidarse de Stoker, que había permanecido callado buena parte del tiempo.

—He estado pensando —dijo Pitt, sin dirigirse a alguien en concreto—. Tenemos constancia de la aventura de Eleanor y podemos demostrarla más allá de toda duda razonable. También que Quixwood aconsejó a Pelham Forsbrook que invirtiera en la British South Africa Company, sabiendo casi con certeza que la incursión de Jameson sería un fracaso y que habría que pagar unas reparaciones enormes. Merecía la pena correr el riesgo porque lo peor que podía ocurrirle era que la incursión tuviera éxito y Forsbrook ganara dinero. Siempre podría intentar otra cosa en el futuro.

—¿Quixwood estaba al corriente de las violaciones de Neville Forsbrook? —preguntó Narraway.

Stoker se cuadró.

—Sí, señor. En aquel entonces era amigo de sir Pelham Forsbrook, y lo ayudó a resolver el asunto con la prostituta y a sacar a Neville del país. Todavía no sabemos exactamente dónde estuvo, pero comenzó por irse a Lisboa, donde se embarcó.

Narraway se sorprendió.

—¿Lisboa? ¿No París?

—Eso parece. París quizás habría sido el primer lugar donde alguien lo hubiera buscado. Fue un asunto bastante desagradable —contestó Stoker—. Y Quixwood tenía contactos en Lisboa.

Narraway asintió ligeramente.

—Interesante. Por consiguiente no cabe duda de que Quixwood conocía el carácter de Neville Forsbrook y su brutalidad. ¿Tenemos manera de ahorcar a Quixwood? —preguntó, mirando a Pitt.

—Solo si logramos demostrar que envenenó a su esposa intencionadamente —respondió Pitt—. Preferiría ahorcar a Forsbrook por haberla violado.

—¿Por qué? —inquirió Stoker—. Quixwood la asesinó.

—Porque hay que pararle los pies a Forsbrook —contestó Pitt—. Supongo que lo deseo no solo por Catherine, sino también por Angeles Castelbranco y por Alice Townley.

—No puedes detenerlo por lo de Angeles —terció Charlotte con abatimiento—. Quixwood jura que estaba con él y que por tanto fue imposible. Si es culpable, ¿por qué lo haría? —Vaciló solo un instante y enseguida se le iluminó el semblante—. ¡Ah, claro! Ambos se protegen mutuamente.

—¡Exacto! —dijo Pitt, irguiéndose de súbito.

—Eso ya lo sé —respondió Narraway, cansado.

—¡No! —dijo Pitt con apremio, volviéndose un poco hacia él—. ¡Así es como los atraparemos! Es peligroso, y mucho, pero a lo mejor da resultado. —Siguió hablando sin que lo incitaran, inclinándose un poco hacia delante—. En realidad Quixwood ya no necesita a Neville. ¿Y si logramos convencer a Neville de eso, y agregamos que Quixwood se está preparando para entregarlo, ahora que la condena de Hythe ya no es segura del todo y que nosotros seguimos buscando a otro culpable para demostrar su inocencia? Si tuviéramos pillado a Neville por la violación de Angeles y supiéramos que también violó a Catherine, no estaríamos buscando a otro. Neville podría protestar cuanto quisiera que Quixwood lo había empujado a ello, pero de poco le serviría. No hay pruebas, y él lo sabe de sobra.

Narraway lo miraba fijamente.

—¿Y qué? ¿Neville iría a por Quixwood para silenciarlo?

—¿Usted no lo haría? —dijo Pitt—. Hay que convencer a Neville de que ahora Quixwood necesita protegerse y que solo puede hacerlo entregando a Neville.

—Es peligroso —advirtió Narraway, aunque los ojos volvían a brillarle—. Muy peligroso. —No miró a Charlotte ni a Vespasia, como tampoco a Stoker—. ¿Cómo lo haremos? Si se lo dice usted, enseguida sospechará que es una trampa.

La mente de Pitt funcionaba a toda máquina.

—Crask —contestó—. Elmo Crask. Neville le creería. Ha estado husmeando en este asunto durante días. Nos proporcionó las primeras informaciones acerca de Quixwood y Eleanor. ¿Se le ocurre una manera mejor de hacerlo o alguna otra alternativa, ya puestos?

—No, en absoluto —admitió Narraway—. Pero debemos planear esto con sumo cuidado. No podemos permitirnos que Neville consiga matar a Quixwood.

—O todo lo contrario —dijo Pitt torciendo el gesto—. Si Quixwood matara a Neville y alegara defensa propia, en el sentido legal y moral, y se saliera con la suya, pasaría a ser intocable y nada podríamos contra él.

—Su reputación difícilmente quedaría incólume, después de los argumentos que ayer se presentaron en el juicio —señaló Vespasia.

—En ningún momento lo nombraron —dijo Narraway, con el rostro tenso por el enojo—. Y cualquiera que lo hiciera podría ser demandado por difamación, y me figuro que Quixwood ganaría. Todavía contaría con las simpatías de la mayor parte del público. Nosotros sabemos que es uno de los hombres más malvados que existen, pero no lo podemos demostrar.

—Si esto lo hacemos bien, los atraparemos a los dos —contestó Pitt.

—¡Si esto lo hacemos bien, habremos tenido mucha suerte! —replicó Narraway—. Pero intentémoslo.

—¿Estás seguro? —dijo Vespasia con cautela a Narraway—. Si perdemos será un desastre.

—Claro que lo será —respondió Narraway—. Si no lo probamos, es un desastre con toda certeza, pero lo será por culpa de la cobardía, por haberse rendido en lugar de correr un riesgo.

Vespasia esbozó una levísima sonrisa.

—Me figuraba que dirías eso.

La tarde siguiente Pitt y Narraway estaban juntos en Bryanston Square, aguardando a que Neville Forsbrook apareciera. Stoker estaba en los Mews por si salía de la casa por allí. Elmo Crask ya se había ido. Tres hombres deberían ser suficientes para seguir a Forsbrook, sobre todo habida cuenta de que no sabía que sospechaban de él. Tanto Narraway como Pitt habrían preferido contar con más agentes, pero no se atrevían a confiar en nadie, como tampoco querían involucrarlos en algo que moralmente era, como poco, cuestionable.

Estaban dentro de un coche de punto, agachados para no ser vistos desde la calle. El cochero era de la Special Branch, pero no sabía cuál era el propósito de la misión. Hacía ver que aguardaba a alguien que estaba de visita en la casa más cercana.

Crask había salido de casa de Forsbrook hacía casi media hora, pero parecía que hubiese transcurrido mucho más tiempo.

Pitt se estaba preguntando si Neville habría salido por detrás hacia los Mews para tomar el carruaje de su padre sin que Stoker lo viera, o si este no había podido hacerles llegar un mensaje a la puerta principal. Estaba a punto de proponer ir a ver qué ocurría cuando la puerta principal se abrió y Neville Forsbrook salió a la escalinata, titubeó un momento y finalmente se echó a caminar por la acera.

Narraway se incorporó en el acto.

—Traiga a Stoker —ordenó—. Me reuniré con ustedes a la vuelta de la esquina.

Pitt estuvo en la calle en un santiamén, avanzando deprisa en dirección opuesta a Neville, manteniendo el coche de punto entre ellos tanto rato como pudo para que Forsbrook no lo viera si volvía la vista atrás.

En cuanto Pitt llegó a la esquina cruzó la calle y comenzó a correr por George Street hasta Bryanston Mews.

Stoker miraba a un lado y otro y lo vio de inmediato. Tenía que regresar otra vez a Upper George Street. Un vistazo bastó para ver que el coche de punto había dado media vuelta y que Neville se había perdido de vista. Hicieron un *sprint* por la acera y subieron al coche mientras este arrancaba y el caballo se lanzaba al trote.

Dieron alcance a Neville en Great Cumberland Place justo después de que parase un coche de punto y subiera a él. Ya habían supuesto que se dirigiría a casa de Quixwood en Lyall Street, de modo que no se sorprendieron cuando cruzó Oxford Street y prosiguió hacia el sur por Park Lane. Contaban con que torciera a la derecha en Picadilly y que luego enfilara Grosvenor Place, y luego a la derecha de nuevo en cualquiera de las varias bocacalles que daban a Eaton Square.

La luz menguaba y el tráfico era cada vez más denso. Tuvieron que seguirlo más de cerca. Había carruajes y carromatos entre los coches más ligeros y rápidos. Pitt se dio cuenta de que iba inclinado hacia delante. Carecía por completo de sentido, pero era algo instintivo, como si así pudiera meter prisa al caballo.

Al llegar a Picadilly encontraron un atasco porque faltó poco para que dos carruajes de dos ejes chocaran. En cuestión de segundos todo el mundo se había parado, pero veinte metros delante de ellos el coche de Forsbrook había evitado el embotellamiento y se dirigía veloz hacia Hyde Park Corner. Sin duda torcería en Grosvenor Place, pero ¿y si no lo hacía?

Pitt apretaba los puños y no paraba quieto en el asiento. ¿Cuánto tardaría Forsbrook en enfrentarse a Quixwood y agredirlo, matarlo si tal era su intención? ¿Y si toda la tragedia sucedía antes de que ellos llegaran allí? Sería un desastre y ellos, los culpables. No, la culpa sería suya, no de Narraway. Narraway era un civil. La responsabilidad recaía por entero sobre Pitt.

¿Qué podía hacer? Estaba demasiado lejos para correr... ¿O no? Echó un vistazo a la calle, considerando la posibilidad. ¿Tal vez debería ir a pie, y que Narraway lo siguiera? Si lo alcanzaba, podría recogerlo más adelante.

Iba a proponerlo cuando de pronto todos los carruajes se liberaron a la vez y reanudaron la marcha, cobrando velocidad, zigzagueando peligrosamente. El alivio hizo que se pusiera a sudar. Quixwood no merecía el rescate, pensó. Era una idea totalmente irresponsable. Pero ya era demasiado tarde para desdecirse.

Pasaron otros diez minutos enteros hasta que se detuvieron delante de la casa de Quixwood, cercana a Eaton Square. No había ningún coche fuera, y en la calle solo un cabriolé que venía hacia ellos con un hombre y una mujer cuyas siluetas se recortaban sin color en la luz del ocaso.

Narraway dijo una palabrota y saltó a la acera. Pitt iba justo detrás de él. Estaban en pleno verano y el aire todavía era cálido. El sudor le pegaba la ropa al cuerpo.

Narraway tiró de la campanilla de la puerta. Segundos después, le dio otro tirón.

Silencio. Otro coche de punto pasó traqueteando por la calle.

La puerta se abrió y apareció un lacayo con expresión paciente, casi inexpresiva.

—Buenas tardes, señor. ¿Qué se le ofrece?

—Soy lord Narraway. Tengo que ver al señor Quixwood de inmediato —dijo.

—Lo siento, señor, pero no va a ser posible —contestó el lacayo con toda calma.

—No se lo estoy pidiendo —le espetó Narraway—. Se lo estoy diciendo. Se trata de un asunto de Estado.

—Milord, el señor Quixwood no está en casa —dijo el lacayo—. Hará unos cinco minutos que se ha marchado.

—¿Solo? —inquirió Narraway.

—No, señor, con un tal señor Forsbrook...

—¿Dónde han ido? —interrumpió Narraway—. ¡Vamos, hombre! ¡Deprisa!

El lacayo estaba temblando. Era el mismo hombre que había estado presente la noche que habían asesinado a Catherine Quixwood.

Narraway hizo un esfuerzo por dominarse y siguió hablando con más amabilidad.

—Tengo que encontrarlos a los dos de inmediato. La vida del señor Quixwood corre peligro.

El lacayo tragó saliva.

—Me pidió que le dijera, milord, que había ido a casa de lady Vespasia Cumming-Gould. Dijo que usted sabía la dirección.

Narraway se quedó inmóvil, como si un viento gélido lo hubiese congelado.

—¿Y Forsbrook? —preguntó Pitt, temiendo la respuesta.

—Con él, señor.

Narraway dio media vuelta, dejando que Pitt lo siguiera escalinata abajo y hasta el coche de punto, gritándole la dirección de Vespasia al cochero. Aún no se habían sentado cuando el coche arrancó de sopetón. Cayeron pesadamente sobre el asiento y luego fueron a dar contra un costado al doblar la esquina a toda velocidad.

Ni uno ni otro dijeron palabra mientras pasaban volando por las calles que ahora ya iluminaban las farolas. Las pezuñas del caballo sonaban fuerte sobre los adoquines, las ruedas traqueteaban. En un momento dado iban al galope, acto seguido tomaban un viraje en una esquina y derrapaban hasta enderezar el coche y acelerar otra vez.

La mente de Pitt creaba toda suerte de imágenes de lo que podía estar ocurriendo y qué situación iba a encontrar. Más de una vez llegó a preguntarse si el lacayo les había mentido, obedeciendo órdenes de Quixwood, y no habían ido ni por asomo a casa de Vespasia. ¿Y si en realidad estaban en casa de Pitt y era a Charlotte, o incluso a Daniel o a Jemima, a quien habían tomado como rehén? ¿Era posible que en aquel mismo momento Neville Forsbrook estuviera violando a Jemima? La idea resultaba insoportable.

Llevado por el instinto, se inclinó hacia delante y gritó al cochero, pero su voz se perdió entre el siseo y el chacoloteo de su avance.

¿Y si Forsbrook había matado a Quixwood y lo había dejado en su casa y ahora huía quién sabía adónde? ¿Quizás al mismo lugar de después de haber dado la paliza a la prostituta, y ya estaba de camino?

Se detuvieron tras dar un viraje delante de casa de Vespasia.

Faltó poco para que Pitt se cayera a la acera. Allí tampoco había un solo vehículo a la vista, aunque ahora ya había oscurecido del todo. Debía faltar cosa de una hora para la medianoche.

Narraway iba a su lado mientras se dirigían silenciosamente hacia la puerta principal. Allí no había ningún criado para dejarlos entrar. ¿Y si nadie abría? Las criadas podían estar encerradas en la cocina. Eso era lo que Pitt haría, si estuviera en el lugar de Quixwood o de Forsbrook.

¿Quién estaba al mando, además? ¿Forsbrook era rehén de Quixwood o a la inversa? ¿O eran aliados?

¿O aquello era una misión absurda y ellos no estaban allí?

Pitt fue consciente de que la histeria se estaba adueñando de él, un pánico absoluto al imaginar que perdía todo lo que amaba en una sola noche aciaga.

Narraway le agarró el brazo, clavándole los dedos.

—Atrás —susurró—. La puerta del jardín.

Sin decir palabra, Pitt dio media vuelta y pasó delante. Tuvieron que trepar la tapia de manera nada digna y luego atravesaron de puntillas el jardín, seguramente pisoteando todo tipo de flores.

La luz bañaba el césped desde las cristaleras de la sala de estar. Las cortinas estaban, como poco, medio descorridas, pero no parecía que hubiera alguien en la habitación. De pronto Pitt vio una sombra que se movía detrás de las cortinas, y luego otra. Se quedó inmóvil. Miró a Narraway y vio que él también se había percatado.

¿Podían ser simplemente Vespasia y su doncella? Hizo una seña a Narraway para que se mantuviera en un lado y él mismo se apartó de donde podía ser visto desde los ventanales. Avanzó a tientas, paso a paso, hasta que estuvo junto al cristal, a cosa de un metro. Poco a poco se inclinó hacia delante.

Dentro, Vespasia estaba de pie, pálida e inmóvil, delante de Neville Forsbrook. Al otro lado de ella, interponiéndose entre ella y la puerta, estaba Rawdon Quixwood de cara a ellos. Empuñaba un revólver, agarrándolo con firmeza. Apuntaba hacia abajo, pero en cualquier momento podía levantarlo, disparar a Vespasia y, cuando ella cayera, a Forsbrook.

Pitt retrocedió lentamente e hizo señas a Narraway. Cuando estuvieron a un par de metros del ventanal, habló.

—Quixwood tiene un arma. Forsbrook creo que va desarmado. Tienen a Vespasia. Están hablando, pero no oigo lo que dicen a través del cristal.

—Está ganando tiempo hasta que lleguemos nosotros —dijo Narraway en voz baja—. Luego matará a Forsbrook y alegará defensa propia, cosa que para entonces tal vez sea la verdad.

—¿Por qué aquí? —preguntó Pitt—. ¿Por qué no en su propia casa?

—Porque necesita un testigo imparcial —contestó Narraway con amargura—. Y diría que uno o dos de nosotros también seremos muertes accidentales, de las que se acusará a Forsbrook.

—Nunca lo conseguirá —respondió Pitt—. Vespasia... —De pronto se calló, dándose cuenta de que Vespasia también formaría parte de la tragedia. Su cerebro pareció incapaz de seguir pensando.

—Entraré desde la cocina —susurró Narraway—. Deme tiempo y luego usted entre por aquí. No podrá contra los dos a la vez.

—¿Y Forsbrook?

—¡Al infierno con él! —siseó Narraway—. Tenemos que sacar a Vespasia de ahí dentro. Voy a rodear la casa hasta la otra entrada.

Pitt lo agarró del brazo, sujetándolo con todas sus fuerzas, pero Narraway era más fuerte de lo que había esperado.

—¡Basta! —dijo Pitt ferozmente—. Si se precipita los alertaremos y ambos moriremos como ladrones. Yo iré por la cocina. Conozco el camino y sé cómo forzar la entrada sin hacer un solo ruido. ¡Aguárdeme, y luego venga desde aquí!

Narraway tomó aire para discutir.

—¡Haga lo que le ordeno, puñeta! —dijo Pitt entre dientes—. Soy jefe de la Special Branch. Usted es un civil. ¡Quédese aquí!

Y sin aguardar respuesta soltó a Narraway y cruzó sigilosamente un parterre en dirección a la parte trasera de la casa.

Encontró la ventana de la antecocina y, tras rebuscar en los bolsillos, encontró un trozo de papel pegajoso y una cuchilla muy pequeña para cortar vidrios. Puso el papel en la ventana, cerca de donde estaba el pestillo, y con un diestro movimiento rápido cortó un redondel de vidrio, sosteniéndolo con el papel pegajoso. Retiró el trozo de vidrio sin hacer ruido y metió la mano por el agujero.

Momentos después tenía la ventana abierta y él estaba dentro. La antecocina estaba a oscuras y tenía que moverse con mucho cuidado. Si tropezaba con algo, golpeaba una pila de cajas o chocaba contra un montón de verduras alarmaría a la casa entera.

Paso a paso cruzó la cocina y salió al vestíbulo. Se detuvo delante de la puerta de la sala de estar. Oía las voces de dentro.

—¿Crees que Pitt vendrá? —preguntó Forsbrook con voz ronca y más aguda de lo habitual a causa del miedo—. No lo hará. ¿Por qué iba a venir?

—¡Porque te está siguiendo, idiota! —le espetó Quixwood—. Te dijo que te traicionaría para que vinieras a atacarme.

—Podrías traicionarme —dijo Forsbrook en voz más alta pero vacilante—. Soltarán a Hythe e irán a por ti. Saben que envenenaste el vino. ¿Por qué ibas a hacerlo si no hubieses sabido que la violarían? ¡Lo saben todo!

El pánico se estaba adueñando de él, estaba a punto de perder el control.

—¡Eso es lo que quieren que pienses, idiota! —dijo Quixwood con desdén—. ¡Contrólate! Vendrán aquí. Ordené al lacayo que dijera a Narraway adónde me había ido.

—¿Por qué va a importarle lo que me ocurra a mí? —inquirió Forsbrook, prácticamente gritando—. Pitt quiere que me ahorquen por lo de esa chica portuguesa. Sabe que fui yo, solo que no puede demostrarlo.

—No, no puede —respondió Quixwood—. Como tampoco lo de ninguna otra.

—¡No saben nada de las otras! —chilló Forsbrook—. ¡Y tú puedes demostrarlo! Si les dices que violé a Catherine les diré que me pagaste.

—No, no lo harás —dijo Quixwood sin alterarse.

—Si disparas, darás a lady Vespasia. —La voz de Forsbrook ya era un falsete—. ¿Cómo vas a explicarlo? La bala seguirá has ta darme a mí. ¡No podrás decir que fue culpa mía! —agregó alardeando con estridencia; de pronto tenía la victoria a la vista.

Pitt eligió ese instante para abrir la puerta, empujándola con fuerza y entrando derecho.

Quixwood se había movido un par de metros de donde estaba cuando Pitt lo había visto a través de la cristalera. Ahora estaba más cerca de Vespasia. Oyó a Pitt y dio media vuelta para ponerse de cara a él, revólver en mano. Sonrió.

—¡Por fin! Pero afloje, comandante. Aquí tiene a su violador. O quizá debería decir a «mi violador». Es quien violó y golpeó a la pobre Catherine. Aunque me figuro que ya lo sabe. Lo admito, no esperaba que lo averiguara.

Forsbrook fue a decir algo, pero cambió de parecer. Agarró a Vespasia y la sujetó con firmeza delante de él.

—No, no lo hice —dijo—. Quixwood está loco. Me secuestró y ahora quiere matarme. No sé quién asesinó a su esposa. Debía tener otro amante, si realmente no era Hythe.

—Sí que lo hiciste —intervino Vespasia, hablando por primera vez—. Como también violaste a Angeles Castelbranco. Quixwood mintió para encubrirte, seguramente era el precio por violar a Catherine.

Quixwood levantó el revólver. La pasión distorsionaba su rostro moreno. El odio y el sufrimiento lo estaban desgarrando. Quizá recordaba a Eleanor y la paliza que le habían dado.

Narraway entró rompiendo la cristalera y se abalanzó contra Forsbrook justo cuando Quixwood disparó el revólver. Vespasia cayó hacia un lado y se quedó a gatas. Neville Forsbrook, con el pecho manchado de sangre escarlata, se lanzó sobre Vespasia.

Quixwood reaccionó al instante. Corrió junto a Vespasia y con la mano libre la puso de pie de un tirón, descoyuntándole el hombro y rompiéndole el vestido. Todavía empuñaba el arma con la otra mano. Tenía los ojos desorbitados. Retrocedió hacia la puerta, llevándose a Vespasia consigo.

Forsbrook yacía inmóvil en el suelo, en medio de un charco de sangre que se iba extendiendo. No se le movía el pecho, no respiraba.

La puerta estaba entreabierta. Quixwood la buscó a tientas con una mano, mientras con la otra empuñaba el revólver y sujetaba a Vespasia.

Narraway aprovechó la que sería su única oportunidad. Cogió el abrecartas del escritorio y cargó contra Quixwood. No apuntó al brazo del arma ni a su corazón, ni siquiera a su garganta.

Quixwood apartó de sí a Vespasia de un empujón y levantó el arma, pero fue demasiado lento. El abrecartas atravesó el ojo hasta el cerebro, a Quixwood le flaquearon las rodillas y se desplomó, con Narraway encima de él. El revólver rugió inútilmente; la bala dio contra el techo tras pasar a pocos centímetros de la cabeza de Narraway.

Vespasia se puso de rodillas y miró de hito en hito a Narraway. Tenía la tez cenicienta, el pelo revuelto. Abría los ojos como platos y todo el cuerpo le temblaba de terror.

—¡Victor, eres un idiota! —dijo, sollozando para recobrar el aliento—. ¡Podría haberte matado!

Narraway se sentó muy despacio, dejando el abrecartas donde estaba, hundido en la cabeza de Quixwood. Al volverse vio las lágrimas que surcaban el rostro de Vespasia.

—Ha merecido la pena —dijo con una lenta y radiante sonrisa—. ¿Estás bien, querida?

Pitt permaneció callado. Él también sentía demasiado alivio para siquiera intentar buscar palabras. Observó a Vespasia acercarse a Narraway y echarle los brazos al cuello.

—Estoy la mar de bien —le dijo.